国家出版基金项目
"十二五"国家重点图书出版规划项目

中國京劇流派劇目集成

啟功題籤

《中国京剧流派剧目集成》编委会 编

第 拾伍 集

學苑出版社

图书在版编目（CIP）数据

中国京剧流派剧目集成．第15集 /《中国京剧流派剧目集成》编委会编．—北京 ：学苑出版社，2014.1
ISBN 978-7-5077-4453-8

Ⅰ．①中… Ⅱ．①中… Ⅲ．①京剧－剧本－作品集－中国 Ⅳ．①I232

中国版本图书馆CIP数据核字(2013)第304590号

出 版 人：孟　白
责任编辑：潘占伟
装帧设计：徐道会
出版发行：学苑出版社
社　　址：北京市丰台区南方庄2号院1号楼
邮政编码：100079
网　　址：www.book001.com
电子信箱：xueyuan@public.bta.net.cn
销售电话：010-67675512　67678944　67601101（邮购）
经　　销：新华书店
印 刷 厂：北京信彩瑞禾印刷厂
开本尺寸：889×1194　1/16
印　　张：15.75
字　　数：382千字
版　　次：2014年5月第1版
印　　次：2014年5月第1次印刷
定　　价：220.00元（精装）

《中国京剧流派剧目集成》学术顾问

郭汉城　刘曾复　朱家溍
吴小如　王金璐　迟金声
钮　骠　刘连群　陈绍武

《中国京剧流派剧目集成》编委会

主　编

黄　克

副主编

常立胜　吴春礼　赵晓东
蔡景凤　杨凌云

序言

◎黄克

京剧向称国粹艺术，内容博大精深，剧目十分丰富，人们常以“汉唐三千宋明八百”形容其浩瀚。其中流派剧目又以演员表演的鲜明个性使剧目显得更为多彩多姿，充满魅力，既被专业人员钻研承继，也为广大戏迷喜闻乐见，遂成为京剧舞台上一大亮点。

流派

举凡表演艺术，原本就无不带有表演者的个人色彩。京剧表演艺术因其唱念做打诸多方面功夫的综合性和繁难性，表演的个性化尤为突出；加以行当的粗分、剧目的雷同，于大致相同的条件下尽显各自的千姿百态、千变万化；一招一式、一腔一韵之中可以体现不同的特色，同样一出戏，甚至同样一个戏中人物也完全可以演出不同的风采，这种充满个性化的表演，遂成为京剧竞技场上最是为人乐道而又情趣无穷的审美内涵。倘若这种富于个性化的表演为受众所认可，且代有传人，形为规范，即可自成一家，成为迥异于他人的艺术流派。以“四大名旦”（梅兰芳、程砚秋、荀慧生、尚小云）为例，虽皆工旦行，却又各有千秋。京剧大师王瑶卿就曾这样分析这四位后起之秀的独到之处：“梅兰芳的样儿，程砚秋的唱儿，尚小云的棒儿，荀慧生的浪儿。”所谓“样儿”，指梅的艺术造诣全面，要什么有什么；所谓“唱儿”，指程以行腔之新颖动听为能；所谓“棒儿”，指尚的刀马功底深厚；所谓“浪儿”，指荀的柔媚多姿、风情万种。寸长尺短，一语道破各有专擅的各家流派特点。如此成就固然来自自己的勤学苦练、苦心孤诣，更少不了观众的知音捧场、鼓励有加。因此，一个艺术流派的形成，对于创始人来说，无疑是开拓了审美追求的新境界；对于受众戏迷来讲，则更是得到了多样化审美需求的新满足。梨园行有云：唱戏的是疯子——指其追求的执着，听戏的是傻子——指其享受的痴迷。二者相得益彰、相映成趣，或许正道出京剧流派形成之三昧。

流派剧目

在京剧传承的一二百年间，随着历史的变迁、社会的发展，以及新人辈出、师承转换，荡涤旧物、崇尚新声，传统剧目中的绝大部分早已绝迹于舞台，然而，其精华部分（包括剧目中表现出来的唱念做打等程式体系）还是被完好地保存了下来，并得到长足的发展。其间，流派创始人于剧目的推陈出新做出了不可磨灭的贡献。基于对剧目乃至剧中人物的理解和认识，以及更便于发挥自己技艺特长的需要，流派创始人对浩如烟海的传统剧目进行了严格的筛选，经过了整理加工再创作，使之又焕发出崭新的韵味和光彩；随着这样剧目的增多，最终形成了自己流派所特有的剧目系列。而另外的流派又在另外的剧目系列中发挥着自己的优势，即或剧目相同，不同流派依然可以于演出中表现出自己的独特风格。总之，在其演出的剧目中，无不打上自己表演风格的鲜明烙印。京剧舞台上一度出现的这种百花齐放、争芳斗艳的盛况，实由自丰富多彩的流派剧目，这在京剧发展史上已是不争的事实。

但也应看到，如今京剧流派剧目相对于京剧的鼎盛时期，已是光景不再。个中原因很复杂，就客观因素而言，新兴的艺术形式的多种多样，人们的欣赏习惯和娱乐方式已经有了更广泛的选择余地，因而完全可以去旁骛；此外，就京剧本身而言，演出剧目之贫乏不能不说是观众锐减的重要原因之一。本来演出场所和演出场次就不多，翻来覆去又只是那几出骨子老戏，怎么能吸引观众，特别是年轻观众呢？——连那些老戏迷们也都听腻歪了。

回过头来看，今日演出剧目的贫乏和流派创始人晚年艺术景况也不无关系。他们在艺术的巅峰期——集中在上个世纪二三十年代，创作或改编了一出出新戏，直令观众赏心悦目，目不暇接。当其时，除了富连成科班或游动的散班演出些大路戏外，北京的京剧舞台几乎就是流派剧目的天下。据1932年商务印书馆出版的《五十年来北平戏剧史材》的记载，自民国十二年（1923）至十八年（1929）这六七年间，以梅派剧目为例，只“初演”的剧目——也就是自家独创的新戏或整理改编的传统戏，就有前后本《西施》、《洛神》、《廉锦风》、头二三四本《太真外传》、《俊袭人》、全本《宇宙锋》、《凤还巢》、《春灯谜》等12出戏（其中前后四本《太真外传》这四出戏是在一年多时间里陆续完成的）；同一时间段，马派“初演”的剧目也有《化外奇缘》、全本《玉镯记》、《秋灯泪》、《战宛城》、全本《火牛阵》、《鸿门宴》、全部《临江馆（“馆”应作“关”）》、全部《浣纱溪》、《范仲禹》、全本《清风亭》、头二三四本《大红袍》、全本《天启传》、《许田射鹿》、全本《十道本》等15出戏（其中《大红袍》分头二和三四本两次演出），当然，其中还不包括“初演”以外的经常性的大量的传统戏演出。试问，这些曾经轰动一时的流派创始人编创的新剧目于今又有多少出传承下来了呢？个中主要原因就在于流派创始人到了晚年一些唱做吃重的剧目已难胜任，只有将其已臻于炉火纯青的技艺凝炼到少数剧目之中，或演出或教习也只拘囿于这少数几个剧目了。而其传人也就将这几出戏奉为圭臬，全不知其鼎盛时期的所谓“文武双全”、所谓“昆乱不挡”为何事，致使一些当年的热门戏几近失传，这不能不说是梨园一件憾事。记得梅兰芳先生曾撰文论述学艺过程中的“少、多、少”，大意是初学时会的戏（包括技艺）自然是少的。随着所学剧目的增多，技艺的增长，激发起拓宽其艺术驰骋领域的热情，兼收并蓄，从而极大地丰富了自己。进而又随着审美取向的定型，艺术见识的提高，势必要对自己所学所用下一番去芜存精的工夫，扬长避短，使自己的独特技艺集中在少数几个代表剧目之中。表面看来演出的剧目是少了，但炉火纯青，在艺术创新上却达到了新境界。从少到多，从多而少，贯穿着的是继承与发展的艺术成熟的过程，也闯出了一条攀升艺术高峰的必由之路。后学者以为，学会了几出流派代表剧目便可以薪尽火传，得到了真经，孰不料缺少广博的根基，既影响个人的发展，也造成了剧目越传越少的现实。这难道不是应该汲取的教训吗？

有道是“礼失求诸野”。由于流派剧目的独特韵味及其所富有的艺术魅力，由于京剧作为自娱自乐的审美取向已深入人心，更由于迷恋传统演唱艺术者的大有人在，京剧传统剧目——包括一些已经消失于舞台的流派剧目，至今仍在京剧爱好者中间传唱不息。我们不妨到公园里看一看那一圈圈围着的戏迷，他们来自四面八方，或许彼此并不相识，只凭一把胡琴就将大家凝聚在一起，有滋有味地互相欣赏着一段段流派唱腔。更不用说那遍布全国各地乃至国外华人聚居区的票房，他们还时不时地粉墨登场，过一把戏瘾呢！这种自拉自唱、自娱自乐的红火场面，充分显示了京剧流派剧目的深厚群众基础和顽强的生命力，对于相对落寞的京剧舞台不啻一种发人深省的挑战。然而，这又何尝不是对京剧振兴的潜在的呼唤和有力的支持呢！

流派剧目集成

正鉴于其强大的生命力和深厚的群众基础，“振兴京剧”作为文化建设的国策的提出可谓正得其时。而振兴之务，首要的是挖掘和继承优秀传统剧目，以之作为发展和创新的基础和借鉴。我们编纂《中国京剧流派剧目集成》的初衷正在于此：将流派剧目演出的精彩瞬间记录于永恒，将构成流派剧目的诸多元素一一记录在案。诸如每剧的剧情本事、创始人表演特点的提要，剧中人物行当归属、服装扮相，剧本曲文、唱腔谱、伴奏谱、锣鼓经，以及身段谱等得以再现流派表演风格的内容，都力图完整地记录整理出来，为流派艺术的教学和研究提供文字的基础资料。持此，内行自可作为表演的参考，京剧爱好者也可以作为演习的蓝本。

这一工作，对于京剧剧目的基本建设虽然可谓之善举，但具体做起来却困难多多。首当其冲的就是剧目的选定。京剧剧目虽称汗牛充栋，但保存下来的资料却十分有限。京剧形成初期，以“老生三杰”又称“前三鼎甲”的程长庚、余三胜、张二奎为代表的一代固然没有留下什么音像文字资料；即或以“老生新三杰”又称“后三鼎甲”的谭鑫培、孙菊仙、汪桂芬为代表的一代除了少量的唱片外也没有完整的剧目传下来，所以我们的剧目整理工作只能从民国初年以降的“四大须生”、“四大名旦”开始。他们受熏陶于前辈艺术家，可谓传统的集大成而又能创新的一代，整理剧目以他们为重点自然最合适不过。遗憾的是这些艺术大师大都已经作古，得到他们指点和首肯已不可能，为此，我们只能通过其亲传或再传弟子来进行流派剧目的整理工作。从中我们更深地体会到抢救要及时，当初未能抢救下来现在也不要嫌晚而不为，抢救一点是一点，否则能够保存下来的精华越来越少，越加难向历史向后人交代了。

更难的则是遴选整理者。剧目的全面整理需要全面的人才。我们在组织稿件的过程中却发现这样的人手颇不易得。如果流派创始人或其传人曾在戏校任教，且有较为完整的教案保存下来，今日稍加整理即可选用，自然不是难事。不过这样的情况并不多，大量的剧目尚需要对当年的演出本进行追忆记录，加工整理。曾经受业于流派创始人或其传人的京剧工作者虽然是整理演出本的合适人选，但是他们大都是单位的骨干，忙于演出，忙于剧务，或居于领导职位，很难分出身来。即或肯于应承下一两出戏，也常有如下的情况：能演不能说，能说不能写，能写又不能打谱。因此，完成一个剧目经常需由记录者、整理者和打谱人联袂而行，倘再加上剧目的传授者和提要的撰写人，则非四五人鼎力不可。《中国京剧流派剧目集成》收入二百多出戏，每出戏即使平均两三人参加，也要组织四五百人次。其繁难可以想见，其壮观亦可以想见。当然，这还仅就整理者的数量而言，更为难能可贵的还在于参与者的无私奉献。试想，跟演一出戏或教一出戏相比，以文字整理出一出戏，不仅费时而且费力，无疑是一桩一般人不肯为也不屑为的苦差事，而我们的整理者却能甘之如饴，乐此不疲，没有为京剧事业的传承而不计个人得失的宝贵情操，是难有这种积极性的。不仅如此，随着岁月流逝，整理流派剧日益困难，更需要求助一些老专家，他们或是资深艺员、教师，或是资深票友、戏迷，而今已是硕果仅存的京剧艺术的专家、流派历史的见证人。在他们身上洋溢着一种传承京剧流派的使命感，和对振兴京剧的期待。他们热情地参加到这项工作中来，或亲自动手，为我们整理剧目；或答惑解疑，给我们工作以指导。使我们在受教于他们的同时，油然而生一种深深的敬意。

克服了上述困难，《中国京剧流派剧目集成》终于呈现在读者面前。书中，除了囊括主要流派的主要代表剧目，试图反映京剧鼎盛时期的大致面貌而外，尚有可说道者。

首先是挖掘整理出一批流派剧目，其中不乏已近失传的流派艺术精品。其中共收流派五十余家、剧目二百多出，不仅是从装扮到曲谱俱全，而且半数以上不曾整理出版过，可算是京剧剧目建设的一个不小的工程。下列剧目可为佐证。如王（瑶卿）派名剧《南天门》（今能见到的只剩下王和老谭合拍的剧照）、余（叔岩）派名剧《太平桥》（据说是老谭给余说的开蒙戏）、马派名剧《白蟒台》（写王莽被俘后向旧臣一一乞命事，老生扮演反面人物堪称奇特）、麒派名剧《斩经堂》（其中吴汉的悲剧性格曾引起过热烈争论）、荀派名剧《鱼藻宫》（写吕后残害戚姬事，乃荀派悲剧剧目之一），以及汪（笑侬）派名剧《哭祖庙》、龚（云甫）派名剧《徐母骂曹》、徐（碧云）派名剧《绿珠坠楼》、裘（盛戎）派名剧《打銮驾》等，都是难得一见的流派剧目之珍品。而以“关外唐”名世的唐（韵笙）派名剧经其家人和传人的努力竟整理出其代表作《驱车战将》、《闹朝击犬》、《好鹤失政》、《绝龙岭》、《未央宫斩韩信》、《刀劈三关》等七出之多，堪称流派剧目建设的新收获。除此之外，《中国京剧流派剧目集成》还特别着力于武戏的挖掘整理。较之文戏，武戏更难整理，需要将演员在台上的动作招式一一准确地反映出来，没有深入的钻研领会、亲身体验，很难下笔。众所周知，杨小楼作为一代武生宗师，其“武戏文唱”乃武生的不二法门，也是令人神往的一种表演境界，在武戏剧目整理中理应得到体现。资深票友朱家溍先生得其真传，整理了杨派名剧《麒麟阁》，并详细记述了前后六次观剧的心得，惜乎不及将其用工尺谱记下的昆曲吹腔翻为简谱便溘然而逝了。另一出杨派名剧《镇潭州》则是根据京剧耆儒刘曾复先生的讲授整理出来的，其中杨再兴上场的“蝴蝶霸”、和岳飞对打的“枪架子”，皆独得杨派之秘，给人以再闻《广陵散》般的惊喜。此外，高盛麟的《长坂坡》、《走麦城》，王金璐的《落马湖》、《蚆蜡庙》也都走的杨派的路子，有的就是直接跟杨宗师学的。南派大武生盖叫天武功盖世，他的剧目身后却乏人整理，多亏移居上海的原中国戏校武功教师赵雅枫先生以耄耋之年勉力整出《一箭仇》，也算保存了盖派一脉。还值得一提的是收获了一批武丑戏。叶盛章当年是以武丑戏挂头牌演大轴的第一人，勇于创新，能戏甚伙，现将其创作的名剧《酒丐》、《祥梅寺》、《打瓜园》、《徐良出世》、《三盗九龙杯》、《铜网阵》等七出代表作一并推出，既再现了叶氏当年神勇，也为乏人承继的武丑行当提供一些演习之本。尤为可喜的是我们也挖掘整理出富连成科班总教习、文丑“萧派”创始人萧长华老先生的《选元戎》、《荡湖船》、《变羊记》等已近绝迹舞台的拿手剧目。凡此，整理者挖掘流派剧目的辛勤劳作成果，均为我们编纂“集成”增添了光彩。

为了方便读者翻检使用，本书采取四五出戏合编一册的形式，这样全书约有五十册之多，并拟分三批推出。第一批为老生行的余派，以及号称“南麒、北马、关外唐”的三派，和武丑行的叶（盛章）派，计五家八册。第二批则以旦行“梅、尚、程、荀”为代表，包括老旦、刀马旦等流派。第三批是老生、小生、武生、净、丑等其他流派。

预期一两年内出齐。倘若其中有重要疏漏，又得人整理，亦可考虑编辑出版“集外集”，以满足读者的需求，也使这部“集成”更为名副其实。

当然，《中国京剧流派剧目集成》的编纂，其目的只在提供流派剧目作为研究家和后学者的参考借鉴。而流派、流派，意重在“流”。所谓流，指流行和流变。流派艺术正是在流行、流变中最终形成的，即或在最终形成之后，也还是靠流行、流变而发展的，倘若泥古不化，抱残守缺，就会失掉其鲜活的生命力，艺苑奇葩也会枯萎，这已为京剧发展史所证明。不过，流派艺术发展也需要有个前提，那就是首先要掌握渗透在表演程式唱念做打、手眼身发步中的艺术个性，而流派剧目就是其艺术个性展现的载体。继承流派艺术，不能只满足于模拟外在的“体”，更要在剧目演练中去体味其艺术个性的“魂”，这样才能促使京剧流派艺术从剧目建设到表演个性都得到发扬光大。此乃传承流派剧目的题内之义，自毋庸赘言。

目录

尚小云

祝元昆 萧月珠 **演唱**　　张松岩 **整理记谱**

金 水 桥

贯盛习　杨荣环演出本

《金水桥》，又名《乾坤带》、《秦英钓鱼》。故事取材于《秦英征西》鼓词，是一出生旦并重以唱做为主的京剧传统戏。秦腔、晋剧、河北梆子、豫剧、山东梆子、淮梆、平调、评剧等剧种也均有此剧，亦有《三哭殿》、《女梆子》、《斩秦英》等别名。剧名不尽相同，剧情大同小异。京剧《金水桥》有北京市戏曲研究所藏昇平署本。生行老三鼎甲之一的张二奎，以及薛印轩，旦行王瑶卿、尚小云、张君秋等均工此剧。

《金水桥》的故事梗概如下：唐太宗时，番邦苏宝童犯界，驸马秦怀玉奉旨出征。恐其子秦英恃勇滋事，与银屏公主将其锁在闲房。一日，秦英挣脱石锁与书童去金水桥钓鱼，正值国丈詹琊招摇过桥，惊走上钩之鱼，又责骂秦英为"强盗之后"，激怒秦英。秦英失手将詹打死。银屏公主闻讯绑子上殿请罪。詹妃哭诉于太宗。太宗欲斩秦英。银屏求请不准，搬来长孙后，力陈秦门功劳求赦秦英。太宗两难之际，程咬金上殿报信，言秦驸马被围锁阳城，请赦秦英戴罪出征。太宗赐酒令银屏跪求詹妃，并劝詹妃以国事为重。詹妃最终应允。后秦英出征，大败苏宝童，解锁阳之围，班师还朝。

该剧如做"折子戏"演出，通常只演秦怀玉回府羁秦英、秦英金水桥钓鱼毙詹、银屏绑子上殿、哭殿、赦秦英几场，甚至只演"哭殿"一场。

河北省京剧院于1956年排演此剧，唐太宗由贯盛习先生饰演，杨荣环先生饰演银屏公主，并增益首尾，于《金水桥》前串演《界牌关》，其后秦英出征又大开打，首尾以武戏为主，中间以唱做见长，成为一出允文允武、热闹好看的本戏，定名为《秦英征西》。该剧一经排出在城乡各地演出，无不受到热烈欢迎，成为该团保留剧目和"打炮戏"，数十年盛演不衰。北京风雷京剧团等曾学演此剧。

贯盛习先生出生于京剧世家，其父贯紫林为名武旦，其兄贯大元为名老生，贯盛吉为名丑。他十岁入"富连成"学艺，得叶春善、萧长华传授。十一岁登台。十二岁演主角。出科后又得王凤卿、钱金福、余叔岩、贯大元教益。先后与程砚秋、李世芳、金少山、尚小云等合作。1956年，入河北省京剧团任主演、副团长。他嗓音宽亮，韵味醇厚，武工扎实，做工稳健，善于刻画划人物性格，戏路较宽，常演剧目有《双投唐》、《碰碑》、《战太平》、《定军山》、《失、空、斩》、《御碑亭》、《四郎探母》、《战长沙》等。他在《金水桥》中饰演的唐王李世民仪态端庄，既有帝王的威仪，又善于把握与长孙后、詹妃、银屏公主等剧中人的关系。剧中所唱的〔二黄慢板〕和〔西皮慢板〕，借鉴余叔岩《沙桥饯别》的〔二黄慢板〕和《摘缨会》的〔西皮慢板〕，唱得"余"韵十足，尤其是清唱〔吟板〕"叫孤王好为难啊"，令观众拍案叫绝。

杨荣环先生坐科于尚小云创办的"荣春社"，是尚之高足。尚亲授其《乾坤福寿镜》、《汉明妃》、《战金山》、《雷锋塔》等尚派名剧。他十四岁时曾陪尚小云演出《金山寺》。出科后曾与谭富英、杨宝森、金少山、周信芳、孙毓堃等名家合作，后又拜梅兰芳为师。梅亲授《宇宙锋》、《贵妃醉酒》、《霸王别姬》等戏。他艺兼梅尚，并精音律，能挡琵琶，善制新腔。他编创的银屏公主的唱腔有梅之神韵，以彰显银屏雍容显贵之公主身份；又有尚之刚健峭丽。"绑子"

一场的〔西皮散板〕和“上殿”的〔西皮流水〕把剧中人的闻耗惊诧和怜子哀怨之情唱得淋漓尽致。金殿上的〔西皮慢板〕和〔西皮二六〕，也是佳腔迭出，把银屏公主的矜持与无助，不得不“屈膝下跪哀告姨娘”的复杂心情，刻画得活灵活现。

《金水桥》又名《女绑子》，和《上天台》铫期绑铫刚《男绑子》剧情有相似之处，都是功臣之子打死国丈，又都是皇帝判案。但不同的是，《上天台》的皇帝刘秀判的是一面官司，对铫期父子百般劝慰和依顺；而《金水桥》的皇帝李世民却始终不一，开始力主斩秦英正国法，继而又屈于长孙后以死要挟欲赦秦英，处于两难之中，他每次表态又影响着詹妃和银屏、长孙后对立双方的悲喜，可谓充满了喜剧性和戏剧性。李世民每一句表态性的唱腔之后，都巧妙地安排了银屏、长孙后和詹妃接唱〔哭头〕，哭儿哭父哭外孙，或悲或喜，或幸灾乐祸，交织一起，妙趣横生。每演至此，观人总会报以会心的笑声，将一场关系秦英生死的皇家诉讼，演绎得轻松活泼。可以说，《金水桥》是一出以平民视角来诠释宫廷的权势、忠奸、谪庶之争的剧目。它符合百姓的忠奸观与心愿。这恐怕是《金水桥》能为许多剧种搬演，并受到观众特别是农民观众欢迎之所在，也是它有别于《上天台》、《打金枝》等同类题材剧目的不同之处。贯盛习、杨荣环二位先生也正是紧紧地把握住这一点，塑造出了栩栩如生的人物形象。

贯、杨离开舞台之后，继演此剧者无不以贯杨为圭臬，萧规曹随，尤以贯盛习弟子祝元昆和杨荣环弟子萧月珠深得乃师三昧。这次记录本就是根据祝元昆、萧月珠二位1980年的演出录像整理的。该剧秦英一角，河北省京剧院演出时由净行和武生分饰，“哭殿”前由净行应工，“征西”由武生勾脸串演，以使开打火爆炽烈。该剧武打由夏鸣喜先生依剧本团演员条件设计，并非传统之武打套路，故学演者可因人而宜。

中国戏曲学院教师任枫先生在河北省京剧院工作期间，曾对该剧唱腔的过门垫头作过加工润色。剧本记录工作得到了河北省京剧院、河北省艺术研究所鼎力支持，吴春礼、祝元昆、萧月珠等先生提供了诸多指导，在此表示感谢。

张松岩

人物行当

李世民	生	家　院	丑
银屏公主	旦	马　童	武生
秦　英	净	四番将	武行
长孙后	老旦	八番兵	武行
詹　佩	净	四唐将	武行
詹　妃	旦	八唐兵	武行
苏宝童	武净	四宫女	旦
秦怀玉	文武老生（或武生）	四太监	杂
徐　勣	生	四校尉	杂
程咬金	丑	大太监	杂
书　童	丑	番旗兵	杂
王伯超	武净	唐旗兵	杂
罗　章	武生		

服装扮相

李世民　俊扮。黪三、王帽，皇蟒、玉带、苫肩，红彩裤、厚底。

银屏公主　俊扮。凤冠。第四场宫装，第六场红团凤女帔；第七场女蟒、玉带、苫肩、绣花白腰包，彩鞋。

秦　英　勾红鸟儿脸。珠子头、黑牵巾、面牌，绿花箭衣、绿花开氅、红大带，黑彩裤，厚底。“绑子”至“金殿”去掉开氅；“出征”一场，翎子、大额子，改良靠、斗篷，虎头靴；“开打”脱斗篷。

长孙后　俊扮。老旦凤冠，老旦香色团龙蟒、玉带、老绿色腰包，福字履。

詹　佩　勾白脸。黪满、黑貂，黑蟒、玉带、苫肩，黑彩裤，厚底。

詹　妃　俊扮。包大头、凤冠，皇帔（女）、白绣花腰包，彩鞋。

苏宝童　勾黑碎脸。黑扎、黑耳毛子、大额子、翎尾，黑硬靠、楦黑蟒，黑彩裤，厚底。开打时去黑蟒。

秦怀玉　俊扮。黑三、黑忠纱帽，驸马套、红蟒、玉带、苫肩，红彩裤，厚底。开打时改穿红硬靠。

徐　勣　俊扮。白三、改良相貂，香色蟒、玉带、苫肩，黑彩裤，厚底。

程咬金　搓红老脸。白五嘴、侯帽，绿蟒、玉带、苫肩，黑彩裤，朝方。后改穿箭衣、红马褂、苫肩、大带，红彩裤。

书　童　勾豆腐块。一字巾，黑道袍、红大带，大袜、黑便鞋。

王伯超　勾吊客脸。白颏下涛、白额子、翎尾，白箭衣、黑大带，白彩裤，厚底。衣内楦肩膀、楦臀部。

罗　章　俊扮。网子甩发、白孝带、白牵巾，白箭衣、黑大带，白彩裤，厚底。

家　院　勾白豆腐块。黑软罗帽，黑道袍、丝绦，黑彩裤，便鞋。

马　童　勾白马童脸。黑头巾、黑马童衣，黑彩裤，薄底。

四番将　揉脸或俊扮。鞑子帽、短番尾，改良箭衣、长坎肩，深红彩裤，腰箍，薄底。第一场分别披红、绿、黑、紫色短斗篷，第九场开打时去掉。

八番兵　俊扮。包土黄色头巾、黑头箍，大襟打衣、黑短坎肩、土黄彩裤，黑腰箍，薄底。

四唐将　俊扮。大额子，改良靠，彩裤，薄底。

八唐兵　俊扮。兵帽，兵衣裤，薄底。

四宫女　俊扮。宫女装。

四太监　俊扮。小太监衣帽，丝绦，彩裤，薄底。

四校尉　俊扮或搓脸。大板巾，红马褂、黑箭衣、下甲、大带，黑彩裤，薄底。

大太监　俊扮。大太监衣帽，丝绦，彩裤，厚底。

番旗兵　同番兵。

唐旗兵　俊扮。白毡帽、黑彩衣、红坎肩、黑彩裤，薄底。

道具

桌子	一张	**椅子**	四把
牙笏	四个	**印信**	一方
石锁	一个	**弓**	一张
马鞭	五根	**“秦”字纛旗**	一面
“苏”字纛旗	一面	**云帚**	一把
城门	一座	**白缨单枪**	四杆
腰刀	四把	**双头红缨单枪**	八杆
黑方楞锤	一对	**大枪**	一杆
镀金三锯齿刀	一对	**单刀**	六把
月华旗	八面	**法绳**	一条
香炉	一个	**玉带**	一束
铁链	一条		

第 一 场

〔清场。[1]

〔【撤锣】“马架子”，【急急风】四番将“趟马”，由“上场门”一溜边跑上，至台中心，磕马鞭，跑圆场，“扎四角过合”，“二龙出水”，分至“大、小边”，下马。【搓锤】“望门”（两番），【急急风】【四击头】四人同于前台口亮相。

〔奏唢呐曲牌<将军令>帽儿。

中速

1=E

サ（冬龙 冬龙）3 － 5 － － | 1/4 2 3 | 5 3 |

（匡 匡 匡 － 冬龙 0 匡 匡

3. 2 | 1232 | 1216 | 1 | 1 12 | 3 5 | 432 | 3 ‖

匡 令匡 乙令 匡 令匡 令匡 0 匡

〔【急急风】八番兵举双头枪“上场门”冲上，“二龙出水”，“站门”。苏宝童以左袖遮面“上场门”快步至中场前方，旗兵举“苏”字纛旗紧随后上。

〔【一锤锣】苏抖袖、捋扎、左右环视。苏与字纛旗到“九龙口”斜面“大边”前方，四番将、八番兵由两边包抄，“倒八字”立于苏两侧，苏高众低亮相。【大锣归位】

奏唢呐曲牌<点绛唇>

1=E

众 サ6 54 3 5 2 －【小锣二击】2 2 1. 2 7 2 61 5 － |

虎 踞 番 邦， 将 勇 兵 强。

〔【急急风】八番兵“倒脱靴”，成“横一字”站最后一排，四番将与旗兵站第二排，苏宝童居台中，众转身弓箭步亮相。【大锣归位】

众 サ5 3 2 －【小锣三击】 1 3. 5 2 3 56 5 － |

灭 唐 王， 犹 如 探 囊。

〔【急急风】苏原地转身，番兵、番将圆场归回原位。

苏宝童 （念）江山——

〔【软四击头】苏掏双翎，四番将上步于苏两侧，合扇亮前低后高相。

苏宝童 サ2 2 12 6 1 5 － ‖

归 某 掌。

---

① 舞台上无摆道具。也有称静场。

| 金　水　桥 |

〔【大锣归位】四番将、八番兵转身后撤，“倒八字”排列两边。苏搭水袖。

苏宝童　【撕边】某——【大锣一击】苏宝童。【大锣住头】闻得唐朝秦琼、敬德已死。（拱手）奉了我主之命，带领人马夺取唐室天下。今乃黄道之日，正好兴兵。儿郎的——

众　嘿！【大锣一击】

苏宝童　起兵前往！

众　啊！

〔【急急风】苏宝童向右转身，后走几步，四番将“二龙出水”分别至“大、小两边”牵马，于苏宝童前排“横一字”，一番将给苏带马迅退原位。【大锣四击】苏、四番将跨腿转身上马。

〔【大锣帽子头】八番兵举枪冲前台口“横一字”排开，苏与四番将后撤。

奏唢呐<上小楼>

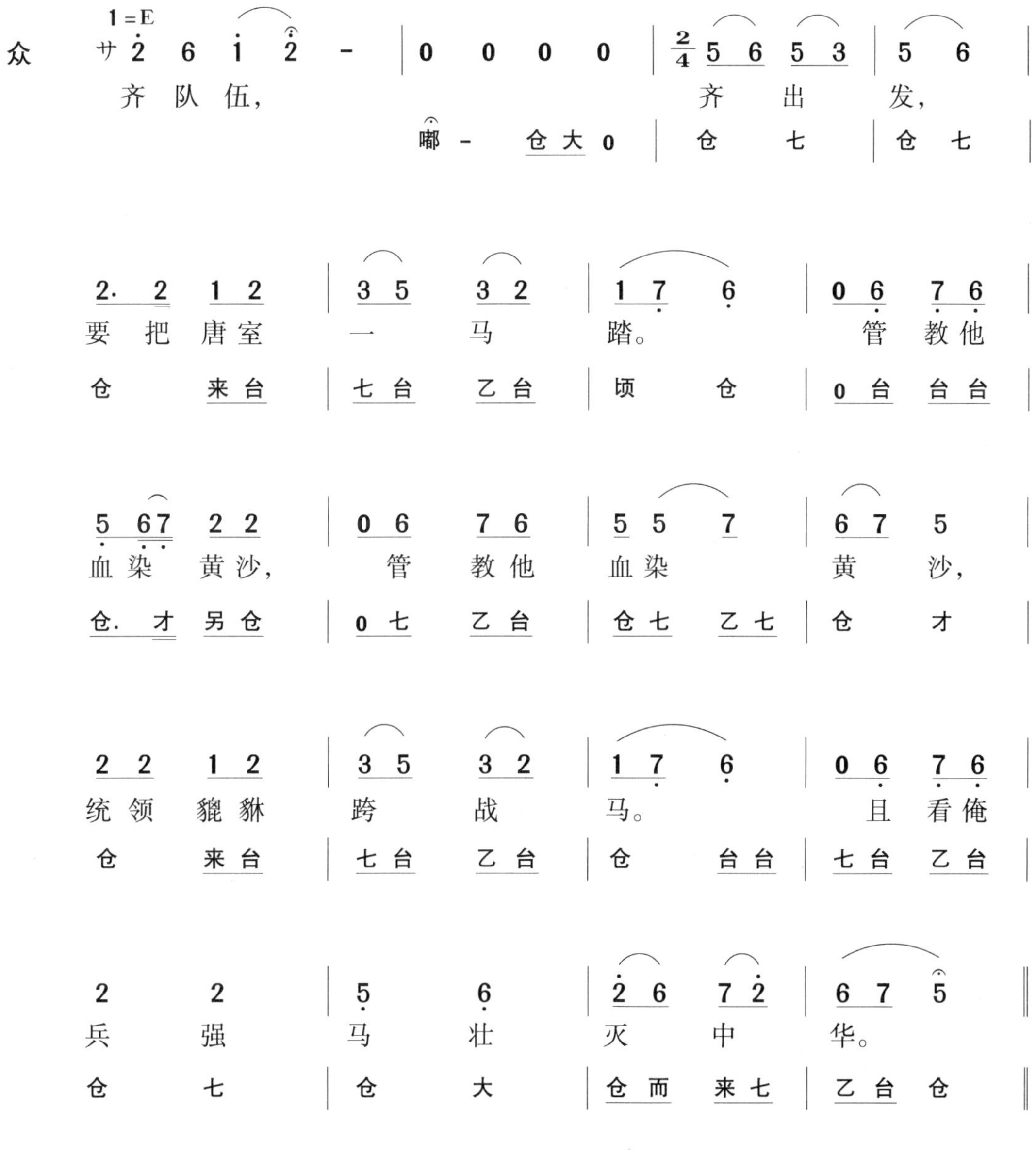

〔【急急风】圆场，番兵番将于“下场门”两侧站“斜胡同”，苏宝童于小边前台口勒马亮相、加鞭，字纛旗随后，“下场门”下，四番将八番兵依次随下。

第 二 场

〔堂桌、大座，大红桌围椅披，桌上放香炉。

〔【撤锣】，二幕拉开，乐队奏<西皮小开门>，四小太监一边两名站于后排，大太监持云帚立在“大边”桌侧。①

〔李世民“上场门”上，至“九龙口”整冠、捋髯，再至中场台口。

李世民 （念引子）山河锦绣，民安乐，

1 2 ∨ 3 ¹2 - ³2 ³2 6̣ 7̣ - ²7̣ ²7̣ ∨ ⁷6̣ - ‖

帝 道 霞 昌。

〔双抖袖、提袖、整冠、捋髯；上步右转身归大座。同时詹佩秦怀玉自“上场门”上，徐勣、程咬金自“下场门”上，四朝官抱牙笏进殿朝拜。

四朝官 臣等见驾，吾皇万岁。（跪拜）

李世民 平身。

四朝官 万万岁！

〔四朝官起立。詹佩在内秦怀玉在外立于“小边”，徐勣在内程咬金在外立于“大边”。<西皮小开门>乐止。

李世民 （念诗）钟鸣鼓响紫微降，一轮红日出扶桑；②

寡人之福天恩赏，但愿万民皆安康。

【小锣住头】孤，大唐天子贞观在位。（扎）自孤登基以来，开疆拓土，万方来朝。且喜干戈宁静，海宴河清。今当早朝，众卿——

四朝官 臣。（同向内转身）

李世民 有本早奏，无本退班。

徐 勣 臣启万岁，今有苏宝童兴兵犯境，请主定夺。

李世民 众卿有何妙策？

程咬金 （京白）臣启万岁，想那小小的苏宝童竟敢兴兵犯上，万岁就该差遣人马，前去征剿。

詹 佩 臣启万岁，闻听苏宝童带领倾国人马，势不可挡，依臣之见，不如遣使求和，免得生灵涂炭。

秦怀玉 启奏父王，那苏宝童兴兵犯境，望父王赐儿御旨一道，擒那苏宝童金殿赴罪。

詹 佩 臣启万岁，我朝大将秦琼、敬德已死，驸马岂是苏宝童的对手！依臣之见，还是求和的好。

李世民 嗯，这个……

---

① 按京剧程式，此场应先上秦怀玉等四朝官“打朝”，分别念诗自报家门，一人念“……圣驾来也！”起<小开门>，两边退下；上四小太监、大太监摆对“站门”，再上李世民。该演出本为压缩时间，又为与其后“金殿”一场站门重复，故此处删繁就简。

② 此处减去垫锣连念。

徐　勣　臣启万岁，苏宝童大兵压境，只可宜战不宜求和。依臣之见，就命秦驸马挂帅，罗家父子以为前站先峰，定能一战成功。

詹　佩　元帅大印，驸马焉能挂得？（指秦）

徐　勣
程咬金　（同白）挂得！（上步）

詹　佩　挂不得！（上步）

李世民　嗯！【撕边一锣】众卿不必争论，秦怀玉听旨：

秦怀玉　臣——（【撕边一锣】下跪）

李世民　孤命你以为头路统兵元帅，罗家父子以为前站光锋，程皇兄押解粮草，征剿苏宝童。领旨下殿。

〔大太监在李念白时回“下场门”取大印复上，李念完后将印交于秦怀玉。

秦怀玉　谢主隆恩。（起身）

众　请驾回宫。

李世民　退班。

大太监　退班哪！

〔【一锤锣】李世民、大太监、四小太监“抽场”下。秦怀玉左手用牙笏托印立于台中，徐勣、程咬金与詹佩“推磨大转身”，秦、徐、程大笑，然后自“下场门”下,詹佩随后自“下场门”下。

第 三 场

〔清场。

〔【原场】切住。

〔秦英内白：“众家将！”

众内白：“啊！”（仓）

秦英内白：“回府！”

众内白：“啊！”

奏曲牌<耍孩儿>(亦称<娃娃儿>用海笛吹奏）1＝A

（八大台　顷 － 仓）サ 5 6 i －

〔【串子】四军士自“上场门”上“斜一字”亮住，书童背弓随上斜站于第二排。

<耍孩儿>头段

0	0	0	0	0 6	5 6	5 6
八 大	台	仓	仓	仓 八	乙 才	乙 嘟

i 2	i 7	6 i	5 6	i 3	5 6	5 6
仓 七	仓 七	另 仓	0	0	0	0

〖秦英打马“上场门”上，至“九龙口”转身打马。四军士由“斜一字”分成“站门”。

<耍孩儿>收尾

【扫头】

〖秦英居中场台口，【大锣归位】加鞭转身勒马亮住。

秦　英　（念）英雄武艺俺为上，谁人不知赛金刚。【收头】俺——【撕边一锣】秦英【住头】。适才得知我家爹爹奉旨征西，为此急忙赶回。众家将！

众　啊！（仓）

秦　英　回——府！

众　啊！（仓）

〔亮弦〕

（2. 3 5 - 5. 2 1 -）秦英撩开氅，加鞭。【闪锤】转身打马。

〔西皮流水〕

秦　英

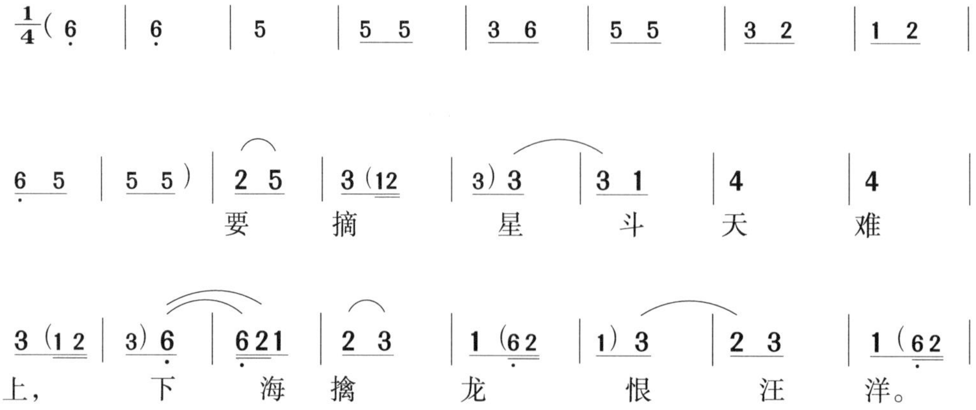

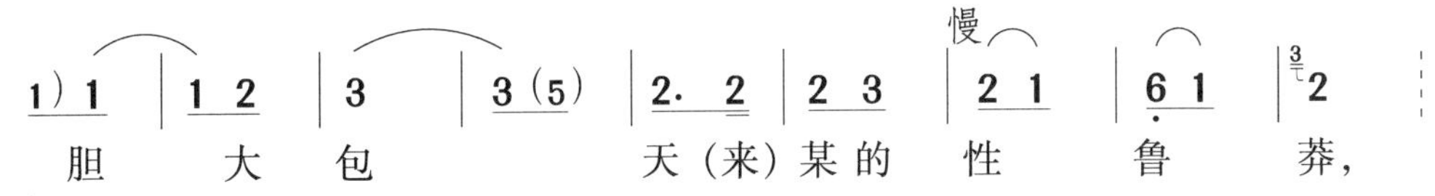

走！

众 啊！

〔【快长锤】四军士“插门”下，书童随下，秦英转身勒马。二幕闭。

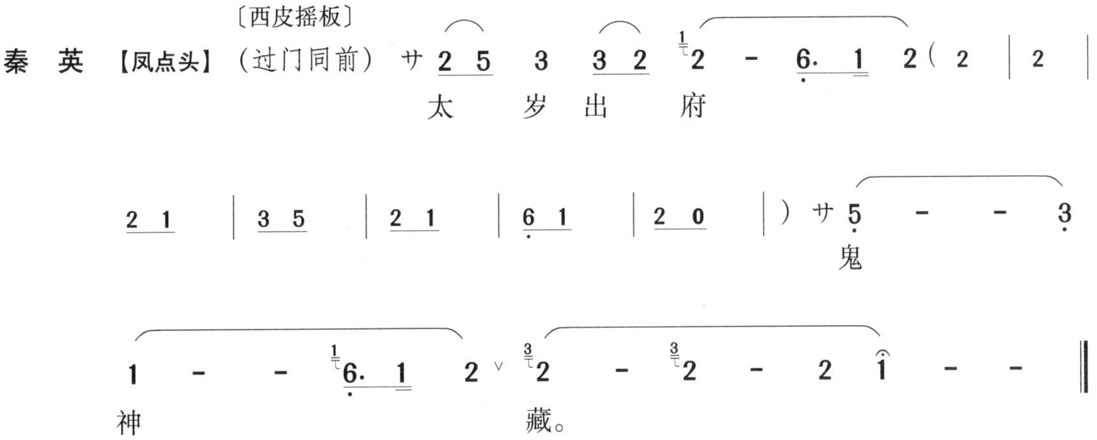

〔【大锣抽头】秦英挥鞭“下场门”下。【原场】

第 四 场

〔堂桌、小座、“小边”跨椅。

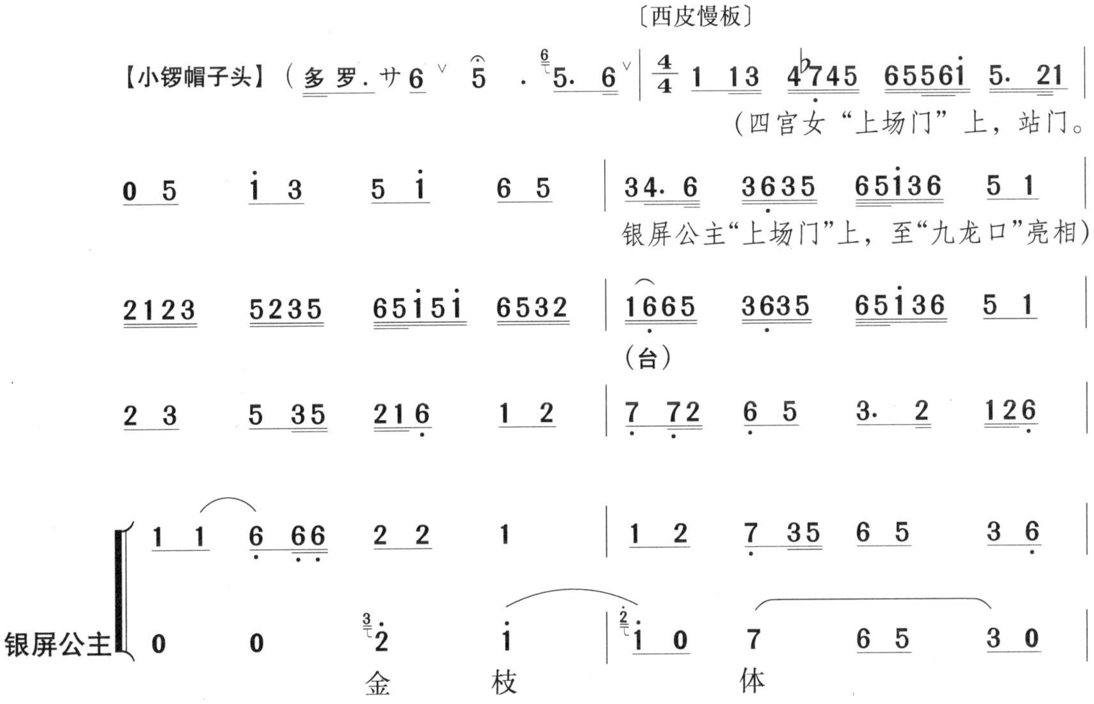

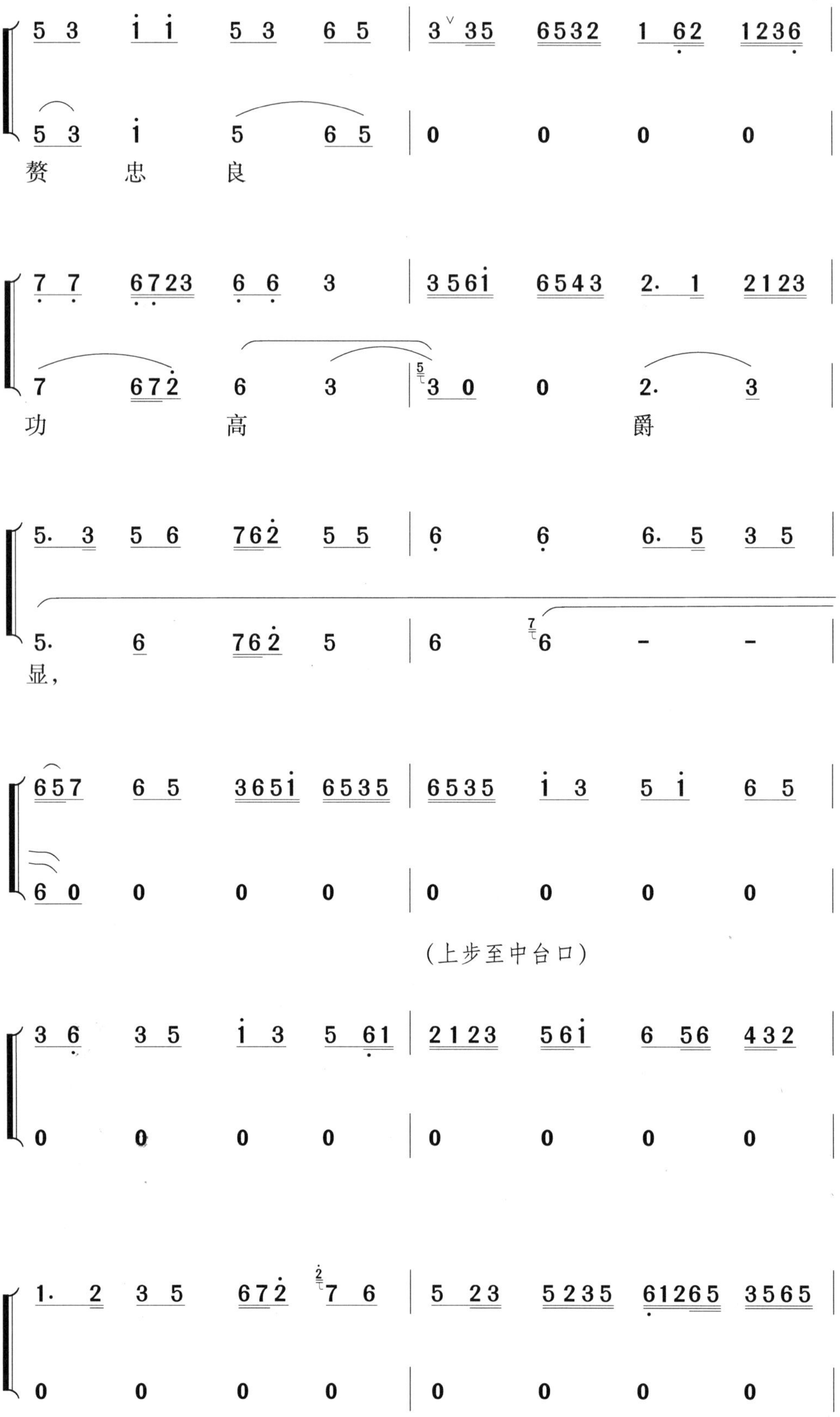
赘 忠 良
功 高 爵
显，
（上步至中台口）

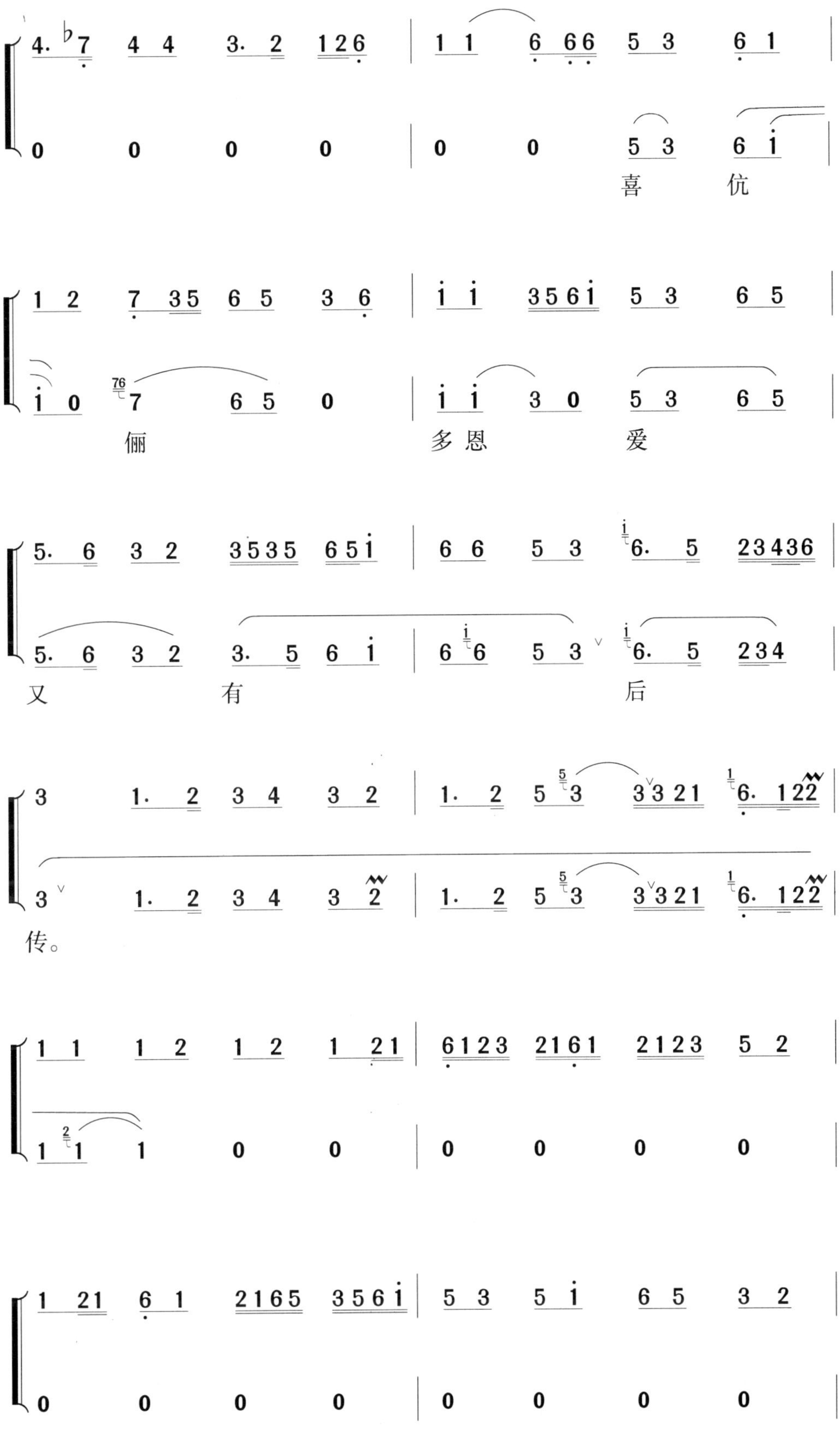
喜 伉
俪 多恩 爱
又 有 后
传。

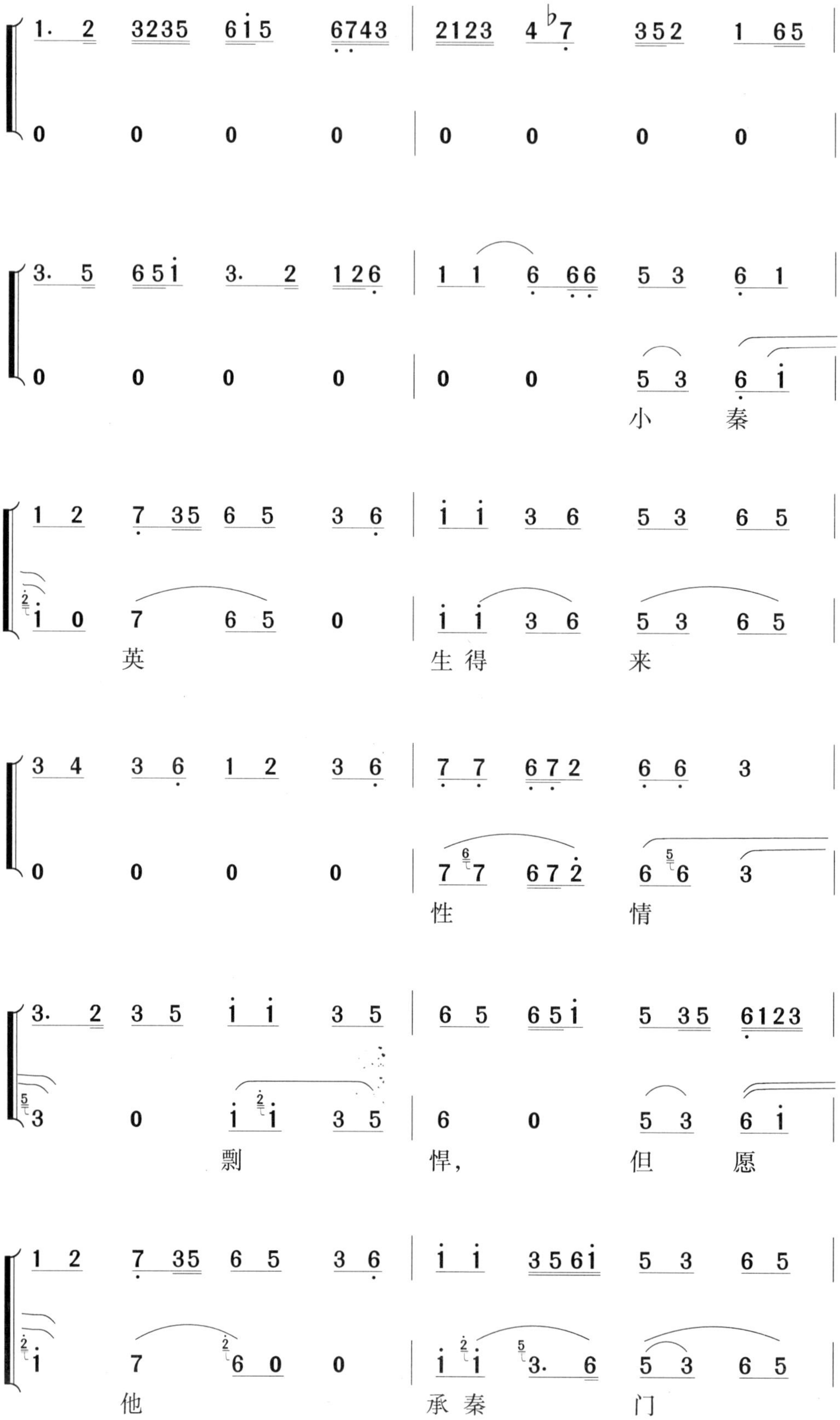
小 秦
英
生得 来
性 情
剽 悍，但 愿
他
承秦 门

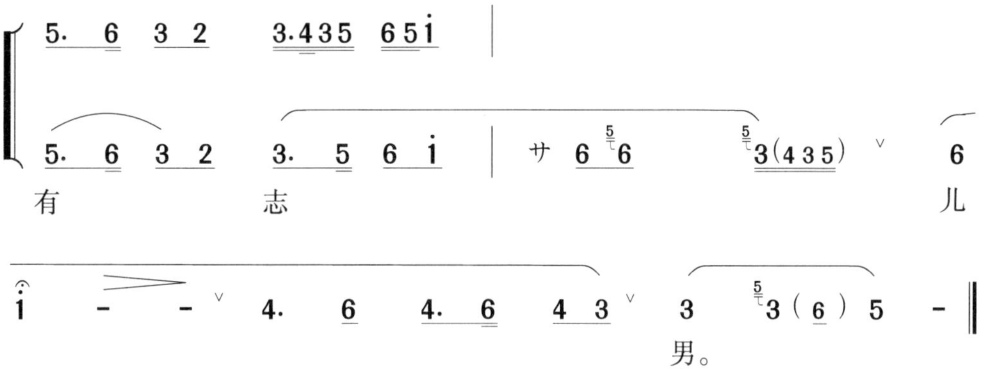

〔转身归小座。四宫女后退分站两边。

〔秦怀玉内白：“回府”——

〔**【大锣纽丝】**四军士“上场门小边站一字”。秦怀玉挥马鞭上，“九龙口”亮相开唱。

〔西皮散板〕

秦怀玉

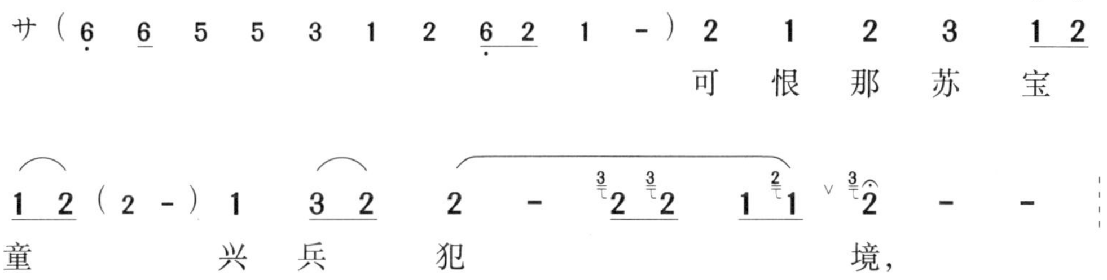

〔**【纽丝】**秦怀玉望门、转身下马，头名军士接马鞭，四军士反下。

宫女甲 驸马回府！

〔银屏公主起身出迎，宫女甲将小座椅搬到“大边”桌旁。

银屏公主 驸马！（拱手）

秦怀玉 公主！（拱手）

〔二人“推磨”，秦怀玉归“大边”。银屏归“小边”。

〔西皮散板〕

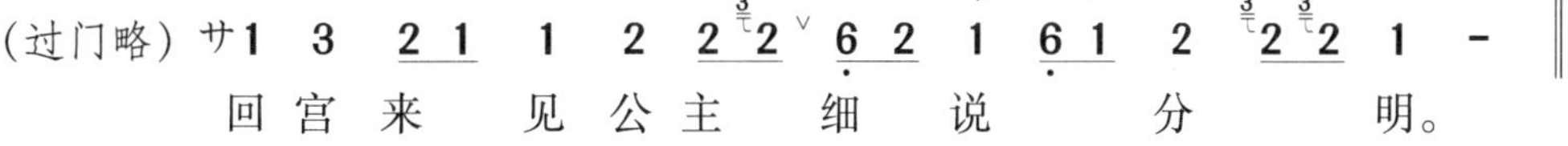

〔**【一锤锣】**双归座，秦“大边”座。

银屏公主 啊，驸马，圣上宣召为了何事？

秦怀玉 只因苏宝童兴兵犯境，圣上挂我为帅，前去征剿。

银屏公主 哦—— **【撕边一锣】**有这等事，何时起程？

秦怀玉 即刻起程。啊，公主，本宫走后，有一事放心不下，只是秦英小儿生性粗鲁，恐其在家要生祸端，叫本宫实实放心不下。

银屏公主 驸马但放宽心，秦英小儿有本宫教训于他，料然无事。

〔秦英内白：“马来！”

〔**【急急风】**四军士、书童“上场门”上，秦英上。**【一锤锣】**望门转身下马。

书 童 驸马爷回来啦！

〔秦英挥手示意入内，四军士、书童、秦英“挖门”进，四军士两旁“站门”，秦英、书童站“大边”。

秦　英　孩儿参见爹娘。（施礼）

银屏公主
秦怀玉　（同白）罢了！【撕边一击】

秦怀玉　儿啊，你往哪里去了？

秦　英　孩儿到郊外射猎，又到校场与众少年比试武艺，他们被孩儿打得落花流水，好不快活人也！闻知爹爹奉命征西，孩儿要随同爹一同前往。【撕边一锣】

秦怀玉　哎！我儿尚在年幼，还是在家用心攻书，听候你母亲教训才是。

秦　英　啊，爹爹，孩儿每日习练拳棒，武艺精通，今日爹爹挂帅出征，孩儿正好报效国家。既然爹爹不带孩儿前去——也罢！【住头】等爹爹走后，孩儿定要追赶到军前！（八仓）

秦怀玉　哇！【大锣五锤】胆大奴才，为父好言训教，儿还是如此倔强。来！

四军士　有！

秦怀玉　将石锁与我搭了上来。

四军士　啊！

〔【八仓】秦英一惊，摊开双手“愣神”，【冲头】“大边”二军士从“下场门”的内抬石锁放至“大边”前台口。

秦怀玉　将石锁锁在你少公爷的项上！

〔“小边”二军士过来，秦英上步“欺身”。

秦　英　你们哪个敢锁！（嘟儿大大大仓）

〔“大边”二军士过来，秦英上步“欺身”。

秦　英　哪个敢锁！（嘟儿大大大仓）哪个敢（呐）锁——

〔【撕边】（八大仓）秦怀玉起身，抓住秦英右手。

秦怀玉　与我锁了！

〔扔手【软四击头】秦英“给膀子”，四军士抓住秦英双膀，书童将石锁上的铁链套在秦英项上。

书　童　锁好了。

秦怀玉　书童！

书　童　有！

秦怀玉　将你家少公爷交付于你，将他锁在闲房，不许他出入。若是有人放他出来，打折尔的狗腿！（仓）

书　童　是！

秦　英　哎呀！（跺脚）

〔秦英“轰”开四军士。【快纽丝】右手提石锁，后放下。

〔西皮散板〕

（过门同前）サ 5 3 3 3 3. 5 1 2 3（6 1 2 3 －）
爹 爹 不 容 把 话 讲，（仓）

6 2 1 3 2 1 3 2 6 1（7 6 2 1 －）1 3 3 2
反 将 豪 杰 锁 闲 房。（仓） 父 命 难

2 - - 3 ˇ2 - - ³2 ³2 1. 2 3 5 ⁵2 - 【撕边一锣】
违 我 怎 敢 抗，

书 童 少公爷，您听见了没有哇？驸马爷把您交给我了，这回您哪可该听我的啦！
秦 英 去你娘的！（踢书童一脚）
秦怀玉 将他带了下去！

〔【纽丝】秦英右手提石锁向内转身，四军士、书童“下场门”下。秦英小圆场转身起唱。

〔西皮散板〕

秦 英 （过门同前）3 3 3 2 1 2 2 ³2 ˇ 5. 3 1 - - 6. 12 ˇ ³2 ³2 ²1 - ‖
铜 墙 铁 壁 又 何 妨。

〔【一锤锣】秦英右手举石锁，落下，提锁“下场门”下。
银屏公主 后宫备酒，与驸马饯行。
秦怀玉 有劳公主——

〔【双楗凤点头】站立抖袖，众人向前，闭二幕。

〔西皮散板〕

秦怀玉 （过门同前）1 2 1 2 3 1 ³2 -（3 21 6 6. 1 2 -）
此 去 狼 烟 俱 扫 尽，（仓）

银屏公主 i i 53 6 ⁶⁵6 ˇ ⁶ⁱ6 3 5 - 3 ⁵3 5 - ‖
旗 开 得 胜 早 回 音。

〔【一锤锣】秦怀玉、银屏公主“下场门”下，四宫女内插门随下。

第 五 场

〔堂桌小座。
〔秦英内白：“闷煞（仓）人也！——”
〔【撕边】提石锁“下场门”上至台中，撂石锁。【纽丝】

〔西皮散板〕

秦 英 （过门同前）ㄔ3 4 3 4 3 2 1 2 -（3 2. 1 6 6. 1 2 -）
忍 不 住 英 雄 志

⁵3. 2 1 2 - ³2（2）3 - - 3 5 2. 3 210 1 2 -
浩 气 千 丈，

〔【纽丝凤点头】提石锁上步再撂地。

〔西皮散板〕

（过门同前） 3 1 2 3 1 2 - 1 2 ³⁵3 2
竟 把 俺 当 作 了 姜 里 文

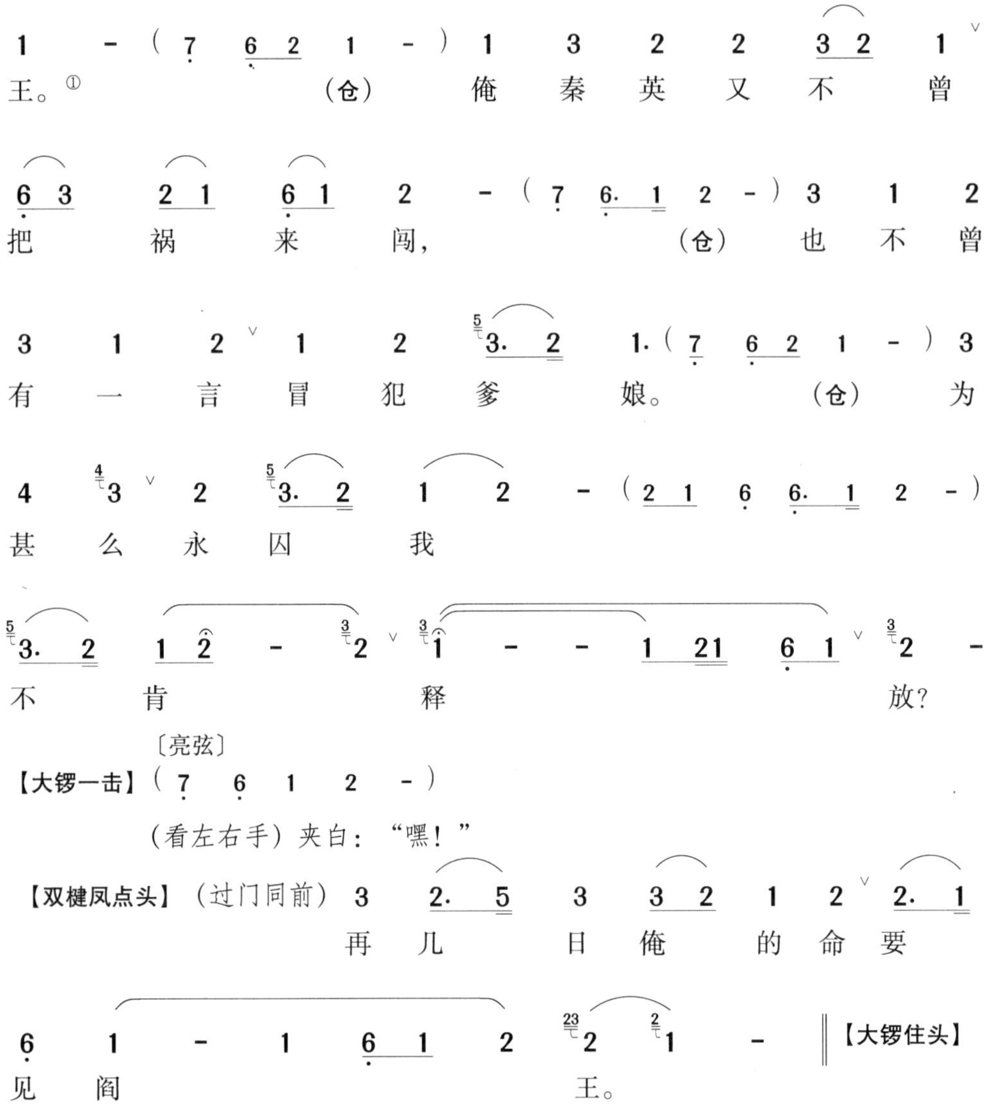

只因俺家爹爹奉旨征西，怕俺在家中惹祸，将俺锁在闲房之中，十分的忧闷。不免将书童唤来，想个法儿出去玩耍玩耍。书童，书童，书童哪里？

书　童　来啦来啦！（【小锣五锤】边说边从“上场门”上，至“小边”台口）
(念)忽听公爷叫，急忙就来到。不是要拉屎，就是要撒尿。
哎,少公爷,您嚷什么？哦,想是您要拉屎撒尿,您等着,我拿盆儿去！（转身欲走）

秦　英　不是。

书　童　不是。不是要干什么？

秦　英　啊书童，你将房门打开，俺要出去凉爽凉爽！

书　童　那可不成。钥匙在公主那儿。没法儿给您开呀。

秦　英　哎，你去至上房我母亲那里，取钥匙前来。

书　童　我要是给您开开，公主要是知道了，非打我不可，不能开。

---

① 周文王姬昌曾被商王纣囚于羑（yǒu）里（今河南汤阴北）。

秦　英　哎，不妨事，我母亲喜欢的是我。

书　童　哦，公主喜欢的是您呀，她可不喜欢我哪。不能开。

秦　英　你开是不开?

书　童　我不开。

秦　英　当真不开?

书　童　当真不开。

秦　英　果然不开。

书　童　我说不开就不开!

秦　英　你要不开——

书　童　怎么着?

秦　英　我砸开了!

〔提石锁欲砸门，书童门外忙摆手制止。

书　童　慢着慢着！（仓）我合计合计。

〔秦英放锁。书童打“背供”。

书　童　哎呀，慢着。我要是给他开开，公主要是知道了非骂我不可；我要是不给他开，他要是砸开，出来是非揍我不可。我呀，咳咳，宁可挨骂也不挨揍。（向秦英）可是这么着，我给您开开，出来透透风就赶快进去。

秦　英　（京白）好嘞，咱们就这么办。

书　童　您等着，我拿钥匙。（做从怀里掏钥匙状，走向“门口”做开锁状）稀里哗啦嗙——开开啦！（做开门状）

〔【快冲头】秦英提石锁出门归大边，放石锁，起【叫头】。

秦　英　哈哈，【软四击头】哈哈，【住头】哈——呼呼哈哈！【冲头】【撕边一锣】

书　童　哎，少公爷，这回您可爽快得多了吧?

秦　英　倒也凉爽。

书　童　好不好哇?

秦　英　好哇?

书　童　好哇，咳咳，进去——

秦　英　出来就不进去了!

书　童　你看他说话不算话。

秦　英　书童，咱做何玩耍?

书　童　您要玩玩呀。少公爷，你戴着这么重的石锁怎么玩呀?

秦　英　这有何难，待我将它取了下来。

书　童　拿下来，加小心。

〔【撕边一锣】秦英挣断锁链。

秦　英　书童，搭了下去!

书　童　哎。（上前搬石锁，搬不动）少公爷，我拿它不动。

秦　英　无用的奴才!

书　童　那瞧您的。

〔【大锣五锤】秦英将石锁扔入“下场门”内。

秦　英　书童，咱做何玩耍?

书　童　你要玩玩儿，少公爷，咱们打拳玩你看好不好？

〔闭二幕。

秦　英　不好。

书　童　不好，那咱们踢腿？

秦　英　也不好。

书　童　踢腿也不好，打拳也不好，哎呀这——

秦　英　书童，你我去至郊外跑马射箭。**【大锣一击】**（亮弓箭式）

书　童　跑马射箭？

秦　英　你看如何？

书　童　那要是叫公主知道了，那还了得吗！想个别的主意吧。

秦　英　这——（扶额做思考状）

书　童　哎，少公爷，我有主意了。

秦　英　你有主意？

书　童　干脆，咱们上金水桥钓鱼玩去，一不招灾，二不惹祸。您看怎么样？

秦　英　倒也不错。

书　童　不错吧。

秦　英　只是无有鱼竿，也是枉然。

书　童　不要紧的，我那儿有哇。

秦　英　你有鱼竿？

书　童　我有鱼竿。

秦　英　快快取来，快快取来！

书　童　您等着。（“上场门”下）

秦　英　巧得很，他有鱼竿。

书　童　（取鱼竿[①]上）少公爷，你看这个怎么样？

秦　英　倒也不错。书童，走！

书　童　少公爷，咱们可不能走前门。

秦　英　为何？

书　童　要是走前门，叫公主知道那还了得吗，干脆，咱们走后花园门。

秦　英　好。书童！

书　童　有。

秦　英　带路——

书　童　是啦！

〔西皮摇板〕

秦　英　**【闪锤】**（过门同前）サ2　4　3　3　2　^{5}3 ˅ 5　1 2　3 2　3（4 6 |

俺　遵　奉　父　母　命　不　敢　违　抗，

3 2 | 1 2 | 3 1 | 6 5 | 5 5 |）1　3　2　3　1　2 ˅ 2

忍　不　住　英　雄　性　出

---

① 道具鱼竿由两节组成。

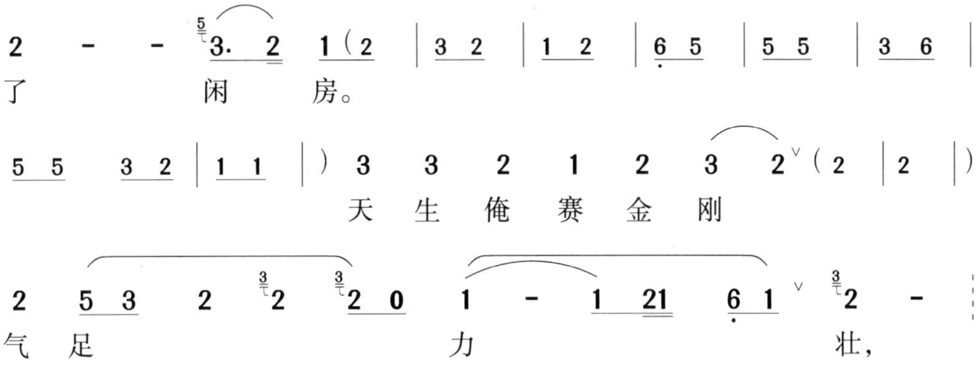

书 童 少公爷，咱们走吧！
秦 英 走！

〖【长锤】二人奔“上场门”归里边，圆场，启二幕，书童开门，出门，秦英至台中，书童归“大边”。【凤点头】

〔西皮摇板〕
秦 英 （过门同前）サ

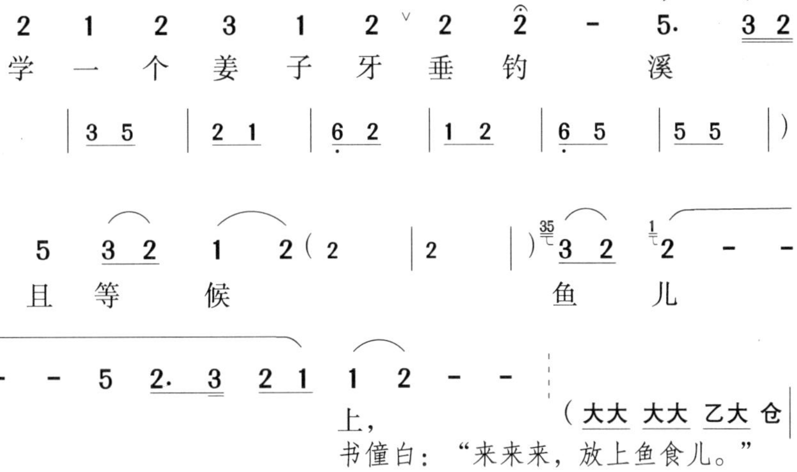

〖秦英将渔线投入水中。【小锣一击】

书 童 少公爷，您瞧这水多清亮啊！
秦 英 倒也清亮。
书 童 这一眼就看到底了。
秦 英 啊，书童，这个是什么鱼？
书 童 那个呀，那是金色鲤鱼。
秦 英 哦，金色鲤鱼，漂亮得很。
书 童 漂亮得很。
秦 英 这一个呢？
书 童 挺大两个眼珠子那个？
秦 英 嗯。
书 童 那叫望天鱼。
秦 英 啊，这个呢？
书 童 滋溜滋溜乱转的那个，哎，那是泥鳅。
秦 英 噢。唉！要上钩。

书　童　要上钩。（空匡 - ）

秦　英　啊！【双楗凤点头】

〔西皮散板〕

（过门同前）1　3　2　1　3　2 1 ˇ 6 2　1　2 ³2　1 ‖

耳　边　厢　又　听　得　锣　声　呛　啷。【住头】

书童，看看是哪个鸣锣开道。

书　童　是。（大 大 大 大 0 台）（往“上场门”走几步张望后又回原处）少公爷，您猜是谁在此鸣锣开道哇？

秦　英　哪一个？

书　童　是詹佩詹老太师在此鸣锣开道。干脆，今儿这个鱼呀咱们甭钓了，走，回家吃饭去。

秦　英　唉！他开他的道，俺钓俺的鱼。（京白）我一不招灾，二不惹祸，这还不成吗！

书　童　我可怕您惹祸。

秦　英　我不惹祸。

书　童　只要您不惹祸那就行。

秦　英　来、来、来，钓鱼！

〔詹佩内白：“开（吔）道！”

〔【冲头】接奏唢呐曲牌 <香柳娘>

〔四校尉在“上场门”口“斜站门”，家院引詹佩上，站在“九龙口”处。

詹　佩　前道为何不行？

家　院　秦公子挡道！

詹　佩　住轿——

家　院　是。

〔【大锣五锤】校尉掀轿帘，詹佩下轿。【撕边一锣】詹捋髯做张望状。

詹　佩　原来是这个娃娃在此钓鱼，想他父秦怀玉在朝专与老夫作对，闻得秦怀玉被困边关，身负重伤，性命难保，我不免趁此机会，抓住这个奴才一个错处，将他置于死地，岂不是斩草除根。嗯，待老夫向前！【叫头】小奴才！【软四击头】老夫朝罢而归，你在此钓鱼，挡住老夫去路，快快闪开，倘若误了国家大事，叫你吃罪不起！【撕边一锣】

秦　英　你开你的道，俺钓俺的鱼，与你什么相干！

詹　佩　胆大秦英，竟敢出言顶撞。来！

家　院　有！

詹　佩　将他的鱼竿折断。

家　院　是。

〔【撕边】家院上前抢鱼竿折断。【大锣一击】【快冲头】秦英扭脸转身，小圆场，指詹佩起【叫头】

秦　英　詹佩！【软四击头】俺在此钓鱼好好，你那里鸣锣开道，惊走俺上钩鱼不知紧要，反将俺鱼竿折断，是何道理呀？

詹　佩　【叫头】小奴才！【软四击头】老夫当朝国丈，大权在手，慢说是你，就是你父在朝，也惧怕老夫三分！

秦 英 呀呀呸！我父在朝有十大汗马功劳，你这老夫在朝专权，依仗你女儿献弄殷勤，今日害文是明日害武，你这裙带来的官儿，好不知羞耻呀！

詹 佩 这、这、这，小畜生！**【大锣五锤】**你以小犯上，真乃是有其父必有其子，（仓）这也是你祖父传留下来的野性，（仓）瓦岗强盗的根本！（仓）

秦 英 啊！怎么讲？

詹 佩 瓦岗强盗的根本！

〔**【撕边】**（八大仓）秦英搓手跺脚。

秦 英 扎、扎、扎……哎呀！**【快纽丝】**

〔西皮散板〕

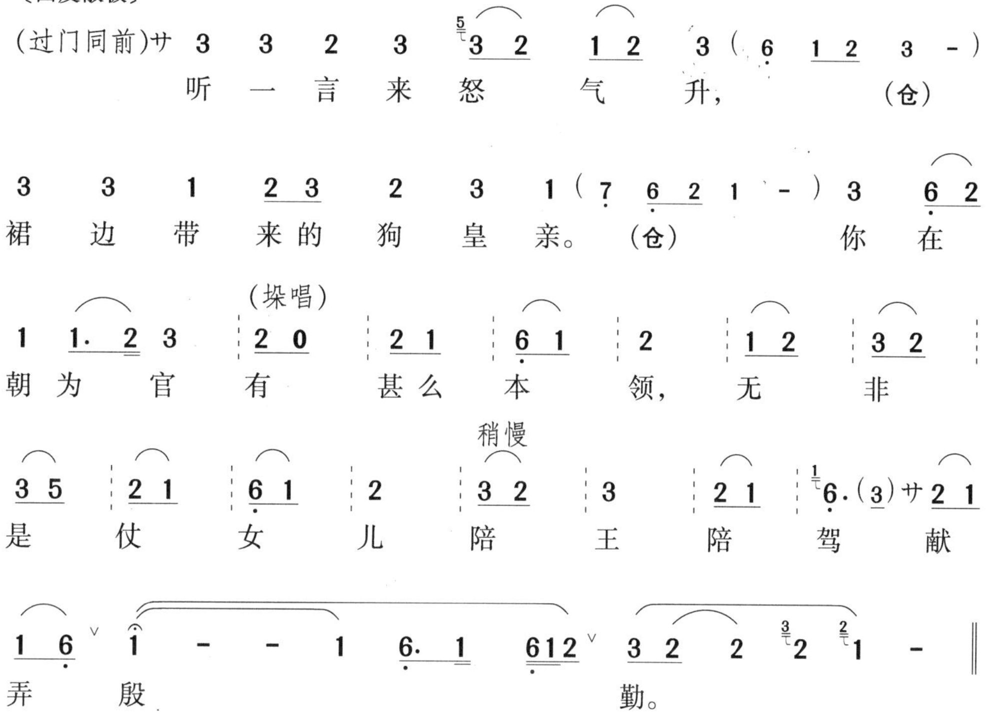

詹 佩 住了！**【双楗风点头】**

〔西皮散板〕

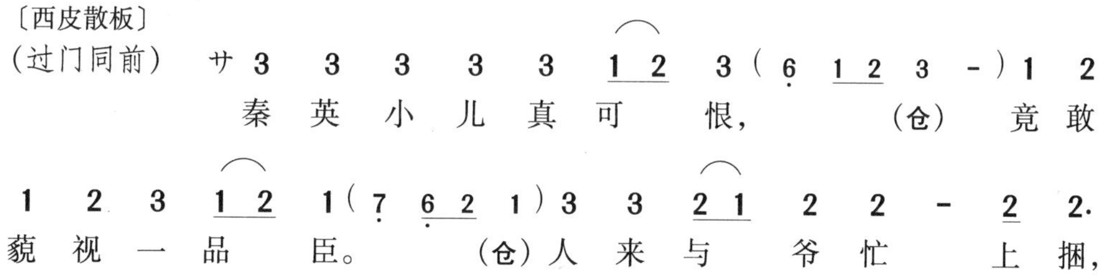

〔**【急急风】**小开打，家院上前被秦英“一赶两赶”，踹“屁股座子”。四校尉上前，被秦英“拨拉一个”“拨拉俩”，双手推两名，均从“上场门”逃下。詹佩也欲往“上场门”逃。

秦 英 哪里走！

詹 佩 啊！

〔**【双楗风点头】**秦英上步抓住詹佩后领，二人向里“一赶”，翻身冲外，秦英右手抓詹佩左手，詹佩右手背水袖做惊恐状。

〔西皮散板〕

秦　英　（过门同前）サ 3 1 2 3 3 2 2（2. 1 6 6. 1 2 －）3 2 1 2 3 0 3 － － 3. 5 2. 3 2 01 6 1 －

金　水　桥　边　（呐）　我　打　谗　臣。　（边唱边打）

詹　佩　哎唷！哎唷！

〔【撕边一锣】詹倒地死去，书童上前摸詹佩，知其已死暗惊慌。

书　童　少公爷，那詹太师叫您打死啦！【撕边一锣】

秦　英　打死啦？（亦惊）

书　童　打死啦！

秦　英　打死老贼，也是为国家除一害呀！

书　童　嗐！这话可不能这么说呀，这要叫公主知道了那还了得吗？

秦　英　哎！打死老贼自有你少公爷一人承当。（拍胸 八 仓 0）

书　童　好样的！敢做敢当。走，回家吃饭去！

秦　英　（京白）回家吃饭去！

〔【大锣五锤】秦英、书童“下场门”下。家院“上场门”蹑足上。

家　院　太师爷！（打 台 0）太师爷！（打 台 0）（上前摸詹佩，做惊状）啊！打死啦！待我报与詹娘娘知道。

〔【撤锣】从“上场门”跑下。闭二幕。

第六场

〔堂桌小座。

〔【长锤】四宫女“上场门”上，站门。接【双大锣凤点头】（空 | 仓 | 台七 | 乙台 | 仓 | 台七 | 乙台 | 仓 |）银屏公主“上场门”上至“九龙口”。

〔西皮摇板〕

银屏公主　（过门同前）サ 3 3. 6 5 －（3 5 | 6 5 | 3 6 | 5 | 5）7 7 － 5 － 6（6 | 6）5 6 6 5 5 － － 6 6 － |

驸　马　爷　出　征　渺　无　音　信，

〔【闪锤】上步，右抖袖，接唱。

（过门同前）サ 3 3 6 5 i i 6. 5 6 6 6 5 4 3 5 －

倒　叫　我　银　屏　女　时　刻　挂　心。

（6 5 | 3 6 | 5 5 | 3 2 | 1 1）3 3 6 5 3 6 5 7. 2 5

但　愿　得　扫　狼　烟

金 水 桥

$6\,(\underline{5}\ |\ \underline{3\ 5}\ |\ 6)\ 7\ 6\ {}^{67}6\ 3\ \hat{5}\ -\ 6\ {}^{5}6\ {}^{7}6\ -\ \|$

干 戈 宁 静。

〔【扫头】银屏公主转身归座，四宫女后撤；秦英、书童“上场门”上，“挖门”进，秦英归“大边”，书童归“小边”。

秦　英　孩儿参见母亲。

银屏公主　啊！【撕边一锣】（上下打量秦英）你主仆为何这等惊慌？（一转念）儿啊，你怎么出来了？

秦　英　啊，母亲——

〔书童向秦英连连摆手：“不要讲”，被银屏公主发现。（台）

银屏公主　（面向书童）奴才！

书　童　有！

银屏公主　这做什么？

书　童　没什么。

银屏公主　就该掌嘴。

书　童　是。

银屏公主　（面向秦英）啊，儿呀，快些讲来！

秦　英　啊，母亲——

〔书童再次示意又被银屏公主发现。

银屏公主　（斥书童）奴才！

书　童　有！（台）

银屏公主　还不与我滚了出去！（抖袖令书童下）

书　童　是。

〔书童出门，秦英蹑足跟出。

秦　英　回来，回来！

书　童　我、我、我，我可顾不了您啦！

〔书童“上场门”下。秦英进门归原位。（大　大　大大乙　台）

银屏公主　儿吓，不要害怕，快些讲来，为娘与你做主！

秦　英　母亲容禀：【住头】是孩儿在闲房之中十分忧闷，去至金水桥钓鱼逍遣，詹佩老儿那里鸣锣开道，惊走俺上钩鱼不知紧要，反将孩儿鱼竿折断。孩儿与他辩理，谁知他口出不逊，怒恼孩儿，我就是这一拳——（仓）

银屏公主　怎么样？

秦　英　将他打死了！（八仓）

银屏公主　（混身颤抖）怎、怎、怎么说——（离座上步追问）

秦　英　（京白）打死啦！（八大仓）

〔银屏公主双抖袖昏厥，宫女急唤：“公主！”站在“大边”前头的宫女急拽秦英：“少公爷！”宫女将银屏公主扶归原座。

秦　英　（上步）母亲！（再上步）母亲！（急步靠近摇晃银屏公主，为母抚胸）母亲——

〔文乐干起：

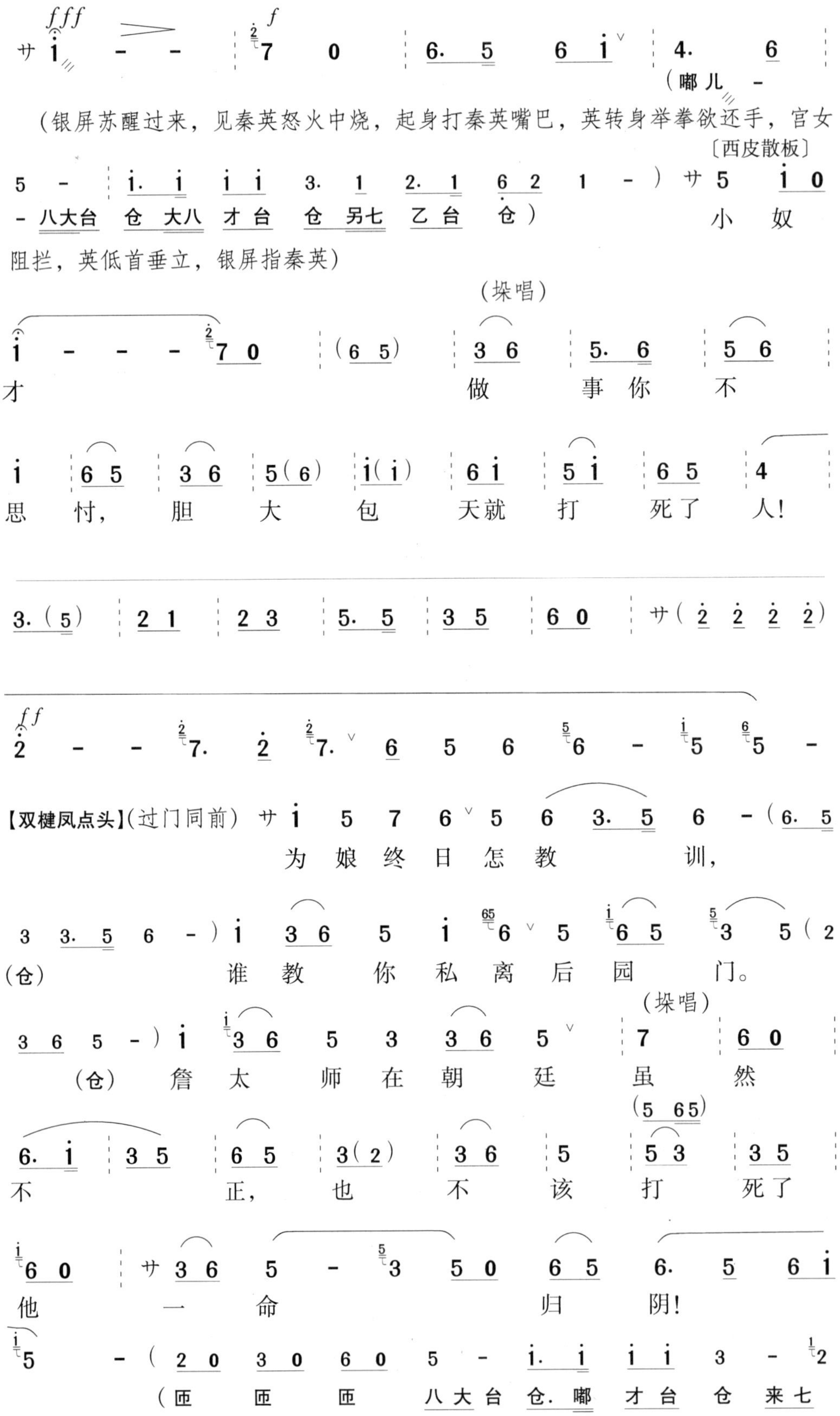
（嘟儿 －
（银屏苏醒过来，见秦英怒火中烧，起身打秦英嘴巴，英转身举拳欲还手，宫女阻拦，英低首垂立，银屏指秦英）
〔西皮散板〕
－八大台 仓 大八 才台 仓 另七 乙台 仓）
小奴才
（垛唱）
做事你不思忖，胆大包天就打死了人！
【双楗凤点头】（过门同前）
为娘终日怎教训，
（仓）
谁教你私离后园门。
（仓）
詹太师在朝廷
（垛唱）
虽然不正，也不该打死了他一命归阴！
（匝 匝 匝 八大台 仓. 嘟 才台 仓 来七

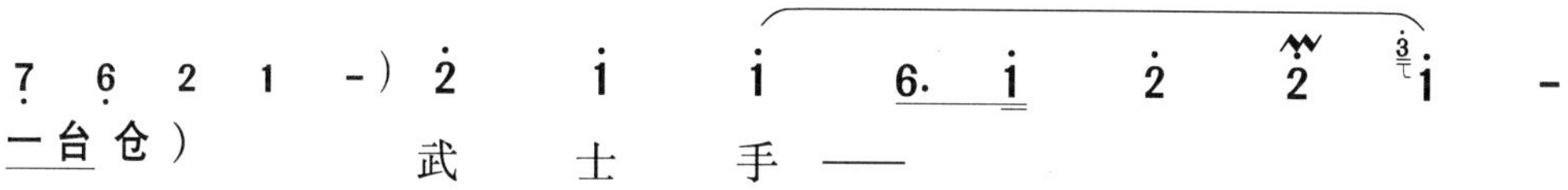

〔【急急风】二宫女向前喊：“武士走上！”众人后撤，四校尉两边上左、右弓箭，拱手念：“参见公主！”【双楗凤点头】

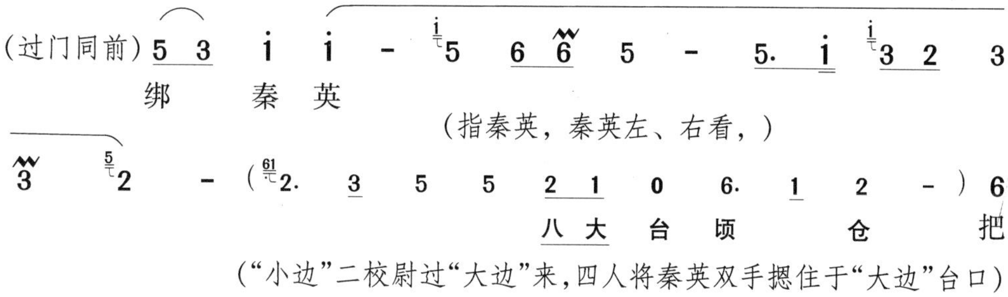

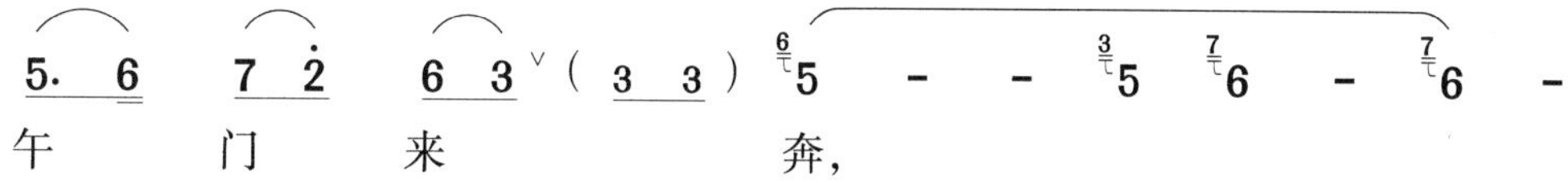

〔【纽丝】一校尉给秦英上“法绳”，两前两后押秦英“下场门”下。四宫女出门“外翻”掀轿帘，公主上轿，转身抖袖。二幕闭。【凤点头】

〔【大锣抽头】四宫女“推磨儿”，“下场门”站“斜胡同”，银屏公主“下场门”下，四宫女随下。

第 七 场

〔堂桌大座。桌上放香炉。

〔【缓锣】

〔李世民内白：“摆驾！”

〔【长锤夺头】四小太监分别自“上、下场门”走上“站门”。李自“上场门”上。

〔二黄慢板〕

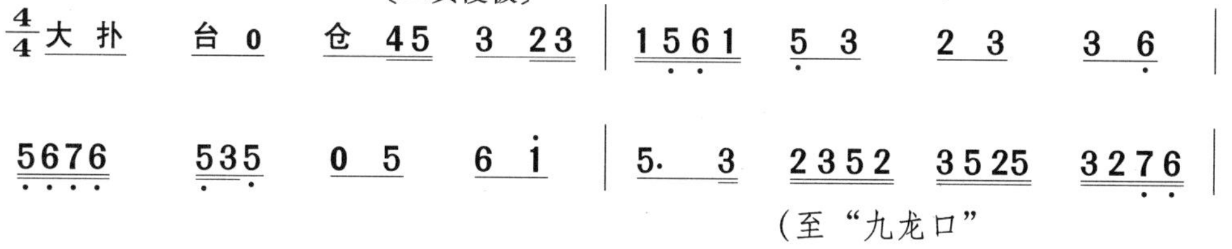

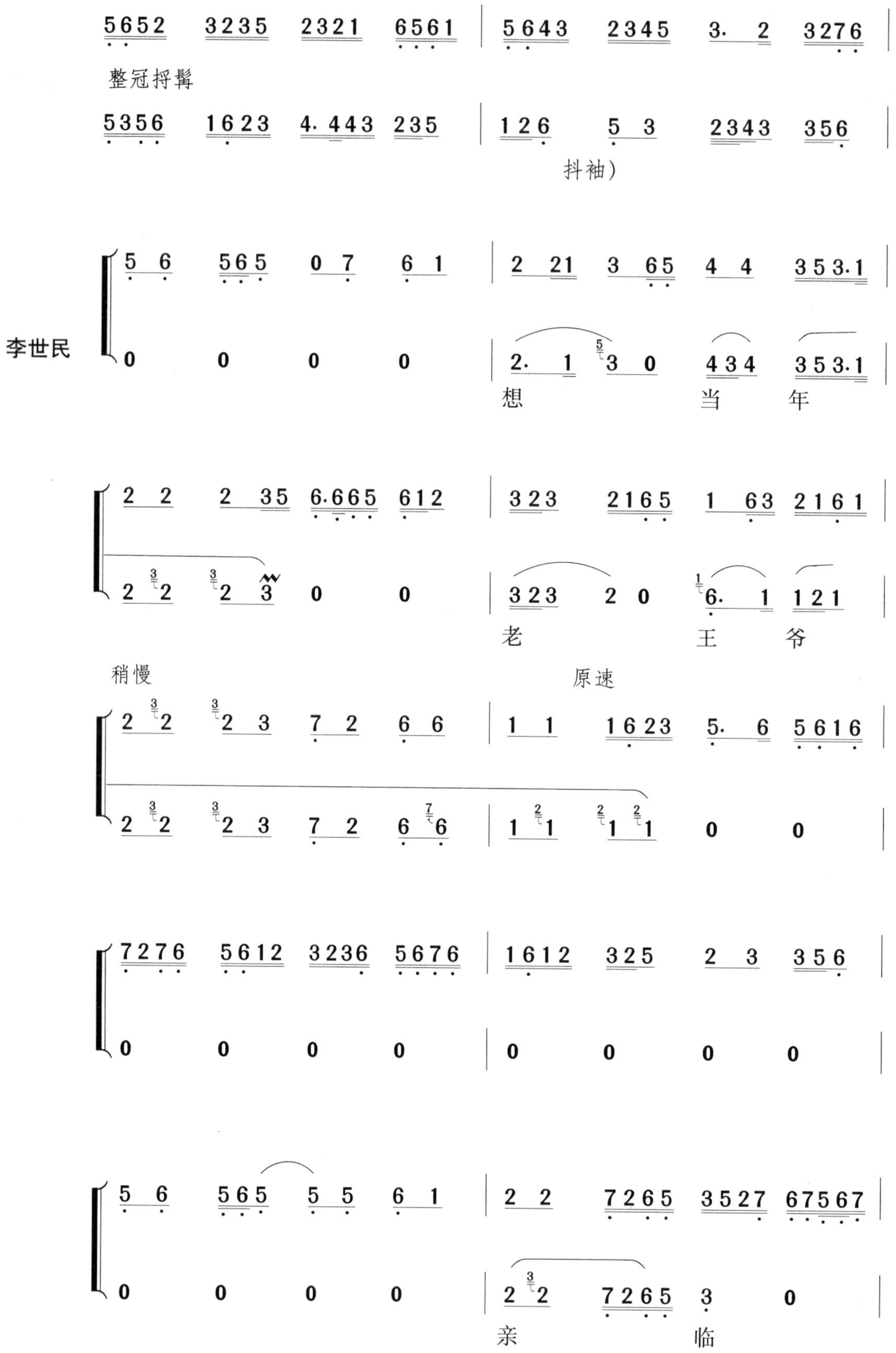
整冠捋髯
抖袖)
李世民
想 当 年
老 王 爷
稍慢
原速
亲 临

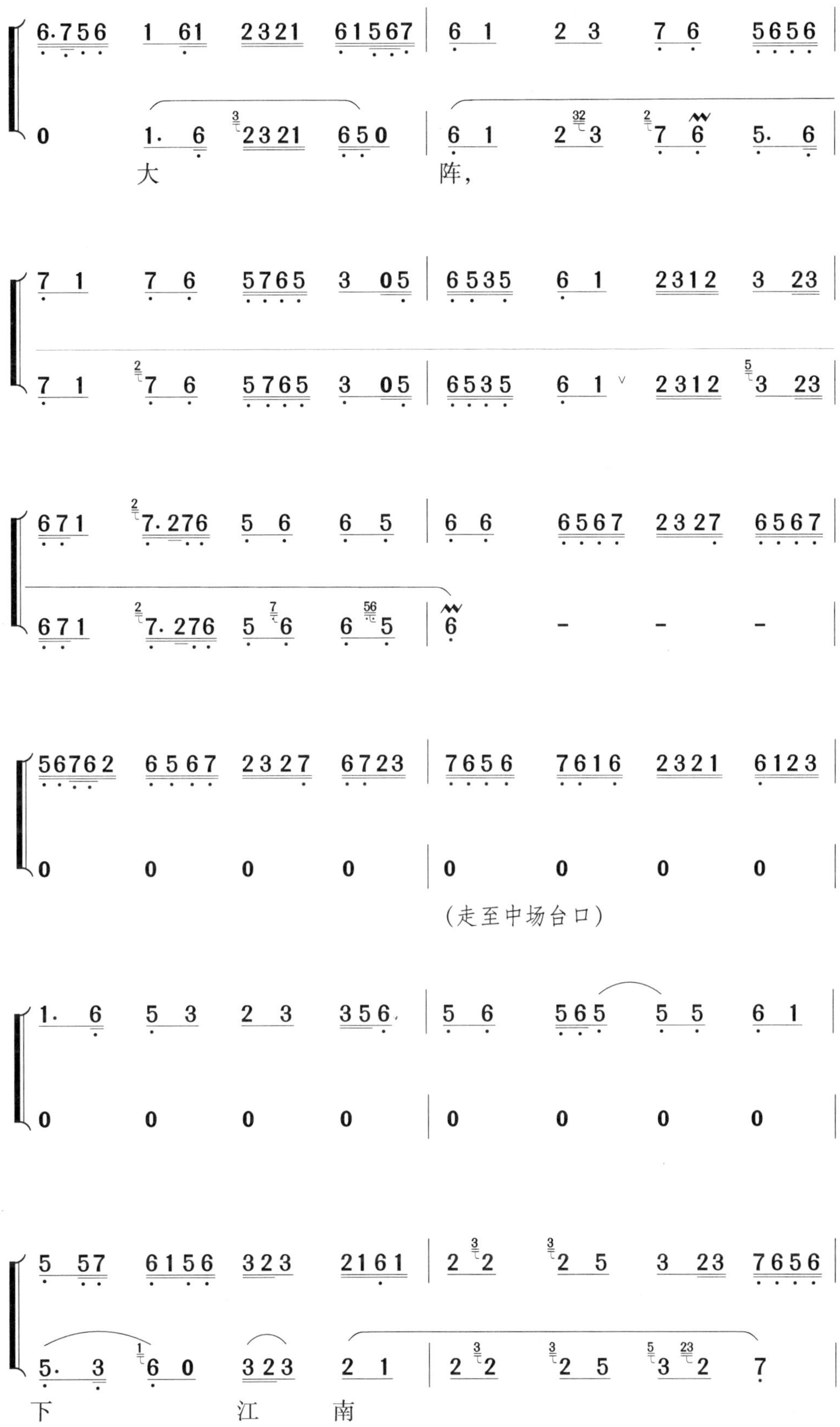
大
阵，
(走至中场台口)
下
江
南

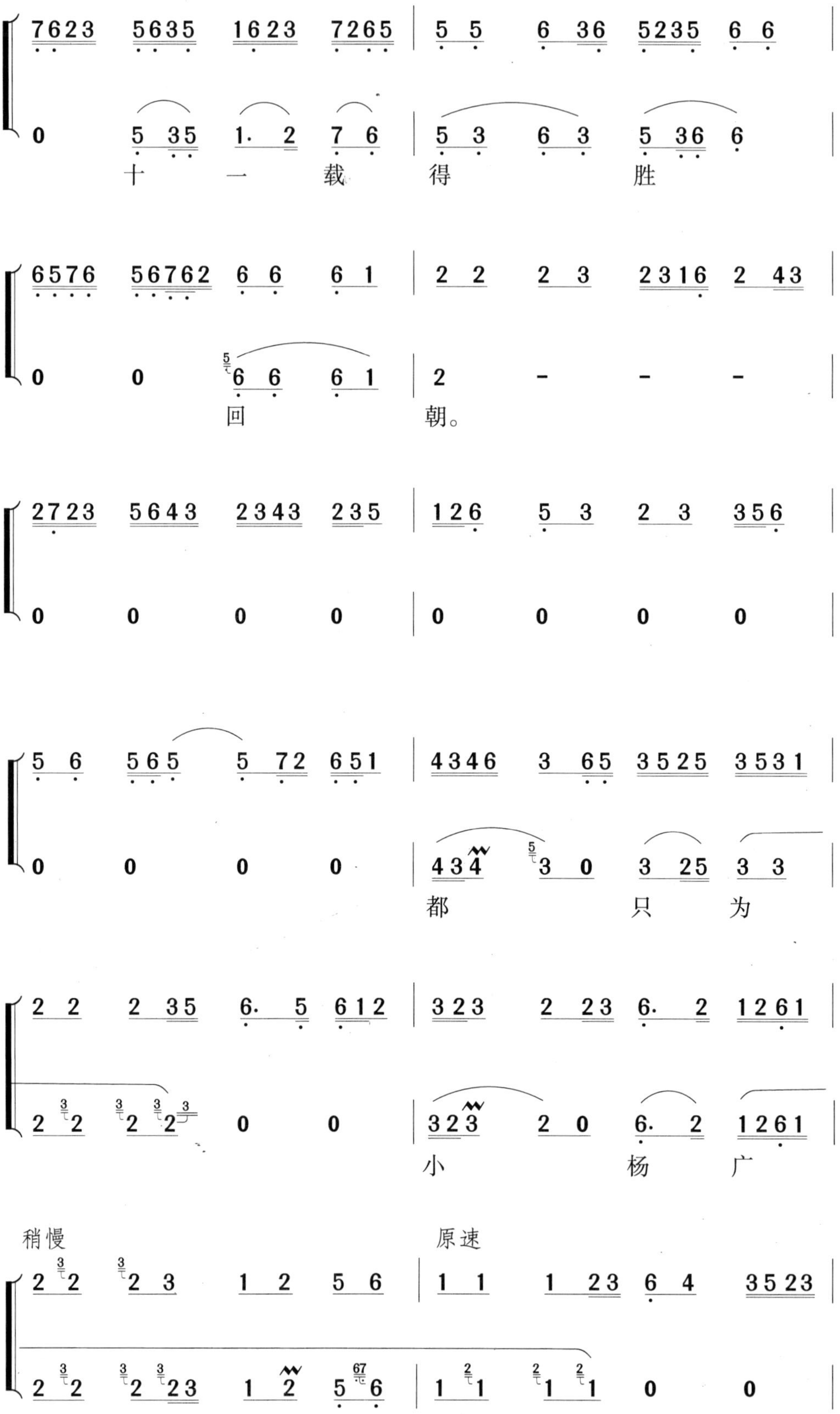
十 一 载 得 胜
回 朝。
都 只 为
小 杨 广
稍慢
原速

金　水　桥

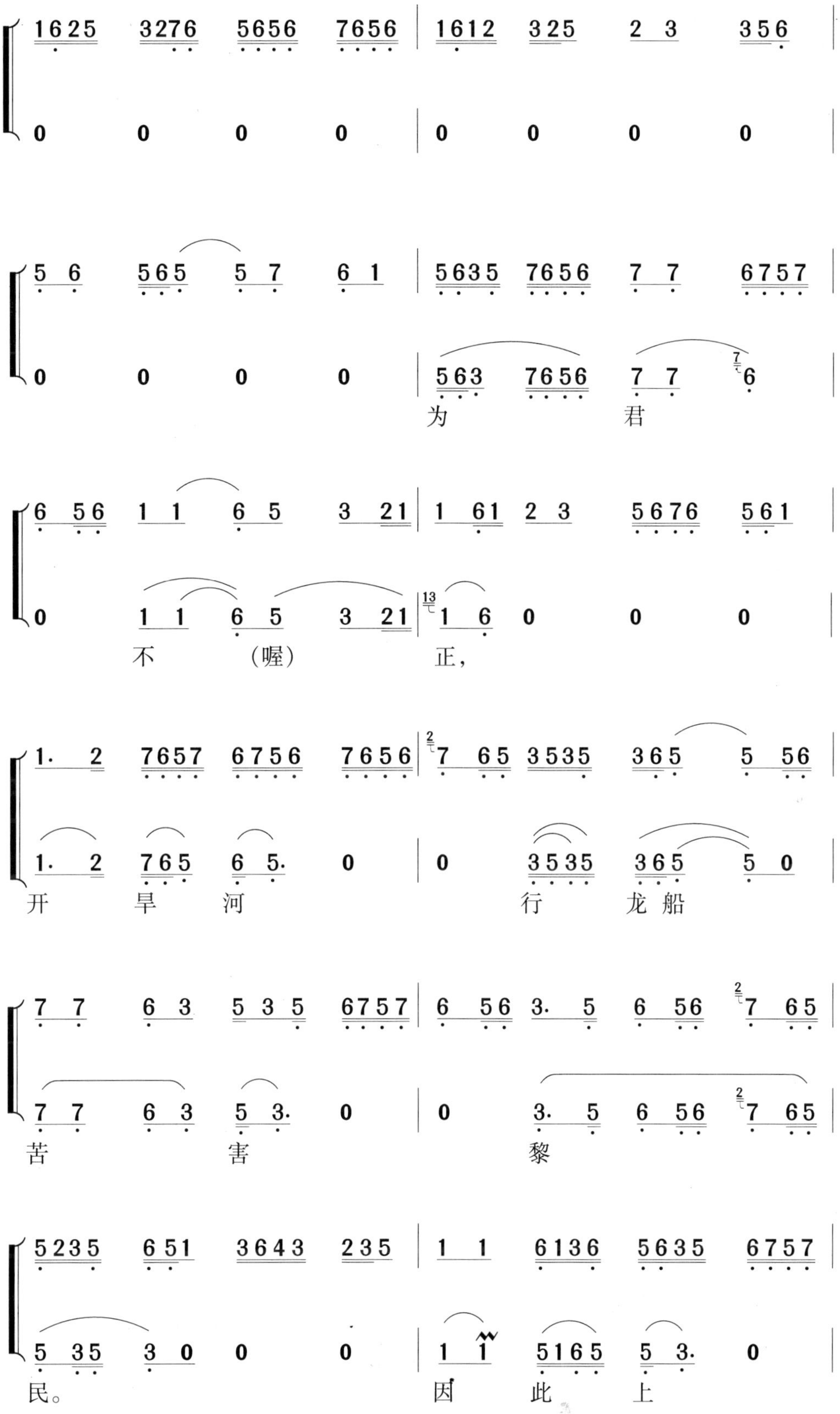

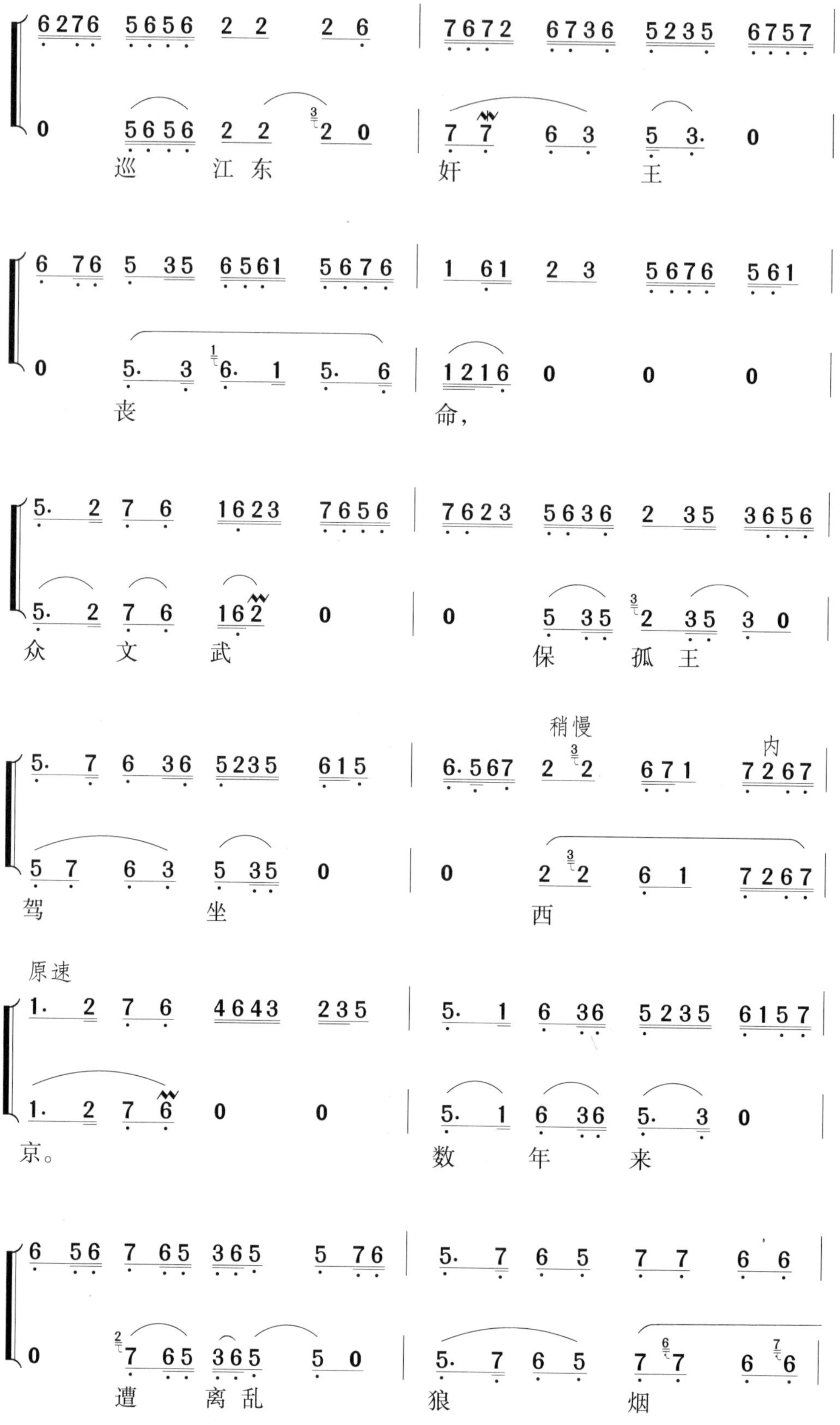
巡 江东
奸 王
丧
命，
众 文 武
保 孤 王
稍慢
内
驾 坐
西
原速
京。
数 年 来
遭 离乱
狼 烟

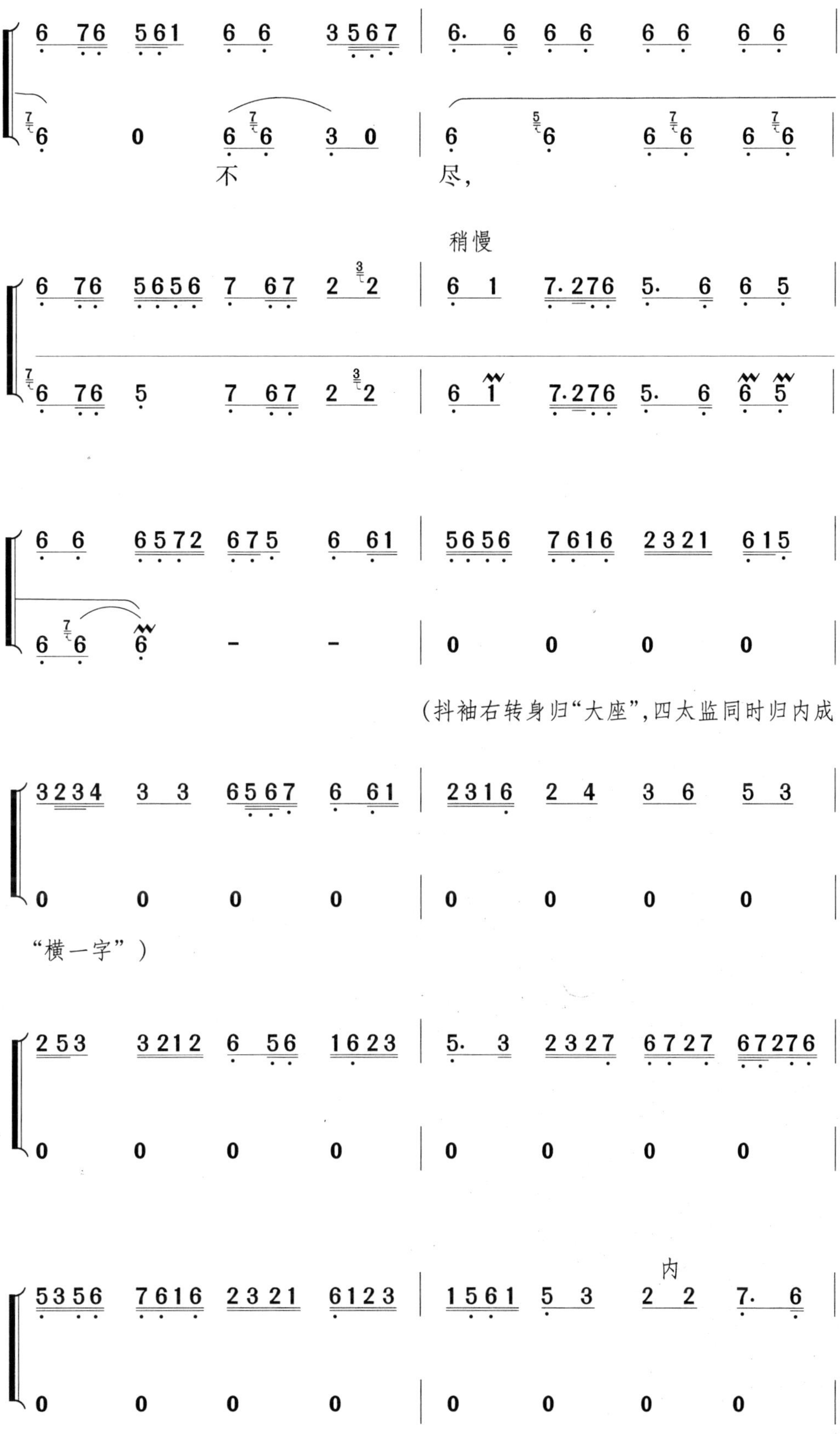
不
尽，
稍慢
（抖袖右转身归“大座”，四太监同时归内成
“横一字”）
内

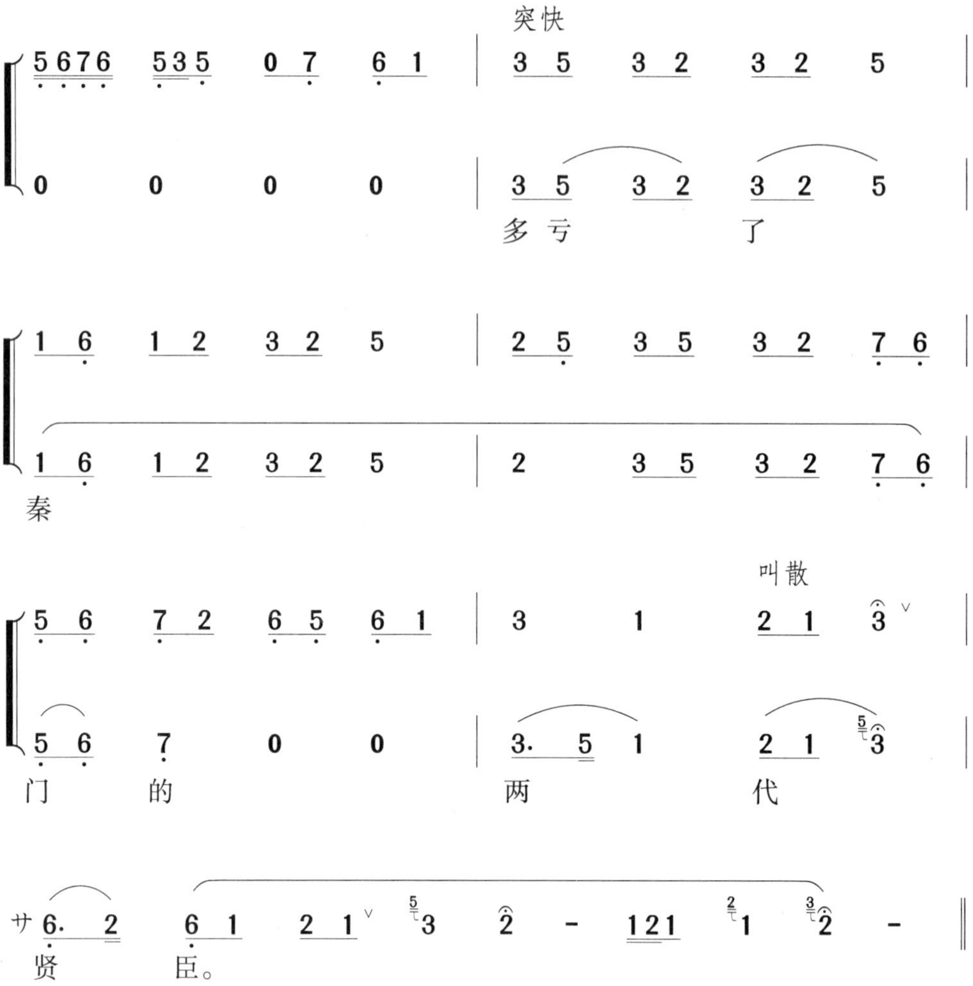

大太监 报！

〔【冲头】大太监持云帚自“下场门”快上归“大边”，躬身。

大太监 启奏万岁，大事不好啦！（向外摊手）

李世民 啊！【撕边一锣】何事惊慌？

大太监 今有秦英小将在金水桥将詹老太师给打死啦！（仓）银屏公主带子请罪，已在午门候旨！【撕边一锣】

李世民 那詹娘娘可曾知晓？

大太监 那詹娘娘哭哭啼啼也奔金殿来啦！（李世民做惊状）

【水底鱼】

〔大 台 | $\frac{2}{4}$ 仓 来 七 | 仓 来 台 | 七 台 乙 台 | 仓 而 来 七 | 乙 台 仓 ‖

接【撕边一锣】（詹妃快速从“上场门”上殿。）

詹　妃 喂呀，万岁呀！（跪，哭）

李世民 梓童不必悲痛，孤王已然知道了。

〔【撕边一锣】，大太监从“下场门”内搬椅子放“大边”。

李世民 银屏公主带子请罪已在午门候旨。梓童平身赐座。

詹 妃 谢座。

〔（**大 多罗0 台**）起身归“大边”坐下。

李世民 内侍！

大太监 有！（转身打躬）

李世民 宣银屏公主带子上殿。

大太监 领旨！（走至前台口）银屏公主带子上殿呐！（**八大仓**）（转身归原位）

〔银屏公主内白：“领旨——”

【大锣导板头】

〔西皮导板〕

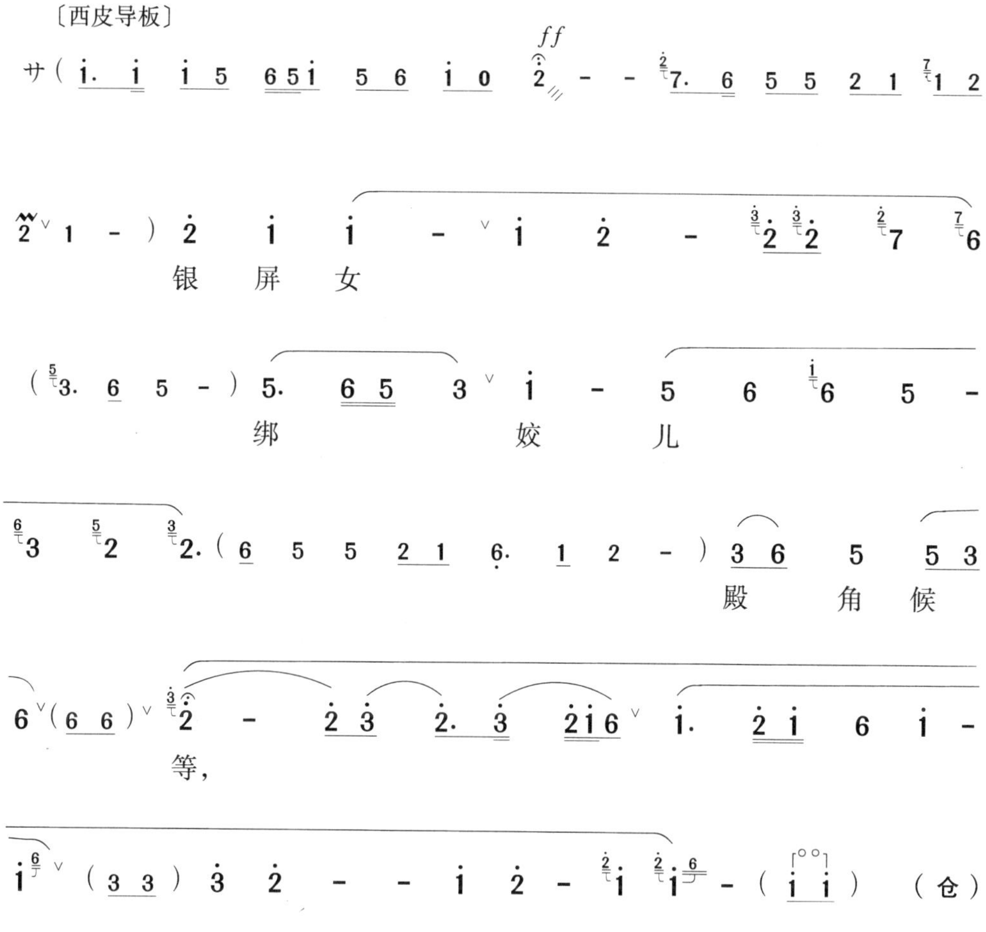

〔秦英内白：“走哇——”

〔**【急急风】**转**【望家乡】**四校尉“上场门”上，站“小边一字”，秦英上站“小边”台口，银屏公主持牙笏上，站秦英右侧。

〔西皮流水〕

银屏公主

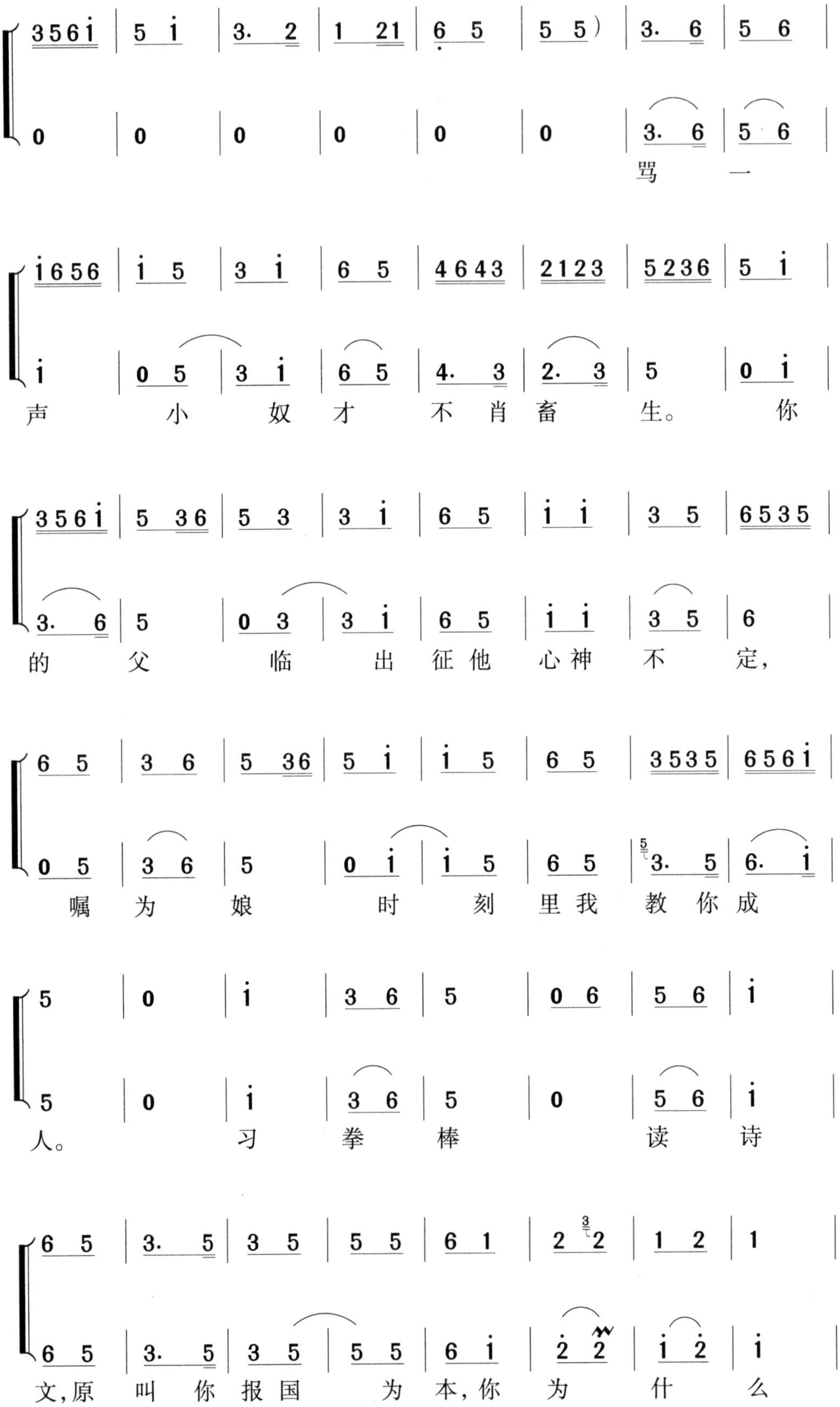
骂一
声小奴才不肖畜生。你
的父临出征他心神不定,
嘱为娘时刻里我教你成
人。习拳棒读诗
文,原叫你报国为本,你为什么

金 水 桥

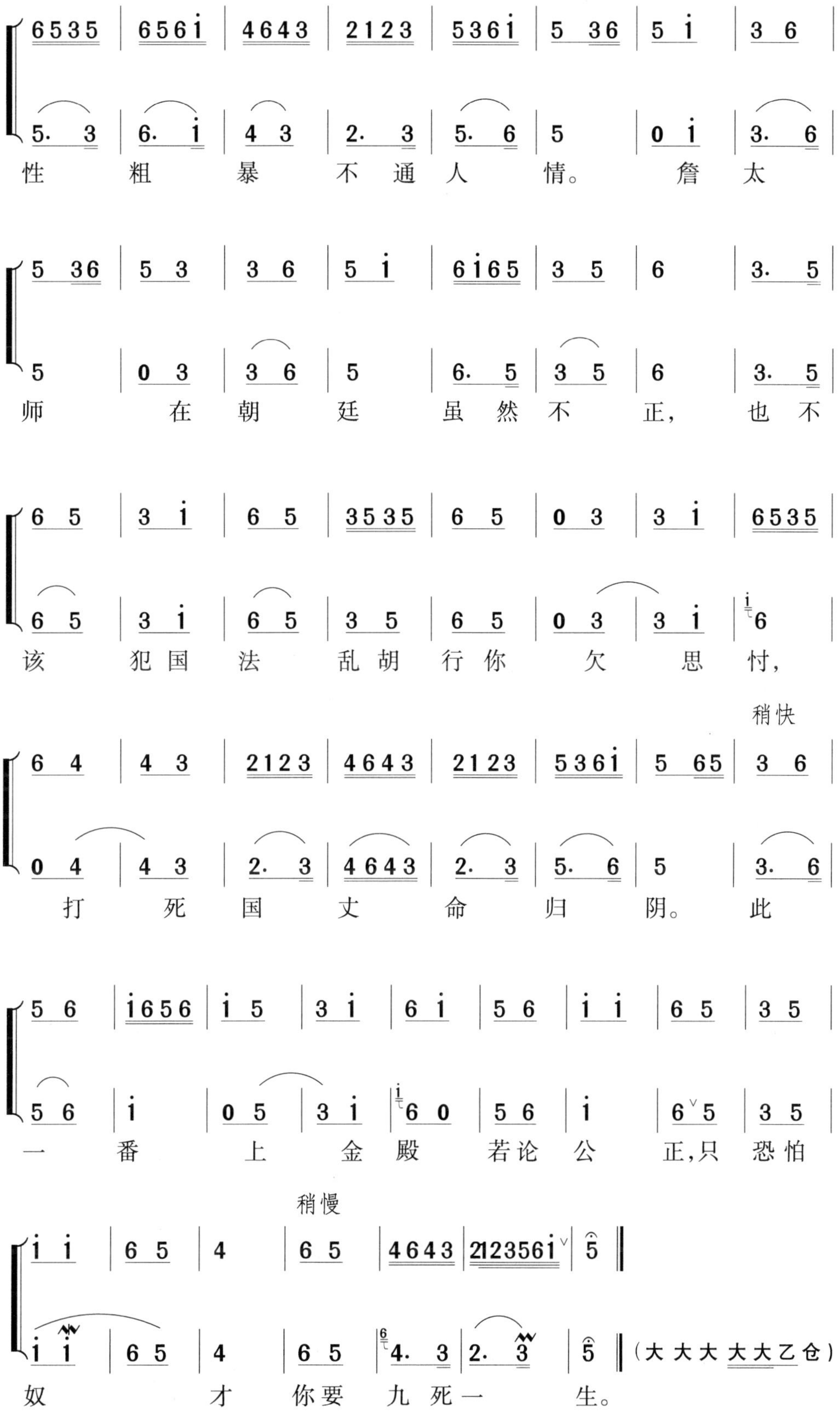
性 粗 暴 不 通 人 情。 詹 太
师 在 朝 廷 虽 然 不 正， 也 不
该 犯 国 法 乱 胡 行 你 欠 思 忖，
稍快
打 死 国 丈 命 归 阴。 此
一 番 上 金 殿 若 论 公 正，只 恐 怕
稍慢
奴 才 你 要 九 死 一 生。
（大 大 大 大 大 乙 仓）

秦 英 母亲呐！

〔【闪锤】上步。

〔西皮流水〕

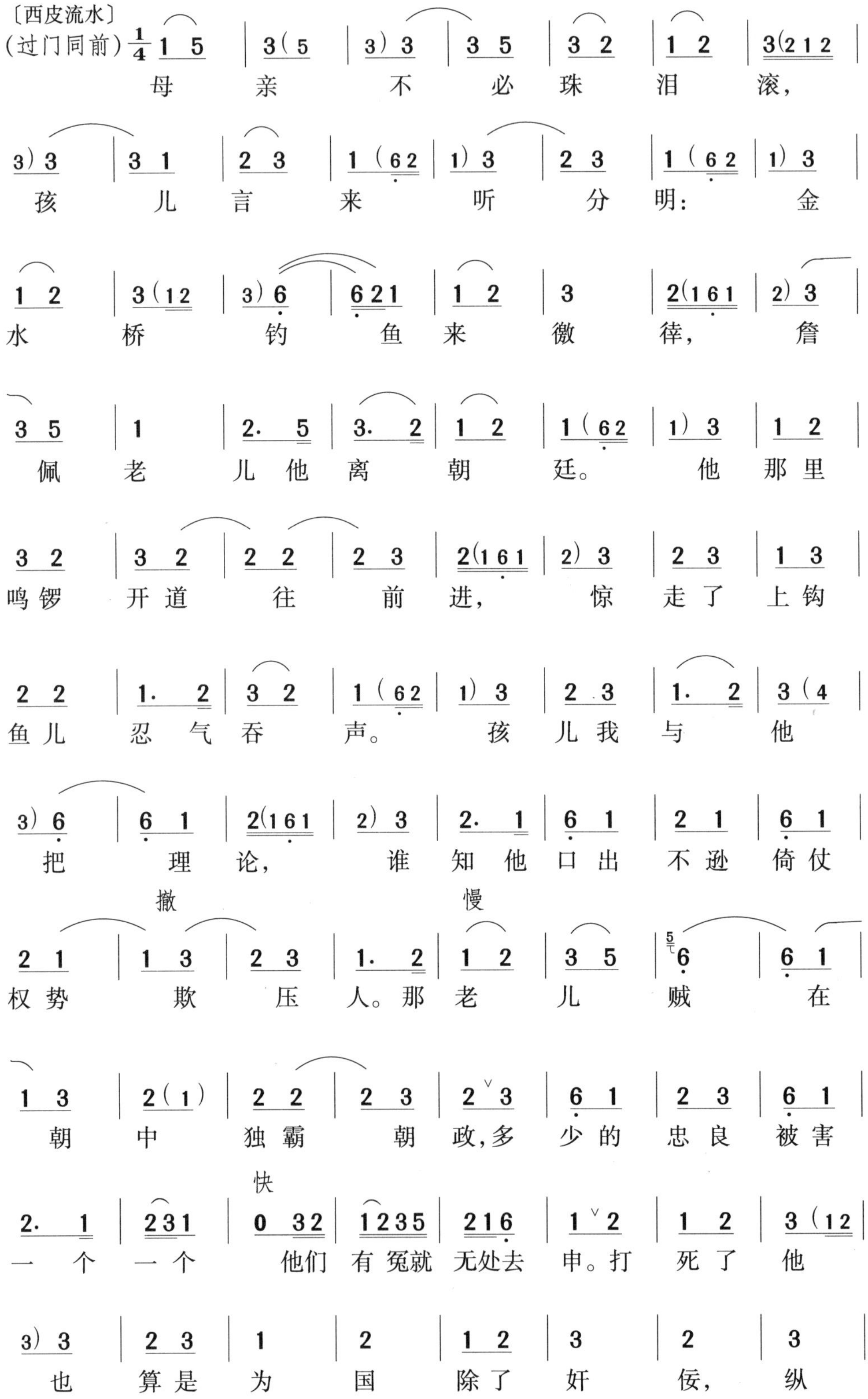

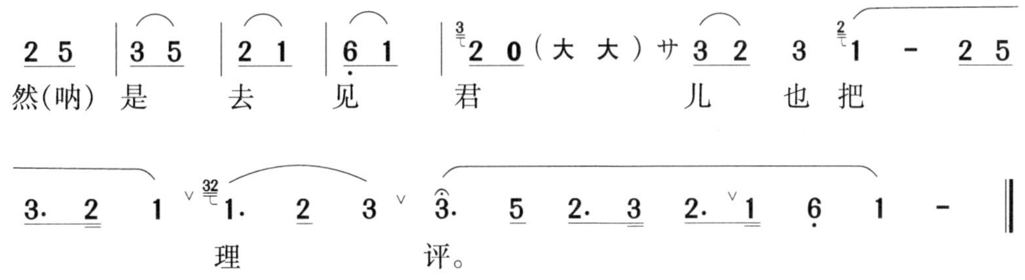

银屏公主 嗯——

〔上步指秦英。【大锣凤点头】

〔西皮摇板〕

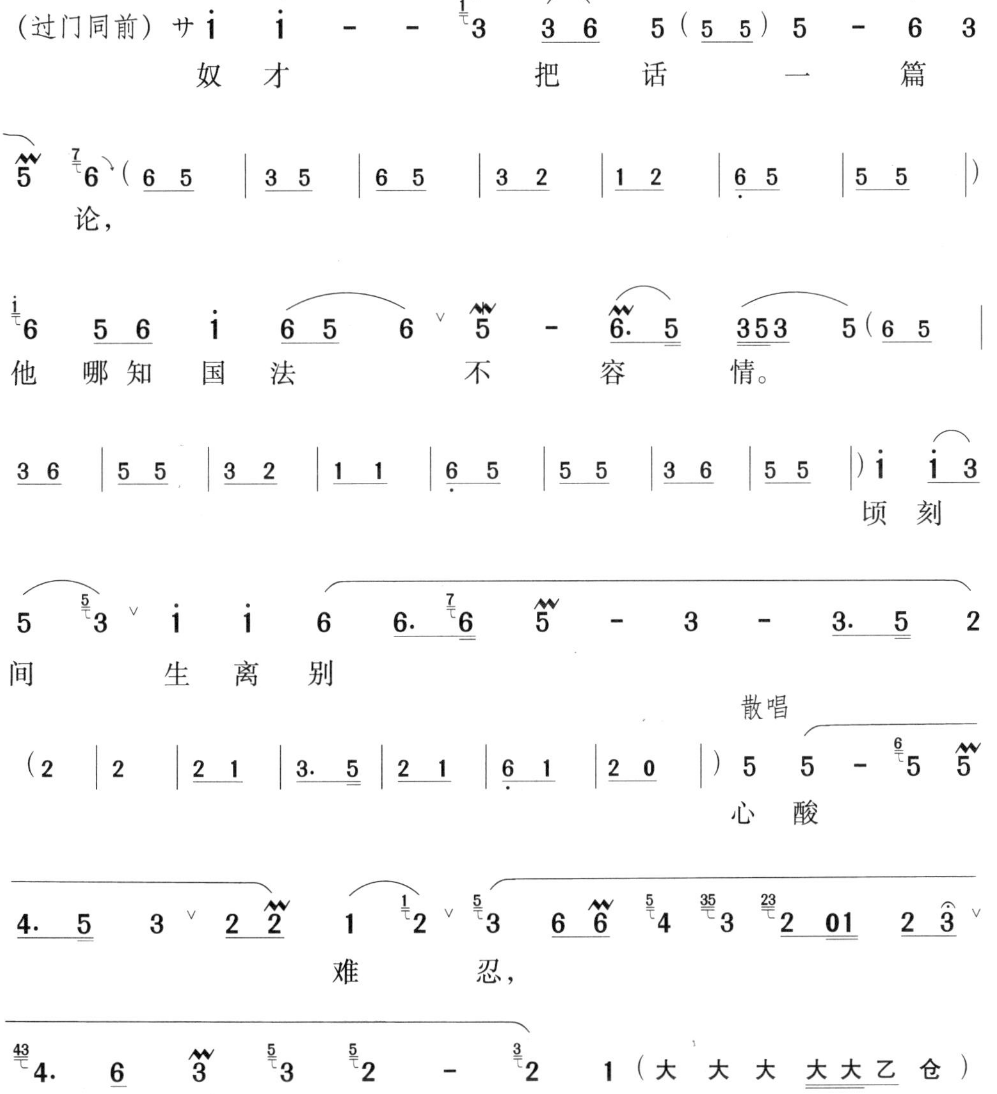

(白) 儿是好汉?

秦　英 是好汉。

银屏公主 不怕死?

秦　英　不怕死吓！（上一步）

银屏公主　（凄楚无奈地看秦英）（**扎扎扎……**）好——哇——**【挎板散板凤点头】**

〔西皮散板〕

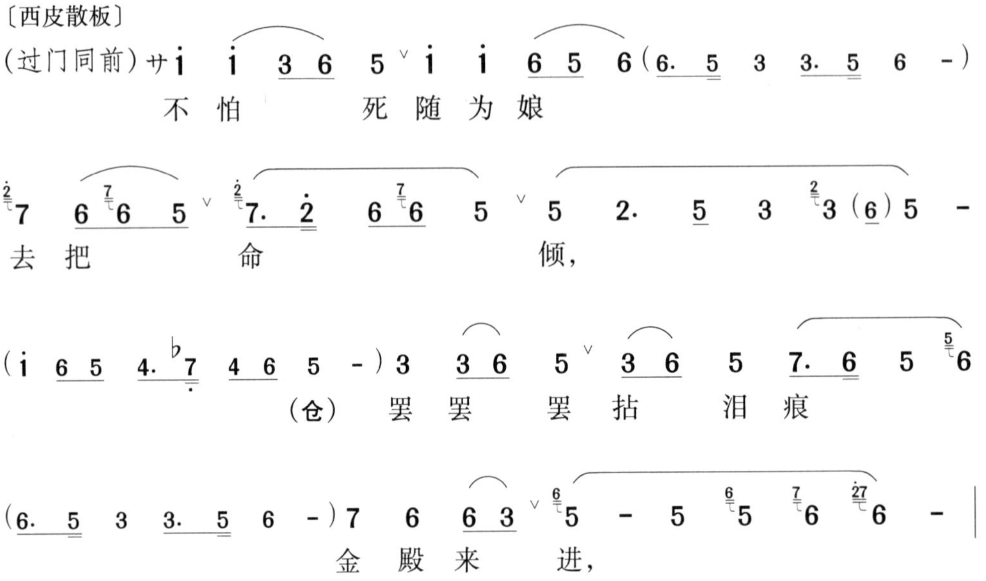

秦　英　走——

〔**【一锤锣】**四校尉“挖门”进，“站门”，秦英、银屏公主“挖门”进，秦英站“小边”，银屏公主归“大边”。锣鼓切住。银屏公主用牙笏拍秦英肩，示意下跪。

银屏公主　跪下！

〔**【双楗凤点头】**秦英下跪。

〔西皮散板〕

银屏公主

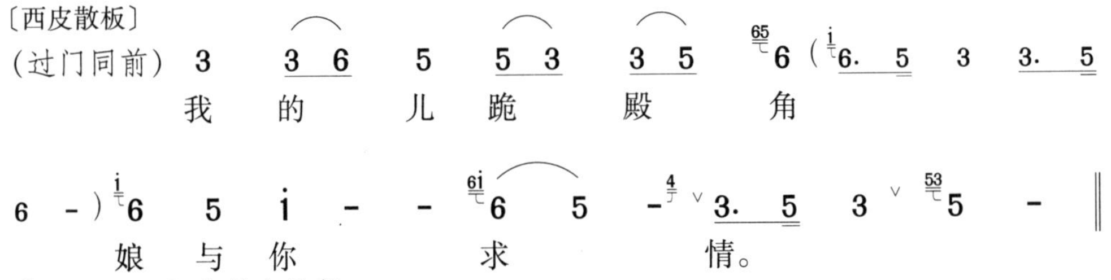

〔**【大锣住头】**左转身见驾。

儿臣银屏公主见驾，父王万岁！（跪）

李世民　皇儿你可知罪？

银屏公主　儿知罪，已将秦英绑在殿角，请父王发落。

李世民　这便才是。皇儿平身。

银屏公主　谢父王。（**大　多罗.　台**）（起身站“小边”）

李世民　内侍，将秦英押上殿来！

大太监　领旨。秦英上殿哪！

秦　英　领旨——（起身）**【大锣五锤】**（左转身上步）参见万岁。（跪）

李世民　哇！**【撕边一锣】**胆大秦英，太师与你有何仇恨，为何将他打死！还不从实招来！**【撕边一锣】**

秦　英　臣启万岁：（脸向外）是孙儿在金水桥钓鱼好好，詹佩老儿那里鸣锣开道，惊走俺上钩鱼不知紧要，反将孙儿鱼竿折断，想那老狗（詹妃抖袖表示不满）在朝专权，今日害文，明日害武，孙儿将他打死，有何不可！

李世民 哇！【大锣五锤】打死人命，还是这等倔强。武士手——

四校尉 有！（仓）

李世民 推出斩了！【撕边一锣】

秦 英 哎呀，妈呀！（起身躲在银屏后侧）

银屏公主 且——慢。【叫头】父王啊！【软四击头】秦英打死太师，理当偿命，念他秦门世代忠良，况且驸马出征未回，望父王开一线之恩，暂将秦英押下，候驸马归朝，再行发落。望父王（嘟 大 大大 仓）定（仓）夺！

詹 妃 （起身拱手）【叫头】万岁呀！【软四击头】想我父在朝，身为太师，未犯国章，无故将我父打死理当偿命，望万岁（嘟 大 大 大 仓）做（仓）主！

李世民 【冲头】（两边望，拿定主意）哎——呀！【大锣五锤】（起身）本当将秦英暂押数日，事后发落，怎奈他身为皇家子弟，若不立即斩首，只恐难维国法。武士手——

四校尉 有！（仓）

李世民 将秦英与孤——

银屏公主 父王！（跪）

詹 妃 万岁！（跪）

秦 英 姥爷！【撕边一锣】（跑向内跪中间）

詹 妃 （哭）喂呀，爹爹呀！

李世民 斩！

〔【快纽丝】詹妃归座，银屏公主站起归“小边”，秦英站“大边”。

银屏公主 喂呀儿啊！

秦 英 哎呀妈呀！

〔西皮散板〕

银屏公主（过门同前）サ 3 3 6 5 7 7 6 5 6 5 6 6 3 5 6
我 父 王 传 旨 意 如 同 山 倒，

（6. 5 3 3. 5 6 -）3 3 6 5 3 i 6 5 6 3 6
（仓） 眼 见 得 小 姣 儿 要

5 6 5 3 5（2 3 6 5 -）2. i i - 6 i
赴 阴 曹。 （仓） 武 士 手

2 - 2 2 7 6（4 3 6 5）5 3 i i 6 6
（仓）绑 秦 英

四校尉白：“有！”

5 - 3 2 3 2（2 1 6. 1 2 -）5 6 5 2
（八 大 顷 仓） 暂 押 法

3. ⁵3 2. 3 ᵛ 5 - - 5 6 5. 6 7 6 7 2̇ ⁷6 - |
标，

〖【纽丝】四校尉举刀“插门”，面向“下场门”站“斜胡同”，秦英跟出来奔“下场门”。

银屏公主 转来！

秦　英 等等，听信儿咳！

〖【双楗凤点头】四武士转身压刀，秦英转身。

〔西皮散板〕

银屏公主（过门同前）サ3 3 6 5. 0 5 3 3 5 ⁱ656（6 5 3 3. 5 6）
不 等 那 圣 旨 到 （拱手）

3 6 5. 6 5 3 5 ᵛ 6 6i 5 ᵛ ²7. 6 5 6 ⁵6 6. i 5 - |
莫 要 开 刀。

〖【一锤锣】四校尉押秦英“抬轿下”。【撕边一锣】银屏公主翻右水袖望“下场门”，【撕边一锣】又转身望金殿。

〔亮弦〕

银屏公主 哎呀！（4 3. 2 3 6 5 - ）【双楗凤点头】

〔西皮散板〕

（过门同前） サ i i 3 6 5 3 3 6 5 ᵛ 5 6 6
金 殿 里 无 有 那 文 武 臣

3 5 ⁶⁵6（6. 5 3 3. 5 6）3 3 6 5 i i 6 5
（呐）保， （仓） 倒 叫 我 银 屏 女

6 6 6 5 5 3 5（2 3 6 5）3 3 6 5 3 6 5
无 有 下 梢。 （仓）内 侍 臣 到 后
（招手）

7. 2̇ 5 6 ᵛ 5 7 6 6 5 5 - ³5 6 - ⁵6 -
宫 把 国 母 请 到

快去，快去！

大太监 领旨！

〖【快纽丝】“上场门”下。

〔西皮散板〕

银屏公主（过门同前）サ 3 3 6 5 - ᵛ 5 65 3 5 656（6. 5 3 3. 5
等 候 了 我 母 后 （拱手）

6 -）i i 5 5̂ - ⁶5 ⁶5 ⁶5 4. 6 3.（2 3 5 6 i 5）6 6
搭 救 儿

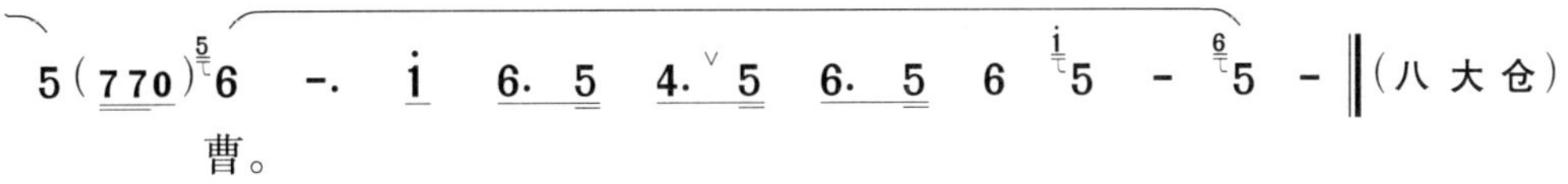

〔大太监内白："国后驾到哇！"

〔**【快长锤】**大太监先上，银屏公主同时转身，大太监施礼，银屏示意大太监进殿。四宫女"上场门"站"一条鞭"。国太上至"九龙口"。**【大锣凤点头】**

〔西皮摇板〕

长孙后 (过门同前)

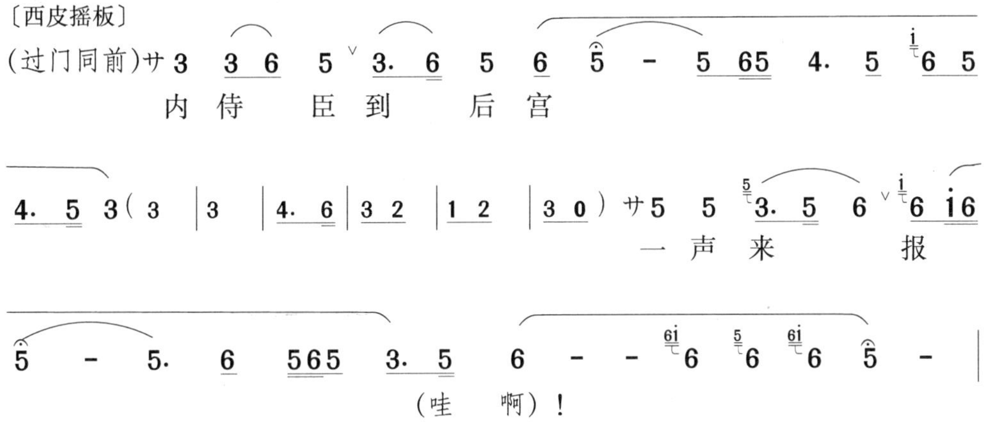

〔(大 大 大 大 大大乙 仓)

银屏公主 喂呀，母后哇！(由"大边"哭奔国太，下跪)

长孙后 啊？**【闪锤】**

〔西皮流水〕

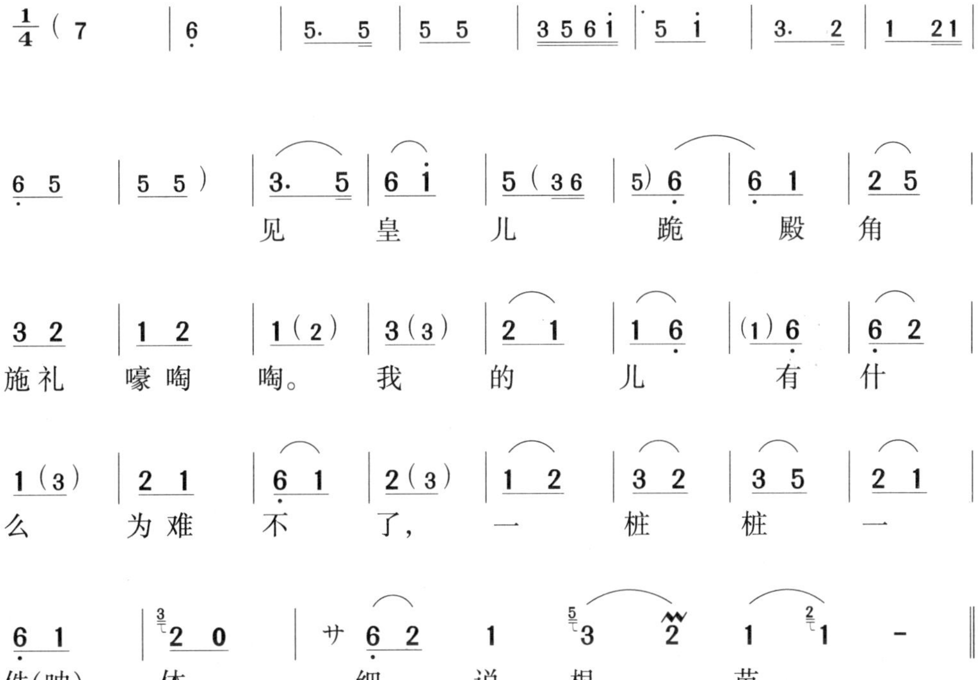

银屏公主 (拱手，拭泪)母后哇！

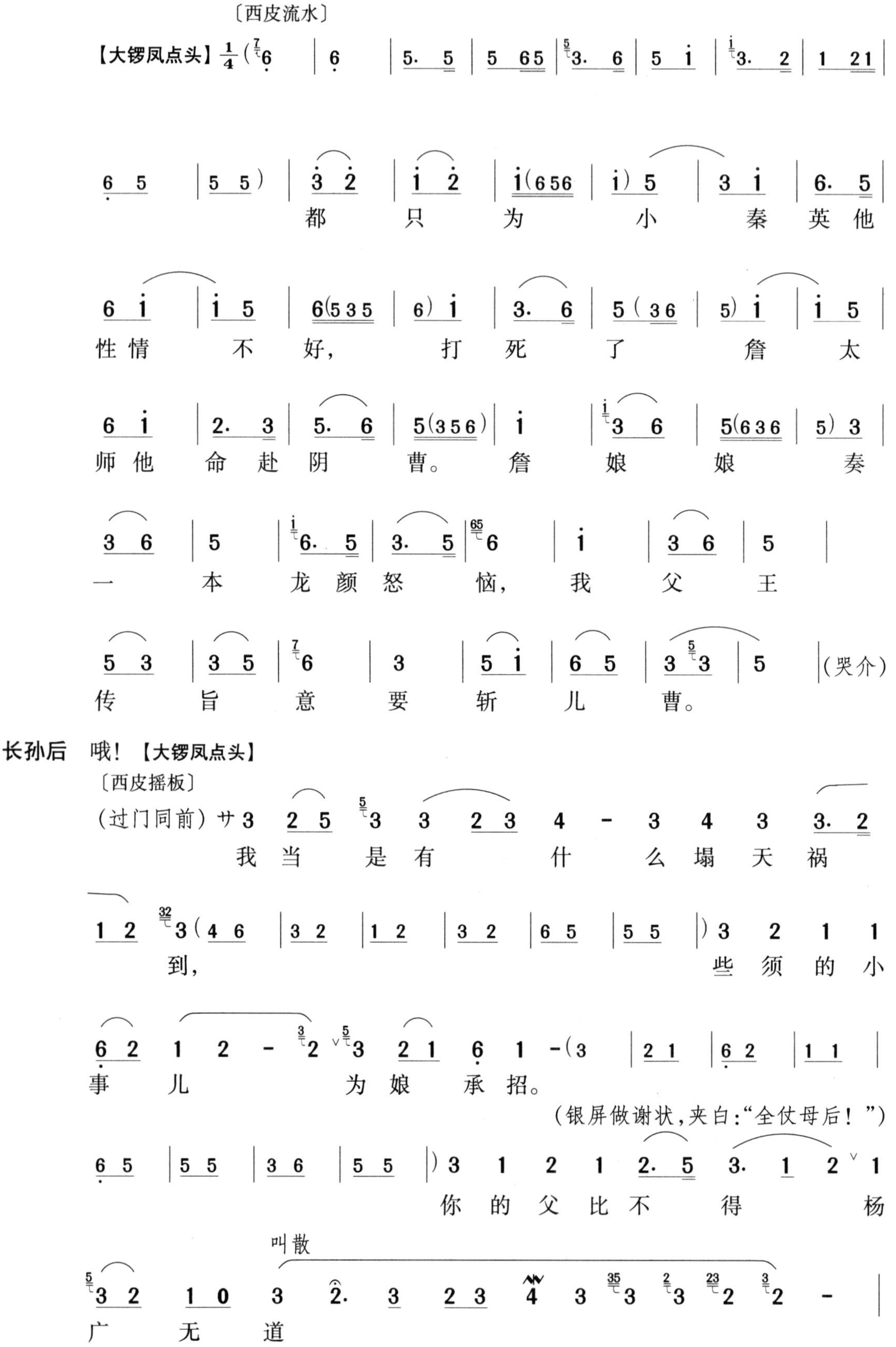
〔西皮流水〕
【大锣凤点头】
都只为小秦英他
性情不好，打死了詹太
师他命赴阴曹。詹娘娘奏
一本龙颜怒恼，我父王
传旨意要斩儿曹。
（哭介）
长孙后 哦！【大锣凤点头】
〔西皮摇板〕
（过门同前）
我当是有什么塌天祸
到，些须的小
事儿为娘承招。
（银屏做谢状，夹白：“全仗母后！”）
你的父比不得杨
叫散
广无道

金 水 桥

银屏公主 母后驾到——

〔【一锤锣】大小太监在“小边”放一椅，“大边”再放一椅后抽场下。李世民示意詹妃让座归“小边”。银屏搀母进殿归“小边”。【双楗凤点头】

〔西皮散板〕

长孙后 （过门同前） 廾 5̣ 6̣2 1 32 1 3 2 2 ∨
我 这 里 装 不 知

6̣2 1 3 2 2 2 1 1 – ‖
面 见 当 朝。

〔【大锣住头】从银屏手中接过牙笏向内打躬。

臣妾见驾，吾皇万岁。（躬身）

李世民 御妻平身。

长孙后 万万岁。（直身）

李世民 赐座。

长孙后 谢座。（**大大台**）（落座。牙笏交银屏）

〔詹妃自“小边”过来。

詹　妃 参拜皇姐。（做拜状）

长孙后 不肖！（拂袖）（**台**）

詹　妃 不肖就不肖！（转身归“小边”落座）

银屏公主 儿臣见驾，母后千岁！（跪）

长孙后 皇儿平身！

银屏公主 千千岁！（起身）

长孙后 赐座。

银屏公主 谢座。（坐“大边”外椅，（**大大台**）李世民手指长孙后，做无奈状）

李世民 御妻上殿有何本奏？

长孙后 金殿之上杀杀斩斩，不知斩的哪部大臣？

李世民 小将秦英。

长孙后 身犯何罪？

李世民 只因将詹老太师打死，故而问斩。

长孙后 念他父子有十大汗马功劳，只可以赦不可以斩。

李世民 龙心已定，不必多奏。

长孙后 妾妃有本启奏。

李世民 有本改日再奏。

长孙后 万岁——（拱手）

李世民 又来多事呀！（拂左袖）

〔西皮原板〕

长孙后 2/4（扎多 3561̇ | 5 55 5532 | 1235 6535 | 2165̣ 3212 |

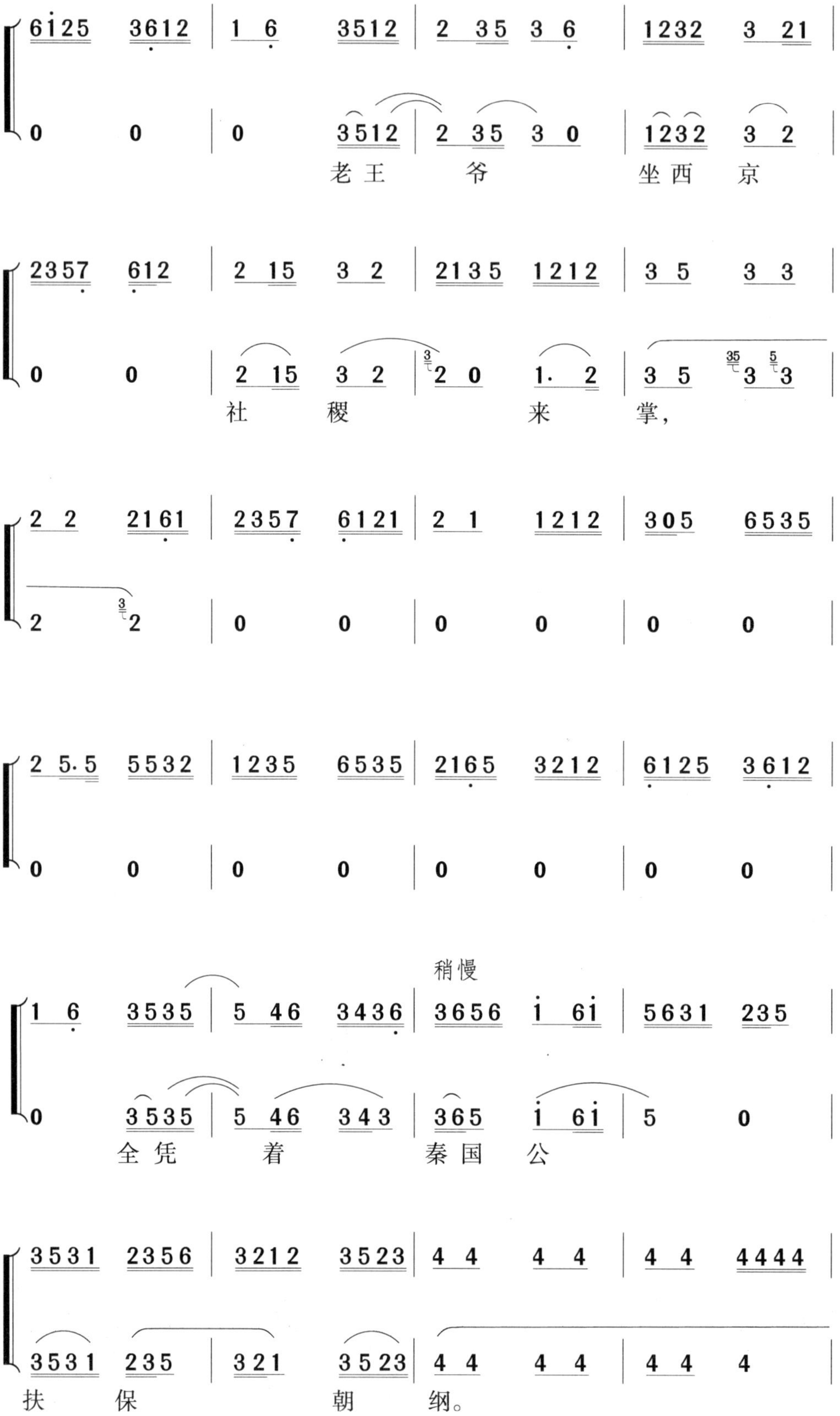
老王 爷 坐西 京
社 稷 来 掌，
稍慢
全 凭 着 秦 国 公
扶 保 朝 纲。

金水桥

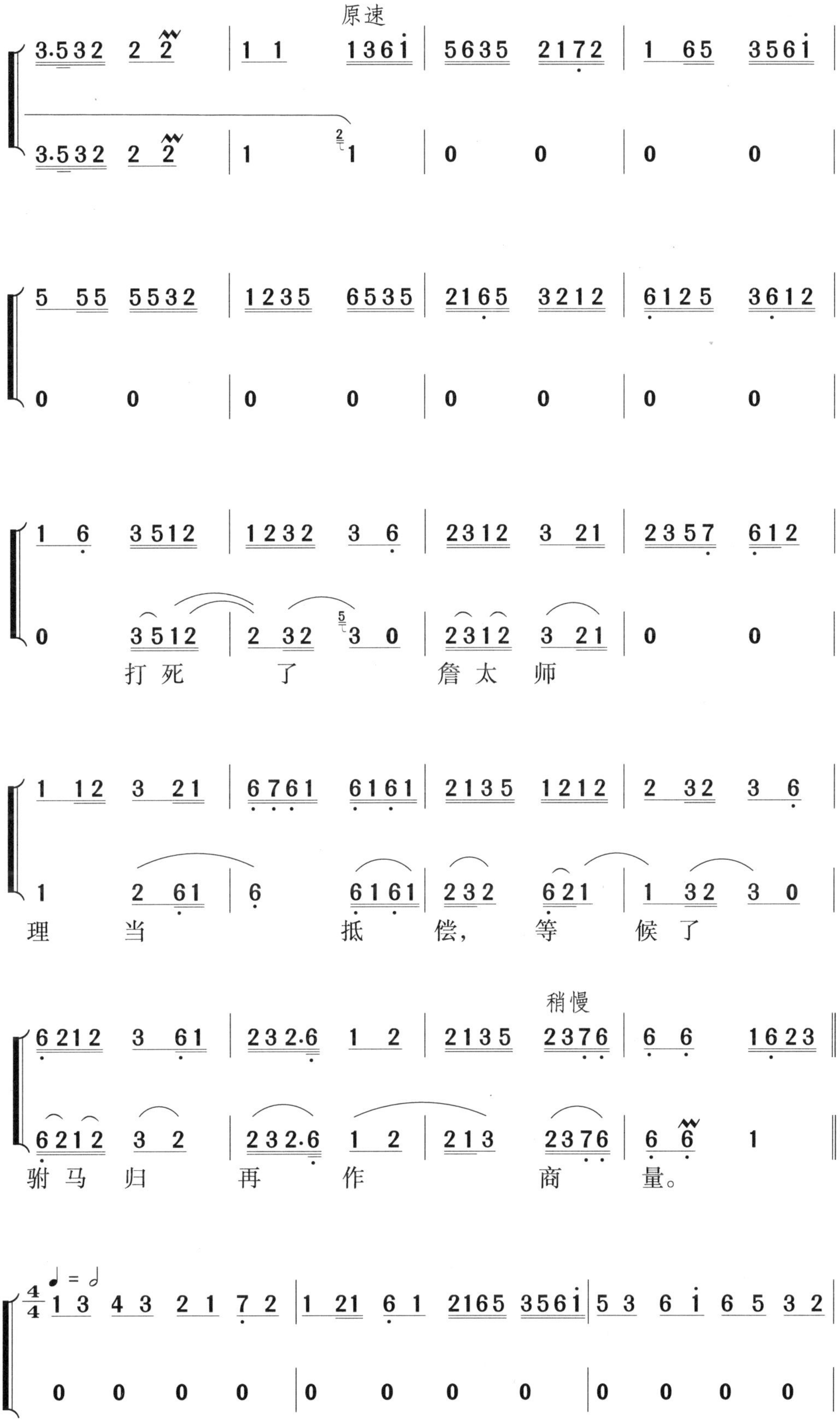

李世民 （过门中白）御妻呀！

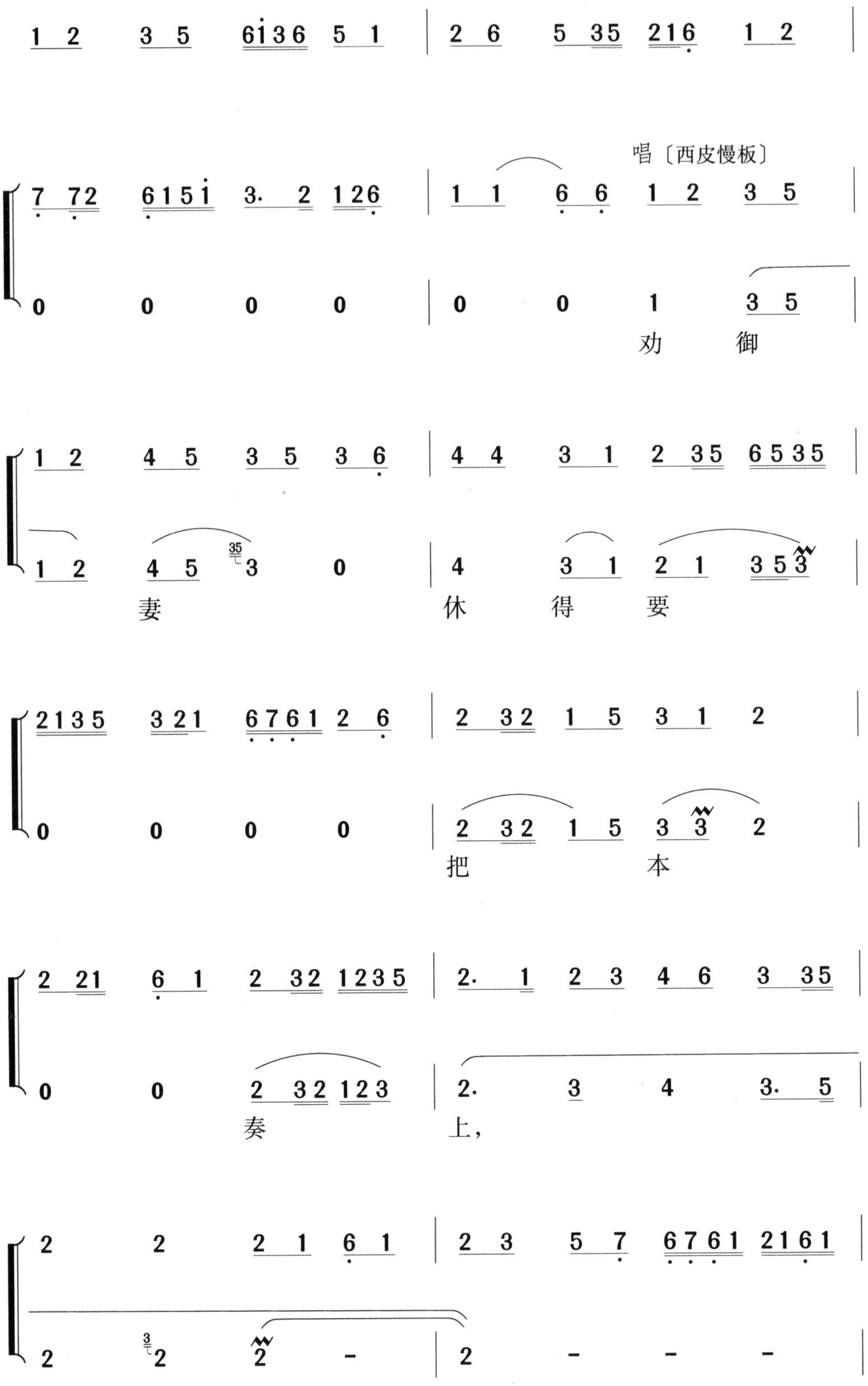

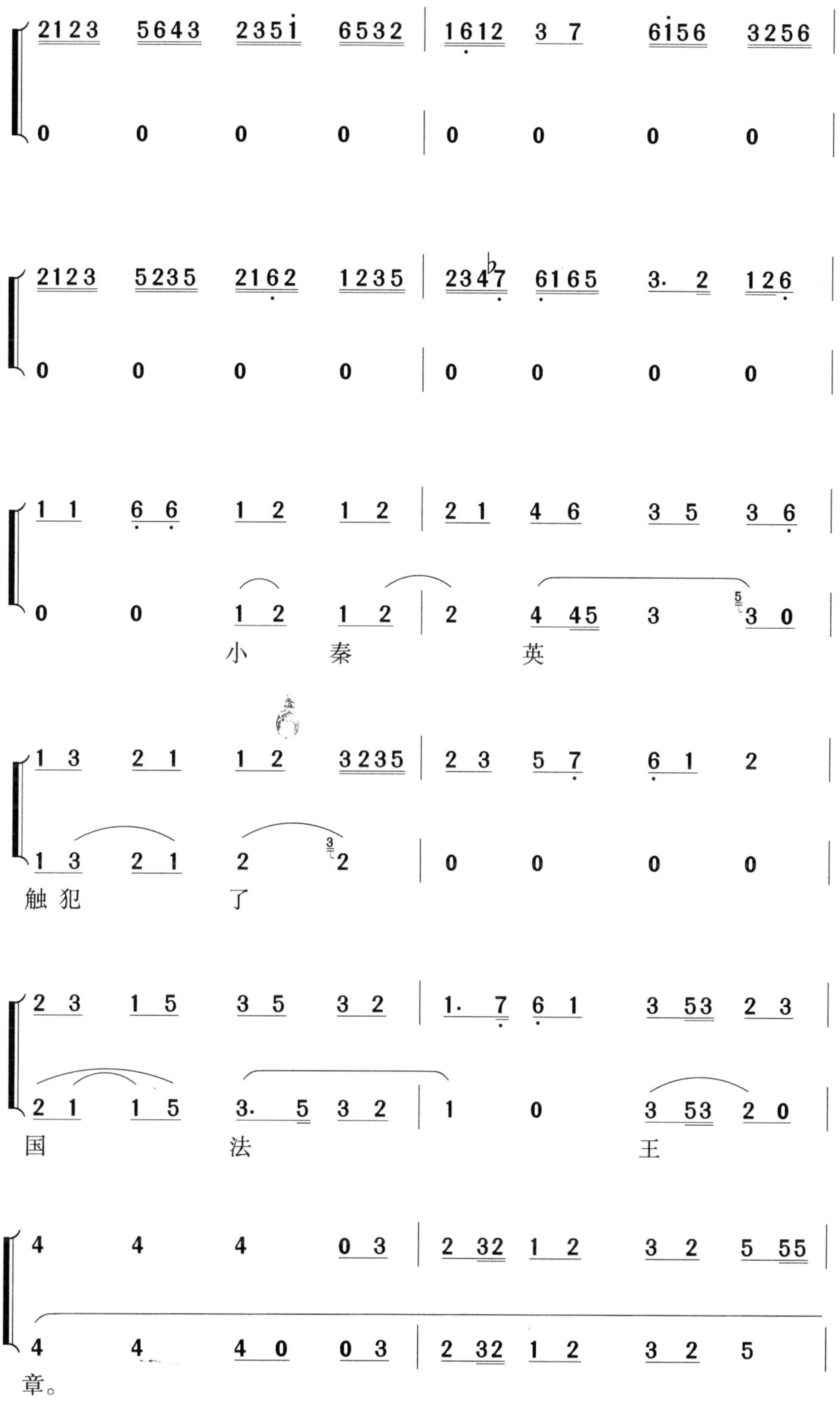
小 秦 英
触犯 了
国 法 王
章。

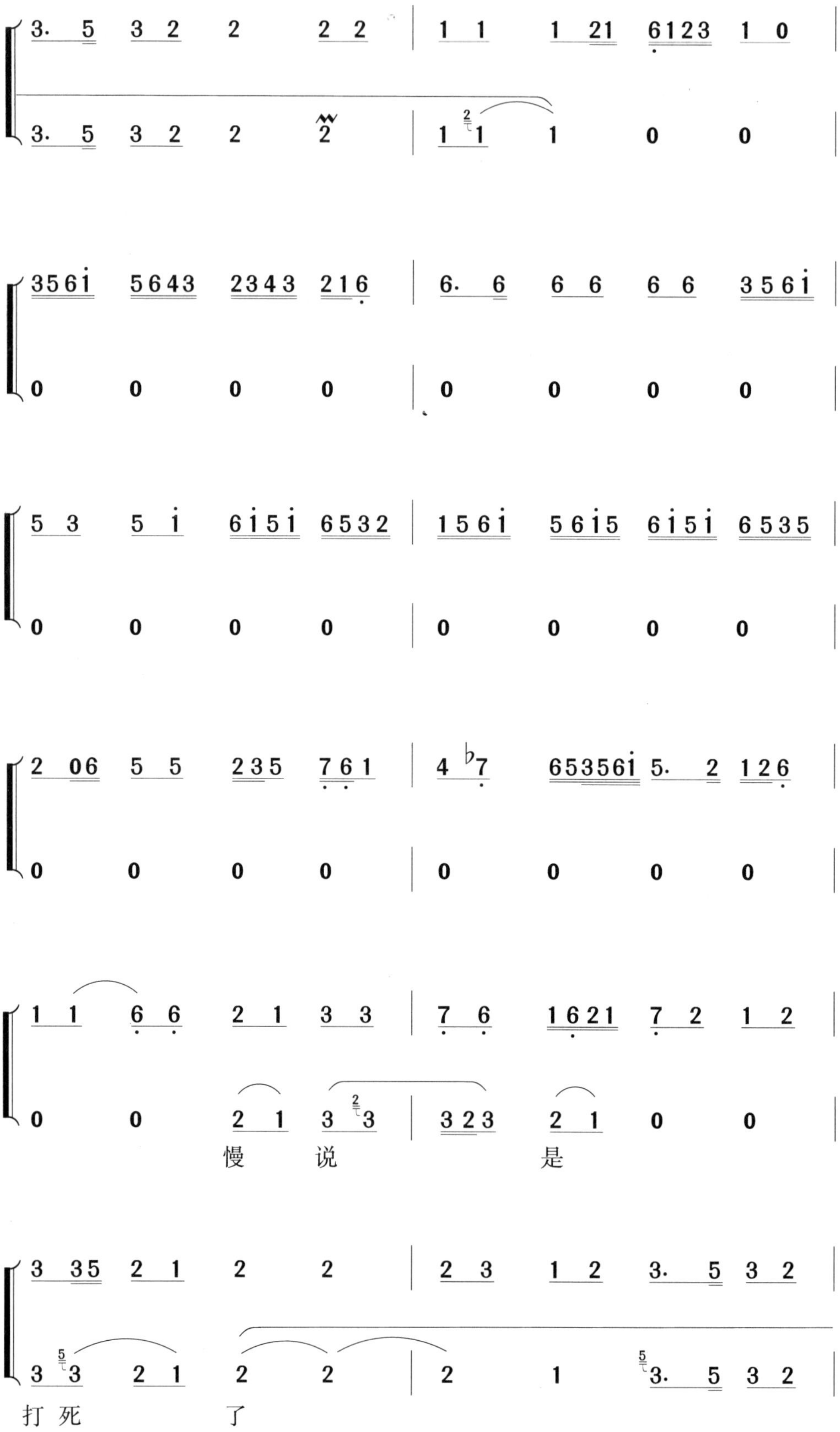
慢 说 是
打 死 了

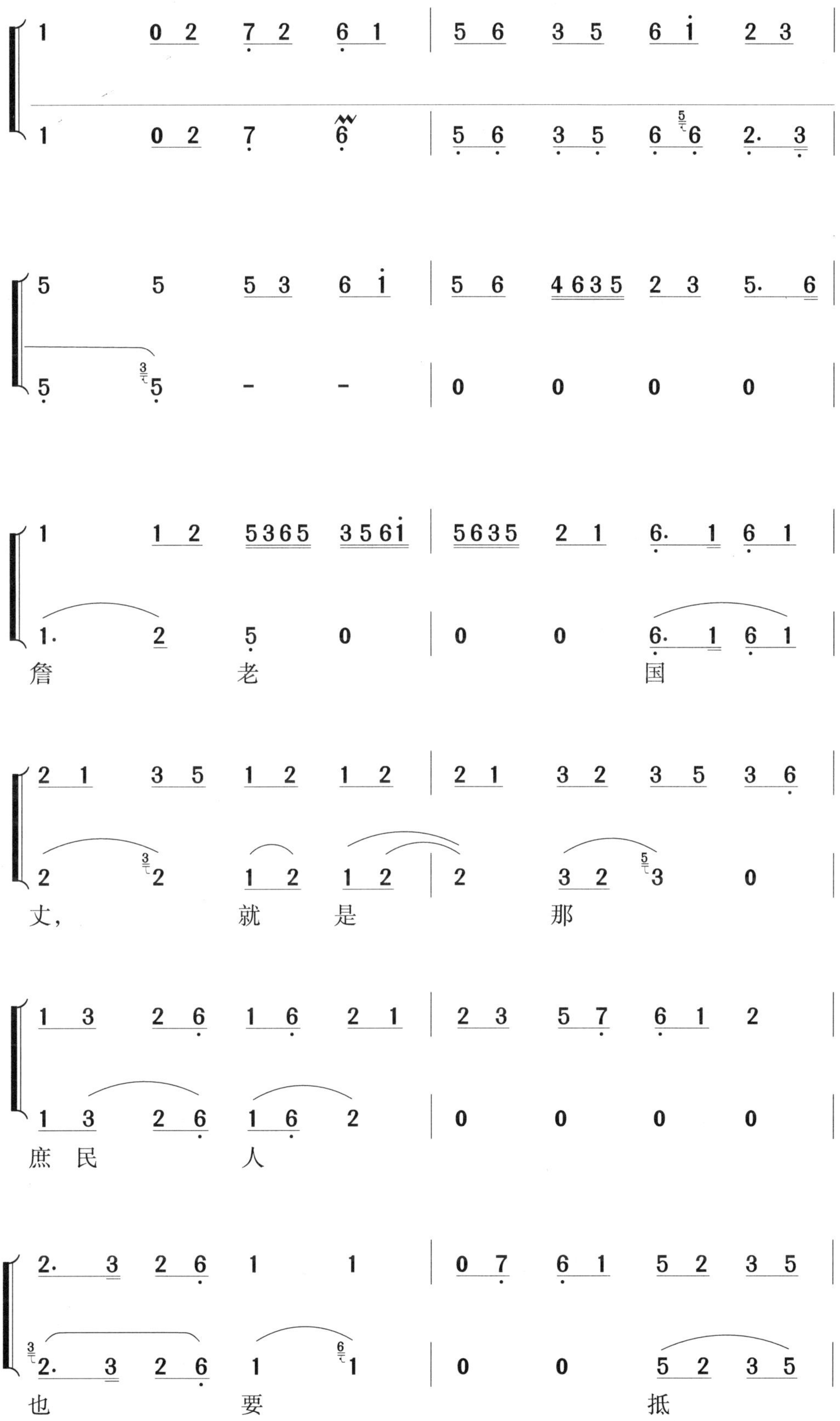
詹
老
国
丈，
就
是
那
庶
民
人
也
要
抵

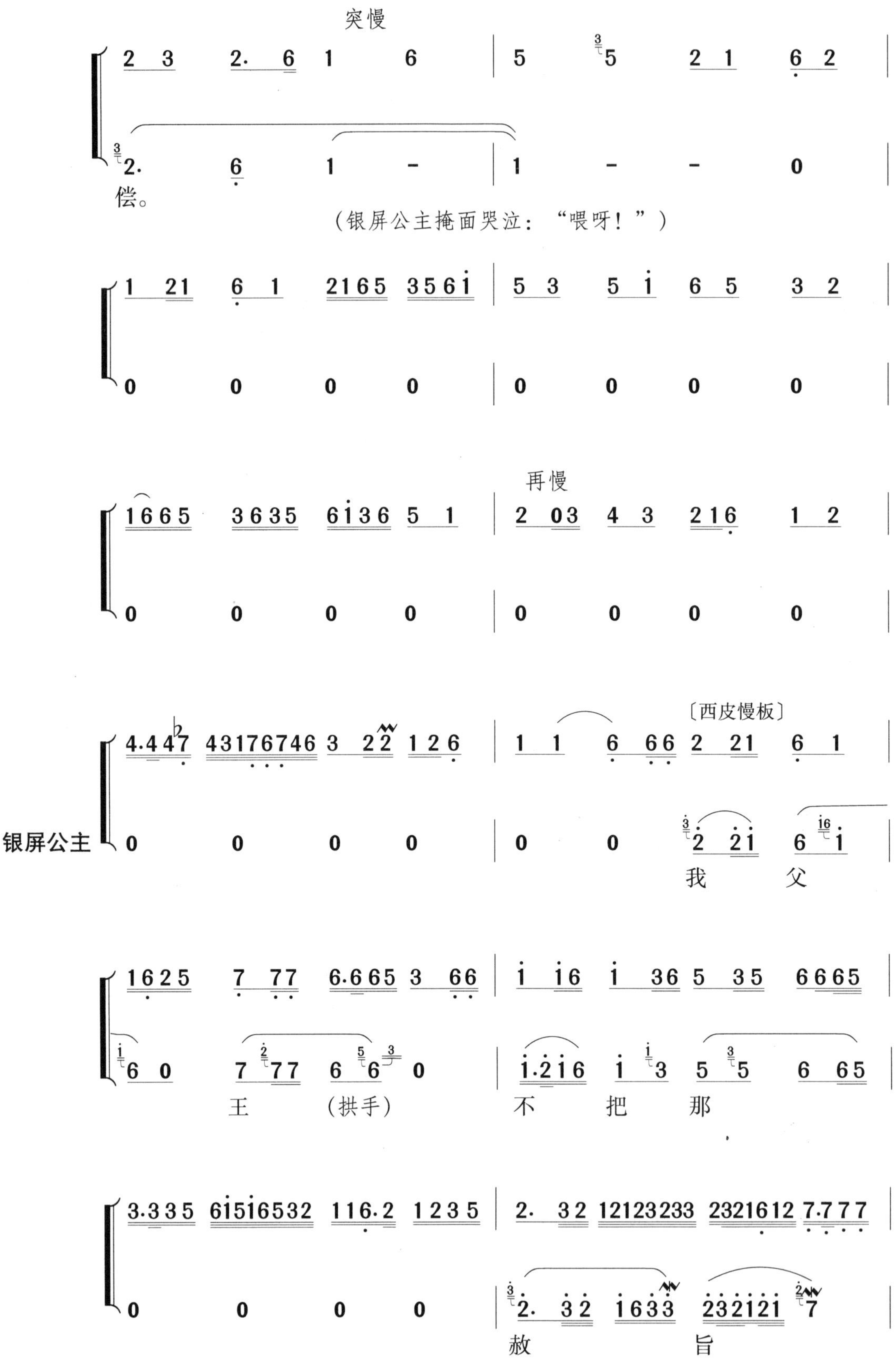
突慢
偿。
（银屏公主掩面哭泣："喂呀！"）
再慢
〔西皮慢板〕
银屏公主
我 父
王 （拱手）
不 把 那
赦 旨

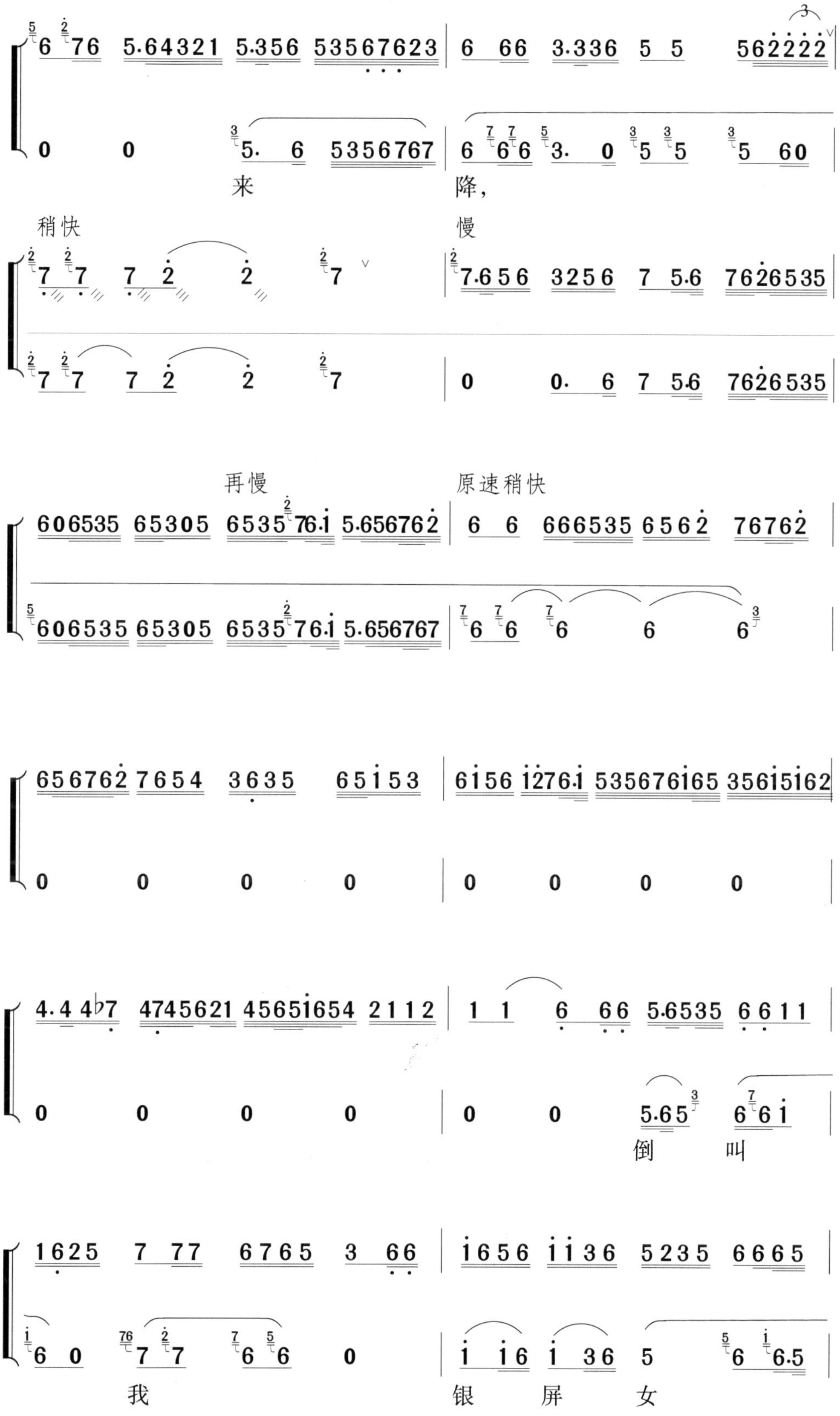
来
降，
稍快
慢
再慢
原速稍快
倒
叫
我
银
屏
女

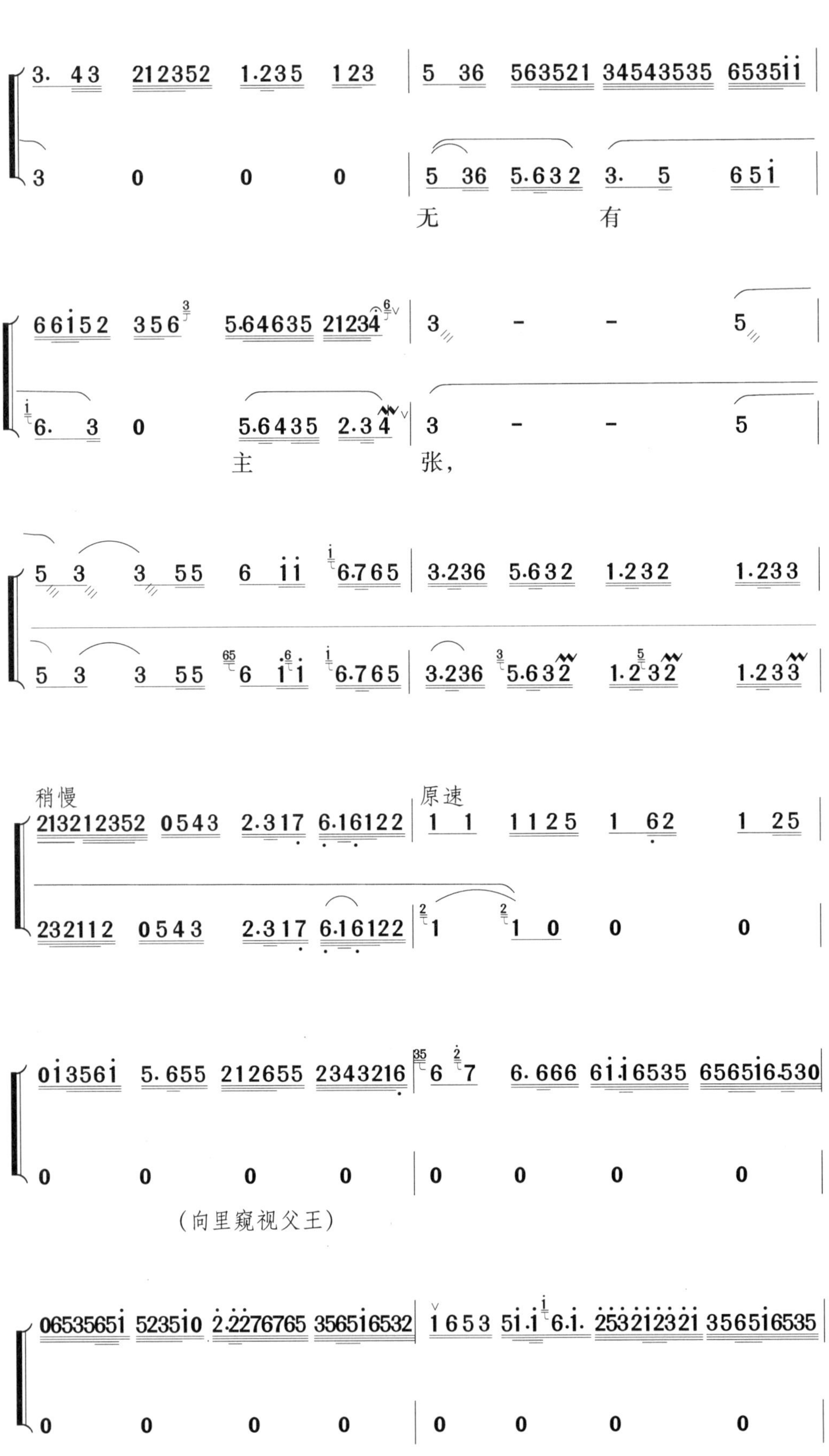
无
有
主
张，
稍慢
原速
（向里窥视父王）

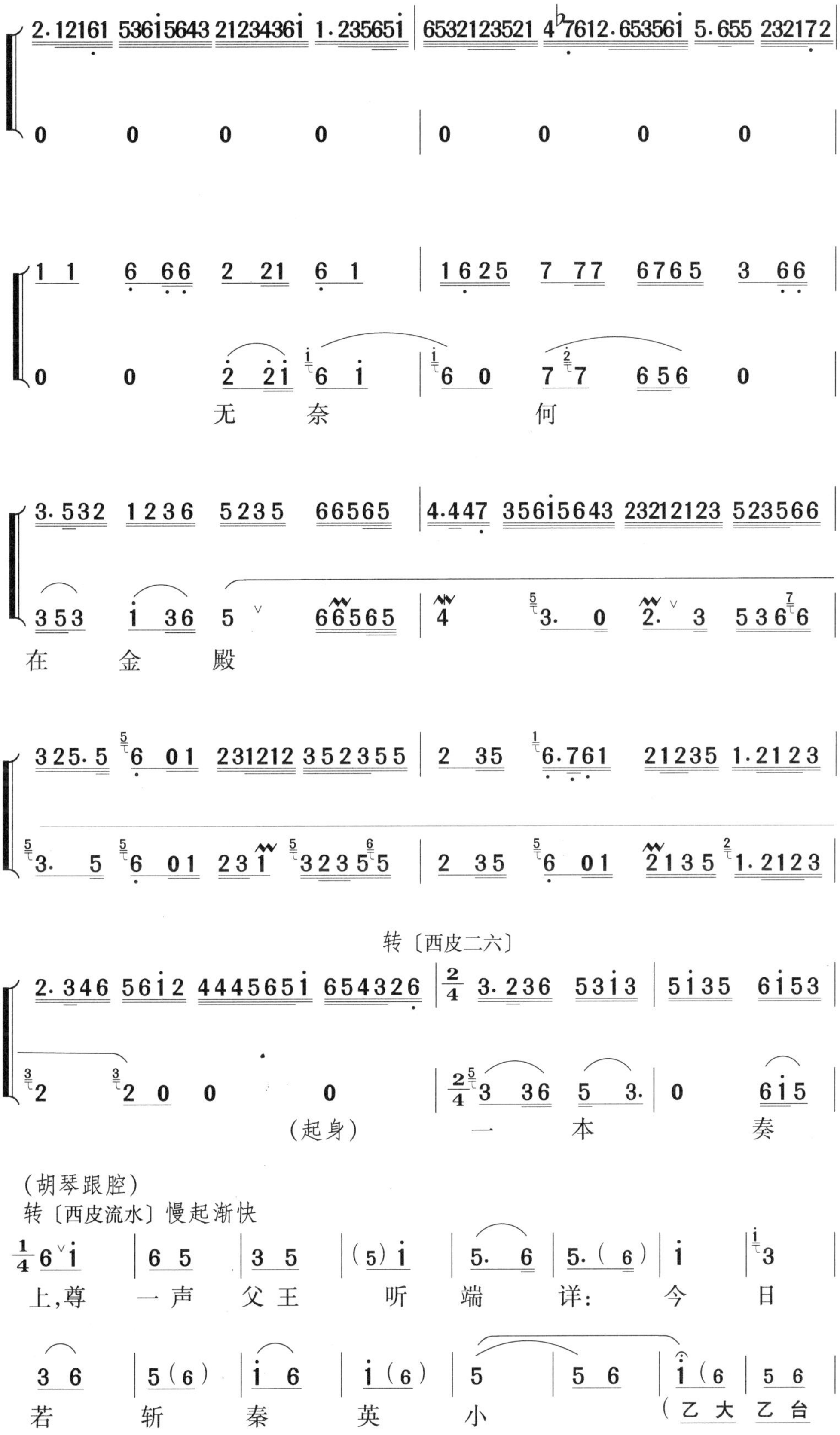
无 奈 何
在 金 殿
转〔西皮二六〕
(起身) 一 本 奏
(胡琴跟腔)
转〔西皮流水〕慢起渐快
上,尊 一声 父王 听 端 详: 今 日
若 斩 秦 英 小
(乙 大 乙 台

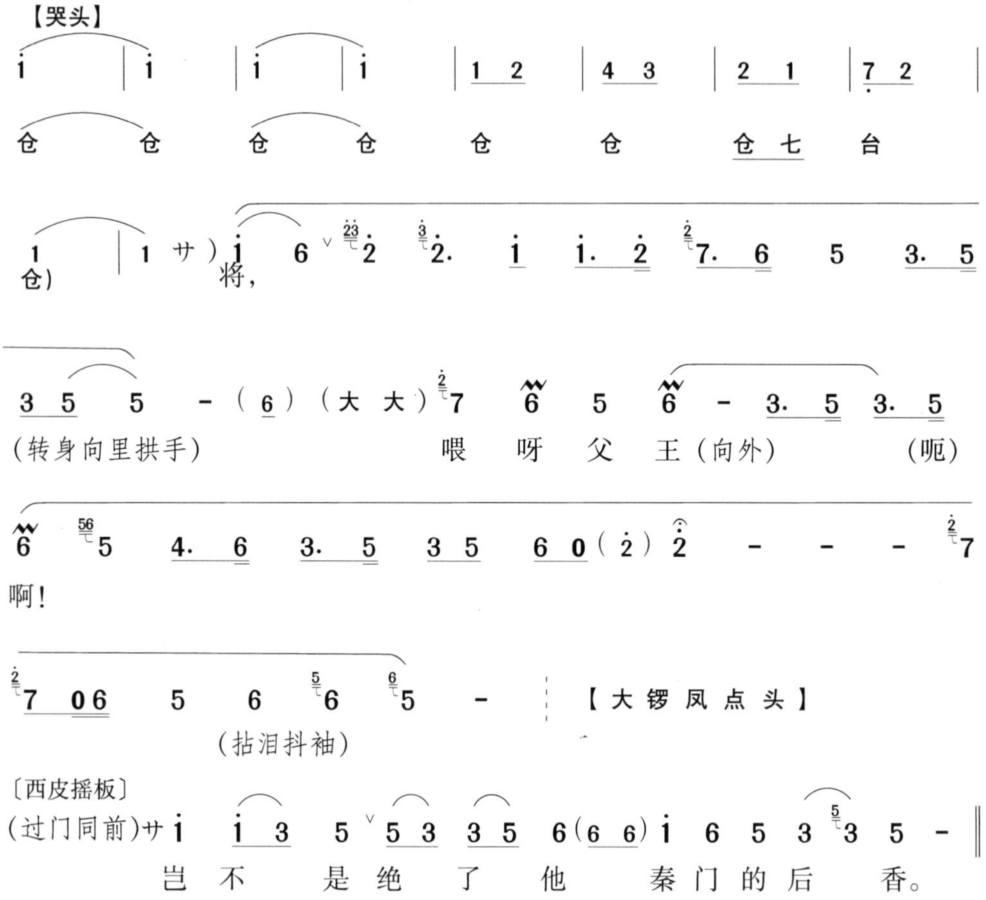

〔【一锣凤点头】银屏公主下跪，詹妃起立拱手。

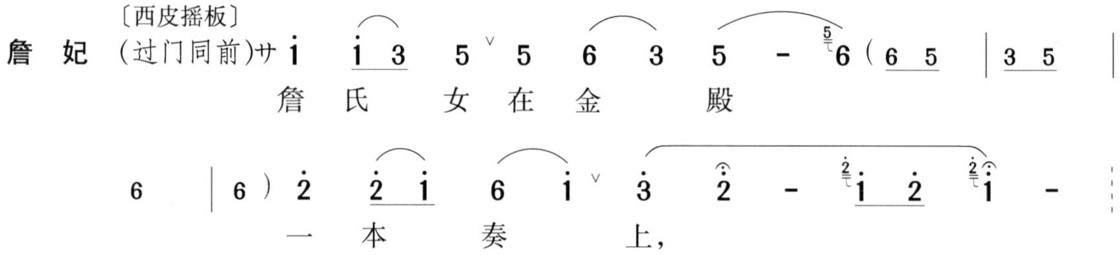

长孙后 哇——（仓）（指詹）你是甚等样人，竟敢在金殿之上，与我母女顶本？

詹　妃 啊，万岁！（跪）金殿之上，有她母女奏的本章，妾妃连话都讲不得么？

李世民 唉，是啊。金殿之上，有你母女奏的本，难道孤的梓童连话都讲不得么？

长孙后 臣妾在此，岂容她胡言乱语。

李世民 梓童有本当面奏来，孤王与你做主。

詹　妃 是。

长孙后 我儿有本，当面奏来，为娘与你担待。

银屏公主 是。

李世民 梓童平身。（詹妃起身）

长孙后 我儿起来。（银屏起身）

李世民 梓童奏来！

长孙后 我儿坐下！（银屏坐）

李世民 哼！（拂袖）

长孙后 哼！（拂袖）

〔二人同做生气状。

詹　妃 万岁——（上步拱手。**（扎扎仓）**面向外唱，不等过门）

〔西皮流水〕

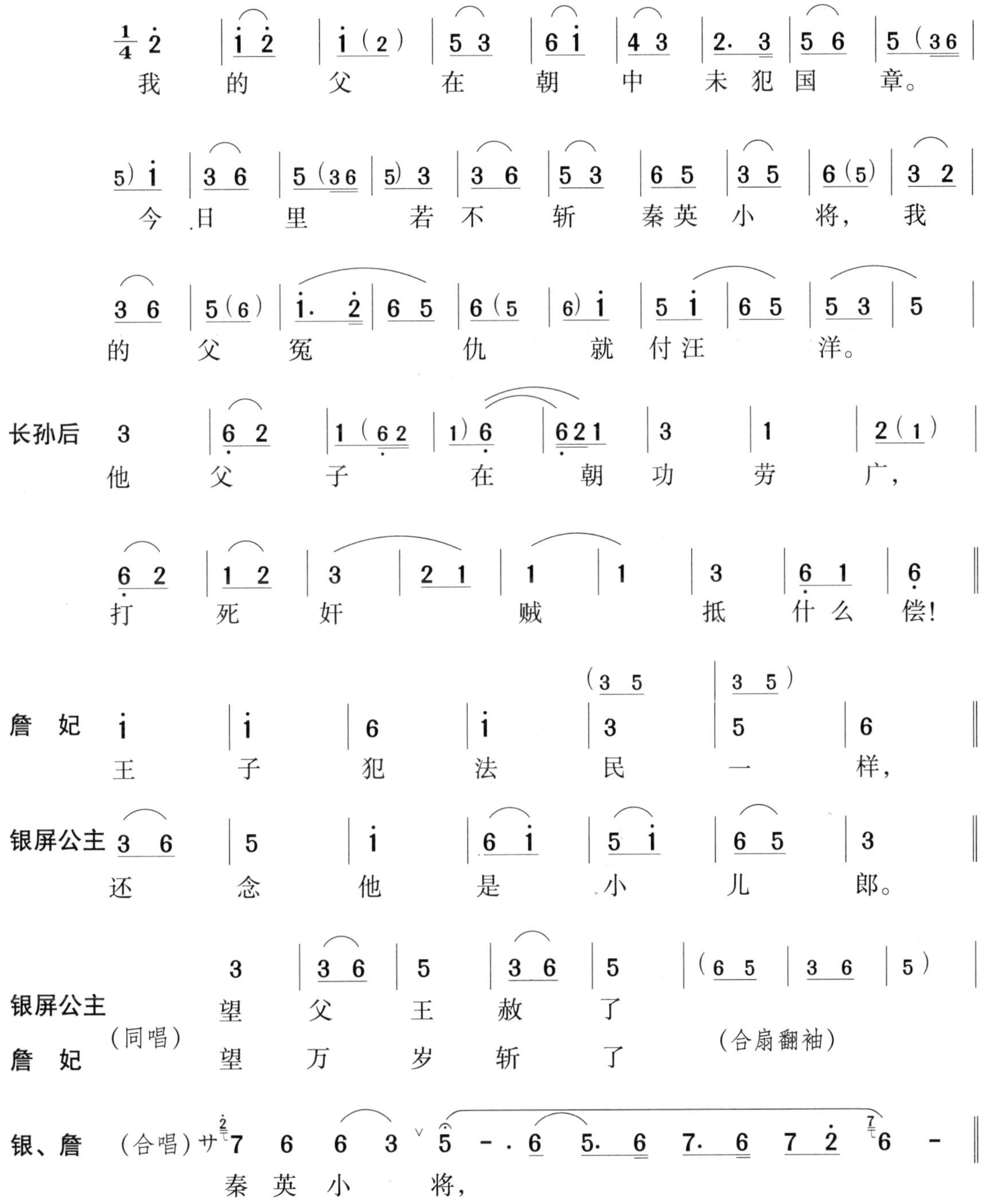

长孙后 罢啊——**【双楗凤点头】**（离座）

〔西皮散板〕

(过门同前) 3 2 1 1 3 2 ²³2 ³⁵3 210

哀 家 我 替 孙 儿 把

1. 2 3 - ³⁵3. 1 2 ²³2 ³2 2 ²1 - ‖

命 偿。

你、你、你你斩了哀家吧！

〔右转身走向李世民，李用手指做无奈状。

李世民 2/4 (八 大 | 仓 -) | (6. i 5 6 | 4 2 1 2 |

慢

4. 5 56i | 5. 6 5 4 | 2 1 7 2 | 1 - |

(大台 仓. 嘟

〔西皮导板〕

サ i. i i i 3 2. 3 5 5 2 1 7 2 1 -) 3 2 5 ³⁵3

七台 仓 - 仓 - 七 大 0) 这 件 事

(詹、银同跪哭:"喂呀——")

(3) ⁵3. 3 2 3 5 - - 353 210 1. 2 ⁵3 ⁵3. 2

叫 孤 王

2 - ²³2. 0 ³2 ¹²1. (7 6 2 1 -) 1 3

难 (呐)

2. 3 2 1 2 1 - - ³2 ³2 123 ³2 1 1 6 (1) ⁵3

以 发 放，

5 - - ⁵3 - - ⁵3 ³²3 ²³2 - - |

长孙后 (³2 1 6 6 1 2 -) サ 2 32 3 3 1. 2 1 2 1 2 3 0

(八台台 顷 - 仓)(翻袖)小 孙 儿 (呀) 啊！

6 ⁵6 - - 5 65 4. 5 3 ⁵3 ²3 ³2 ³2 - |

金水桥

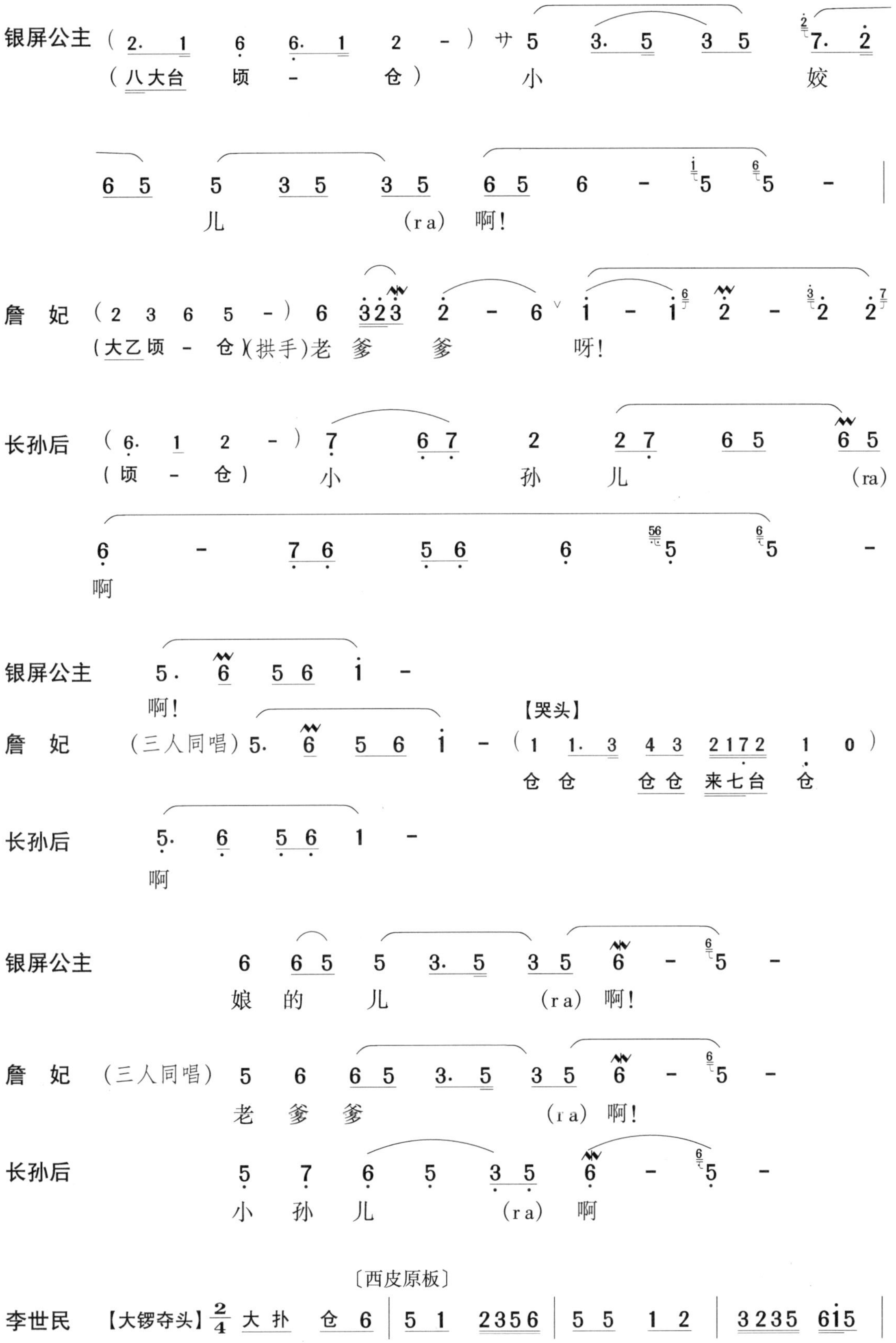

银屏公主
（八大台 顷 － 仓）小 姣
儿 （ra）啊！
詹 妃
（大乙顷 － 仓）（拱手）老 爹 爹 呀！
长孙后
（顷 － 仓）小 孙 儿 （ra）
啊
银屏公主
啊！
【哭头】
詹 妃
（三人同唱）
仓 仓 仓仓 来七台 仓
长孙后
啊
银屏公主
娘 的 儿 （ra）啊！
詹 妃
（三人同唱）
老 爹 爹 （ra）啊！
长孙后
小 孙 儿 （ra）啊
〔西皮原板〕
李世民
【大锣夺头】
大 扑 仓

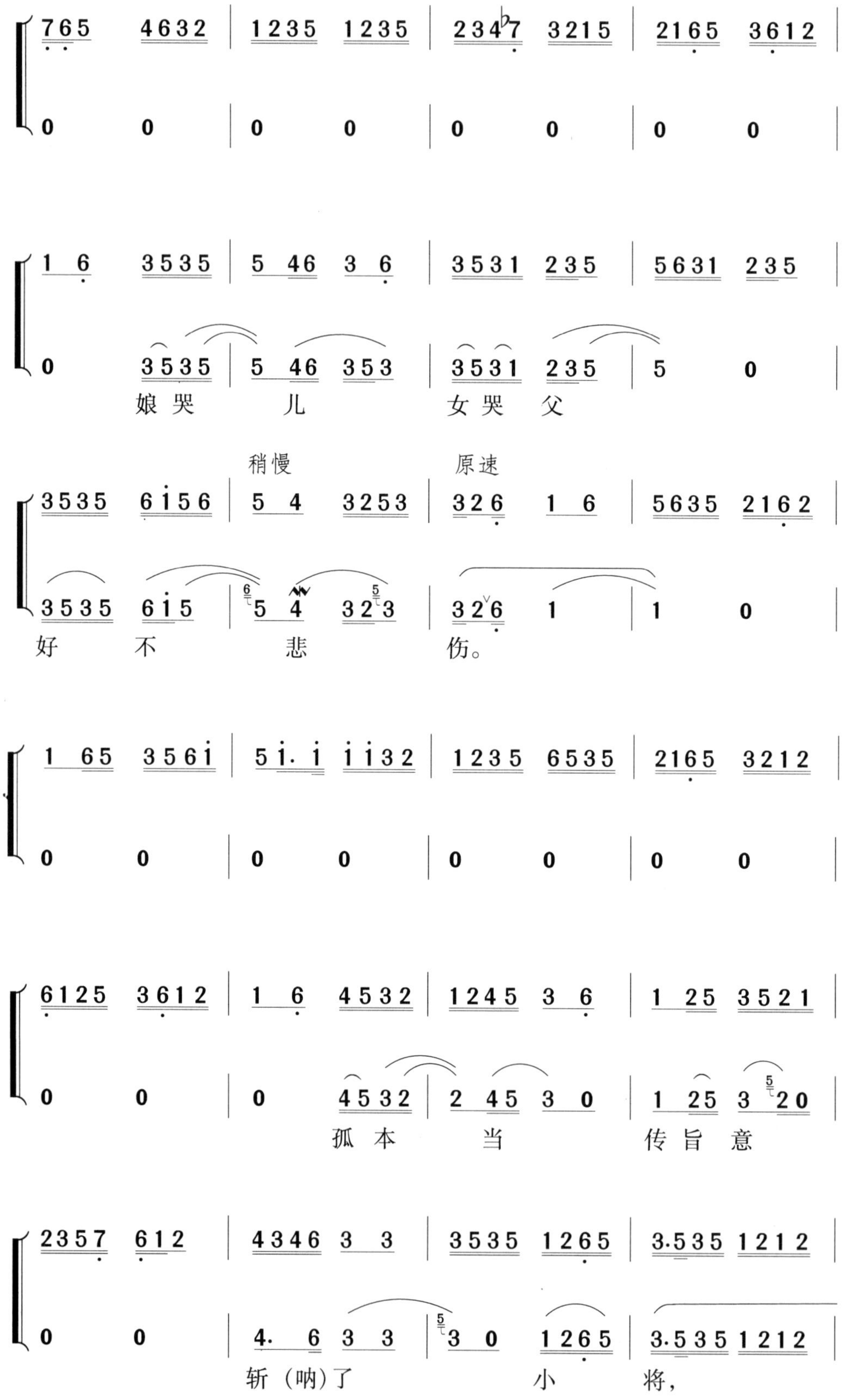
娘哭 儿 女哭 父
稍慢 原速
好 不 悲 伤。
孤 本 当 传旨意
斩（呐）了 小 将，

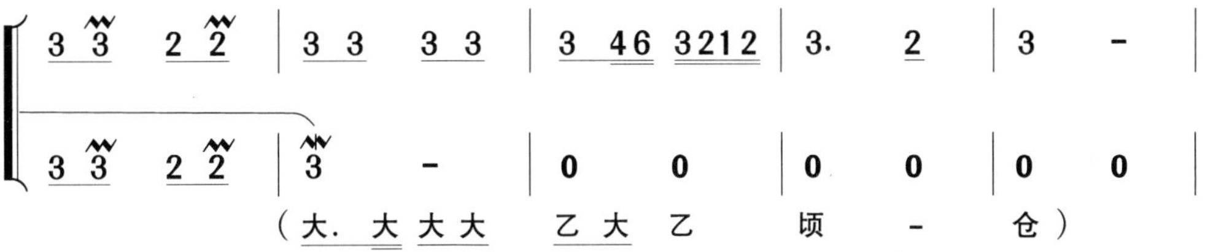

〔詹妃立起，躬身做谢状，夹白：“谢万岁！”李世民夹白：“慢！”

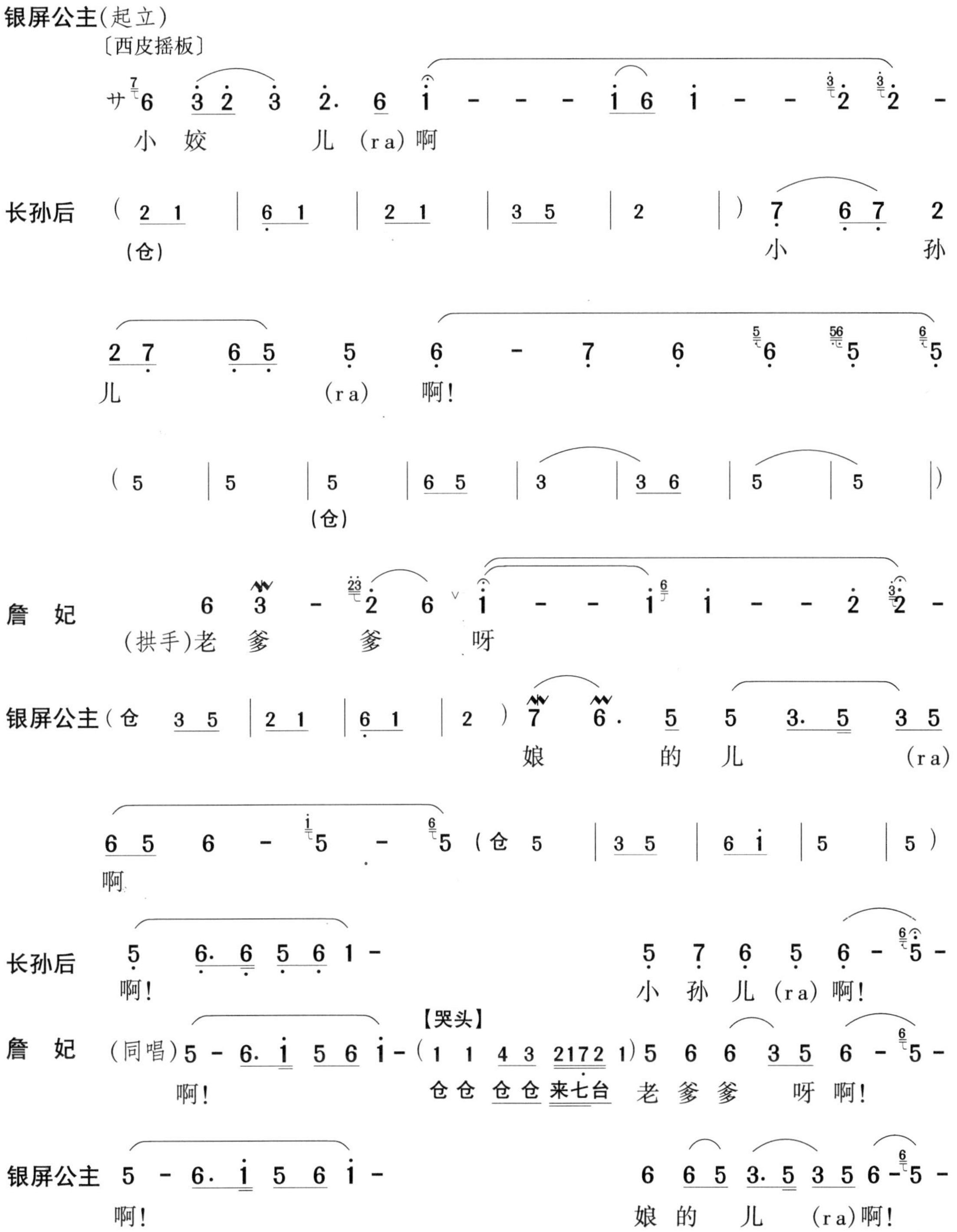

李世民 【夺头】

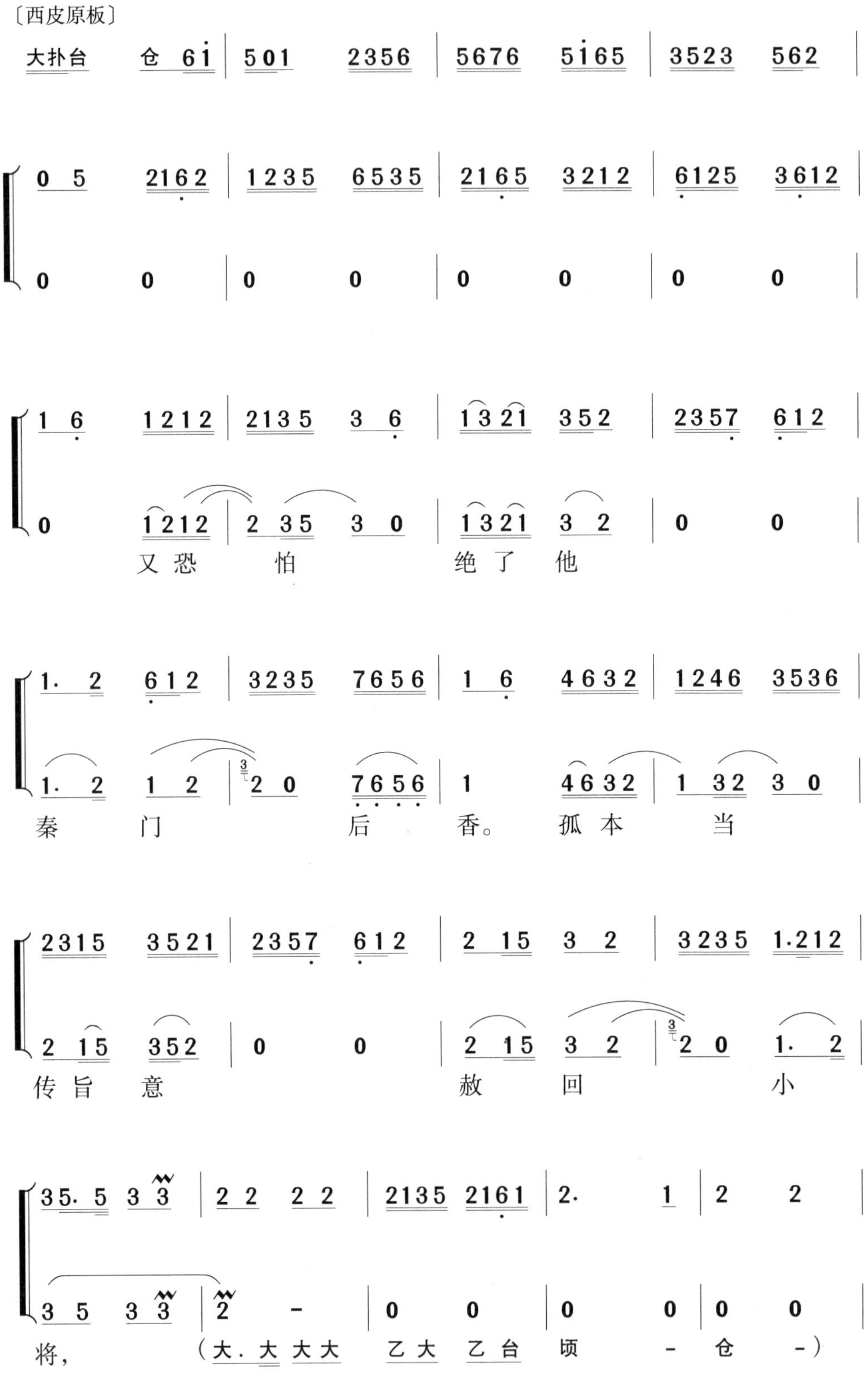

金 水 桥

〔银屏夹白：“谢父王！”李世民夹白：“且慢！”

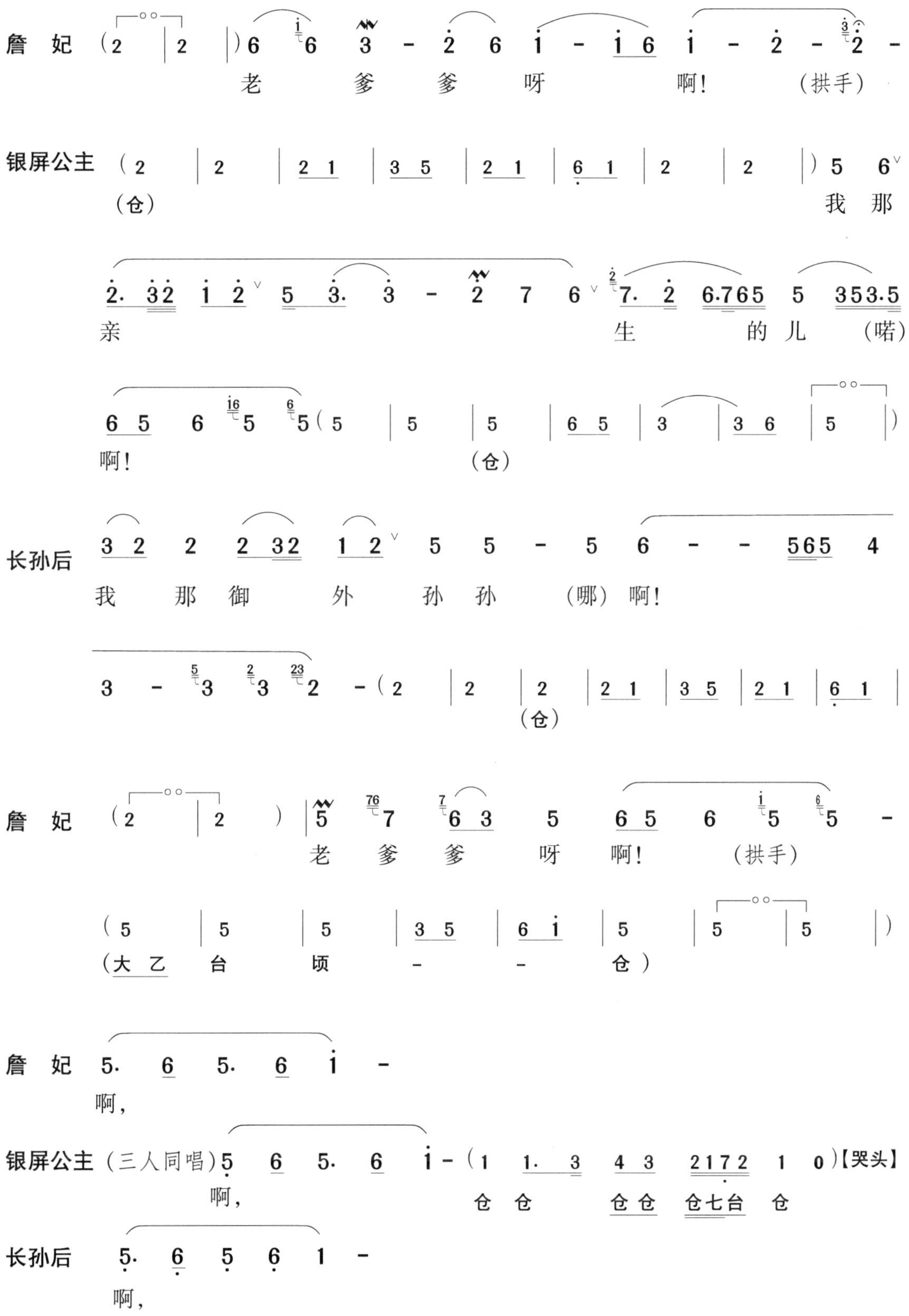

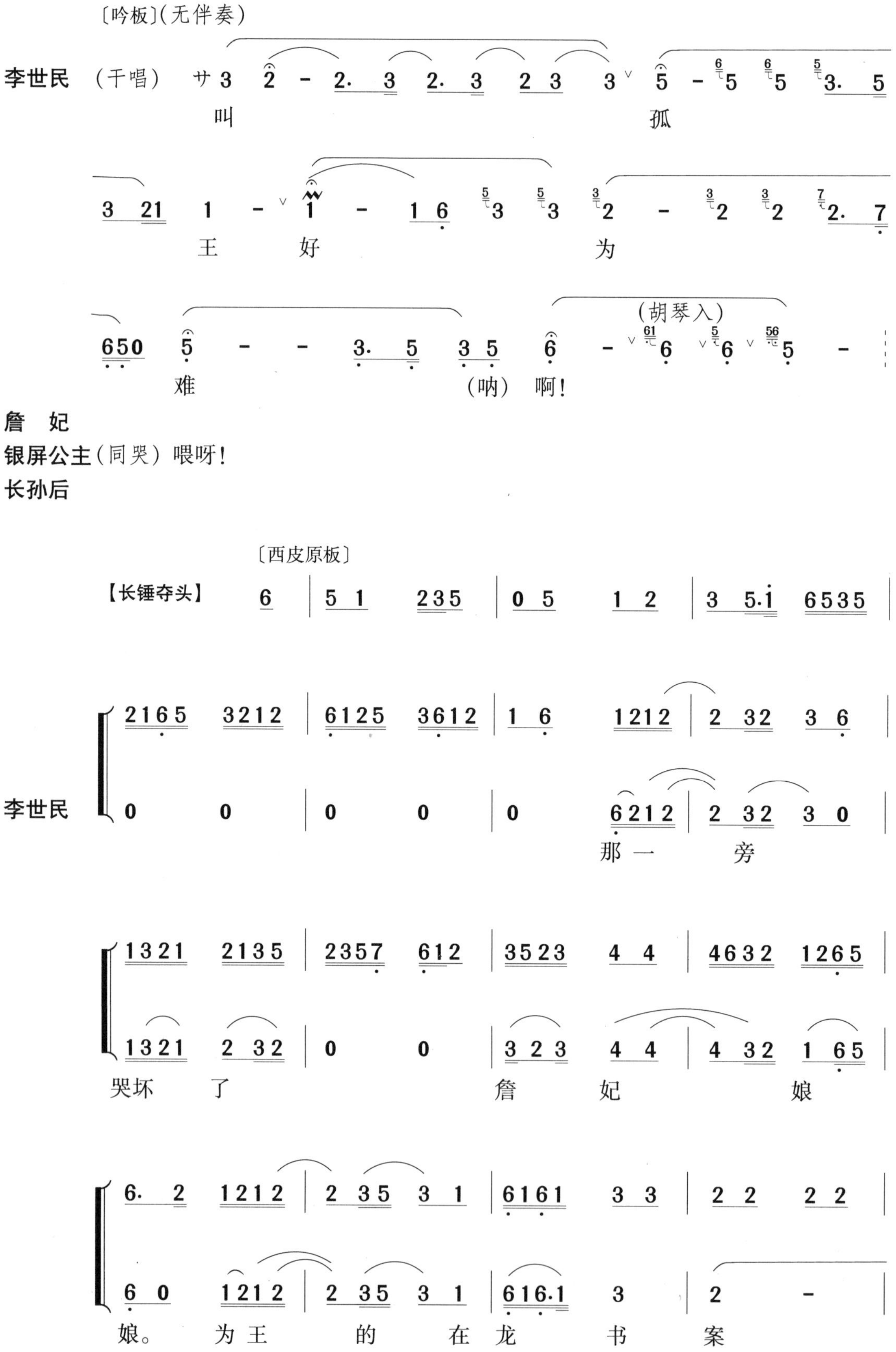
〔吟板〕(无伴奏)
李世民 (干唱)
叫 孤 王 好 为 难 (呐) 啊!
(胡琴入)
詹妃
银屏公主(同哭)喂呀!
长孙后
〔西皮原板〕
【长锤夺头】
李世民
那一 旁
哭坏 了 詹 妃 娘
娘。为王 的 在 龙 书 案

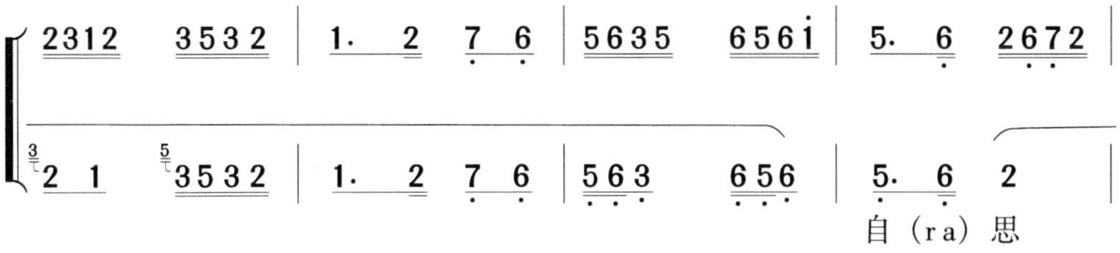

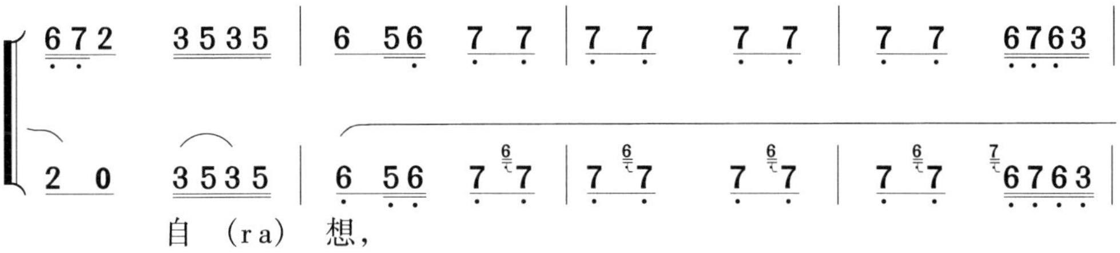

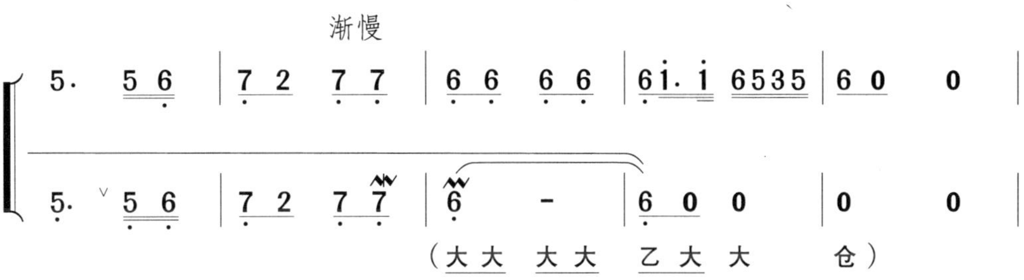

〔做欲叫银屏向詹妃赔礼状。

李世民 看酒——

〔大太监捧酒由“下场门”暗上。**【慢长锤】**李世民离位，众站起，锣鼓切住。

银屏公主
詹　妃 （同哭）喂呀！

李世民 （大 大 大大 乙 仓）

〔西皮二六〕

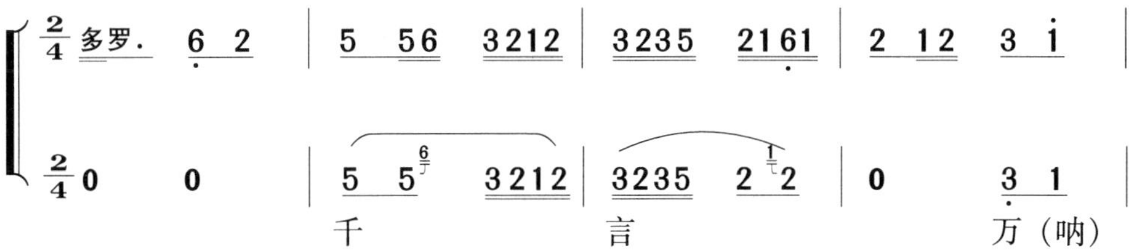

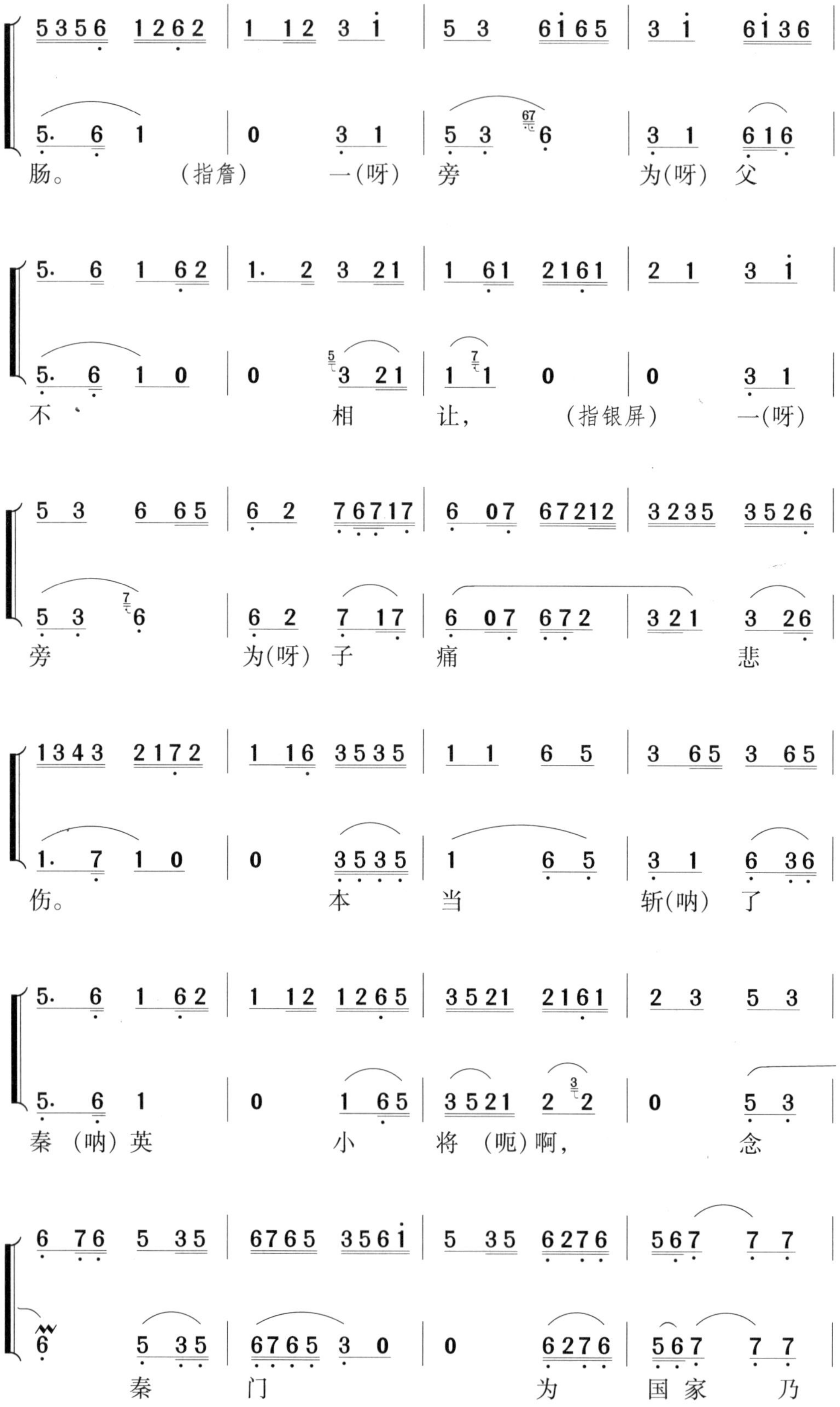
肠。（指詹）一(呀）旁为(呀）父
不、相让，（指银屏）一(呀）
旁为(呀）子痛悲
伤。本当斩(呐）了
秦（呐）英小将（呃）啊，念
秦门为国家乃

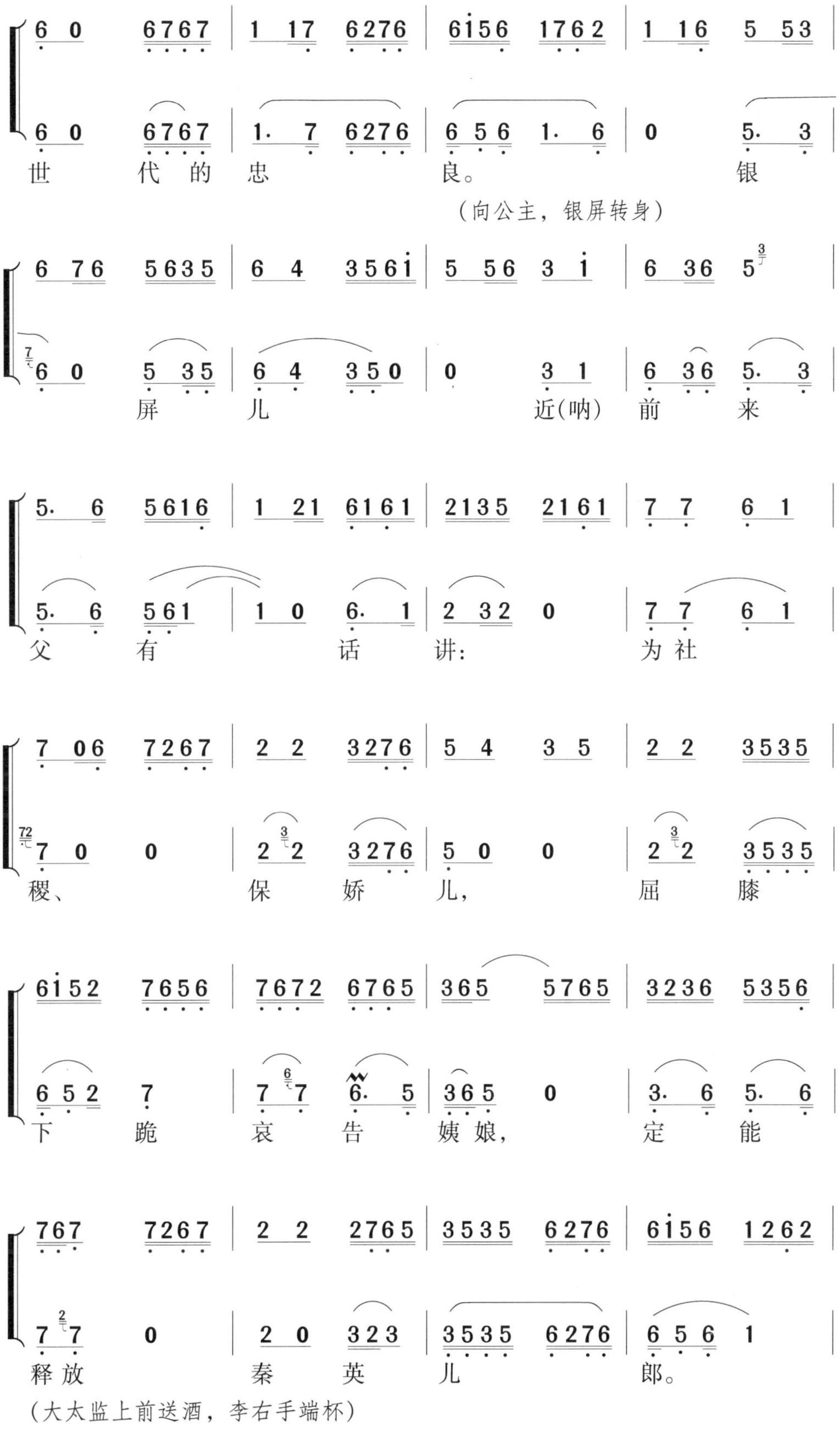
世 代 的 忠 良。 银
（向公主，银屏转身）
屏 儿 近(呐) 前 来
父 有 话 讲: 为 社
稷、 保 娇 儿, 屈 膝
下 跪 哀 告 姨 娘, 定 能
释 放 秦 英 儿 郎。
（大太监上前送酒，李右手端杯）

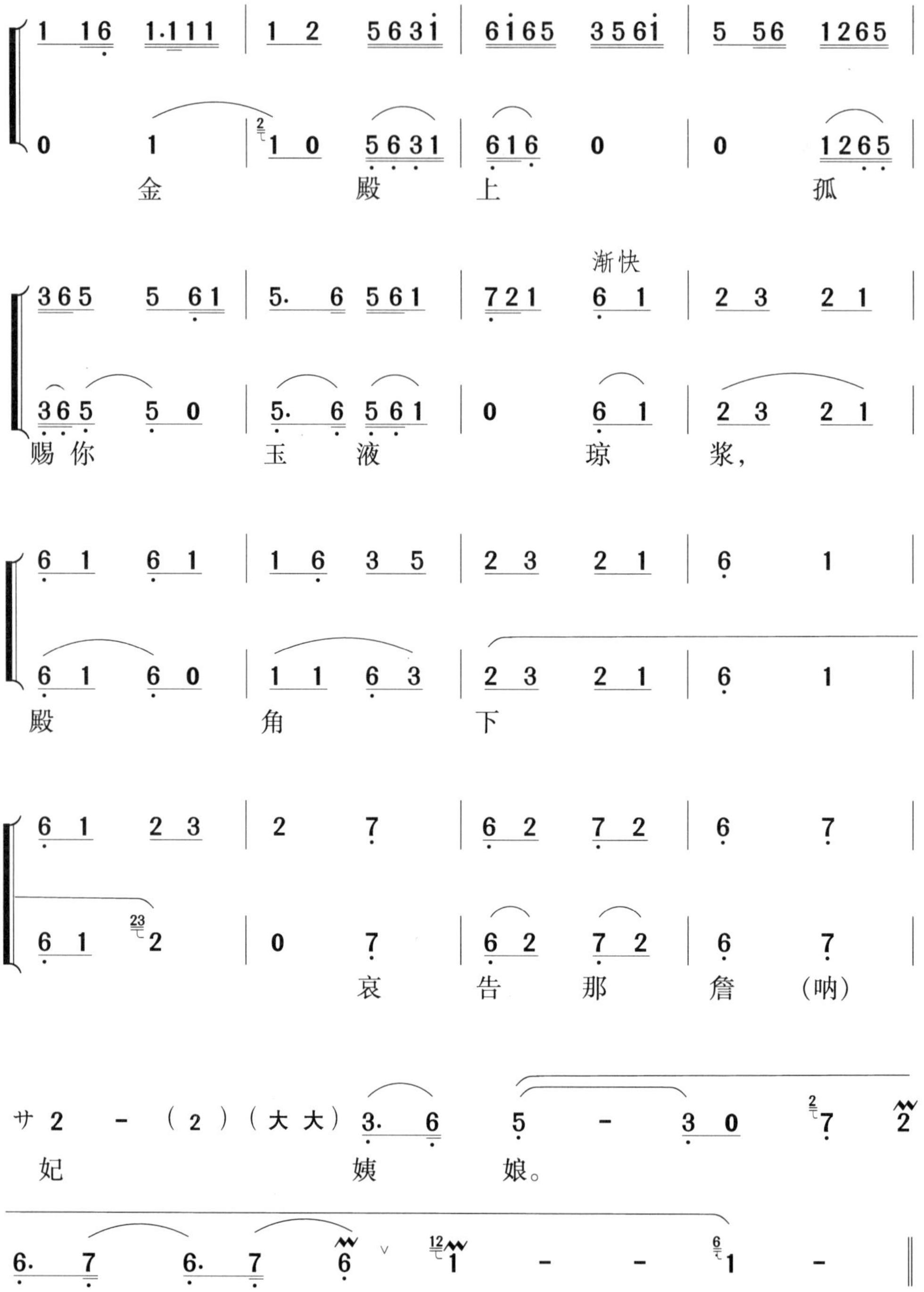

「（ 大 大 大 大大 乙 仓 ）示意公主下跪。公主接酒上步。

银屏公主 呀——

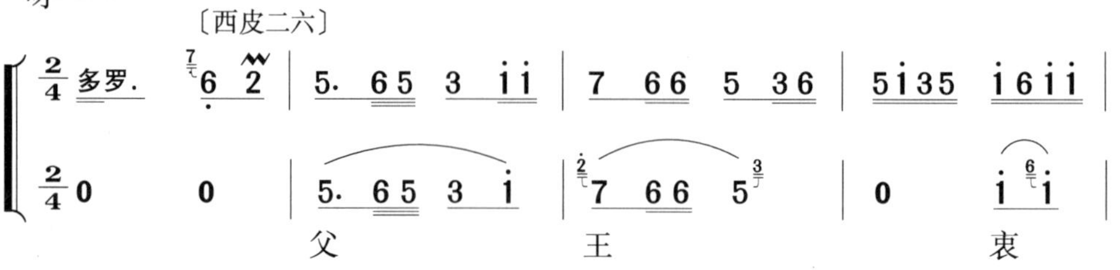

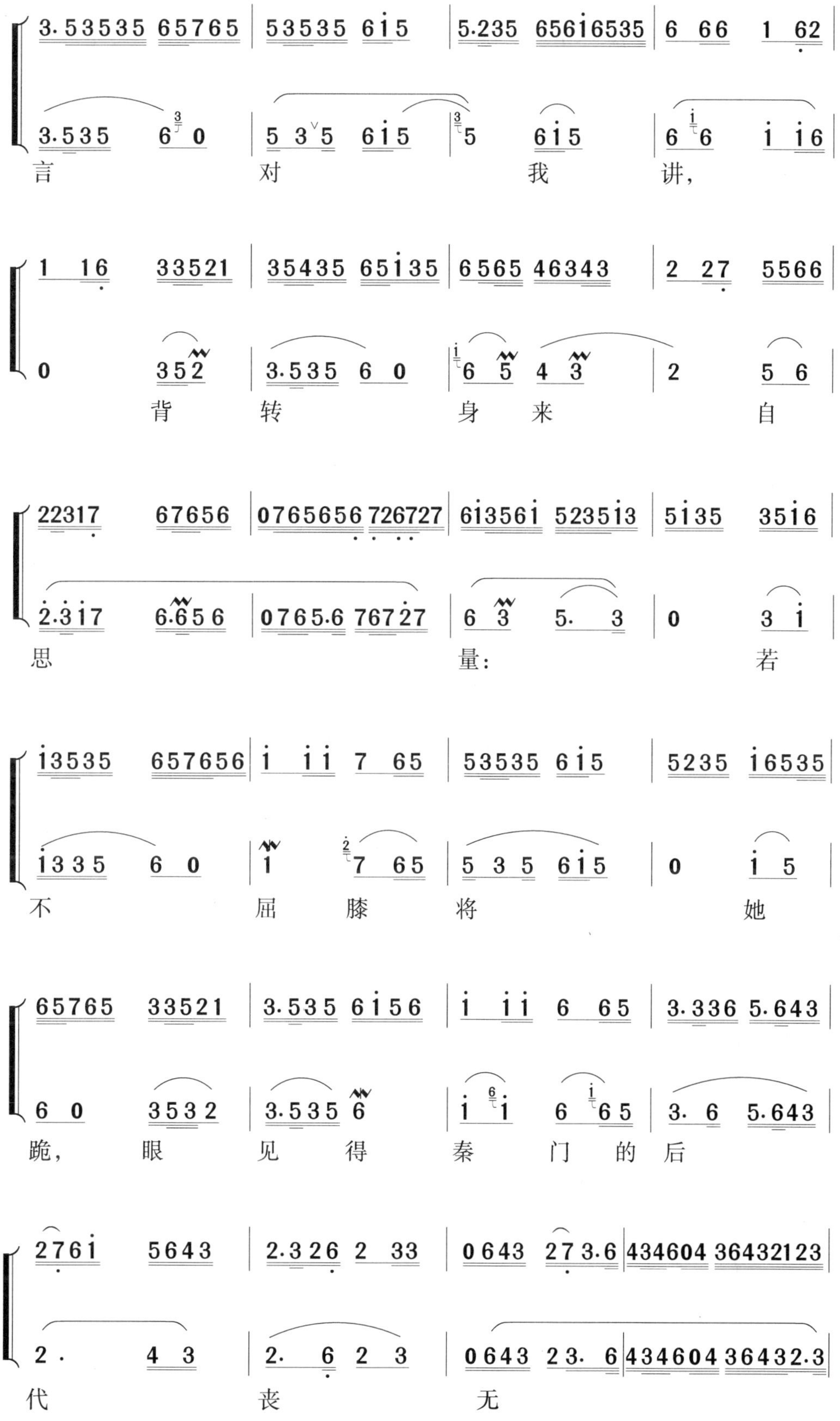
言 对 我 讲，
背 转 身 来 自
思 量： 若
不 屈 膝 将 她
跪， 眼 见 得 秦 门 的 后
代 丧 无

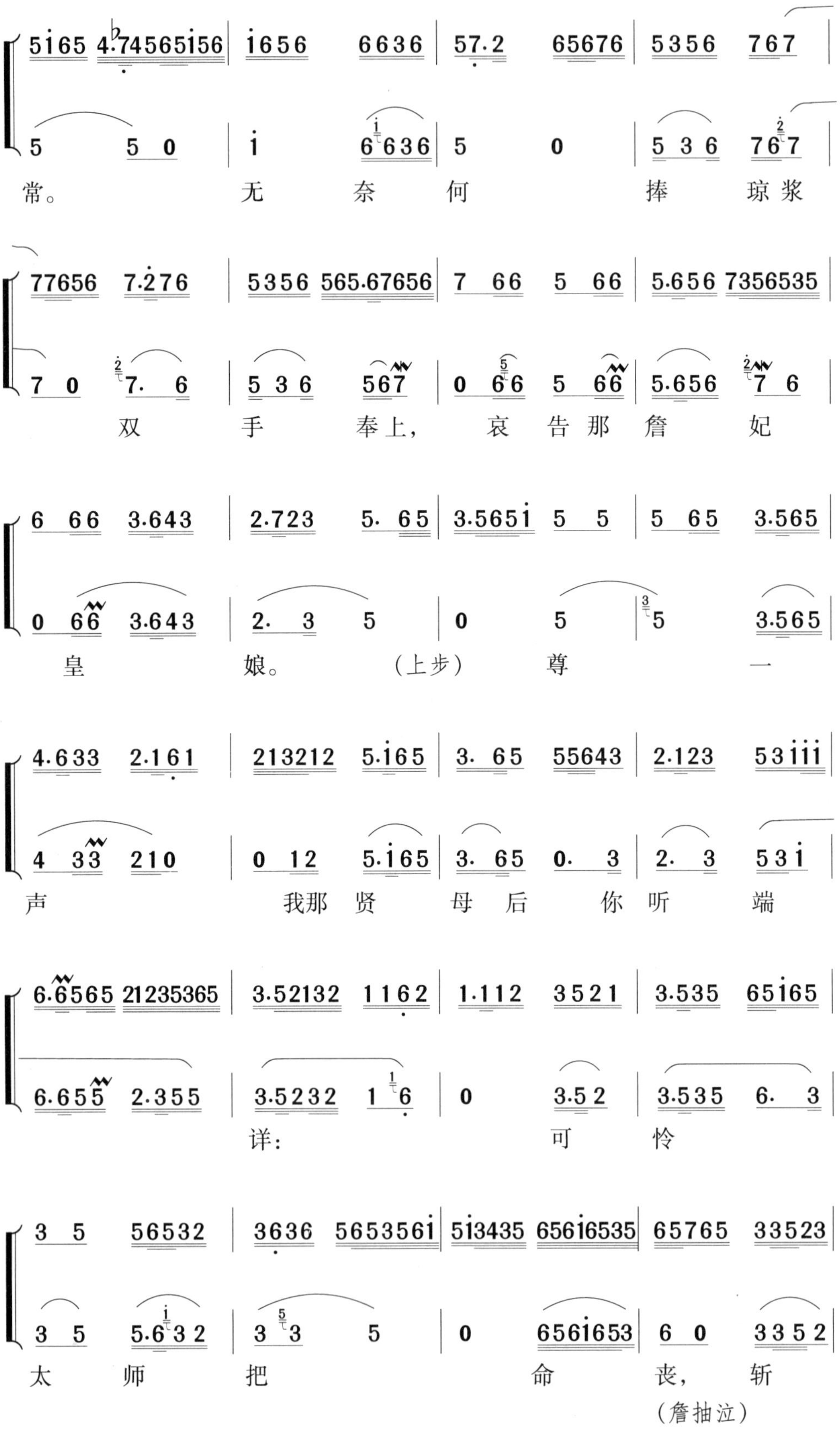
常。无奈何 捧琼浆
双手奉上，哀告那詹妃
皇娘。（上步）尊一
声 我那贤母后 你听端
详：可怜
太师把命丧，斩
（詹抽泣）

金 水 桥

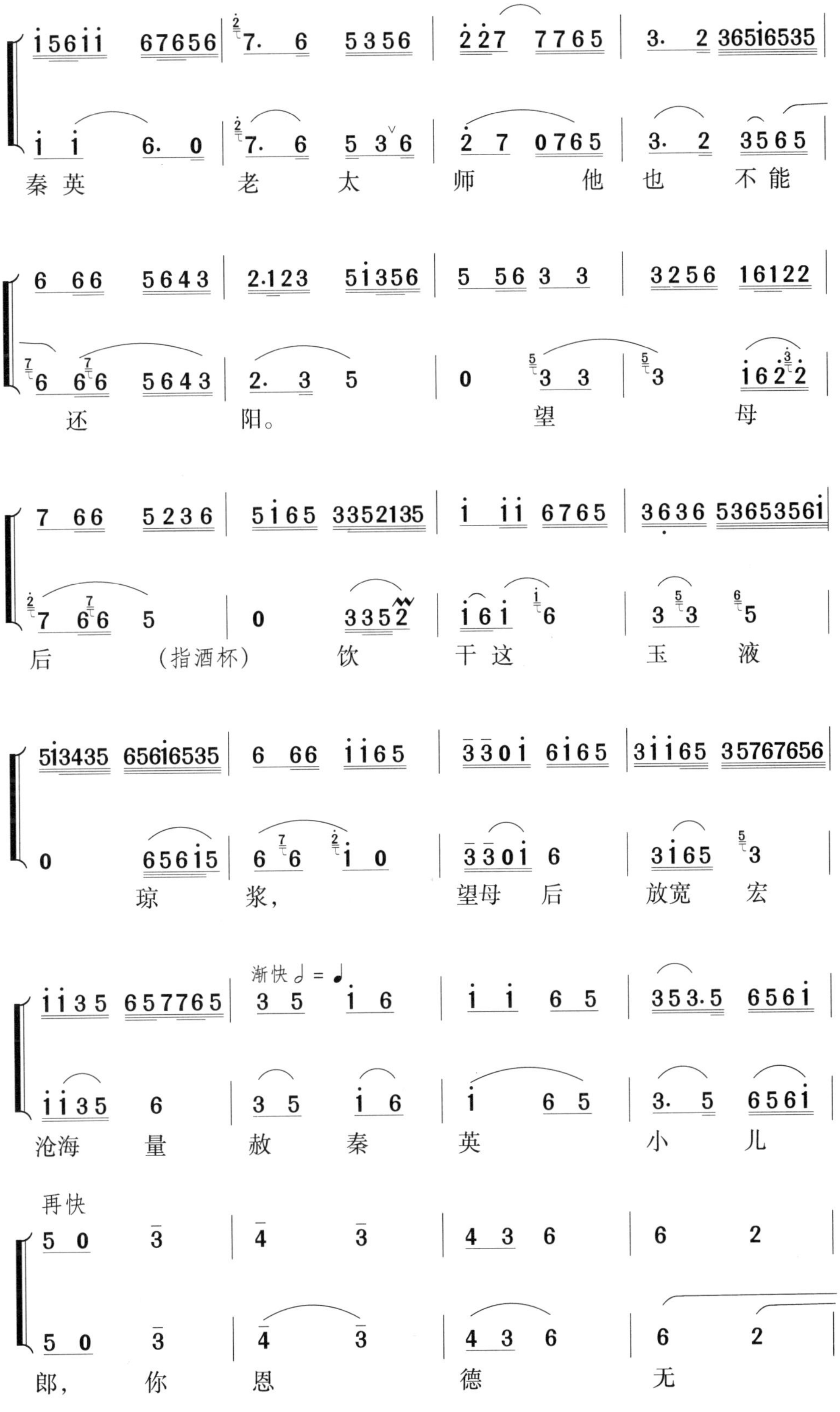

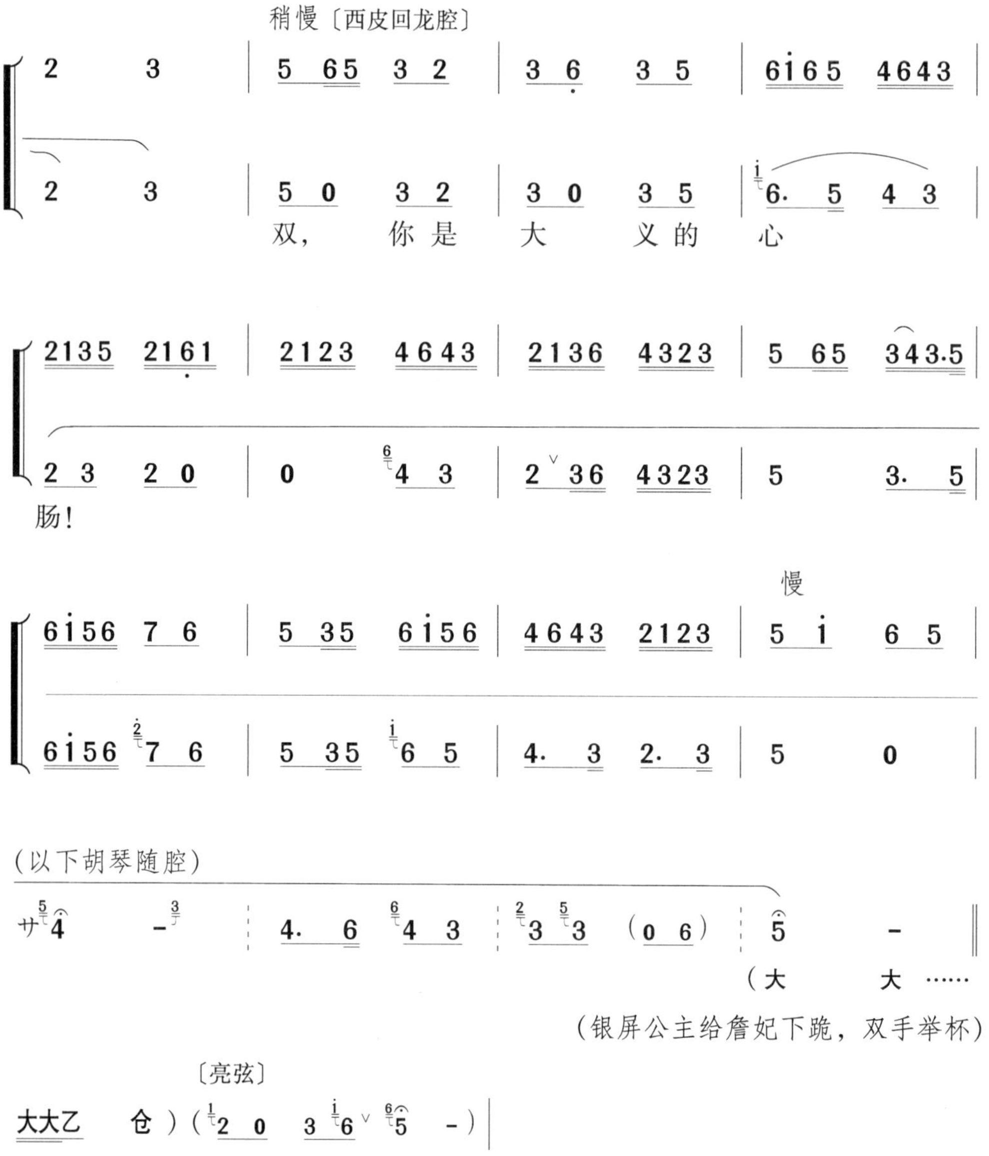

詹　妃　呀！（起身、抖袖）【大锣凤点头】

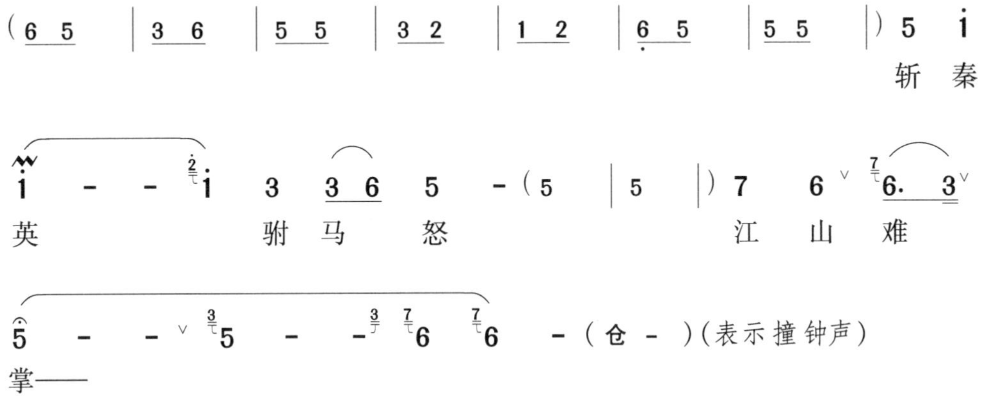

李世民 啊！

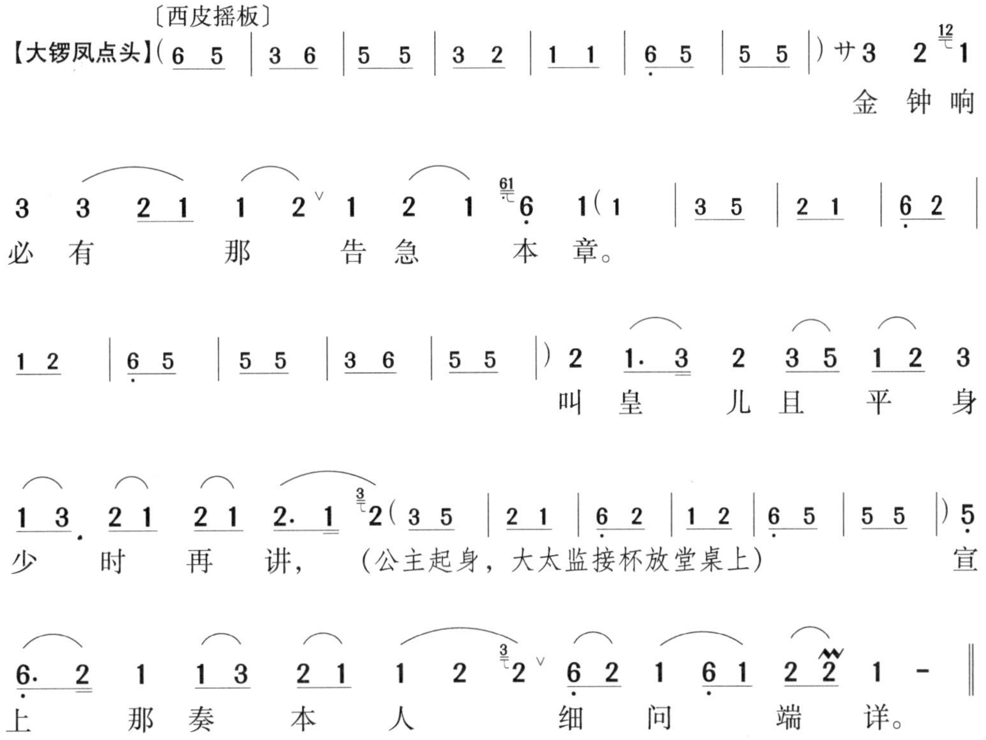

大太监 奏本人上殿哪——

〔程咬金内白：“领旨！”**【冲头】**自“上场门”上，进殿，见驾。四小太监两边暗上。

程咬金 见驾。吾皇万岁。（上步躬身）

李世民 皇兄平身。

程咬金 万万岁！**【大锣住头】**（后退，归“大边”）

李世民 上殿有何本奏？

程咬金 臣启万岁：如今元帅被困，是老臣单人独骑杀出重围，回朝搬兵求救。

李世民 但不知何人能解得此围？

程咬金 方才金殿之上要斩何人哪？

李世民 小将秦英。

程咬金　万岁，依臣之见，何不就命秦英为二路元帅，带兵征剿，请主定夺。（拱手）

李世民　哎，这个——

银屏公主　父王啊！【大锣五锤】秦英打死太师理当偿命，如今驸马被围，不如就命秦英戴罪征剿，倘能得胜将功折罪，（向詹）望母后开恩，父王（嘟仓）定（仓）夺啊！

〔西皮散板〕

【快纽丝】（过门同前）　サ 3　3 6　5　7 6　5　7　6

（向詹）望　母　后　开　大　恩

5　6　6　3 5　6　5　-　6（仓）

父　王　宽　放，

（向李）

李世民　2　1　2　1　3　2　6. 2　1　2 2　1　-　‖

转　面　来　与　梓　童　再　做　商　量。

【叫头】哎呀梓童啊！【大锣五锤】如今驸马被困，朝中又无能将，不如就命秦英戴罪征剿，得胜回来将功折罪，望梓童以孤的江山社稷为重，（指詹）你要再思啊再想！

〔亮弦〕

サ（4　3. 2　3 6　5　-）

詹　妃　【双楗凤点头】

〔西皮散板〕

（过门同前）サ i　i　3 6　5　-　3　3 6　5　7　6

一　句　话　问　得　我　无　有

6 5　5　5　6　-　｜6 0　（6535｜6 7　6535｜

话　讲，　（嘟　-　仓　大）

银屏公主白："啊，母后，赦了吧！"

6 0　6535｜6 7　6535｜6）　-　｜【双楗凤点头】

〔西皮散板〕

（过门同前）5　i　i　-　6　5　6　6　3 6　5　6 5　6 i　5　-　‖

为　江　山　罢　冤　仇　理　所　应　当。

〔【双楗凤点头】接杯，将酒洒地。

银屏公主　多谢母后！（接杯）

〔西皮散板〕

李世民　（过门同前）3　1　2　3　2　1　3　2　1　2　-（6. 1　2　-）

好　一　位　詹　娘　娘　宽　宏　大　量，　（仓）

长孙后 5 62 1 62 12 3 2 62 1 3 21 6 1 - ‖【住头】
谢 御 妹 大 义 心 福 寿 绵 长

〔拜揖。詹拂袖。

李世民 将秦英赦回。

大太监 将秦英赦回呀！

〔秦英内白：“领旨。”**【冲头】**“下场门”上，进殿。

秦　英 多谢万岁不斩之恩。（跪）

李世民 非是孤王不斩于你，只因你父被困，命你戴罪征剿，得胜回来将功折罪。赐你乾坤宝带，以振军威，随你程祖父下殿披挂去吧！

〔大太监在李念白时进“下场门”取玉带，等念完后将带交秦英。秦英斜挎身上。

秦　英 领旨。**【大锣五锤】**（起来右转身，面向程咬金）

程咬金 傻小子！

秦　英 爷爷！

程咬金 跟爷爷找你爸爸去！

秦　英 走着！**【冲头】**

〔同笑。程咬金前、秦英后“下场门”下。

李世民 后宫备酒，与你等同饮。

银屏公主
长孙后 （三人同白）谢万岁！**【大锣住头】**注①
詹　妃

〔大、小太监、长孙后抽场下，李世民示意银屏公主劝慰詹妃后也抽场下。

詹　妃 喂呀，爹爹呀，（哭）**【一锣】**

银屏公主 啊，母后不要啼哭，随儿来呀！

詹　妃 喂呀！**【大锣圆场】**

〔银屏公主搀扶詹妃下。

第 八 场

〔清场。

〔**【缓锣】【急急风】**（加堂鼓）唢呐奏＜三换头＞帽子 1＝E 3 5 6 5 356 6 **【急急风】**八军士手持月华旗，四唐将举枪自“上场门”冲上，站“斜一字”，程咬金持马鞭随上，站于军士内侧。

〔**【撕边】**马童自“上场门”翻“串小翻踢子”（**崩登仓**）亮相。**【急急风】**后退数步亮住，上步至“大边”台口，（**崩登仓**）走“铁门坎”，亮住。**【急急风】**压膀转

① 如不接演后面的“秦英征西”，则在此处奏唢呐曲牌＜尾声＞前半段，大、小太监、长孙后、李世民等先后下场。待银屏公主念到“随儿来呀！”时，奏唢呐曲牌＜尾声＞后半段，银屏搀詹妃同下，剧终。

身半拉圆场走进“上场门”。**【软四击头】**翻串虎跳前扑至“大边”前台口，落地后就势向后翻“串小翻儿”接“拉拉提”。

〔**【四击头】**秦英持马鞭至“九龙口”,字纛旗举起立后，马童拉马，亮相。

〔**【急急风】**秦英打马，马童拉马倒退，小圆场，秦英归“大边”，马童由“上场门”下。**【软四击头】【撕边】**马童翻两个“小翻”接前扑上。**【四击头】**秦英转身，马童“串扫堂腿”接“旋子”，同亮相。

〔**【急急风】**秦英挥手示意队伍火速前进。

〔奏唢呐曲牌<三换头>

〔曲牌中，头名军士领起，军士四将、程咬金回绕圆场至“小边”，然后冲向“下场门”下。同时，秦英在台中单腿独立转身，然后背向观众。

〔**【急急风】**马童拉马，秦英加鞭，半拉圆场，秦英回至台中，马童“下场门”下。秦英踢腿奔“小边”前台口。

〔**【夺头】**马童翻“小翻”接“拉拉提”上，秦英与翻上的马童“过合”，马童落地后起**【四击头】**马童接翻“小翻”接摔叉“乌龙绞柱”，站起后面向台口亮拉马相，秦英亮勒马相。**【撕边】**（**崩登仓**）秦英踢左腿，表示战马直立，然后“踩泥”；马童就势翻“蹲提”，再拉马，同亮相。

〔**【软四击头】**二人向里“赶”**【软四头】**向外“赶”，（**嘟 八大台 顷 - 仓 0**）秦英丁字步亮相。

〔**【急急风】**秦英加鞭转身“下场门”下，马童、大纛随下。

第九场

〔“下场门”摆“城片”，城门紧闭。

〔**【急急风】**接**【四击头】**八番兵举枪自“上场门”冲上，“站门”。王伯超举枪上站“大边”。苏宝童持镀金三锯齿双刀上居台中。**【搜场】**迅速左右巡视。

苏宝童　骂城去者！

〔**【急急风】**八番兵“插门”、圆场，至“小边”站“一字”。苏宝童归“小边”前台口。王伯超紧随其后。苏面对城门。

苏宝童　**【叫头】**嘿！**【软四击头】**怀玉小儿，出关受死！

〔**【急急风】**苏宝童挥刀指令番兵、王伯超倒领队，与自“下场门”“城门”内涌出的唐军士、罗章“二龙出水”。番兵等由“上场门”下，唐军自“下场门”下。

〔秦怀玉与苏宝童“扎犄角”、“过合”，打“大枪双刀”，搭、兜、转身，苏用刀砍秦肚，秦用枪一盖，走单腿“蹉步”，勒马“踩泥”亮相，向“上场门”败下。苏宝童领四番将欲追杀。

〔三声鼓响（表示炮声），秦英赶至军前。八唐兵持月华旗四唐将举枪，由“上场门”沿着底幕跑上，再由“上场门”下。四番将“下场门”下。

〔秦英手持双锤自“上场门”上，与苏宝童照面，拦住苏去路，双锤漫苏头，盖苏双刀。苏惊叫“啊——”。二人“三转身”，“一赶两赶”。秦英踢苏抢背。苏“下场门”败下。

〔【急急风】切住。秦英亮相。起慢【夺头】秦英耍“锤花”，亮相。【四击头】秦英抛锤接锤亮相。【急急风】切住亮相，圆场，向“下场门”追下。

〔王伯超自“上场门”上，秦怀玉追上。二人打“枪套档子”。秦怀玉抽王伯超抢背。秦欲刺王，一番将“下场门”续上，接住秦枪，救起王伯超。

〔秦怀玉与番将、王伯超“三见面，”又一番将持单刀翻上。秦怀玉挑二番“倒扑虎”，【四击头】四人亮相。【急急风】秦怀玉抽番将抢背，番将“下场门”下。秦怀玉与王伯超“压枪”，自“下场门”双下。

〔罗章持单枪“下场门”上，一番将持单枪“上场门”上。二人开打，扎枪。罗章抽番将抢背，番将“下场门”下。一番兵持双刀自“上场门”续上。

〔罗章与番刀打“双刀枪”，踹番兵抢背。另一番兵自“上场门”翻“虎跳”“前扑”上。罗章“拨拉”二番兵。另一番兵自“下场门”翻上，第四名番兵自“上场门”上。罗章居中，挑四番兵“倒扎虎”。【四击头】罗章居中、四番兵站四角亮相。

〔【急急风】罗章用枪架住四番兵、推开，奔“下场门”下。四番兵欲追，秦英自“下场门”持大枪上，赶四番兵奔“上场门”下。一番将持双刀上，与秦英打“大枪双刀”，秦英踢番将抢背。另一番将持双刀“上场门”翻“小翻蹑子”上，与秦英打“三见面”，后又续翻上两名番兵，开打。【四击头】秦英居中亮相。【急急风】秦英漫二番将一番兵头，踢最后一名番兵抢背，切住亮相，后番兵“下场门”下。

〔秦英耍“大枪花”。【快夺头】【撕边】（八大仓）【四击头】掏翎亮相。【急急风】半拉圆场，“下场门”下。

〔【急急风】加强，八番兵自“上场门”引苏宝童败上，转【长尖】“挖门”，“站门”，苏居中。

苏宝童 儿郎的——（仓）

众 啊！

苏宝童 收兵！

〔【急急风】苏宝童领起八番兵“插裆子”圆场，苏至“小边”台口，八番兵“小边站一字”。苏欲往“下场门”逃走，秦英持双锤上，盖苏双刀，拦住去路。二人同喊：“啊——”双向内转身，半拉圆场。八番兵随苏跑半拉圆场。秦、苏双向外翻身。秦英转身抡锤“蒙头”，苏领八番兵一字低头冲至“下场门”。秦抡双锤分开八番兵，八番兵分别从“上、下场门”跑下。

〔秦英与苏宝童“见面”。一番将自“下场门”续上，接挡秦英。苏宝童自“下场门”败下。秦英与番将“见面”。另一番将自“上场门”翻“出场”上，二番兵分别由“上、下场门”两边暗上，自台里边向外台口翻“出场”。秦英居中抡四番将（兵）“倒扎虎”。一番兵由“下场门”暗上至台中内侧，秦英搂番兵斜“扑虎”，番兵倒地后向内走“滚背”，秦英跳过番兵。二番兵分别从“上、下场门”暗上“窜扑虎”。另一番兵持大枪由“下场门”暗上至台中里边。秦英抛双锤砸向二番兵，二番兵各接一锤倒地。秦英转身从番兵手中“夺”过大枪。【四击头】秦英抛大枪，番兵翻“虎跳”“前扑”至前台口，双手接枪摔“锞子”，秦英双掏翎亮高相。

〔【急急风】已“死”番将番兵两边下。王伯超持枪“下场门”续上，与秦英“见面”，二人同喊“哇呀呀”，打“大快枪”，秦英刺死王伯超，王“僵尸”倒地。

秦　英　收兵哪！——

「奏唢呐曲牌<尾声>八月华旗、四唐将分别从两边上，程咬金自“下场门”上，大纛旗自“上场门”上，众人成“群星捧月”式围住秦英亮相，大笑。紧锣鼓收住。

「幕闭。

——剧　终

孙明珠 哈鸿儒 整理 哈鸿儒 执笔

双阳公主

尚小云演出本

《双阳公主》是尚小云先生根据传统京剧《反延安》，并参照秦腔、同州梆子的演出本改编的剧目，是中华人民共和国建国十周年献礼演出剧目。故事由《五虎平西全传》演绎而来。

宋仁宗时，狄青率季青等四将为夺取日月骕骦马及珍珠烈火旗二件宝物征讨印唐、上乘，误走鄯善国。双阳公主慕狄青英俊，用计诱其至金殿谏父劝降，狄青不得已与其成婚。狄青曾斩上乘铁力莽，其女海飞云为报父仇，与印唐国狼天印诱赚狄青等取二宝。而双阳公主也与狄青定计，佯装捆缚狄青，以换取二宝，并令季青等将趁机反击，打败海云飞、狼天印，取得了日月骕骦马及珍珠烈火旗。狄青等人欲背着双阳公主携二宝返回中原，正在犹豫间，双阳赶到。狄青告以实情，双阳公主不放其行，狄青不得已，戴金面具吓退双阳回朝。双阳回国后，鄯善老王已被海飞云杀死，大丞相波罗辅双阳为王。宋室奸佞丁谓假称二宝是赝品，指责狄青犯欺君之罪，奏宋帝，将狄青发配岭南。双阳的探马报告了狄青的遭遇，双阳念及与狄青情深，于是托国于大丞相波罗，领兵前往岭南，搭救狄青。行至中途大山之中双阳等迷路，向樵夫问路得知，狄青已遇赦，从囚徒成为将军去往延安。双阳此时与前来搭救狄青的季青等相遇，共同率兵前往延安。原来，印唐狼印和上乘海飞云进犯延安。宋王赦免狄青，命其赶往延安支援杨宗保抗敌。于是，双阳转往延安，单叫狄青出战。杨宗保派部下迎战均败，只得让狄青出马。狄青阵前与双阳相会，受到谴责。因二人婚姻之事杨宗保不知，狄青只得逃回宋营禀告。杨宗保识破双阳并非进犯，而是要与狄青团圆，故命狄青再次迎战双阳，并指示狄青败归双阳营中。夫妻相见，消释前嫌，两军共同迎战狼天印、海飞云，解延安之困。尚派《双阳公主》演的是双阳公主去营救狄青到二人合好这一段故事。

这出戏是尚小云先生编演的最后一出戏。其中不少地方做了创新和发展。

“长亭”一场，双阳公主飞马急驰来到长亭，唱〔流水〕板，见到众臣长亭相送，唱腔叫散，再从〔摇板〕转入〔二六〕〔流水〕，谆谆叮嘱，拜托国事。接过饯行酒之后，接唱〔流水〕转〔散板〕来表达登程营救狄青的心情。整场双阳没有一句念白，全靠这一套不同板式组成的唱段来刻画人物。该疾则疾，该徐则徐；既唱出了人物情感，又描绘了环境氛围；既有小腔，也有典型的尚派〔散板〕的大腔。观众既享受了尚派旦角的阳刚之美，又觉得耳目一新。

“问樵”一场使用了一套传统的〔导板〕〔慢板〕〔原板〕〔流水〕〔散板〕的套腔与一套传统的三人马趟子来表现趱路的情景。都是传统，却演出了新意。这一场马趟子是三个旦角在一大段皮黄唱段中进行的。有三插花，有鹞子翻身，也有策马奔驰等身段，但表演比较轻松柔媚。既表现山路崎岖，征人劳顿的情景，又表现了“夕阳暮烟，青山红霞”的美丽景色。双阳自信她一定能救出狄青，也一定能与狄青和好。虽然是撇家离国，而她是以明快、开朗、不畏艰难的心情向前趱路。这个马趟子与唱糅合在一起，歌舞交融，抒发着双阳的情感。因此，这个新意就是抒情。

《双阳公主 · 问樵》是从《琼林宴》中化过来的，但两个《问樵》各有千秋，并不雷同。

《琼》剧是精神受到刺激的范仲禹向樵夫打听妻子的下落，是以樵夫说一段，范仲禹重复一段来表演身段。《双》剧是樵夫讲述新闻，一人叙述，二人同做对称的身段。双阳是旦角，她披斗篷，穿改良靠，带翎子，挂宝剑，身段不仅在水袖、髯口上找俏，要翎子、按宝剑、翻腕花都可以用上。因此，双阳问樵夫的美又可以加上“绚丽多彩”这样一个考语。从此，京剧舞台上创出来一折《女问樵》。

此外，《双阳公主》在服装、音乐上也有创新。双阳戴的盔是以蝴蝶盔为基础，添加孔雀毛和后兜，成为专用双阳盔。“长亭”开幕时的曲牌、“问樵”中来到双岔路口时乐队加入低胡，都是音乐的创新。

现在这两折戏是尚小云先生遗留的录音。虽然它是全剧的戏核，遗憾的是至今还没找到《双阳公主》全剧录音。就是文学剧本，笔者找到陕西省京剧团编写《双阳公主》的执笔者林金培先生，也因“文革”的原因，原稿和出版物都流失了。十分感谢中国京剧戏考网（www.xikao.com）小豆子提供了中国戏剧出版社1962年出版的《双阳公主》单行本，现附录于后，以使读者对该剧原貌有所了解。

哈鸿儒

人物行当

双阳公主	旦	**四武将**	武行
樵　夫	老生	**呼　兰**	旦
波　罗	净	**兆　寿**	旦
朝臣甲	净	**四女兵**	杂
朝臣乙	生	**四大铠**	杂
朝臣丙	丑		

服装扮相

双阳公主　俊份。双阳盔、水钻泡子、飘带、流苏、翎子，湖蓝色绣花斗篷，粉色改良靠、白绣边裙子，彩裤，红绣花薄底女靴。

樵　夫　俊扮。白发髻、白鬓发、草帽圈、绸条，老斗衣、蓝布腰裙，彩裤，白大袜、草鞋。

波　罗　勾粉三块瓦老脸。白满、白鬓发、戴文阳，紫蟒、苫肩、玉带，黑彩裤，高底。

朝臣甲　勾红三块瓦。帅盔、黑满，黑蟒、苫肩、玉带，彩裤，厚底。

朝臣乙　俊扮。忠纱、黑三，绿蟒、玉带，彩裤，厚底。

朝臣丙　丑扮。圆纱、丑三，红官衣，玉带，彩裤，朝方。

四武将　俊扮。虎头盔、牵巾，杂色靠、苫肩、红靠绸，红彩裤，厚底。

呼　兰　俊扮。古装头、水钻头面、草花，红打衣、红打裤、红云肩、改良下甲，红绣花薄底女靴。

兆　寿　俊扮。古装头、水钻头面、草花，湖蓝打衣、湖蓝打裤、湖蓝云肩、改良下甲，湖蓝绣花薄底女靴。

四女兵　俊扮。贴片子、湖蓝色包头巾、小额子，湖蓝色战衣、湖蓝色战裤、湖蓝色战裙、腰箍，湖蓝色绣花薄底女靴。

四大铠　俊扮。罐子盔，红大铠服，黑彩裤，薄底。

道具

荷包枪	四杆	**方盘**	一个
酒壶	一个	**酒斗**	一盏
宝剑	三口	**马鞭**	三根
背柴架	一个	**干柴**	一捆

长亭

〔乐队奏<曲牌>

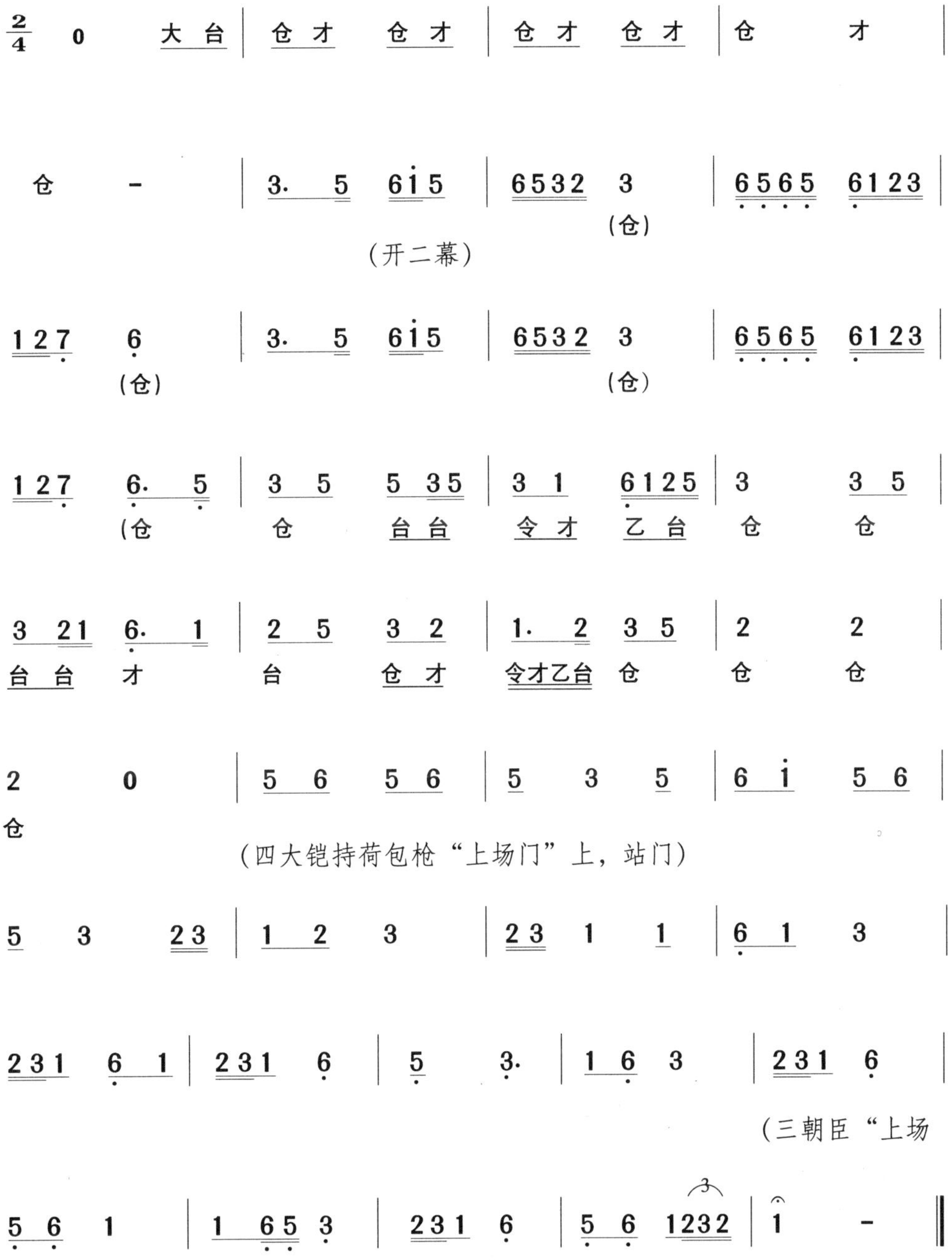

门”上，成正场“八字”）

〔**【快长锤】**波罗“上场门”上，“九龙口”抖双袖，提袖。

〔西皮摇板〕

波　罗　（7 6 55 55 36 55 32 11 55 65 55）25 3 32 2 －（21 35 21 612）3 2 － 2 2 －

驸马发配　遭不（哇）幸，（前进至正场）

【闪锤】（过门同前）3 1 2 2 3 12 1（1 21 62 12 65 55）2 2 13 32 2（03 21 612）21 2 － 2 2 －

公主闻报怒气生。为救驸马　岭（呃）南（呐）进，

〔【快长锤】四大铠、三朝臣归“小边一条鞭”，波罗归“小边”；四将“下场门”上，站“大边斜一字”，参见波罗。

四　将　丞相！

波　罗　【大锣凤点头】（过门同前）2 3 21 2 － 3 2. 32 1 － － 1 2 － 2 2 1 －【住头】

为此备酒　来饯（呐）行。

四　将　参见丞相。

波　罗　众位将军少礼。

四　将　啊！【住头】

波　罗　命你等挑选五千人马，可曾选齐。

四　将　俱已选齐。

波　罗　公主就要到来，我等与公主饯行。

众　啊！

〔【冲头】四大铠、三朝臣、波罗、四将官两边侧幕下。【紧锤】四女兵“上场门”上，归“大边斜一字”；呼兰、兆寿骑马“上场门”上，打马成勒鞭握拳亮住；双阳骑马“上场门”上，左手按剑，右手举鞭亮住，两望，打马走半个圆场至“大边”，顺时针抡马鞭两圈，反握鞭斜向台中里首上步，涮鞭，反时针抡马鞭一圈，打马，转身面向前，“勒缰”亮住；呼兰、兆寿垂鞭。

〔西皮流水〕

双　阳　1/4（7 | 6 | 55 | 55 | 36 | 5 i | 32 | 1 21 | 65 | 55）| 36 | 5（36 | 5）7 | 65 | i i | 35 | 67 |

远望长亭旌旗整，来

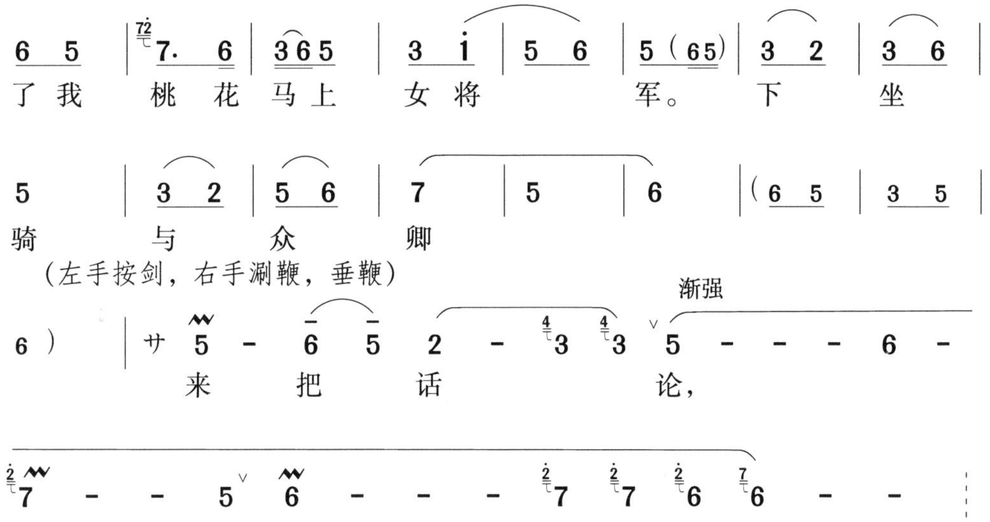

〔【快长锤】双阳抄马鞭、“勒鞭”，下马，归“大边”四女兵、呼兰、兆寿成“大边一条鞭”。四大铠、三朝臣“上场门”上，成“小边一条鞭”。波罗随上归“小边”（切住）波罗领众参见双阳。

众 公主千岁！

〔亮弦〕

〔（4 3.5 6 –）双阳谦让。

〔西皮摇板〕

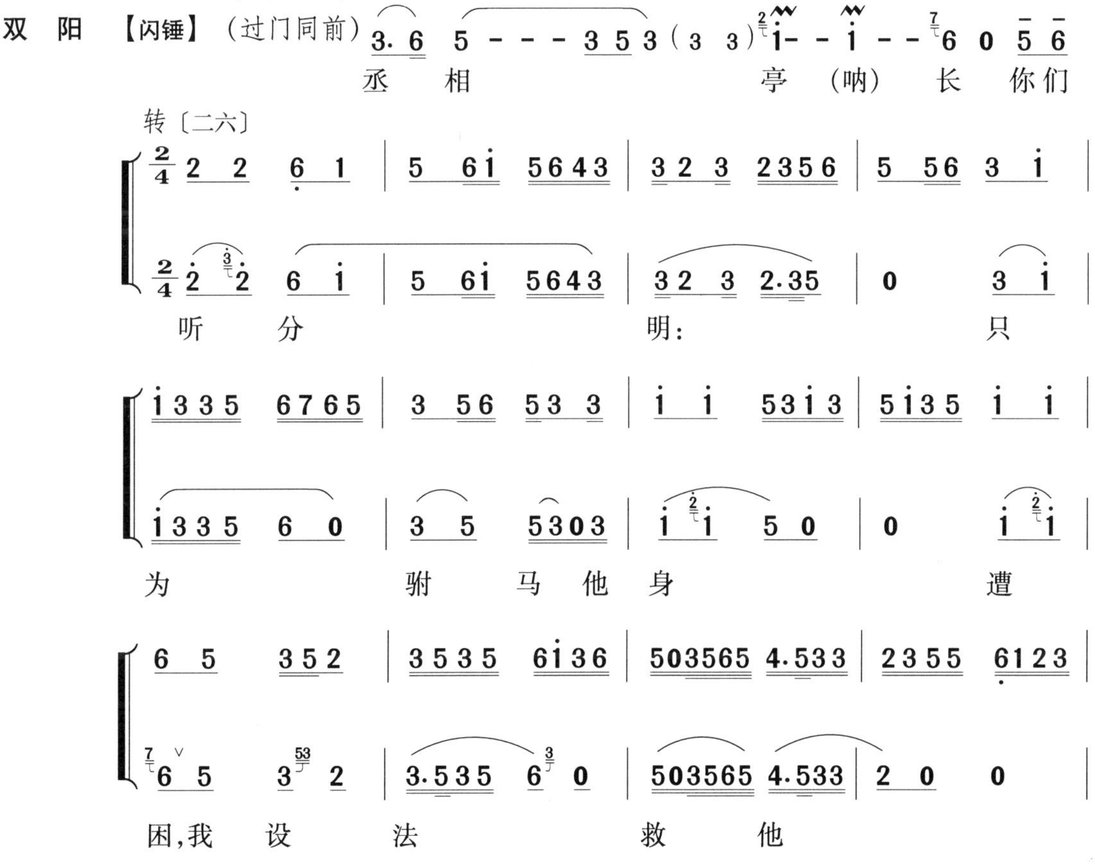

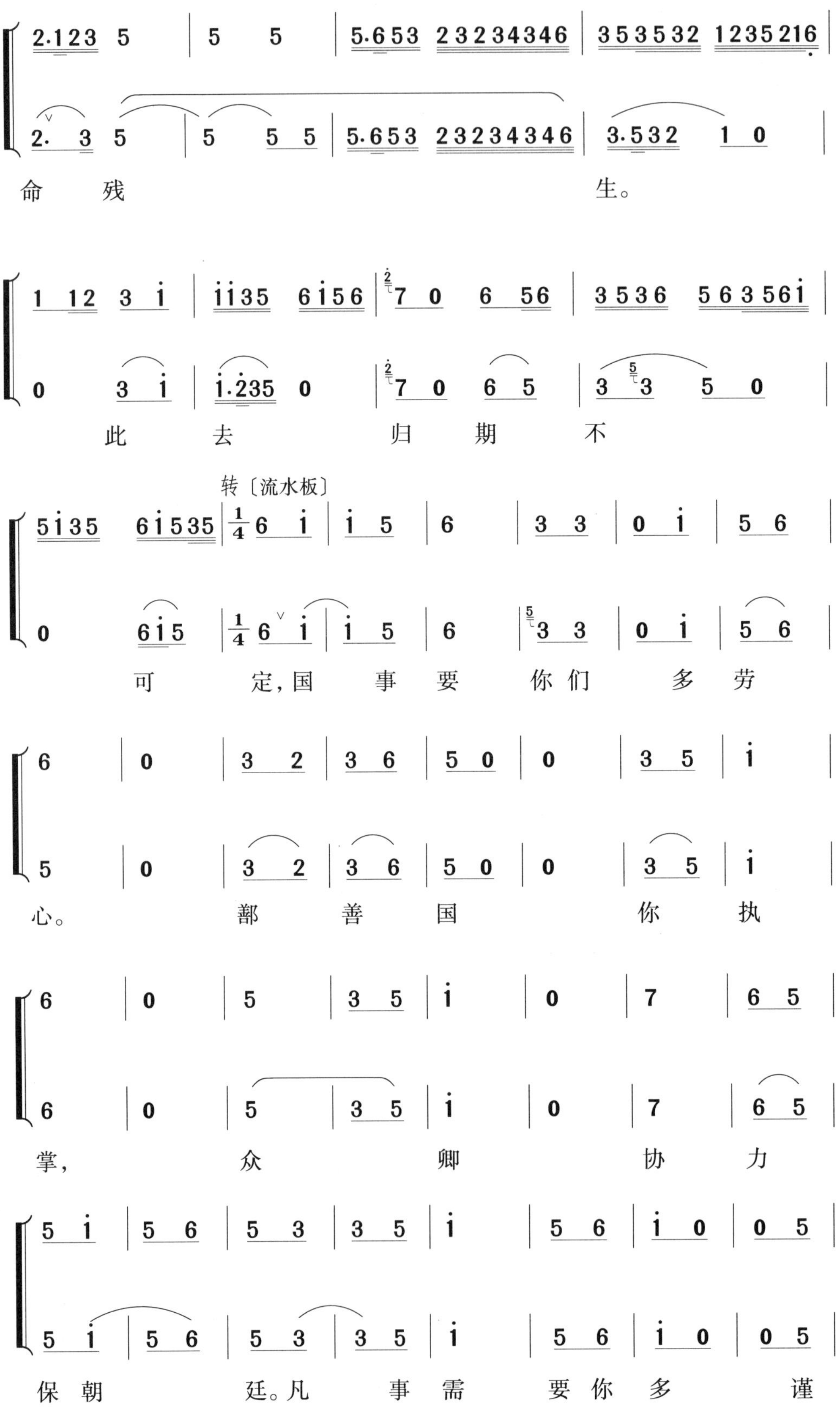
命残生。
此去归期不
转〔流水板〕
可定，国事要你们多劳
心。鄯善国你执
掌，众卿协力
保朝廷。凡事需要你多谨

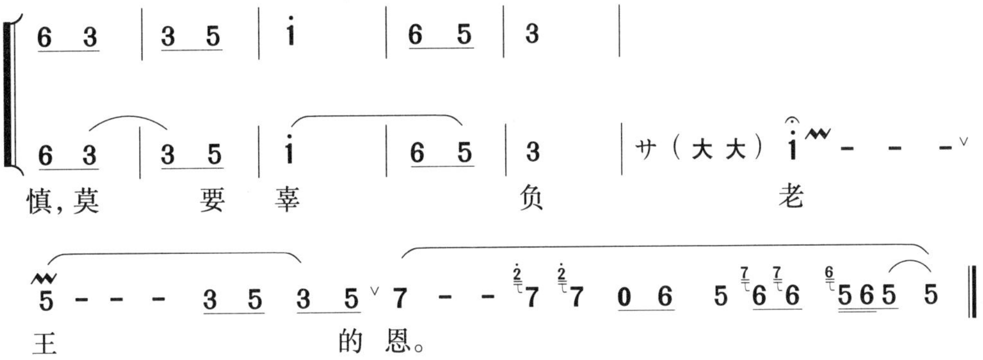
慎,莫 要 辜 负 老
王 的恩。

波 罗 公主啊!

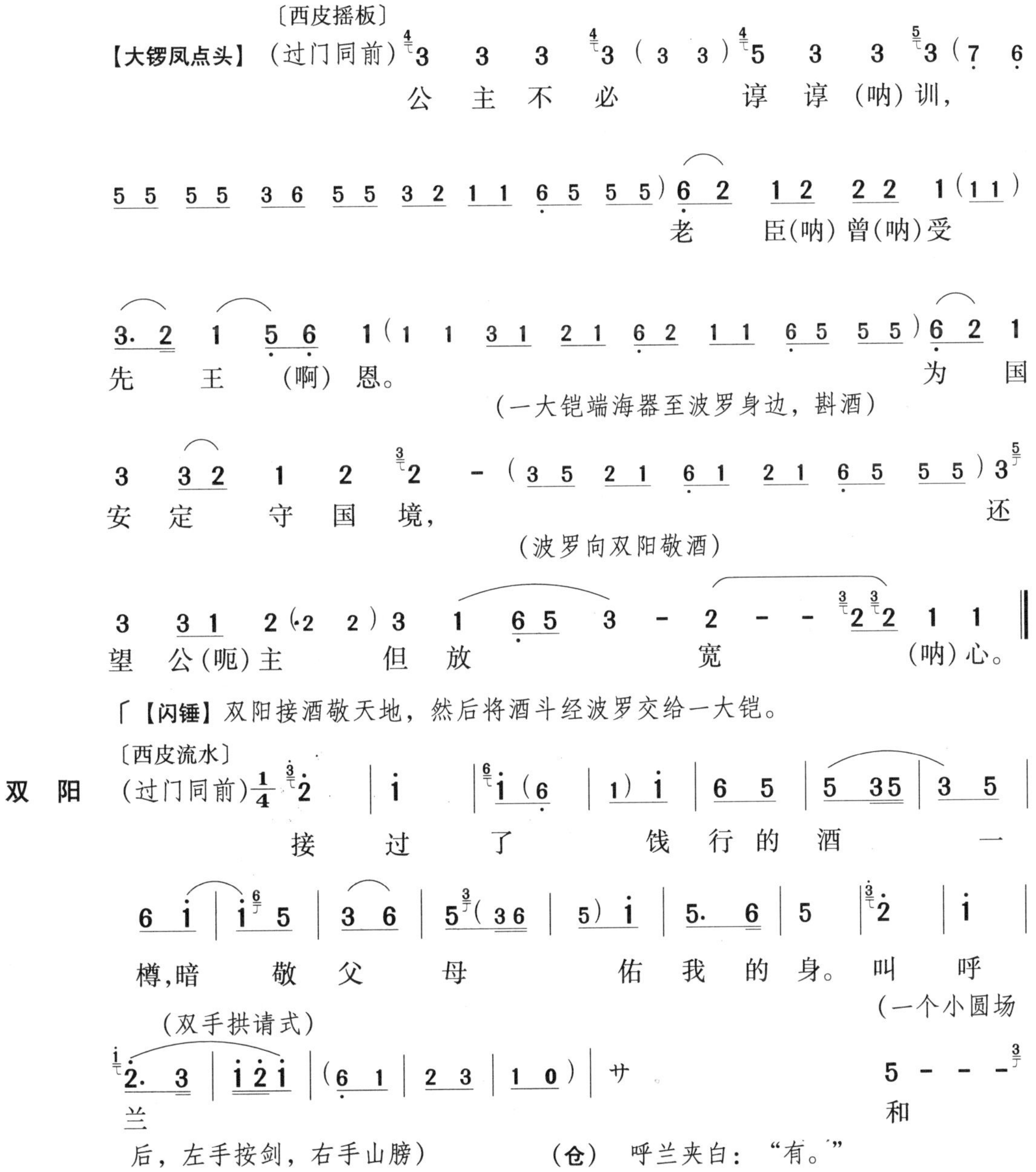
〔西皮摇板〕
【大锣凤点头】(过门同前)
公主不必谆谆(呐)训,
老臣(呐)曾(呐)受
先王(啊)恩。为国
(一大铠端海器至波罗身边，斟酒)
安定守国境，还
(波罗向双阳敬酒)
望公(呃)主但放宽(呐)心。
｢【闪锤】双阳接酒敬天地，然后将酒斗经波罗交给一大铠。
〔西皮流水〕
双 阳 (过门同前)
接过了饯行的酒一
樽,暗敬父母佑我的身。叫呼
(一个小圆场
(双手拱请式)
兰
和
后，左手按剑，右手山膀)
(仓) 呼兰夹白："有。"

乐队加入低胡

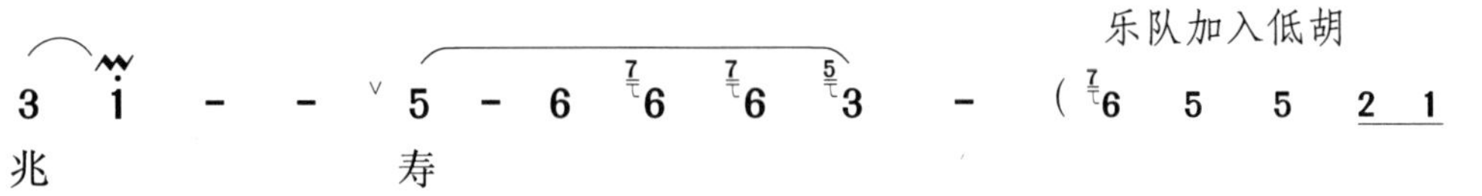

（左手按剑，右手按掌）

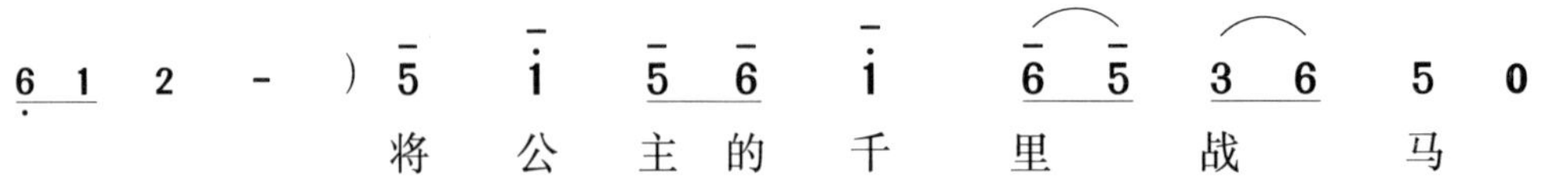

（右手涮掌，成勒缰状）

（双手耍腕花紧甲，右手随唱腔而动，上扬右掌）

〔**【纽丝】**四女兵“下场门”下，呼兰带马，双阳趋步左转一周，向前趋步，扶鞍，上马。呼兰、兆寿随之上马，左转身，“下场门”下。双阳上马后斜身反圆场，左手掏翎子，右手抡鞭，反握鞭，面向“小边”台口亮相。

〔西皮散板〕

双　阳

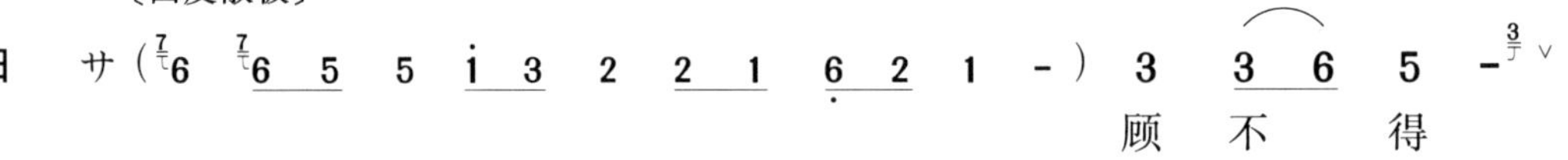

（抡鞭，放翎子，左手按剑，右手横鞭）

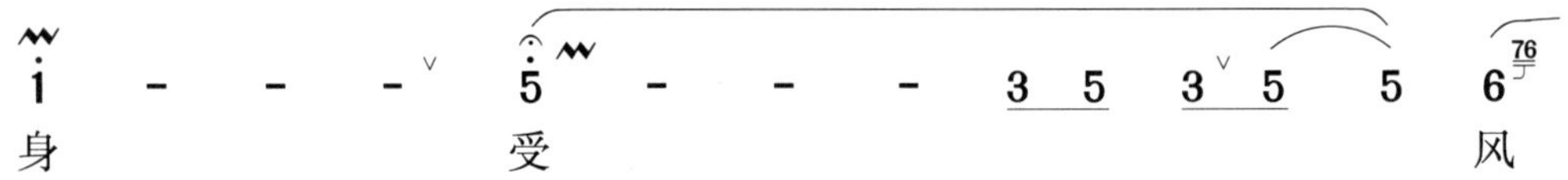

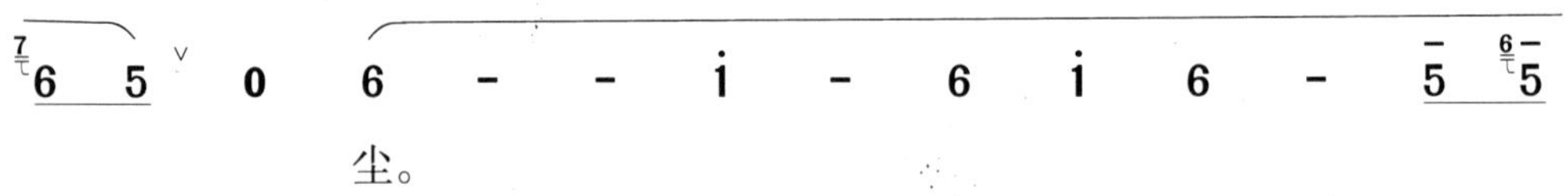

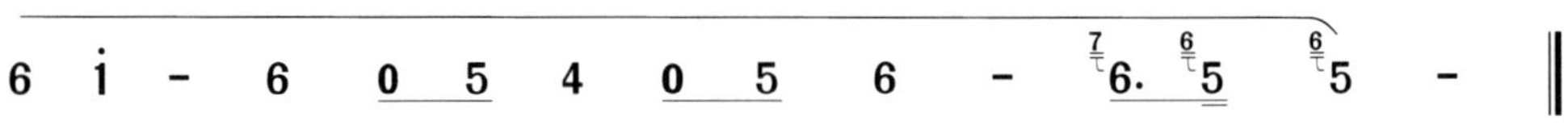

〔**【大锣抽头】**双阳抱鞭，左转身，双手做勒缰状，别抬左腿，反圆场一周，抱拳。

波　罗　（躬身）送公主！

〔【冲头】双阳左转身，面向“下场门”成栽鞭式，别抬左腿，反圆场面，“下场门”下。闭二幕。

问　樵

〔双阳内唱。

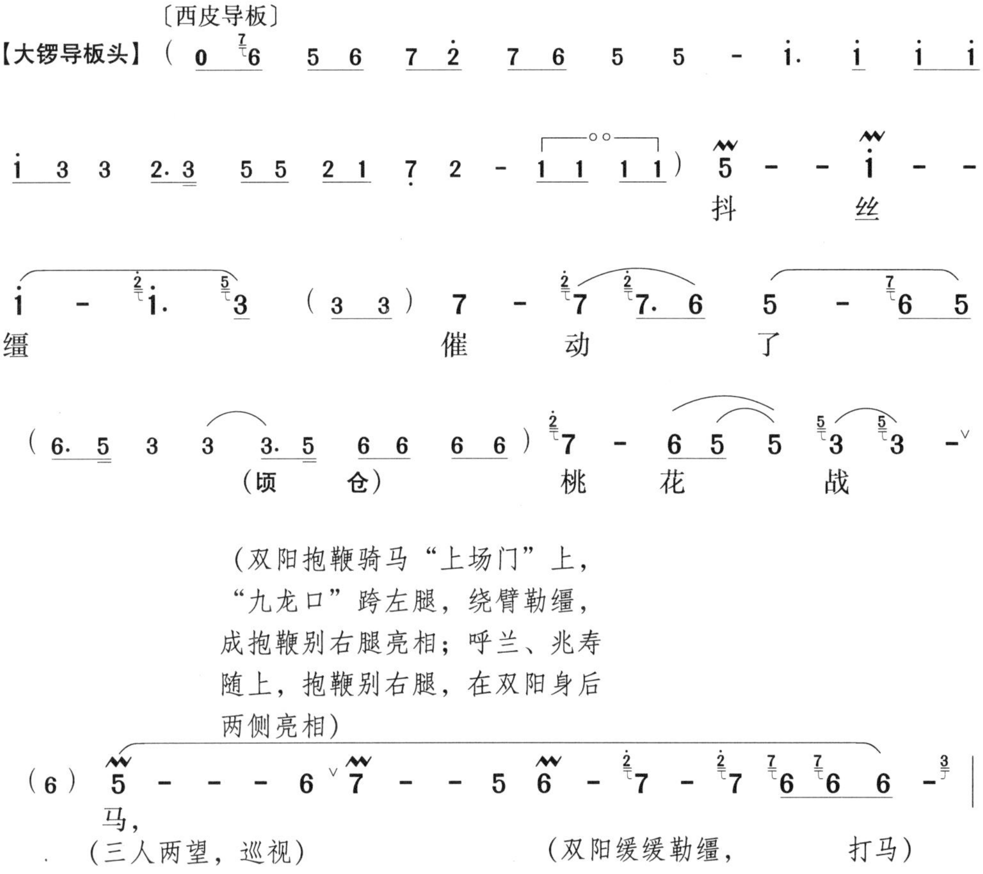

〔【急急风】双阳领圆场，与呼兰、兆寿三插花，三人成品字形，双阳归后场，呼兰居右，兆寿居左，打马，左转身一周，（锣鼓切住）朝前举鞭亮住。【四击头】双阳顺时针抡鞭，左手掏翎子；呼兰反圆场，兆寿圆场在双阳前交归原位，抱鞭，举左臂成托掌，盘卧，双阳亮高相，呼兰、兆寿亮矮相。【撕边一击】

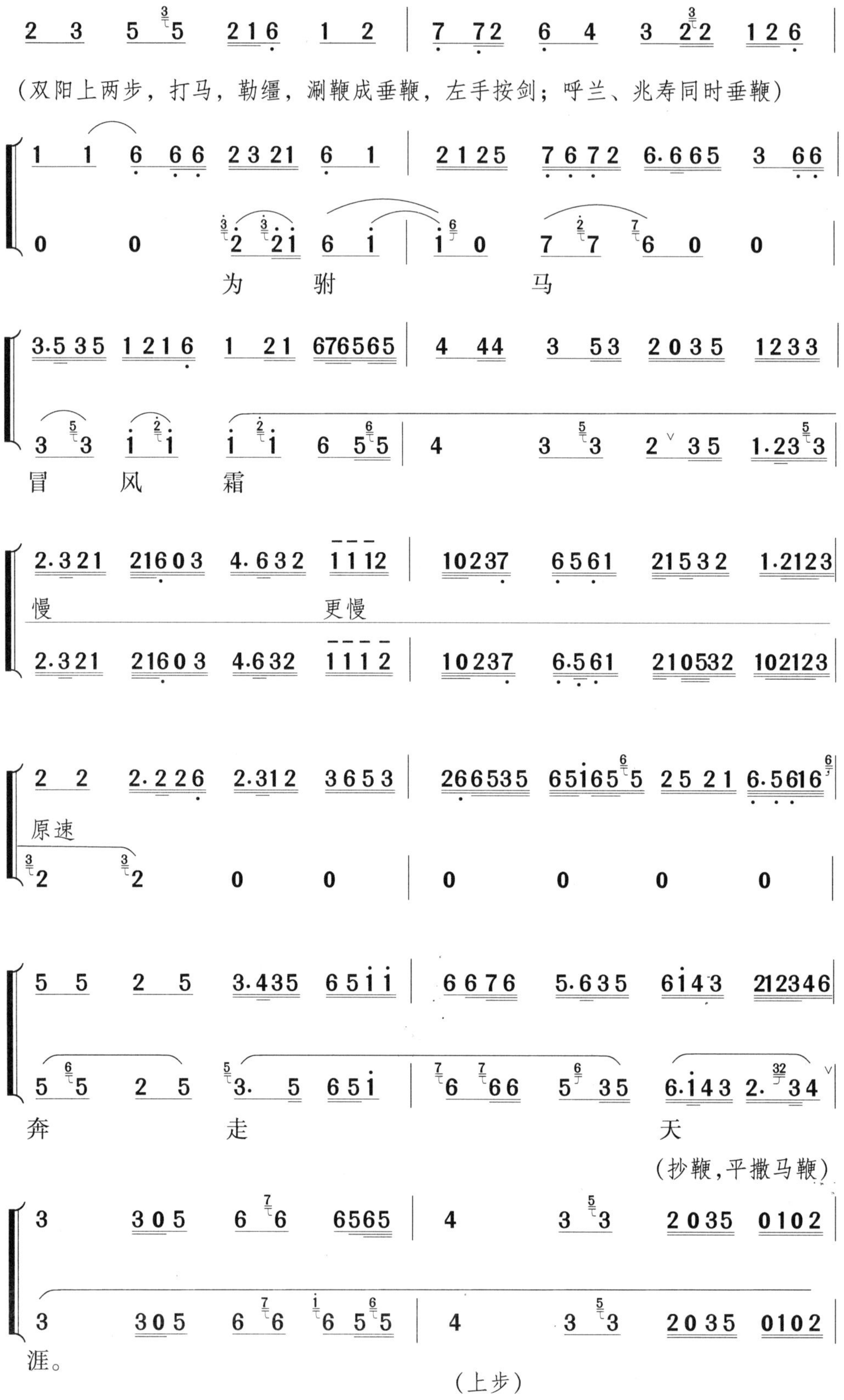
（双阳上两步，打马，勒缰，涮鞭成垂鞭，左手按剑；呼兰、兆寿同时垂鞭）
为 驸 马
冒 风 霜
慢
更慢
原速
奔 走 天
（抄鞭，平撒马鞭）
涯。
（上步）

转〔原板〕
（龙 冬 大 大 大 台
（左手随马鞭指向“小边”台口）
仓 另 才 乙 台 仓 大 扑 台 仓）
（呼兰、兆寿抄鞭，三人斜鞭勒缰亮住）
（上步，抱鞭、按剑亮住）
（双阳右转向里，随兆寿朝“下场门”看景；同时呼兰在“小边”浏览，左
转身告诉双阳看“小边”台口的夕阳景色）
绿 野 暗
暮 烟 横
夕 阳
（三人持鞭双臂顺时针划一圈，
指向“小边”台口）
（双阳上两步，左手掏翎子，右手勒
鞭亮住；

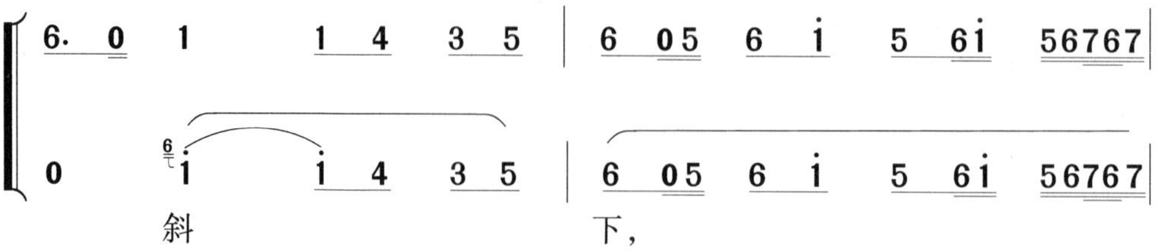

同时呼兰、兆寿右手握鞭，左手山膀亮住）

（双阳持鞭与翎子顺时针在胸前绕一周，

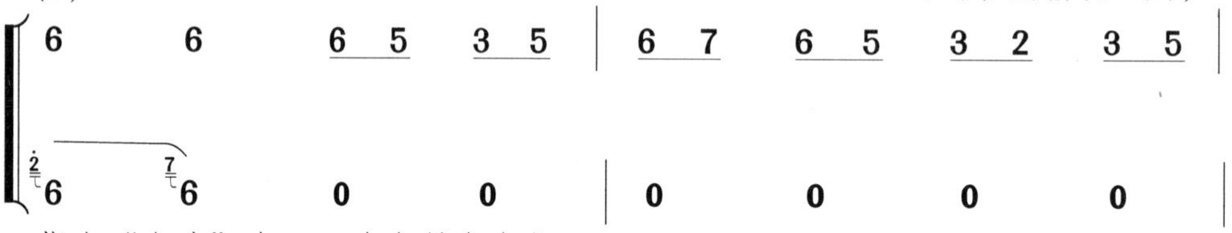

指向“小边”台口，略左斜身亮住；同时呼兰、兆寿也绕马鞭指向“小边”如口亮住）

（双阳放翎子；呼兰紧步至台中，三人面向圆心围成一圈，抱鞭勒马，跨腿，

垫步走圆场）呼兰夹白：“公主，天近黄昏，长空呈现五彩，您瞧，够多么好看哪！”

（三人面向“大边”台口成“斜一字”：兆寿、呼兰握鞭盘

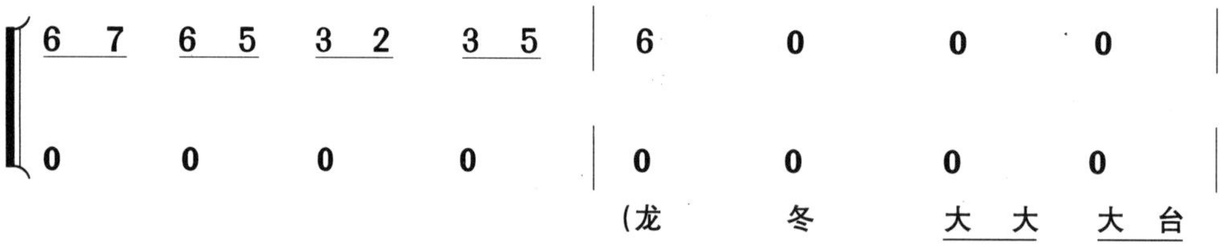

卧，左手前指亮矮相；双阳抱鞭勒缰，跨步，别右腿斜身亮高相）

（双阳顺时针抡鞭，右转身一周，顺势

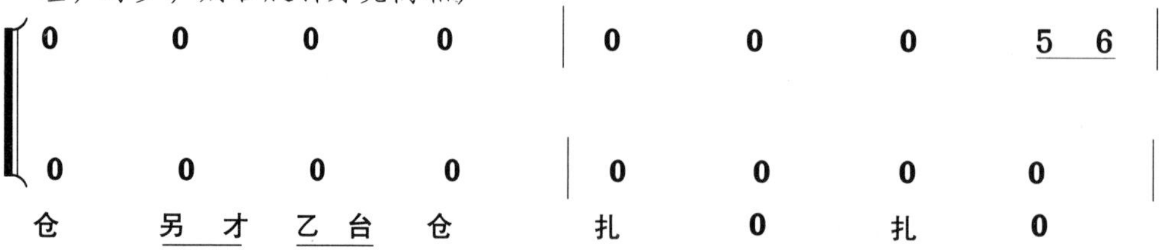

抄鞭，左手反掏翎子，右手反握鞭，向“大边”台口亮相；呼兰、兆寿抡鞭，“推磨”，

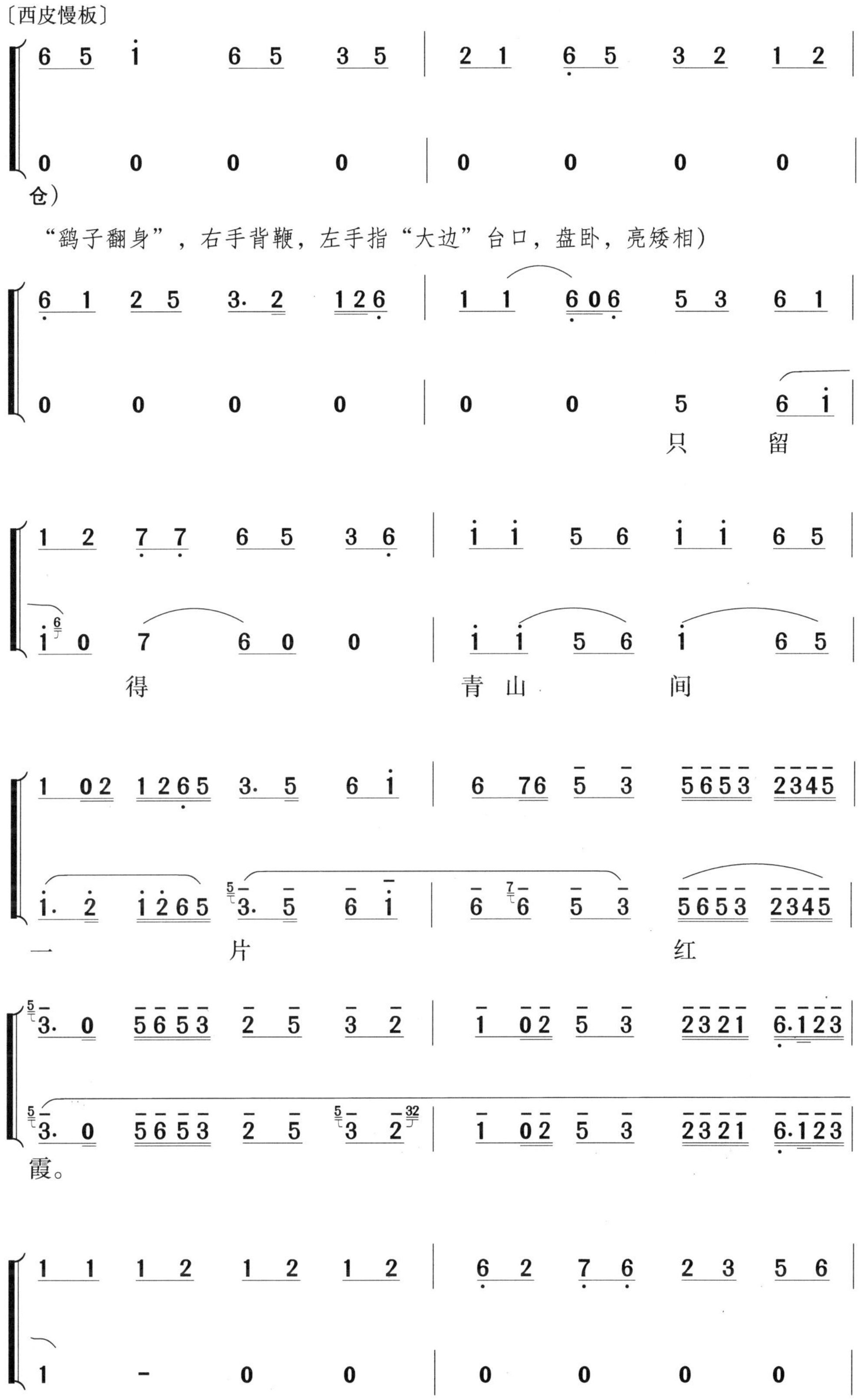

（双阳放翎子，涮鞭，左转身，呼兰圆场至“小边”，三人面向里成“正场横

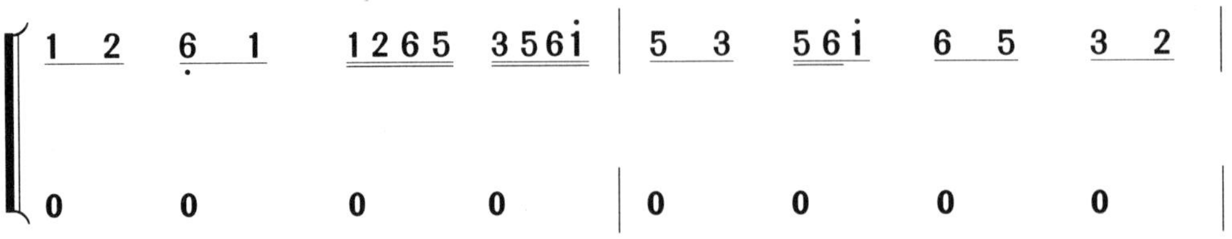

一字”，打马，向后场走几步，右转身，面向前，斜鞭勒缰，双阳上步使三人

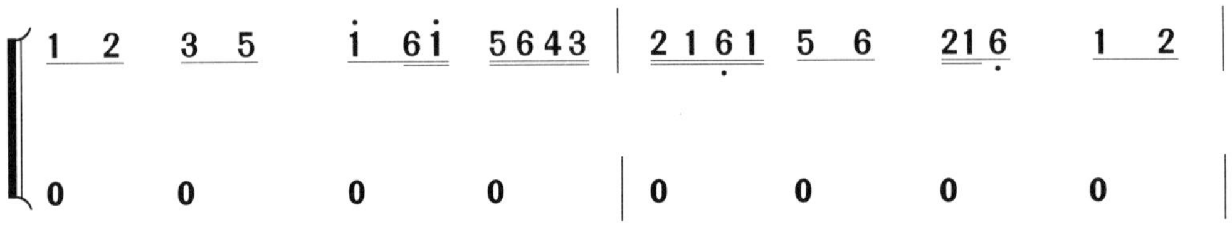

成品字形，双阳横鞭按剑，呼兰、兆寿垂鞭按剑）

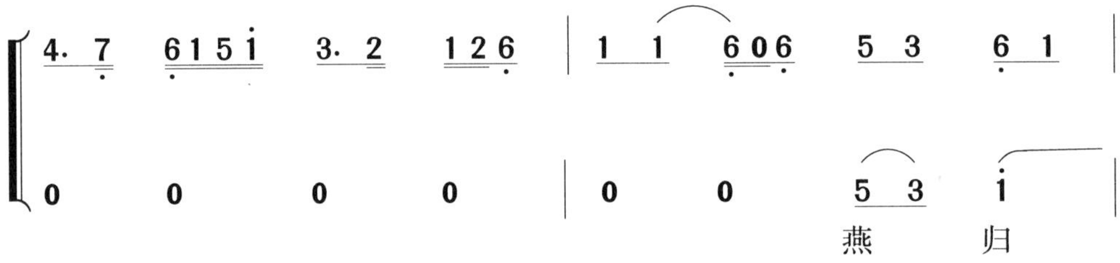

（三人持鞭逆时针在

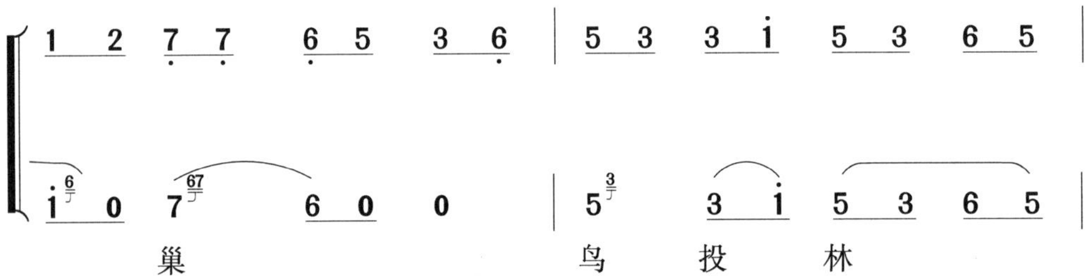

胸前绕一周，上步，指向“大边”台口）（三人持鞭顺时针在胸前绕一周，右转身，指向台里）

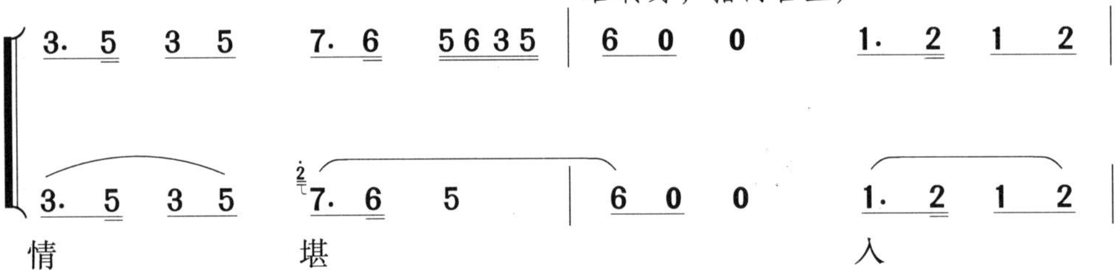

（三人右转身，右手托鞭，左手按剑）

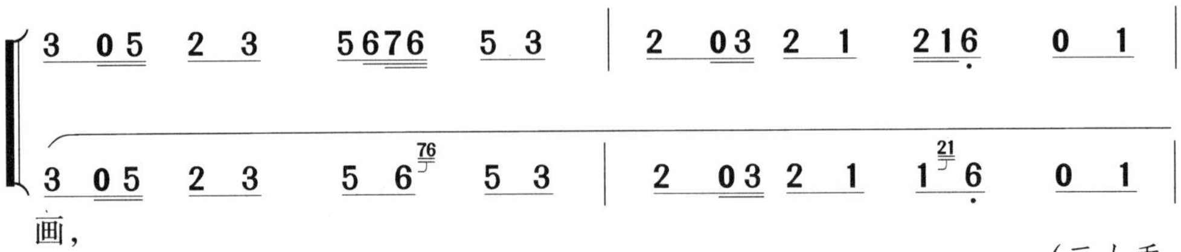

（三人垂

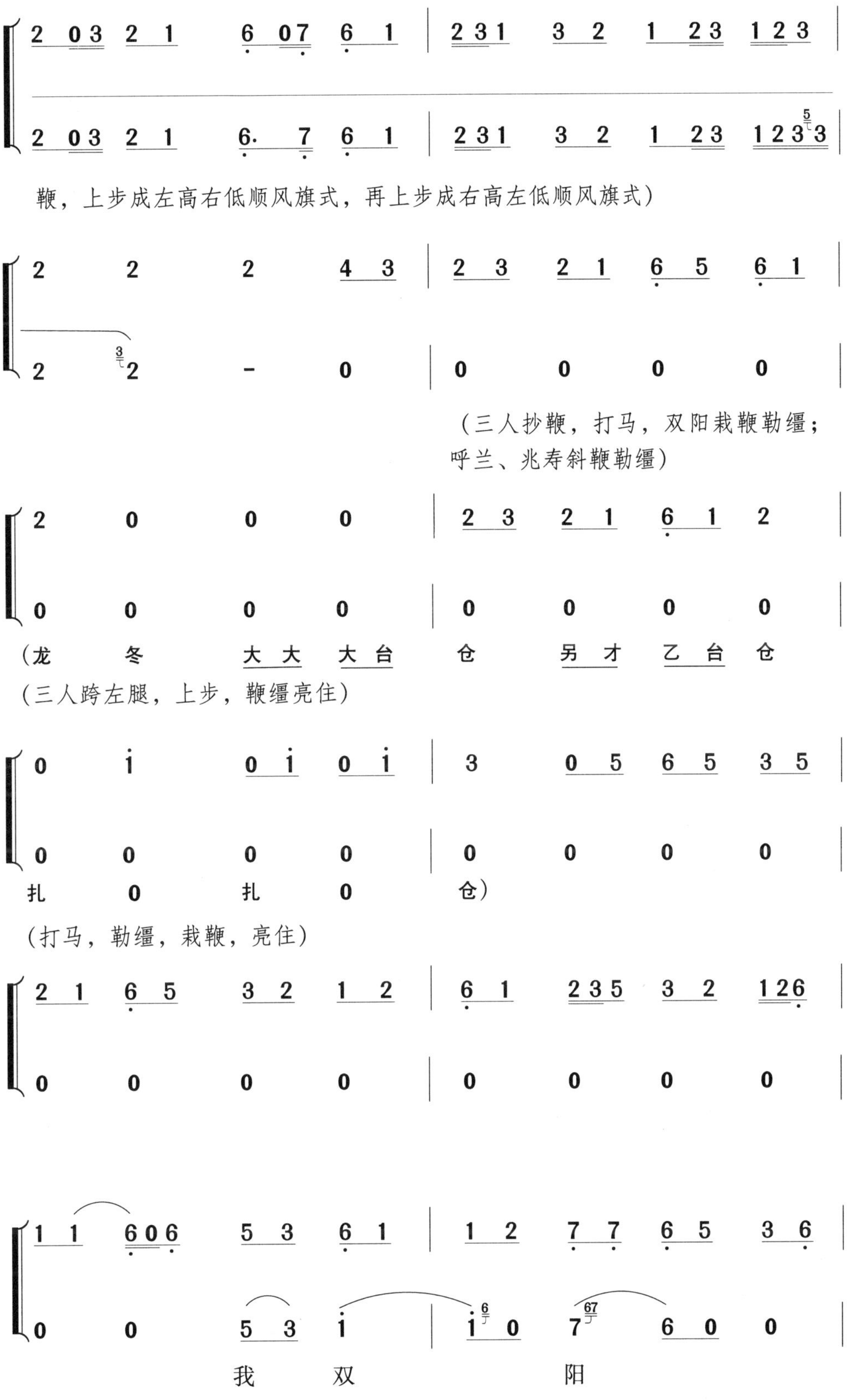
鞭，上步成左高右低顺风旗式，再上步成右高左低顺风旗式）
（三人抄鞭，打马，双阳栽鞭勒缰；
呼兰、兆寿斜鞭勒缰）
（龙 冬 大 大 大 台 仓 另 才 乙 台 仓
（三人跨左腿，上步，鞭缰亮住）
扎 0 扎 0 仓）
（打马，勒缰，栽鞭，亮住）
我 双 阳

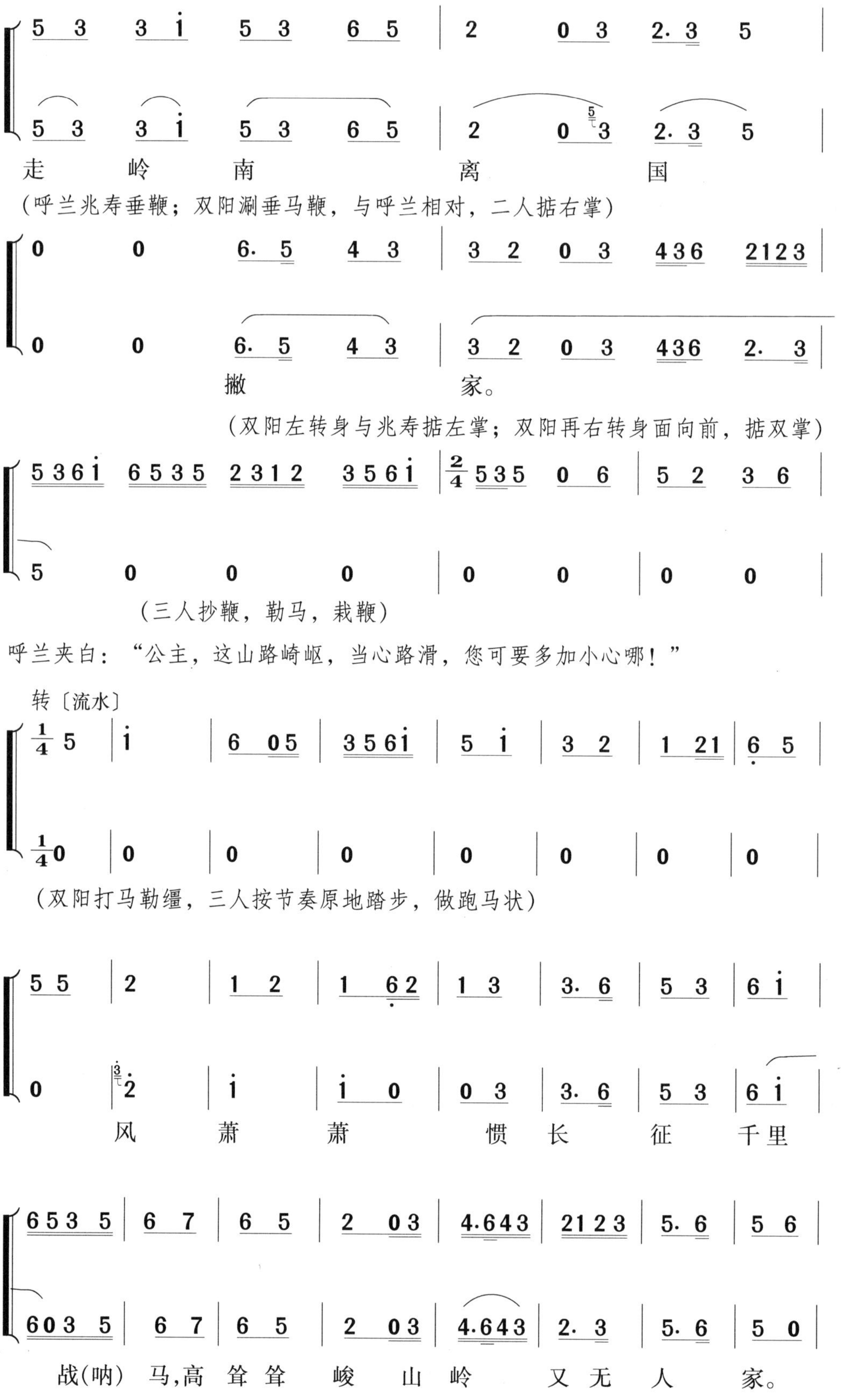
走 岭 南 离 国
(呼兰兆寿垂鞭；双阳涮垂马鞭，与呼兰相对，二人掂右掌)
撇 家。
(双阳左转身与兆寿掂左掌；双阳再右转身面向前，掂双掌)
(三人抄鞭，勒马，栽鞭)
呼兰夹白：“公主，这山路崎岖，当心路滑，您可要多加小心哪！”
转〔流水〕
(双阳打马勒缰，三人按节奏原地踏步，做跑马状)
风 萧 萧 惯 长 征 千里
战(呐) 马,高 耸 耸 峻 山 岭 又 无 人 家。

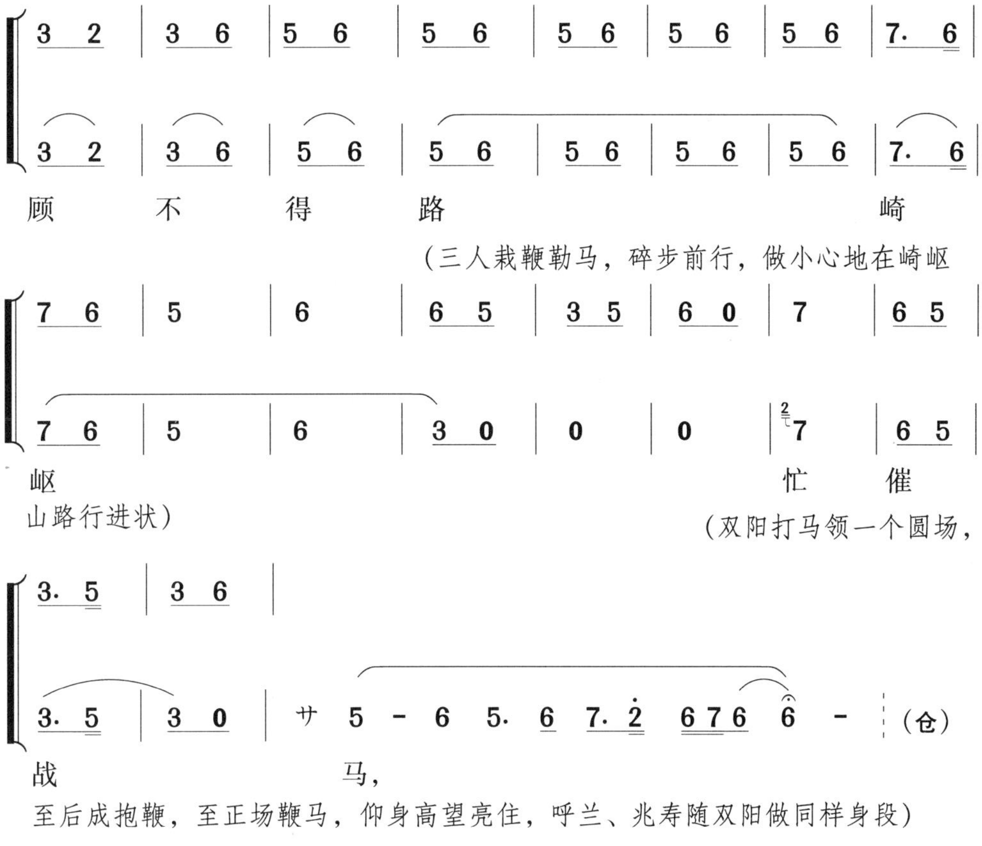

（双阳在崖边仰望群山，　　　　右腿迈一步，就势俯身抱鞭勒缰，缓住马匹）

（呼兰、兆寿配合做与双阳同样身段）

〖【纽丝】双阳涮鞭垂鞭，右转身面向里；兆寿移至“大边”，呼兰、兆寿面向前，垂鞭，巡视群山。

呼　兰
兆　寿

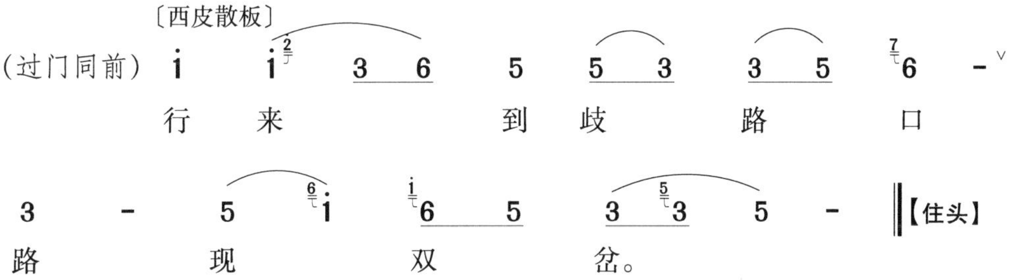

〖双阳左转身面向前，上步，呼兰，兆寿禀报路况。

呼　兰　公主，来此双岔路口，不知哪条道路是通往岭南的！

兆　寿　公主您看哪，这高山峻岭，并无人烟，可找谁去问一声呢？

呼　兰　哎哟，这可真急死人了！

〖三人做焦急状。

〔樵夫内唱〔哭相思〕〕

サ 2 6 1 2 1 2 1 1 6 –

砍 柴 哟！

兆 寿 哎，公主您听，远远的好像有人的声音。

〔樵夫内接唱。

3 3 – 6. i 5 – 6. i 5 65 3 2 2 2 6 3 3 3 –

一 年 辛 勤 为 饱 暖，

〔双阳示意呼兰、兆寿巡视。双阳抱鞭右转身向台里巡视，呼兰、兆寿分别向“上、下场门”方向巡视。

〔樵夫内接唱。

6 1 2 3 2 1 1 – 6 2. 3 1 6 2 – 3 – 1 2 1 2 1 1 6 –

劳 碌 奔 、波 在 深 山。

（兆寿没发现什么，右转身面向前摊双掌，三人视线集中向“上场门”）

〔（**大 大大 扎 0 仓**）双阳左转身面向前，呼兰、兆寿禀报。

呼 兰 公主您听，这深山之中，怎么有砍柴的声音哪？

〔樵夫边唱边从“上场门”挑一担柴上，过场，向“下场门”走。

樵 夫 3 – 3 – 6. i 5 – 3 – 5 – 6 5 3 3 – 6 1

打 得 干 柴 成 一 担， 长 街

（双阳领呼兰、兆寿右转身面向“大边”台口，垫步，缓缓勒缰跨步、垫步走半个圆场至小边）（双阳示意呼兰、兆寿问路，自己右转身向里；呼兰、兆寿下马招呼樵夫）

2 3 1 – 2 3 1 1 6. 2 – 3 – 1 1 1 1 6 –

去 换 酒 和 钱。

呼 兰
兆 寿 这位老人家请转。

〔**【小锣一击】**樵夫在“大边”右转身面对呼兰、兆寿。

樵 夫 唤我么？

呼 兰
兆 寿 不错，请您回来。

樵 夫 哦，哦……唤我何事呀？

双 阳 （转身，对樵夫）这位老人家，我们乃是问路的。

樵 夫 哦，你们是问路的？

双　阳　问路的。
樵　夫　噢，敢问女英雄，要往何方而去呀？
双　阳　我们要往岭南而去，行在这双岔路口，也不知哪一条路是奔往岭南而去的。
樵　夫　哦，你们要往岭南而去么？
双　阳　正是。
樵　夫　你们来，看，看，看——
〔**【大锣一击】**樵夫边走边移至“小边”，双手指向“小边”台口；双阳等三人移至“大边”后场，随樵夫指的方向眺望。
樵　夫　往南这条道路，就是往岭南而去的！**【大锣一击】**
双　阳　这一条路是奔往岭南而去的？
樵　夫　正是。
双　阳　（回身往“下场门”看一看，双转身对樵夫）啊，老人家！往东这一条路是奔往何方而去的呢？
樵　夫　（指“下场门”）往东这条路么？
〔**【大锣一击】**樵夫移至“大边”后场指“下场门”；双阳等三人移至“小边”。
双　阳　正是。
樵　夫　是往延安而去的。**【大锣一击】**
双　阳　噢，往延安而去的。
樵　夫　哎……不错
双　阳　如此多谢老人家指点。
樵　夫　好说，好说。
双　阳　啊，谢谢你了！
樵　夫　哎……不敢，不敢。
双　阳　啊，老人家，此处是什么地方啊？
樵　夫　此处名叫野孤岭。
双　阳　哦，野孤岭。
樵　夫　不错。
呼　兰　不用说啦，是惯出豺狼虎豹的。
樵　夫　哦，不错不错。
兆　寿　怪不得人烟稀少哪！
樵　夫　是呀！这深山僻谷，平日少有人住，只有我们几户打柴、打猎的人家在此居住呀！
双　阳　这样说来，老人家你是难得遇见异乡之人的了。
樵　夫　啊，说也奇了，一年到头也遇不到一个异乡人。
双　阳　噢。
樵　夫　哦，哦，哦，昨日，今日反倒遇见了二次异乡之人。
呼　兰
兆　寿　不用说啦，也是跟您问路的吧？
樵　夫　啊，不是的，不是的。
呼　兰
兆　寿　不是问路的，是干什么的哪？

樵　夫　昨日遇见这个异乡人，嘿嘿，倒也奇怪得很哪！

双　阳　老人家，遇见异乡人有什么奇怪呀？

樵　夫　哦，哦，看天色尚早，你们也好问，老汉我也好讲，待我与你们讲上一讲啊。

双　阳　如此甚好。

樵　夫　来，来，来，待我把柴儿卸掉，（樵夫至“小边”；呼兰随双阳一起移至“大边”）与你们讲一讲哪！

〔兆寿在“小边”帮樵夫卸柴。

双　阳　待我来下马——，也听上一听喏！（下马）

〔双阳将马交给呼兰；呼兰拴马后回“小边”。

双　阳　（拱手）老人家，请讲。

樵　夫　（双手按掌）你们听了！

〔**【小钹归位】**樵夫两抖袖，提袖；小“云手”，拉开山膀，双掌向两侧撑。

樵　夫　在那一月以前，

〔（**才.大　才**）樵夫、双阳同向里归，面向前做对称身段：双手比作一，双臂自下往上划，一手高抬前指，一手齐胸翻腕前指，亮住。

在这野孤道上，

〔（**才才才**）樵夫双掌按动向前归，面向前，左手搭腕，右手前推，亮住。

来了二位公差，

〔樵夫、双阳相对双手比二，对称左、右手先后伸出，双手翻腕相对伸出。

押下一名（二人右手比作一举起）发配军官。

（**才才另才**）

〔樵夫边念边与双阳换位。樵夫左手指头，双阳右手掏翎子，左手按剑，二人成“反八字”亮住。

他是这样，披枷戴锁，

〔（**才才才**）樵夫、双阳同时转身抱肘再成“反八字”亮住。

愁容满面。

〔樵夫、双阳成“八字”，双手分别从面前划过成“顺风旗”对称亮住。

行至此间，他们腹饥口渴，正遇老汉砍柴而归，是我将他们—

〔**【小钹长尖】**樵夫折右袖，向右甩髯，在“大边”反圆场亮住；同时双阳双手掏翎子在“小边”圆场亮住。

带到家中，

〔樵夫边念边两抖袖，在双腿前成垂袖；同时双阳将翎子左右一点，双手绕翎子成双掌“托月式”亮住。**【小钹住头】**樵夫提袖；双阳放翎子。

与他们烧水、做饭，饱餐了一顿。是我问起情由，才知道他犯了欺君罪，发配到岭南。（左手按髯，右手指“小边”台口）**【小钹一击】**

双　阳　噢，犯了欺君罪，发配到岭南。

樵　夫　不错。

双　阳　老人家，这也算不了什么奇怪呀！

樵　夫　唉，你们往下听喏！**【小钹住头】**昨日清晨，老汉上山砍柴，这位发配军官，从岭南又回来了！

双　阳　怎么，那发配军官他，他，他，他又回来了？

樵　夫　哎，不错，不错。此番回来，老汉仔细地一看哪，嘿嘿，这位军官他无有了，嘿嘿，他无有了……

双　阳　啊？老人家，他无有了什么？

樵　夫　啊？

双　阳　（急切地）无有了什么？

樵　夫　哎呀，他无有了，嘿嘿，他无有了……

〔**【小钹冲头】**樵夫在“大边”半个反圆场，双阳在“小边”碎步半个圆场，二人至后场。

双　阳　老人家，无有了什么？

樵　夫　哎呀，他无有了，他无有了……

〔**【小钹冲头】**樵夫在“大边”半个圆场，双阳在“小边”碎步掂掌半个反圆场，二人至前场。

双　阳　老人家，无有了什么？

樵　夫　他呀，他无有了行枷桎锁，他变成一个——

〔**【大锣圆场】**樵夫折右袖，向右甩髯，右转身，在“大边”一个圆场，面向前抖右袖，提袖；双阳在“小边”一个反圆场，顺势展开两片斗篷，拉开山膀，双掌向两侧撑。

身披铠甲，（二人做紧甲状）骑了一匹高头大马，（二人做勒缰状）威风凛凛的一位大将军！

〔**（仓）**樵夫双手抖动，右手自胸前向右划圈，左手自胸前向左划圈，顺势右手推髯，左手搂髯，右手拍抬起的右腿，伸拇指赞美，亮住；双阳配合右手掏翎子，左手按剑，亮住。

双　阳　老人家，你怎么知道（放翎子）那位将军就是发配的那位军官哪？

樵　夫　唉，你们哪里晓得，他看见老汉，口内唤恩人，（拱手）正在把我寻，（双手托髯）为报一饭恩，（左手切掌）赠了我十两银。（左手拉袖，左手比银子状）

双　阳　（对呼兰、兆寿）原来如此。（转身面向樵夫）

樵　夫　正所谓：人生多变幻，（左手按掌，右手托掌）变幻戏人生，（向右转身一周）朝为欺君犯，（右手指向“小边”台口）夕变大将军。（右手搂髯，左手赞美）

呼　兰　啊老人家……

双　阳　（不让呼兰插言）且慢！

樵　夫　这样的事情，还不算奇怪吗？嘿嘿，嘿嘿，啊哈哈哈……　**【撕边小锣一击】**

双　阳　倒也是一件奇怪的事啊！啊，老人家，你可曾问过那人的名姓么？

樵　夫　哎，哎，问过，问过！

呼　兰
兆　寿　他姓什么样哪？

樵　夫　他姓……他姓李。

呼　兰
兆　寿　噢，姓李……

樵　夫　哦……不姓李，不姓李。

呼　兰
兆　寿　不姓李，他姓什么哪？

樵　夫　他姓……狄！

双　阳　怎么，他，他他他……他姓狄？

樵　夫　不错。

双　阳　老人家，你可问过那人的名字么？

樵　夫　噢，他叫什么……（想）噢，他叫什么……哦，哦，哦，我倒想起来了，他叫狄青。

双　阳　哦，（仓）他叫狄青？（**嘟－八仓**）（双手掏翎子，成怀中“抱月式”，亮相）

樵　夫　哦，（肯定地）狄青，狄青，狄青。

双　阳　老人家，你——（拉住樵夫右手）你可问过他们……

樵　夫　问过什么

双　阳　他们奔往何方而去了？

樵　夫　他们哪，他们奔往延安而去了哇！

〔（**崩登仓**）樵夫向“下场门”走两步，右手推髯，左手搂髯，面向前，右手指“下场门”，丁字步亮相；双阳随之上步，双手掏翎子，亮相。

双　阳　怎么？（双手将翎子拉下，背手，绕领子，退步）他们奔延安而去了？【**撕边一击**】

樵　夫　（点头，肯定）

双　阳　（拱手施礼）多谢老人家指引道路。

樵　夫　呵呵，好说，好说。（二人推磨换位）

双　阳　我这里谢谢你了！

〔呼兰到“大边”带马，同时兆寿在“小边”帮樵夫背柴。

双　阳　（边上马边说）老人家，我们后会有期！

〔双阳抱鞭，拱手，别右腿，斜身亮相；樵夫拱手。

〔【**纽丝**】樵夫向“下场门”走；呼兰返回“小边”与兆寿一起上马；双阳半个圆场至“小边”，左手掏翎子，右手将马鞭在身前划一圈，向左上方斜托鞭，跨抬右腿，别左腿，亮住；樵夫右转身拱手，招手，左转身，“下场门”下，双阳放翎子，垂鞭，归正场；呼兰归“大边”，兆寿留在“小边”，二人垂鞭。

双　阳

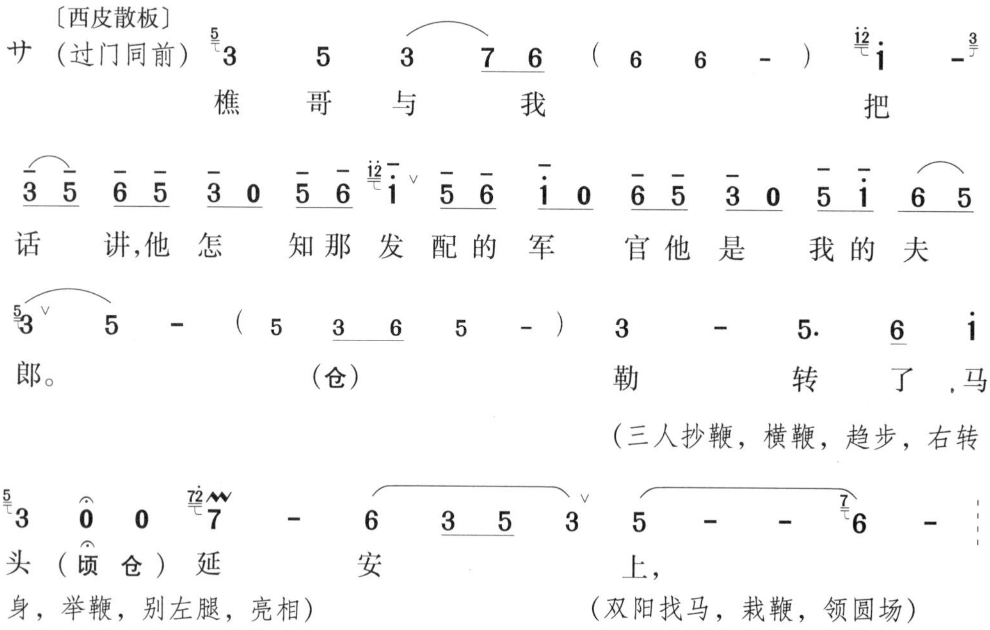

〔【纽丝】三人归正场，垂鞭。

（过门同前）

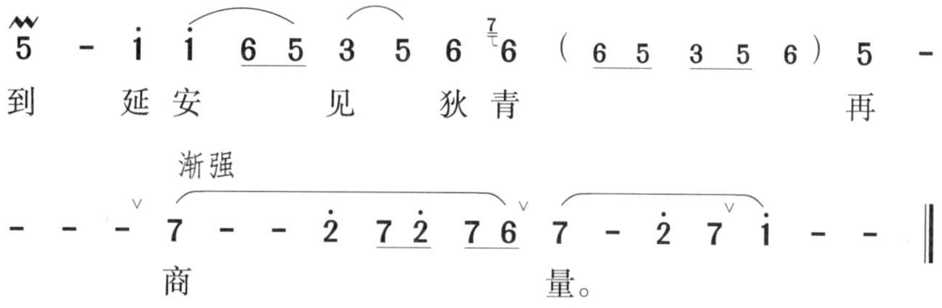

〔【大锣原场】呼兰、兆寿“下场门”下，双阳反圆场“下场门”下。闭二幕。

附　录

双 阳 公 主

（全剧剧本）

第一场：托　印

〔波罗、哈什、乐集璞、沙都同上。

波　罗　（念）调和西凉为宰相，

哈　什　（念）统兵三军镇封疆。

乐集璞　（念）中心秉正山河固，

沙　都　（念）文武齐班保家邦

波　罗　辅国大丞相波罗。

哈　什　统兵大司马哈什。

乐集璞　上大夫乐集璞。

沙　都　下大夫沙都。

波　罗　列公请了。

众　请了。

波　罗　我国自与印唐争战，得了日月骕骦马，珍珠烈火旗，交与驸马狄青，谁知驸马得此二宝，径自潜回南朝献功。不料海飞云又起干戈，国王不幸被贼刺杀，幸有公主执掌国政，但终非久计，列位大人有何良策，以保万年基业。

哈　什　丞相所虑甚是，虽有公主权理朝政，不但国事乖张，诚恐邻邦嘲笑。丞相胸藏韬略，还须计划奇谋，以保邦国。

波　罗　且候公主升殿，一同启奏。（内金钟三点）听，金钟三点，公主升殿来了，分班伺候。

〔<大开门>四番监、四宫女、呼兰、兆寿、双阳公主同上。

双阳公主 （唱<粉蝶儿>）振西羌，声势多浩荡，
起干戈，父王命丧。
国事无人掌，鄯善称女王。（归大座）

众 （归一排）臣等叩见公主千岁。

双阳公主 丞相、众卿平身。

众 千千岁。

双阳公主 （诗）光武中兴到如今，
多年鄯善锦乾坤。
可恨印唐干戈动，
羞煞娥眉作至尊。
本宫鄯善国双阳公主。只因驸马狄青，得了印唐的日月骕骦马、珍珠烈火旗，潜回汴梁，惹起干戈，好一场的恶战！父王、母后被海飞云用箭射死，以致国家无主，为此众卿扶我执掌社稷。今日早朝，众卿！

众 臣。

双阳公主 今日邻邦三十六国，对我鄯善有何动静，众卿奏我知道。

波　罗 臣近闻三十六国俱道我邦公主掌理国政，成何国体，俱有讥笑之词，望公主详察。

双阳公主 想我鄯善自开国以来，可称国富民强，如今只剩我一人，难怪邻邦之讥笑也。
（唱〔西皮散板〕）
提起来国家事我的愁眉难放，
暗恨那小狄青昧尽天良。
到如今腹内言对谁去讲，
丞相、众卿！
（唱〔西皮散板〕）
必须要想良策保卫家邦。
〔内三声传点。

呼　兰 殿下何人传点。
〔报子内白："边关有紧急之事，禀报公主。"

呼　兰 候着。启禀公主：边关有紧急之事，启奏公主。

双阳公主 宣他速速上殿。

呼　兰 公主有旨，飞报上殿。
〔报子内白："领旨。"上。

报　子 （念）驸马发配事，报与公主知。报，探子告进，公主在上，探子参。

双阳公主 边关有何军情，起来讲。

报　子 公主听禀：只因驸马带了日月骕骦马、珍珠烈火旗，回朝献功，被奸臣丁谓所害，言说旗、马是假，将驸马问了欺君之罪，发配岭南去了。

双阳公主 你可曾打听得明白？

报　子 飞报打探不实，不敢妄报。

双阳公主 赏你羊羔美酒，下殿去饮。

报　子 谢公主。（下）

双阳公主 丞相，诸家公卿，适才边报，那狄青被奸臣丁谓所害，发配岭南。我意欲前往救

他，再定安邦之计，只是么，要将国中大事暂托老丞相执掌，不知众卿心意如何？

众 老丞相胸藏韬略，忠心耿耿，可暂理国政。

波 罗 想臣曾受老王厚恩，理当报效，还要众公卿同心协力，共保鄯善疆土。

众 丞相之言甚是，我等自当协力同心，报效国家。

双阳公主 众卿同心协力，保定鄯善疆土，我心安矣。呼兰、兆寿看过国宝！

〔奏唢呐<工尺上>曲牌。呼兰、兆寿托印，双阳公主、波罗先后拜印。曲牌停。双阳公主归“大座”。

哈 什 公主此行，需带多少人马？

双阳公主 此番前去，我要改扮行装，这一路之上，只要左军呼兰、右军兆寿随我前往，大司马听旨。

哈 什 臣。

双阳公主 你可吩咐东西两路总兵，挑选五千精壮儿郎，随后前往。

哈 什 臣领旨。

波 罗 臣等要在十里长亭与公主饯行。

双阳公主 有劳丞相，众卿。呼兰，兆寿！

呼 兰
兆 寿 在。

双阳公主 吩咐下去，将我千里战马鞴好，我要即刻登程。众卿退班！

〔双阳公主、呼兰、兆寿、四宫女、四番监同下。

波 罗 我等集齐各亭长，速至十里长亭，为公主饯行。

众 请。（同下）

第二场：整 队

〔四将同上，同起霸。

将 甲 （念）奉了丞相命，长亭去饯行。

众位将军请了。

众 将 请了。

将 甲 公主欲去岭南，搭救驸马。丞相传谕，我等齐集长亭，与公主饯行，众位将军，请来传令。

众 将 你我一同传令，众将官。

〔四兵带马同上。

众 将 长亭去者。

〔四兵同下。四将叠字翻，走“十字靠”同下。

第三场：长 亭

见正文《长亭》。

第四场：问　樵

正文《问樵》最后双阳不唱第四句"到延安见狄青再做商量"，也不下场。接以下部分：

〖季青、张仁、李义【急急风】上，见面，马后。

季　青
张　仁　（同白）嫂嫂。

李　义　（同唱〔西皮散板〕）只见嫂嫂马蹄忙。
（同白）嫂嫂别来无恙？

双阳公主　我道是何人，原来是三位将军，看你们戎装齐整，要往何方而去？

季　青
张　仁　（同白）我三人欲去鄯善国，有事恳求公主。
李　义

双阳公主　像你们南朝大国，何等的威严，岂能求救于我，真正的好无来由。

李　义　这可真干哪！

张　仁　我等特来求救嫂嫂，为何这样冷言冷语，你也好无来由。

双阳公主　唉，只因我帮助狄青你弟兄五人，得了印唐双宝，你们不该不辞而别，潜回汴梁。谁想惹起干戈，一场恶战，似你们这不仁不义之人，有何脸面前来见我。

季　青　咳，不提旗马倒也罢了，提起旗马活活气煞人也！

双阳公主　何出此言？

张　仁　可恨丁谓老贼，言说旗马乃是假的，参奏一本，圣上大怒，将狄青大哥问了欺君之罪，发配岭南了。

李　义　因此我三人逃出汴京，特来恳求嫂嫂设法搭救狄大哥。

双阳公主　听你三人之言，却还有兄弟的义气。

李　义　嫂嫂，我们有兄弟的义气，难道嫂嫂您就无有夫妻之情了么？

双阳公主　这个……

季　青　哪个？

李　义　什么这个那个的。嫂子，我们是为朋友两肋插刀，非救出狄青大哥不可，您哪，也得说正格的！

双阳公主　（冷笑）我对你们实说了吧。此事我早已知道了，我今到此，就是要往岭南搭救他去。

李　义　我说是"一日夫妻百日恩"不是！

张　仁　你呆着吧。嫂嫂，我三人与嫂嫂一同前往便了。

双阳公主　且慢，我方才在路上问樵，得知他由岭南山调回延安去了。

季　青
张　仁　（同白）既然如此，我赶到延安便了。
李　义

〖幕内马叫人喊。二总兵率四将、八士兵同上。

东路总兵
西路总兵　（同白）参见公主，五千大军到齐，候公主令下。

双阳公主　众将少礼。

众　将　啊。

双阳公主　三位将军，如今我国大军已到，即刻奔往延安，你等是否同行？

季　青　我等为救狄青贤弟，就是赴汤蹈火，万死不辞。

双阳公主　好，二总兵听令。

东路总兵
西路总兵　（同白）在。

双阳公主　传我将令：大小三军延安去者。

东路总兵
西路总兵　（同白）得令。儿郎们延安去者。（牌子，亮相下）

〔众人同下。

第五场：遣　将

〔四文堂、中军、杨宗保同上。

杨宗保　（唱）印唐上乘来犯境，
锐不可当海飞云。
众武将俱败阵，
调来狄青破敌人。
这几日为何无动静，
养精蓄锐再交兵。

老夫杨宗保，奉命镇守延安，印唐上乘，合兵进犯延安，我军不敌，是我由岭南调来小将狄青，抵挡反贼。自狄青来到延安，数日不见那贼动静，也曾命人打探，未见回报。

〔报子上。

报　子　启禀元帅：奉命打探，海飞云、郎天印仍无动静。鄯善国双阳公主，带领五千人马，来犯延安，口口声声单要狄青出马，特来报知。

杨宗保　再探！

报　子　得令。（下）

杨宗保　啊，印唐、上乘之战未决，怎么双阳公主又来犯境，并言单叫狄青出马，嘿！小小双阳，能有多大本领，我就不叫狄青出马，中军听令。

中　军　在。

杨宗保　传我将令：速命魏成带领本部人马与双阳对敌，不得有误。

中　军　得令。（拿令旗下）

杨宗保　掩门！（抽身下）

〔众人同下。

第六场：初　战

〔四兵士【急急风】引魏成同上。呼兰、兆寿、双阳公主同上。“鹞子头”会阵，架住盖下来，双阳公主一望，并非狄青，惊。

双阳公主　来将通名。

魏　成　我乃杨元帅帐下大将魏成。

双阳公主　无名之辈，儿速速回去，报知你家主帅，叫那狄青出城会俺，饶尔不死，去吧！

魏　成　一派胡言，放马过来。

〔二人起打，魏成落马。

双阳公主　留尔首级，速速回去，换那狄青出城会俺。

魏　成　嗯。（仓皇惭愧下，四兵士随下）

双阳公主　呼兰、兆寿，你我君臣等人，就在这疆场等候那狄青便了。（耍下场下）

〔众跟下。

第七场：复　战

〔四兵士、魏成【乱锤】上，"一条鞭"下马进门。中军"下场门"迎上。

中　军　魏将军回来了，胜负如何？

魏　成　两军阵前，与双阳公主一个回合就打下马来了。

中　军　恭喜将军一战成功。

魏　成　怎么你与我贺喜？

中　军　正是。

魏　成　被打下马来的乃是我哇！烦劳通禀元帅：末将败阵而归，那双阳公主定要狄青出马。

中　军　待我回禀。启禀元帅。

杨宗保　（幕内搭架子白）何事？

中　军　魏将军出战双阳公主，被他打下马来。那双阳公主叫他传话元帅，还是单要狄青出马。

杨宗保　（幕内白）真是藐视我军无人，我偏不叫狄青出马。朱甫良听命。

朱甫良　（内白）在。

杨宗保　（内白）命你带领魏成原部人马，出战双阳公主，不得有误！

朱甫良　（内白）得令。

〔朱甫良自"下场门"上，见魏成表示：你败阵待我出阵。

〔朱甫良上马领起来。呼兰、兆寿、双阳公主上，"鹞儿头"会阵，"一扯两扯半个合"压看。

双阳公主　（惊怒）你家元帅为何还不叫狄青出马？

朱甫良　双阳公主，你目中只有狄青，藐视某家。今日一战，若不将你收服，誓不为人也，休走，看枪。

双阳公主　（冷笑，轻轻压住枪）尔有多大本领，敢说此狂言大话，我劝你不必交战，免得在疆场出丑。

朱甫良　呔！双阳公主休得藐视某家，俺这一枪定要捣你下马。

双阳公主　尔执意要战，你公主要得罪了。（扎马腿"一盖"枪，"一盖两盖"抽落马）来将，你家公主可是藐视与你？

朱甫良　某家战马扎蹄失足落马，并非你武艺高强。

双阳公主　如此请你上马再战！

〔“一合两合一盖”，抽马腿，朱甫良抢背落马。

双阳公主 留你的性命，再去禀知你家元帅，叫那狄青出马，如果不然，杀进城去，你家元帅性命难保，去吧！（【四击头】，亮相，率呼兰、兆寿同下）

朱甫良 （一望二望倒领“挖门”）嘿，真正的惭愧！回营！

〔中军自“下场门”迎上。

中　军 朱将军，再战双阳公主，战绩如何？

朱甫良 双阳公主杀法厉害，两次被她挑下马来，不伤我的性命，仍言单叫狄青出马。请禀知元帅。

中　军 有请元帅。

〔四文堂、四将两边分上，杨宗保“下场门”上，归“小座”。

杨宗保 何事？

中　军 朱将军再次出战双阳公主，两次被挑落马，败阵而归，那双阳公主仍言单叫狄青出马。

杨宗保 哦，有这等事？中军听令！

中　军 在。

杨宗保 速去左营调狄青出战双阳公主，不得有误。

中　军 得令。（下）

杨宗保 吩咐准备战马，本帅敌楼观阵去者。（下）

〔众下。

第八场：三　战

〔中军由“上场门”上。

中　军 来此已是左营，有请狄将军。

〔狄青“下场门”上。

狄　青 嗯哼。

（念）取双宝，公主恩情似海，好夫妻，狄青常挂心怀。

何事？

中　军 元帅有令，命将军出马大战那双阳公主。

狄　青 （惊）哦，怎么元帅有令，命我大战双阳公主？知道了。

〔中军下。

狄　青 哎呀且住！我正在思念双阳公主，忽然元帅传令，命我大战于她。只因我得双宝之后，不辞而别，如今有何面目再见公主，这……【乱锤】

中　军 （上，白）呔！狄青！阵前紧急你速速出马，不得有误。

狄　青 得令。

〔中军下。

狄　青 众将官带马出城者。

（唱）正在营中思双阳，
　　　帅令命我会女将。

相逢见面话难讲，
令人踌躇无主张。
见机而行阵前往，（上马）

〔四兵士、呼兰、兆寿、双阳公主，“二龙出水”。双阳公主见面惊。

双阳公主 （唱）抬头只见负心郎。
得了双宝你将我忘，
不辞而别回汴梁。
看枪！（架着枪）你是狄青？

狄　青 正是小将。

双阳公主 我把你这负心的薄情郎！（一刺“鼻子”，一绕架住）

狄　青 啊公主，未叙衷肠，怎么提枪就刺？

双阳公主 狄青我来问你，你得了双宝为何不辞而别，是何道理？

狄　青 公主有所不知，只因我王命在身，故而不辞而去，也是出于无可奈何。

双阳公主 好个无可奈何。我再来问你，我来到延安两次，要你出城会面，你为何避而不见，是何道理？

狄　青 哎呀公主呀，没有元帅将令，我怎能私自出马呢？

双阳公主 你开口王命，闭口将令，你倒推的个干干净净，我问的是你为何负心？

狄　青 怎见得我狄青是负心之人哪？

双阳公主 狄青啊，薄情郎！只因你得了双宝，那印唐与我鄯善结下仇恨，他就发兵前来，好一场恶战，父王、母后被海飞云用箭射死。（哭）唉，你害得我国破家亡，落了个不孝之人，似你这样不仁不义之人，真乃令人愤恨。（哭）

狄　青 公主啊，公主！听公主之言，为我狄青使得你父王、母后双双丧命，我狄青杀身难报，我不辞而别，并非负心，本欲得了双宝回朝献功，再奏明圣上，接请公主，不料圣上听信丁谓谗言，言说旗马是假，问了个欺君之罪，将我发配岭南。上乘、印堂来犯延安，圣上免罪与我，调我来至延安，我才有此机缘得见公主。还请公主多多原谅，请多原谅吧！

双阳公主 既然如此，此地不是你我夫妻讲话之所，快快与我转至大营，有事商量。

狄　青 这……我乃奉了元帅将令出战的，怎能随同公主回营哪！

双阳公主 （惊）怎么，你是奉令出战的么？（浑身抖，气）好，来来来，可与我分胜负，论高低。

狄　青 公主不必生气。哎呀且住。我与公主成亲之事，尚未禀明元帅，怎能随她回去。也罢，不免假意应允，逃进城去，对元帅说明此事便了。啊公主，不要如此，末将随你回营也就是了。

双阳公主 这便才是。呼兰、兆寿与你驸马爷带马。

〔狄青乘双阳公主说话之际，上马逃回。

呼　兰
兆　寿 （看见狄青逃回，急白）公主，驸马爷飞马逃走了。

双阳公主 好个薄情郎，追！

〔狄青走圆场进城，关城下。双阳公主气，对城看，浑身抖。【乱锤】

双阳公主 呼兰、兆寿！

呼　兰
兆　寿　在。

双阳公主　传我将令，速调五百弓箭手，八百长枪军，将城池团团围住。（呼兰、兆寿欲下）转回来！

呼　兰
兆　寿　在。

双阳公主　传谕主将，不准伤他一兵一卒一将，违令者斩。

呼　兰
兆　寿　得令。（下）

〔双阳公主一望城池，回首望自己大营，难过下。

第九场：授　意

〔四文堂、中军、杨宗保【纽丝】上。

杨宗保　（唱）在敌楼观阵归心中暗想，
为什么双阳的兵将不到战场。
却为何不伤我一兵一将，（思考，归座）
（唱）这其中有暗情我须要参详。

〔狄青上。

狄　青　（唱）婚姻之事未对元帅讲，
我怎能随她回营房。
末将参见元帅。

杨宗保　狄将军，本帅敌楼观阵，你与双阳公主未战三两合，怎么就逃进城来，想你身为武将，何以如此无胆，真是自挫锐气，我命你二次出马，会战双阳公主。（狄愣）若是不战，败阵回来，就要加罪。

狄　青　哎呀元帅呀，并非末将惧战，只是其中另有隐情，我要报告元帅知道。

杨宗保　啊，有何隐情，你且讲来！

狄　青　元帅呀！
(唱)为取旗马到西羌，
曾与双阳公主配鸾凰。〔行弦〕

杨宗保　(惊）哦，怎么有这等事，往下讲来！

狄　青　(唱)我不辞而归回朝往，
她双亲因我被刺亡。
此番她领兵延安上，
她骂我狄青是负义郎。

杨宗保　(惊喜)原来如此，怪不得那双阳公主兵士不到战场，不伤我落马之将，适才本帅敌楼观阵，我已看出那双阳公主来意，并非进犯。将军你可出城再会于她，见了她就落马败走。

狄　青　啊元帅，敢是叫末将败进城来么。
杨宗保　哎，你败进城来做甚，你要败进她的营盘去呀。
狄　青　元帅这是何意?
杨宗保　不必多问，那时我自有道理。
狄　青　这个……
〔报子上。
报　子　启禀元帅，那双阳公主的人马、弓箭手、长枪军将城池团团围住了。
杨宗保　再探!
报　子　得令。（下）
杨宗保　狄青听令!
狄　青　在。
杨宗保　我命你单人独骑出城去会双阳公主，不得有误。
狄　青　得令，带马。
〔狄青下。
杨宗保　（唱）只道鄯善来犯境，
原来其中有隐情。
狄青不解双阳意，
我看她的心情就是当年的穆桂英。
〔四文堂、杨宗保下。

第十场：假　败

〔双阳公主、呼兰、兆寿【**急急风**】上。牌子。双阳公主动作，骂阵，甩马鞭，“倒脱靴”。
〔四兵士上，狄青上，打，狄青败下，双阳公主追下。二老军自“下场门”上，向“上场门”望，两人一碰头，对笑。
老军甲　伙计，你看明白了吗?
老军乙　我看不明白，我想要问问你。
老军甲　你有什么事请教于我，你说吧!
老军乙　吓，口气不小。我要问你的事情是我不明白，自从双阳公主带了很多的人马来到延安，你说她是犯境，还是夺取城池？到了这会儿，兵也不出阵，将也不打仗，就凭双阳公主一个人儿，带着两个侍女，头一阵就把咱们魏将军挑下马来了，可是不伤他的性命，叫他上马回营。第二次又换咱们朱甫良朱将军迎阵，又被双阳公主两次都给挑下马来。你瞧见没有，这是第三次。咱们元帅叫狄青出马了，怎么一出城，他就败阵了。败阵你倒是往城里头败呀，他怎么往外败，这要是叫双阳公主赶上，他还活得了哇?
老军甲　伙计，你放心吧，狄青没有危险。不但狄青没有危险，就连老百姓也不会有刀兵之灾，你放心吧，准没错。
老军乙　照你这么一说，太容易啦。那双阳公主带着这么多的人马，从鄯善国来到这儿，不夺城池，你说他劳人费马干什么来了?

老军甲 唉，你哪儿知道，这其中有猫儿腻嘛。

老军乙 什么猫儿腻，你说说，我明白明白。

老军甲 你叫我说啊，我今年七十多了，当过五十年兵了，什么阵我也上过，什么战场我也经过。我看双阳公主此番来意,倒也明白八九,可是我想起当年的一桩事情来啦。

老军乙 你想起一桩什么事情，赶快说说我听听?

老军甲 你听着，想当年咱们老元帅为了降龙木，大破天门阵，命焦、孟二将去到穆柯寨盗取降龙木，被穆桂英杀得大败，焦、孟二将回营，搬去了小本官……

老军乙 这小本官是谁呀?

老军甲 就是咱们的杨元帅呀。你别看今天是白盔、白甲，白胡须；当年也是个漂亮的小伙子。小本官他到了穆柯寨，被穆桂英三下子两下子就给擒上山去了，到了山寨死说活说，他可就招了亲啦。后来那穆桂英献出降龙木，她就挂了帅，大破天门阵，保定大宋一统江山。今儿个我这么一瞧双阳公主，嘿嘿，就好像当年那个穆桂英。

老军乙 照你这么一说，我也明白八九啦。你比双阳公主是当年的穆桂英，咱们这位狄将军就好比今天的杨元帅喽!

老军甲 不错，一点儿也不错。（二人对面）咦。

老军乙 哟。

老军甲 啊。

老军乙 啊。

老军甲
老军乙 （对笑）哈哈哈!

老军甲 伙计，你哪知道呀，当初小本官巡营瞭哨带的兵丁，其中有我在内，所以我知道得这么详细。

老军乙 难得你七十多岁了，还记得这么清楚。

老军甲 你别瞧我七十多岁，我脑筋还很灵活啊，我的腿脚也快，就是一样不好。

老军乙 你哪样不好?

老军甲 (随说随掏，向怀中掏出酒壶，喝)我就是好喝喝。

〔后台鸣金。

老军甲
老军乙 （对笑）别聊啦！（下）

第十一场：合好

〔狄青上。

狄　青 (唱)元帅授意一番话，

佯装败阵会见她。

远望松林紧催马，（下）

双阳公主 （急上接唱)那狄青不战事有差。

目不转睛催战马，（下）

〔狄青【急急风】上，三勒马，马啸，脸朝外。

双阳公主 （“上场门”勒马上）狄青！

狄　青 （撤步，脸惭愧）公主。

双阳公主 （唱〔西皮快板〕）

见狄青恨爱两相交。
三番两次用技巧，
你心和意我难推敲。

狄　青 （唱〔西皮快板〕）

前番我把西羌到，
公主带我恩情高。
为双宝上乘印唐失和好，
你为我双亲被刺把命抛。
王命在身奉旨诏，
因此不别回南朝，
公主此行要把仇报，
你的心情我也难推敲。

双阳公主 （唱〔西皮快板〕）

怪不得见我你逃跑，
原来你心中起疑潮。
此来并非把仇报，
接你到鄯善把国事劳。

狄　青 （唱〔西皮快板〕）

公主把话讲差了，
我怎能负军背主离了朝。
夫妻之情承和好，
想一个两全之策方为高。

双阳公主 （唱〔西皮快板〕）

既然是夫妻情和好，
我把前怨一笔销。

既然如此，我就对你实说了吧。我今此来，并非犯境，为的就是你。你方才言道，不能随我同归鄯善，难道你我夫妻，就天南地北不成么？

狄　青 还是公主想一两全之策。

双阳公主 事到如今，我也是无有主意呀。

狄　青 啊公主，如今上乘印唐来犯延安，公主与他等有杀父之仇，可与我朝合兵共退敌人，待平定之后，奏明圣上，两国共订同盟之好，岂不两全其美。

双阳公主 这个……

二　将 （上）启禀公主：宋营杨元帅领兵出城，直奔我营，特来报告。

双阳公主 再探！（二将下）你家元帅领兵前来，想是要战，待我亲自会他。

狄　青 且慢，元帅此来，并非恶意。

双阳公主 来者可疑。

狄　青 想是为了你我夫妻之事。

双阳公主 怎么，你我夫妻之事，你家元帅他知道么？

狄　青 我已禀明了。

双阳公主 如此我们迎上前去，观看动静如何？

狄　青 这倒使得，带马。

〔双阳公主人马两边上，二总兵、四将、四番兵自两边分上，带马领归，同归“下场门”。<风入松>，四文堂、四将、杨宗保同上。

杨宗保 双阳公主。

双阳公主 杨元帅，赶上前来会战吗？

杨宗保 非也。（急下马，双阳公主下马，两边众将一齐下马）本帅此来，并非交战。

双阳公主 既非交战，来者何意？

杨宗保 公主统兵来到延安，兵不临城，将不上阵，不杀落马之将，不伤一兵一卒，我想公主，来意并非敌对。适才狄青对我说明以往，海飞云、郎天印二人乃是公主杀父仇人，如今又来进犯延安，不如共订同盟之好，一同破敌，公主尊意如何？

狄　青 啊元帅，我们适才正在计议，两国合一，公主尚在未决，还请元帅与公主商议。

双阳公主 元帅方才所言，同盟退敌，正符我意；两国合一之事也合我意，且待退敌之后，我须回国安置安置再行合一。

杨宗保 公主若能如此，两国之幸，万民之幸，就请公主进城商议退敌之策。

双阳公主 元帅请。

杨宗保 公主请。

双阳公主 杨元帅请。

众　人 （合唱）万民庆贺在今朝，
人间处处腾欢笑，
愿岁岁年年永合好。

〔唢呐吹奏<尾声>。

——剧　终

孙明珠 哈鸿儒 **整理** 哈鸿儒 **执笔**

梁 红 玉

尚小云演出本

韩世忠、梁红玉是南宋抗金名将。韩世忠反对议和，力图恢复中原，是南宋的主战派。他主战的意见和为岳飞冤案的申诉均不被采纳，遂自请解职，闭门谢客，死后追封为蕲王。他的夫人梁红红玉襄助丈夫抗金，建炎四年（1130年）与韩世忠于黄天荡阻击金兵，擂鼓助战被封为安国夫人（“红玉”之名不见于史，史称“梁夫人”），为世代称颂，名垂青史。二人皆出身低微，后来际会风云，这种传奇般的经历常为后人津津乐道。《说岳全传》用一定的篇幅，歌颂他们的英雄事迹。明陈与郊作有传奇《麒麟罽》，收于《古本戏曲丛刊》；明张四维作有传奇《双烈记》，收于《六十种曲》。这些都是据史而著。名旦赵桐珊有《梁红玉》一剧的藏本，故事基本上符合这两部传奇的情节，收在《京剧汇编》第二十三集。京剧舞台上有关梁红玉的传统剧目有《玉玲珑》、《两狼关》、《战金山》等。九一八事变后，梅兰芳根据《战金山》改编成《抗金兵》公演；尚小云将《玉玲珑》、《战金山》二剧加以改编，成为一出前文后武的《梁红玉》。

尚派《梁红玉》讲梁红玉在京口不甘沦为歌妓，遇韩世忠，因有报效国难的共同抱负而结成伉俪。韩投军到两狼关立功升为将军后，梁摆脱了歌妓生涯，襄助丈夫抗金，后在金山亲自擂鼓助战，在黄天荡击败金兀术。

剧中围绕梁红玉安排了两个生角展开故事。一是丈夫韩世忠，他不满南宋京口守将范宗伊终日酒肉声色，不思抗金，新婚后即到前线投军抗敌；在妻子的协助下，屡建军功，在黄天荡大破金兀术，成为南宋抗金英雄。另一是堂弟梁士诚，他是一个浪荡子弟，把祖传的宝剑卖给堂姐梁红玉，不思抗敌，却投到金邦的怀抱，做金邦奸细窃取宋营军情。梁红玉大义灭亲，处置了这个叛徒。梁红玉对两人的爱与憎合成了她抗金报国高大形象。

老本《玉玲珑》是土地爷和土地奶奶牵线，梁红玉见韩世忠红光罩身而成就姻缘。赵本《梁红玉》梁母的形象是个老鸨，贪财，嫌贫爱富，等到韩世忠建功封了官才改变了态度，也是一种俗套。与此二本相比，尚派《梁红玉》主题鲜明、突出，自始至终歌颂、赞扬抵抗异族侵略的英雄行为：梁母支持女儿的婚事，赞助女婿前往边关投军抗敌；红玉千里跋涉，历尽艰辛，去边关寻夫；底层军士巡营时对红玉的称赞；全军在黄天荡的英勇奋战等，都体现了这一点。

《梁红玉》是一出文武兼备的戏，充分发挥了尚派富于阳刚的表演特长。梁红玉是一位巾帼英雄，本不适合用比较缠绵的〔慢板〕唱腔去表现她的情感，但尚小云却在梁红玉首次出场非常恰当地安排了四句〔西皮慢板〕的唱段，表述梁红玉不甘心身落平康的心情，“没奈何母女们身落平康”一句，用顿挫分明、气势刚烈的尚派特有的长腔唱出，一开始就使人感到梁红玉是一位不同凡响的女性。在前半出戏中还安排了两段〔流水〕板唱段：一是给韩世忠赠银后，一是与韩世忠缔婚时。前一段是〔流水〕板大路唱腔，最后一句“见了母亲我们说分明”的腔比通常的腔仅做了二拍的扩展：“母亲”使了个小腔，镶嵌了“我们”二字，用它将梁红玉支持一位爱国志士去报效国家的那种欣慰、满足的心情深深地感染着观众。后一段是尚派独创的〔流水〕唱腔，表现梁红玉遇到红尘知己的兴奋和实现韩、梁二人共同的报国志向的信心。尚派和处理是刚柔相济，起伏跌宕，感情非常强烈。最后一句“发誓愿前去从军”，伴随着三人在台上互相招呼的身段，使用了一个节奏非常强的拖腔，再加上鼓板的重击，使得梁红玉、韩世忠二人成就美满姻缘的喜庆达到了高潮。

《梁红玉》的后半出则侧重于武。“战金山”一折可以说是大刀马旦戏，完全可以与大武生戏比美。尚派梁红玉起霸，边唱边舞的“边挂子”，工架沉稳，身段边式，气度饱满，声调洪亮，歌唱高亢，举手投足都带着英姿飒爽女元帅的风范。大战开打，火爆热烈，“快枪”打得令人眼花缭乱，打番将的“四门斗”，抽龙虎帅的“拨浪鼓”都非常干净利索。耍下场就像金光护身，鹞子翻身宛如满台飞舞台的红蝴蝶，通场给人感觉是隽美、刚健、豪放、热烈，大家风范。特别要提出的是“三通鼓”之后，以〈将军令〉为伴奏的擂鼓。这本是过去在春节时用于“吹台”的曲牌。“吹台”是过去戏班在开演前渲染剧场火爆气氛的手段，用它来渲染宋军高昂的士气和激烈的战场气氛极为恰当。戏中梁红玉击鼓不单单是技巧，不论是面部表情，还是挥动鼓槌鼓动兵将士气和指挥部队战斗的表演，都强化了“战金山”这一折戏的艺术感染力。

尚派《梁红玉》剧本不够完整。就拿尚派本门戏来说，也不如《汉明妃》、《乾坤福寿镜》。其实，尚小云先生对待艺术是精益求精的，《汉明妃》、《乾坤福寿镜》也是在解放后不断地演出修改定型的。只是众所周知的原因，后来尚小云终止了艺术活动，至使大量的尚派戏没来得及完善、整理。因此，尚派艺术继承人也应该和其他流派继承人一样，不但要继承先辈的艺术风格，还要不断地完善本门艺术中的不足，并不断地促进它的发展。

哈鸿儒

人物行当

梁红玉	旦	探　子	丑
韩世忠	武生	四歌姬	花旦
黛　云	花旦	四更夫	丑
梁　母	花旦	范中军	净
赵大锣	丑	王中军	生
焦　二	丑	韩中军	净
王老好	生	宋大纛	杂
郦飞云	旦	女大纛	杂
驿　官	丑	金大纛	杂
王　渊	老生	家　院	生
谢　元	生	驿　卒	丑
施　全	生	四宋将	武行
邹将军	生	四宋兵	武行
韩彦直	小生	八女兵	武旦
魏良臣	净	四人役	杂
范宗伊	净	四蓝龙套	杂
卢永新	丑	四红龙套	杂
师　爷	丑	宋船夫二人	杂
梁士诚	生	金船夫	杂
金兀术	净	四番兵	武行
龙虎帅	武净	四番将	武行

服装扮相

梁红玉　俊扮。梳大头、后兜、线尾子、水钻头面、草花，皎月绣花褶子、皎月绣花斗篷、领花、黑色镶边大坎肩、绦子、白绣花裙子，彩裤，彩鞋。第六场换绿色绣花褶子、藕荷绣花大坎肩；第十一场换灰蓝色绣花褶子；第十三场换黑绣边褶子，浅蓝色包头绸子；第十七场改女帅盔、流苏、伞巾，红软靠、云肩、红横向联合边裙子，红斗篷，薄底；第二十场改扎红硬靠。

韩世忠　俊扮。大板巾，黑色蓝边箭衣、红卒坎肩、浅蓝大带，黑彩裤，厚底。第六场换蓝将巾；第十三场改倒缨盔带后兜，红软靠、苫肩、红靠绸，红彩裤；第十七场改帅盔、黑三，红斗篷；第二十场改扎红硬靠。

黛　云　俊扮。古装头、水钻头面、草花，玫瑰红绣花褶子、领花、浅蓝色绣花大坎肩，腰巾、浅蓝色绣花裤子，彩鞋。第十三场换粉红包头绸子，灰绣花褶子。

梁　母　俊扮。黪网子、老旦冠、勒子、紫绸条，古铜色素褶子、蓝色绣花大坎肩，腰巾、绿绸裙，白袜子、福字履。

赵大锣　丑扮。大板巾，蓝素箭衣、红卒坎、紫大带，黑彩裤，白大袜、皂鞋。

焦　二　丑扮。大板巾，蓝素箭衣、红卒坎、紫大带，黑彩裤，白大袜、皂鞋。

王老好　俊扮。古铜鸭尾巾、白帽正、黪吊搭，古铜褶子、紫绦子，黑彩裤，白大袜、皂鞋。

郦飞云　俊扮。蝴蝶盔、流苏、水钻头面，浅蓝色改良靠、粉靠绸、腰箍、云肩，粉彩裤，浅蓝花薄底。

驿　官　丑扮。圆纱、白五嘴，黑彩裤，朝方。

王　渊　俊扮。侯帽、白三，红蟒、玉带、苫肩，彩裤，厚底。

谢　元　俊扮。绿将巾，绿素箭衣、黑大带，红彩裤，厚底。

施　全　俊扮。蓝将巾，黑素箭衣、黄大带，黑彩裤，厚底。

邹将军　俊扮。扎巾盔，绿软靠、苫肩、红靠绸，黑彩裤，厚底。

韩彦进　俊扮。紫金盔、流苏，粉硬靠、皎月色靠绸、苫肩，红彩裤，厚底。

魏良臣　勾水白脸。尖纱、黑耳毛子、黑扎，紫蟒、玉带，黑彩裤，厚底。

范宗伊　勾水白脸。尖纱、黑满，黑蟒、玉带，黑彩裤，朝方。

卢永新　丑扮。圆纱、黑吊搭，绿蟒、玉带，黑彩裤，朝方。

师　爷　丑扮。黑高方巾、白帽正、黑丑三，黑褶子、古铜色蓝边大坎肩、紫绦子、黑彩裤，朝方。

梁士诚　俊扮。黑软罗帽，富贵衣、紫大带，黑彩裤，厚底；第十三场改鞑帽，蓝绣边箭衣、黑团花马褂、苫肩、杏黄大带；第十四场改蓝将巾，黑素箭衣。

金兀术　勾破三块瓦金脸。黑蓬头、抓鬏、大额子、翎子、狐狸尾、金耳环一对，牵巾、黄蟒、玉带、苫肩，黑彩裤，厚底；第十八场改扎黄硬靠、红靠绸。

龙虎帅　勾黑碎脸。黑蓬头、抓鬏、大额子、翎子、狐狸尾、牵巾、黑扎，黑硬靠、红靠绸，红彩裤，厚底。

探　子　丑扮。鞑帽，紫素箭衣、紫披肩、绿卒坎，黑彩裤，薄底。

四歌姬　俊扮。古装头、水钻头面、草花，杂色绣花褶子、领花、杂色绣花大坎肩、腰巾，杂色绣花裤子，彩鞋。

四更夫　丑扮。梢子帽，黑素箭衣、红卒坎、紫大带，黑彩裤，白大袜、皂鞋。

范中军　勾元宝脸。黑大板巾、大额子、黑扎，绿绣花箭衣、黑团花马褂、杏黄色大带、苫肩，红彩裤，厚底。

王中军　俊扮。中军盔、黑三，紫绣花开氅，黑彩裤，厚底。

韩中军　勾白三块瓦。黑大板巾、大额子、黑满，紫绣花箭衣、黑马褂、蓝大带、苫肩，黑彩裤，厚底。

宋大纛　俊扮。蓝马童巾，蓝抱衣、抱裤，腰箍，薄底。

女大纛　俊扮。蓝马童巾，蓝抱衣、抱裤，腰箍，薄底。

金大纛	俊扮。鞑帽，紫素箭衣、紫披肩、蓝大带，黑彩裤，薄底。
家　院	俊扮。黑硬罗帽、黑三，黑素褶子、紫大带，黑彩裤，厚底。
驿　卒	丑扮。蓝罐子盔，蓝素箭衣、红卒坎、大带，黑彩裤，薄底。
四宋将	俊扮。扎巾盔，扎杂色硬靠、苫肩、红靠绸，彩裤，厚底。
四宋兵	俊扮。蓝马童巾，蓝抱衣、抱裤、腰箍，薄底。
八女兵	俊扮。贴片子、布头巾、小额子，皎月色战袄、战裙、裤子、腰箍，薄底。
四人役	俊扮。秦椒帽，黑褶子、红卒坎，黑彩裤，薄底。
四蓝龙套	俊扮。蓝大板，蓝龙套衣，黑彩裤，薄底。
四红龙套	俊扮。红大板，红龙套衣，黑彩裤，薄底。
宋船夫二人	俊扮。蓝马童巾，蓝抱衣、抱裤，腰箍，薄底。
金船夫	丑扮。鞑帽，紫素箭衣、紫披肩、蓝大带，黑彩裤，薄底。
四番兵	俊扮。鞑帽，紫素箭衣、紫披肩、蓝大带，黑彩裤，薄底。
四番将	揉脸。黑蓬头、抓鬏、额子、牵巾，扎杂色硬靠、苫肩、红靠绸，彩裤，厚底。

道具

红色绣花桌围	一份	石凳	一个
红色绣花椅披	二份	更锣	一面
浅色绣花桌围	二份	梆子	一付
浅色绣花椅披	三份	扁担	二根
棕色绣花桌围	三份	银锭	一块
棕色绣花椅披	三份	包袱	一个
明黄绣龙桌围	一套	委令	一张
明黄绣龙椅披	一份	鼓楗	一付
红色绣花大帐	一份	鼓	一面
文房四宝	一份	宋报子旗	一面
书信	一封	金报子旗	一面
地图	一份	大纛旗	三面（红、蓝、黄各一面）
线装书	一函和数本单册	马鞭	九根
折扇	三把	金杆枪	一杆
衣物	一份	双头枪	八杆
手绢	一方	荷包枪	四杆
食盒	二个	单枪	十二杆
托盘	一个	宝剑	六口
酒壶	三个	腰刀	二把

酒坛	一个	单刀	六把
酒斗	三个	双刀	四对
红纱灯	一台	船桨	三把

第　一　场

〔【冲头】【大锣原场】幕启。四士兵“上场门”上，站门。四宋将“上场门”“搭轿”上，正场“横一字”。

将　甲　（念）男儿生来盖世雄，

将　乙　（念）万马营中逞威风。

将　丙　（念）耀武扬威英雄将，

将　丁　（念）斩将擒王立大功。【住头】

将　甲　众位将军请了。

众　将　请了。

将　甲　今有王渊老元帅奉旨挂帅，扫灭金营，提调我等，辕门听点。众位将军请来传令。

众　将　一同传令。众将官！

众士兵　有！【撕边大锣一击】

众　将　打道辕门去者！

众士兵　啊！

〔四士兵分下。众将边唱边舞。

<叠字犯>唢呐伴奏

众　将

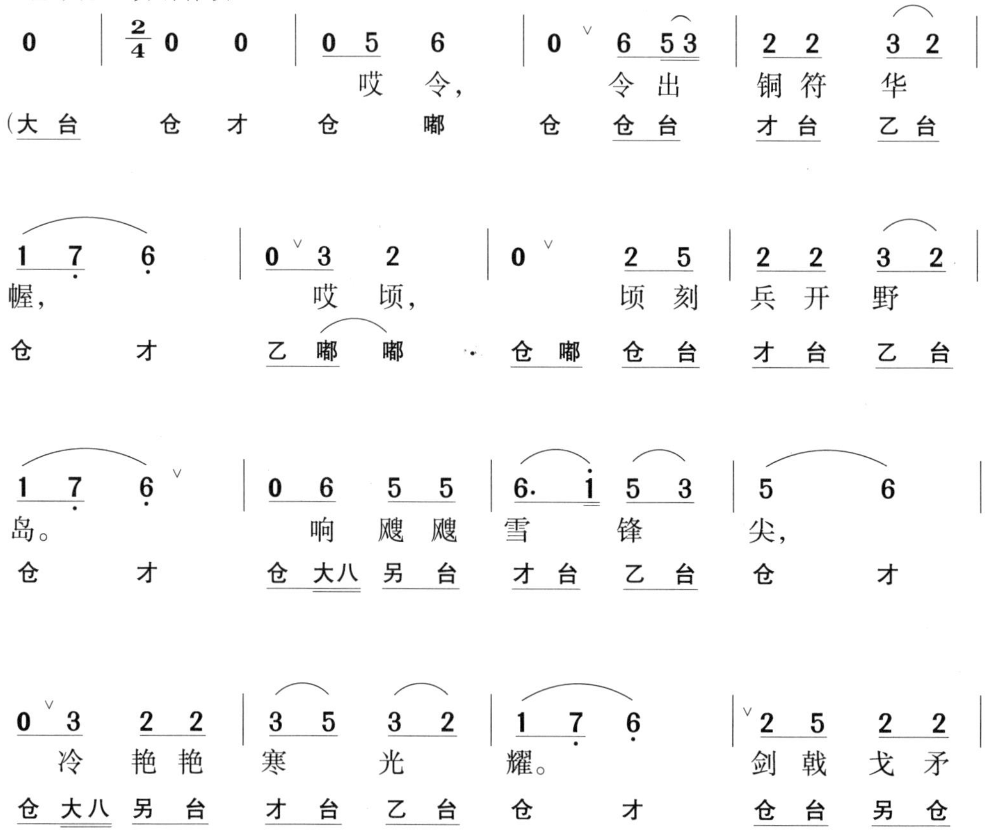

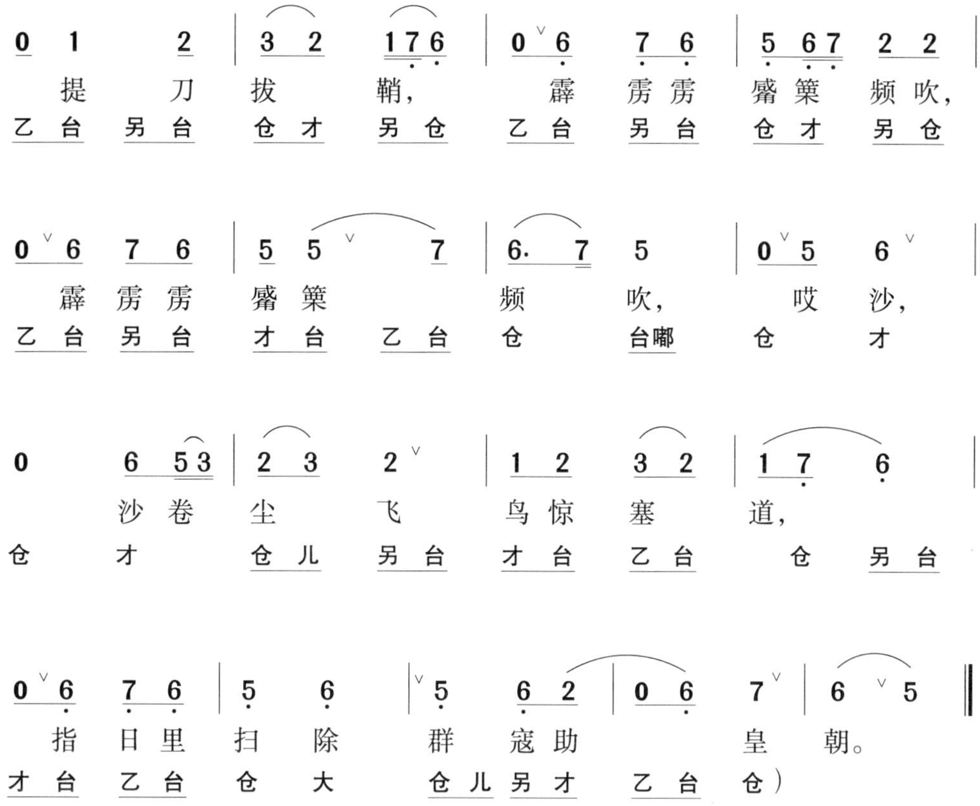

〔【急急风】四士兵分上，带马；四将上马。【冲头】四士兵领下。四将圆场，“下场门”台口站成“三丁儿”抱鞭亮相。【崩登仓】打马，举鞭，亮相。【冲头】“下场门”下。闭二幕。

第二场

〔【撤锣】开二幕。正场桌“小座椅”，“大边”斜置一桌二椅。素色绣花桌围椅披。

〔梁红玉内白：“嗯哼！”【小锣夺头】

〔西皮慢板〕

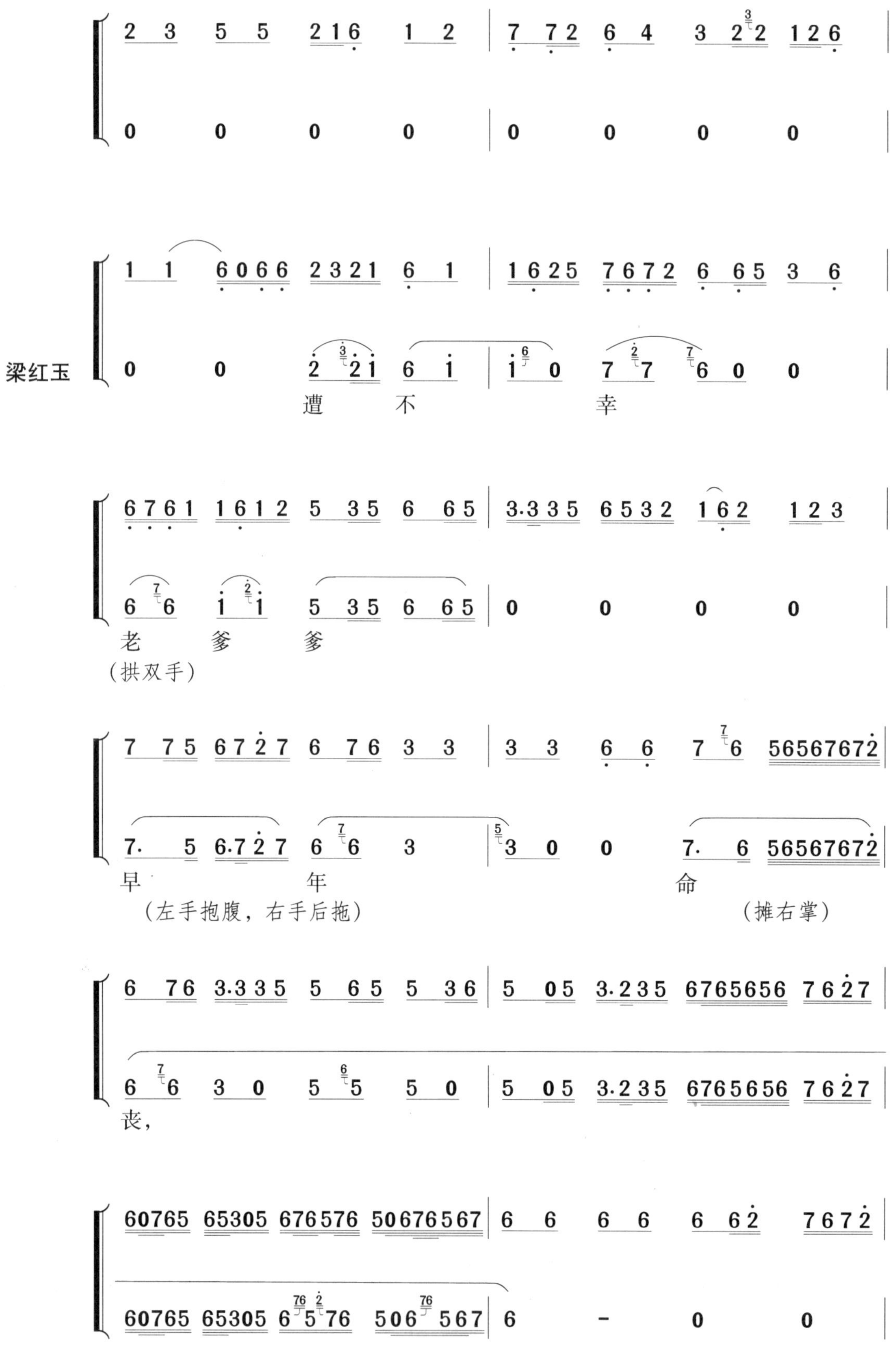
梁红玉
遭 不 幸
老 爹 爹
（拱双手）
早 年 命
（左手抱腹，右手后拖）
（摊右掌）
丧，

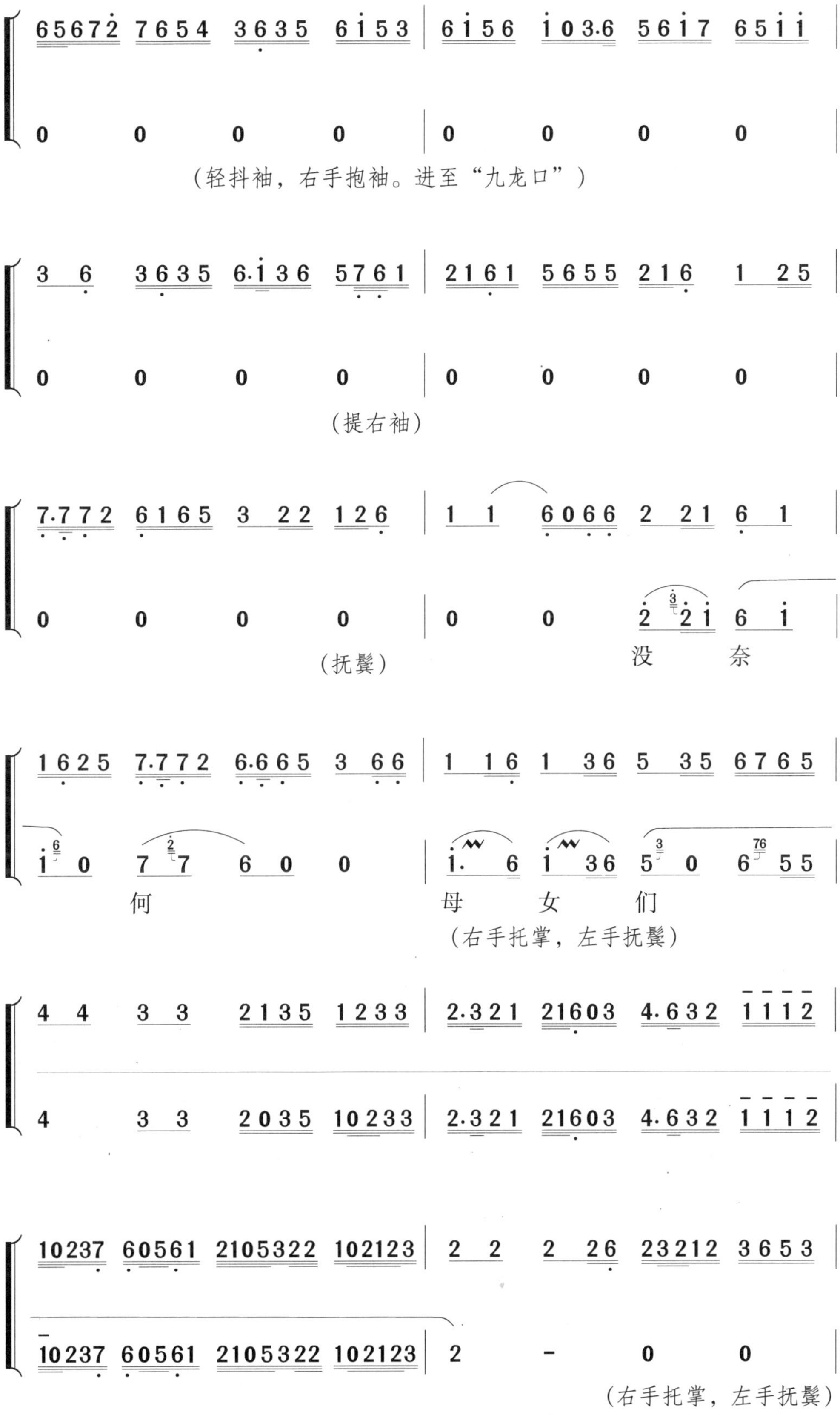
（轻抖袖，右手抱袖。进至“九龙口”）
（提右袖）
（抚鬓）
没 奈
何
母 女 们
（右手托掌，左手抚鬓）
（右手托掌，左手抚鬓）

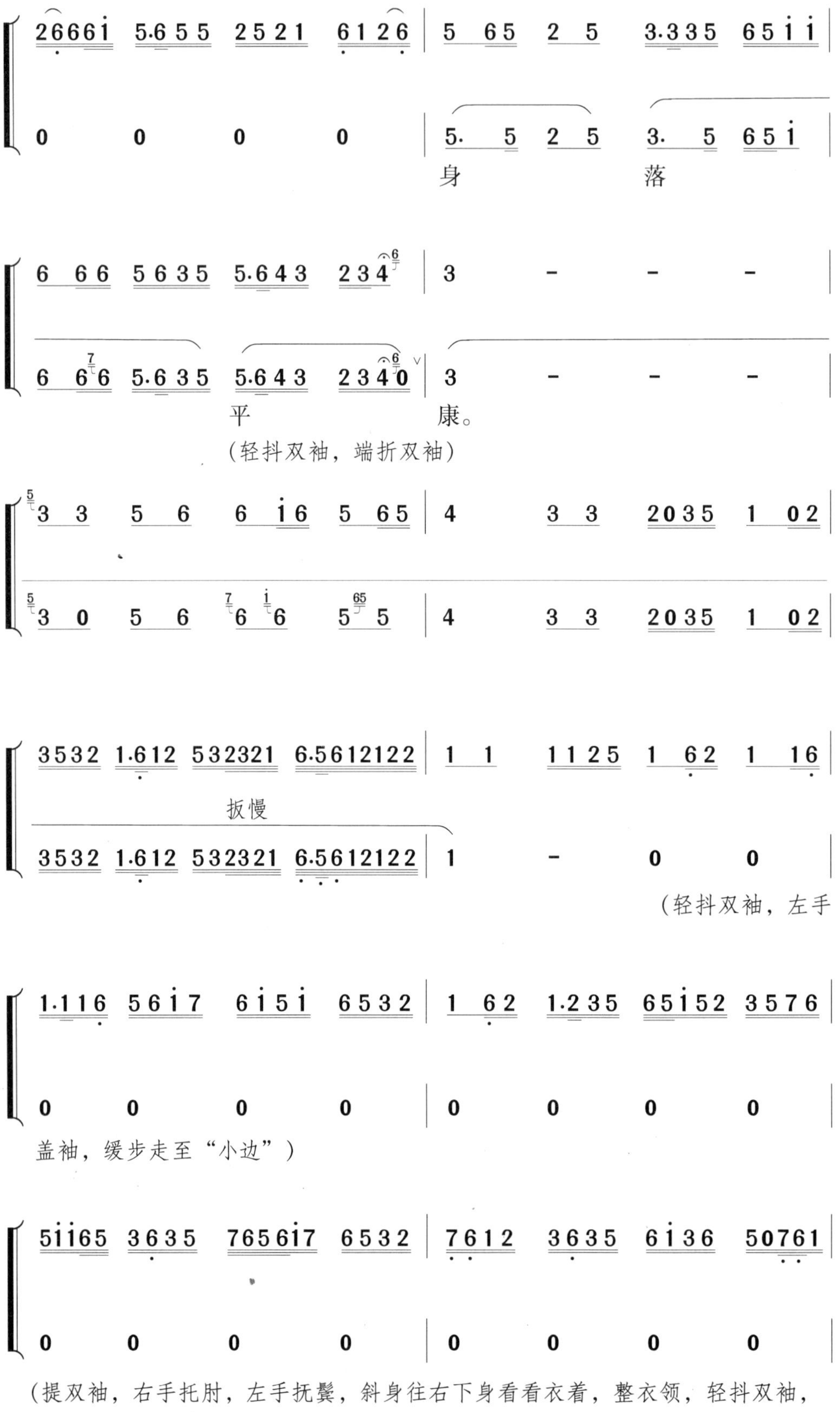
身
落
平
康。
（轻抖双袖，端折双袖）
扳慢
（轻抖双袖，左手
盖袖，缓步走至“小边”）
（提双袖，右手托肘，左手抚鬓，斜身往右下身看看衣着，整衣领，轻抖双袖，

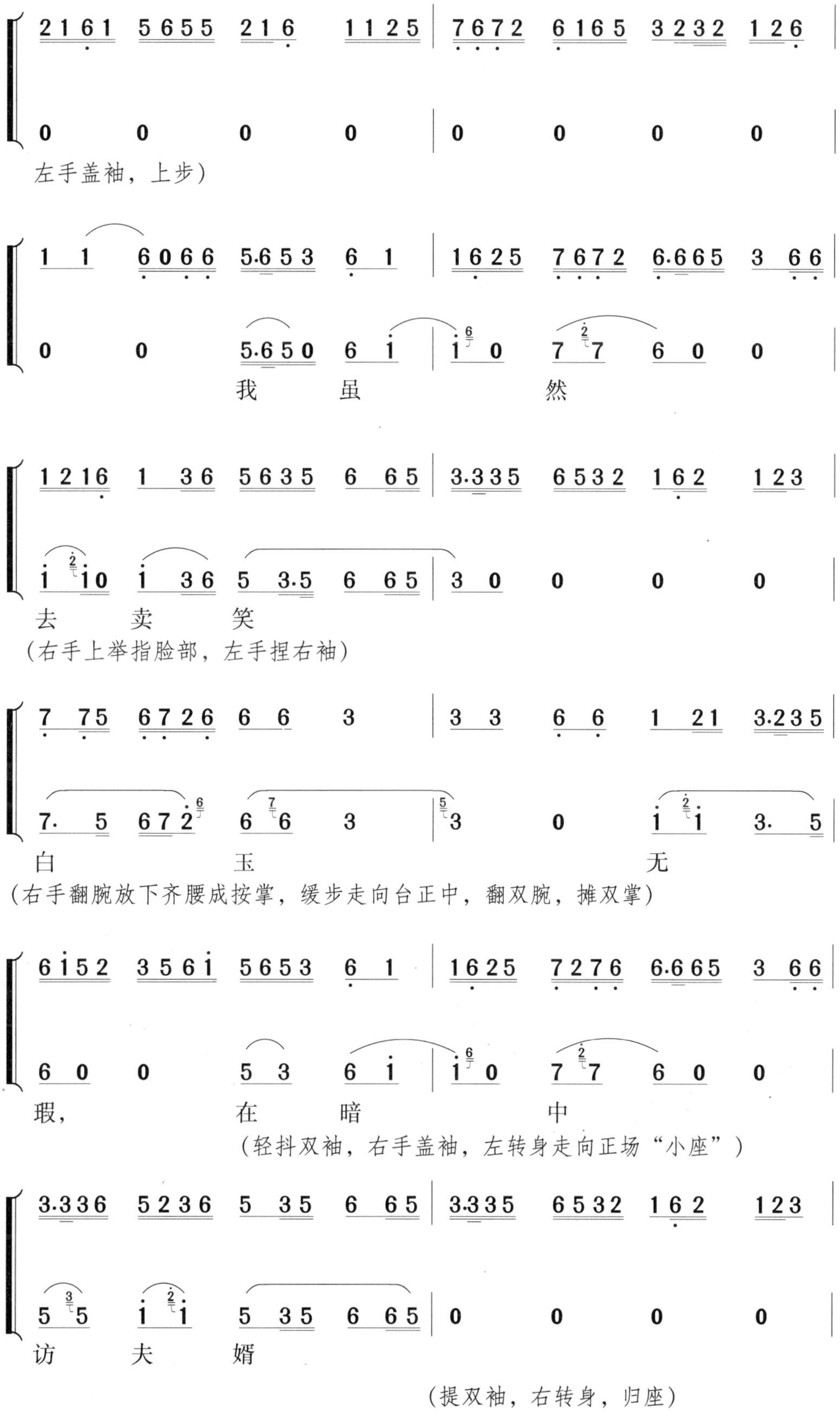
左手盖袖，上步）
我 虽 然
去 卖 笑
（右手上举指脸部，左手捏右袖）
白 玉 无
（右手翻腕放下齐腰成按掌，缓步走向台正中，翻双腕，摊双掌）
瑕， 在 暗 中
（轻抖双袖，右手盖袖，左转身走向正场“小座”）
访 夫 婿
（提双袖，右转身，归座）

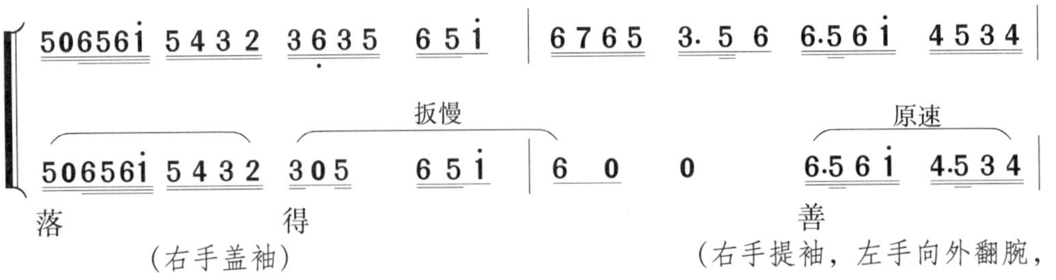

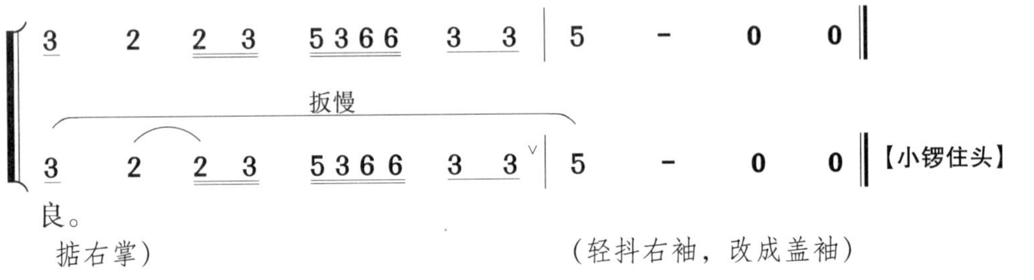

奴家，梁红玉。（扎）自从爹爹去世，家道贫寒，难以栖身。我母亲偏听了旁人的言语，在此地开了一座妓院，又买了一个养女，名叫黛云。我虽然做这个卖笑的生涯，但是，我守身如玉，专以书画待客，暗中物色英雄夫婿。我也曾发下了誓愿，不是英雄，我不嫁。只是奴家我的命薄，难得如愿呢！

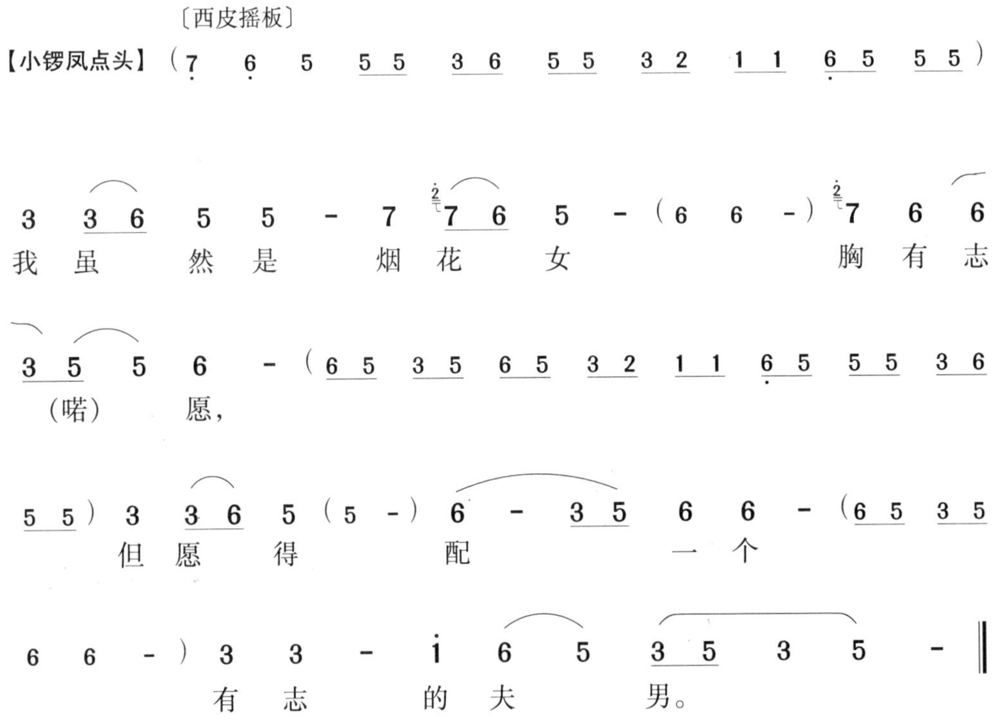

〡黛云内白：“啊哈！”

〡【小锣五击】黛云“上场门”上，至“小边”台口。

黛　云　（念）宝剑赠烈士，
红粉赠佳人。

今朝无用处，
终须有主人。

〔【小锣五击】黛云“挖门”进，归“小边”，边跑边喊至梁红玉身旁。

黛　云　姐姐，姐姐，姐姐！

梁红玉　黛云妹妹，何事？

黛　云　您那个堂弟梁士诚，拿了把宝剑，呆在咱们院里不走。我就跟他说啦，咱们院里头卖胭脂粉有人要；卖宝剑可没有人要哇！

梁红玉　可也是呀！

黛　云　我怎么让他走，他也不走。他说他非要见您不可！【小锣一击】

梁红玉　怎么，有这等事？

黛　云　是。

梁红玉　唉，想我那堂弟梁士诚，我母亲与他素日不和。今日前来寻我，噢，（想）我必须要见他一见。妹子，此人今在何处？

黛　云　现在门外头哪。

梁红玉　母亲可曾知道吗？

黛　云　妈不知道。她老人家在楼上梳头！

梁红玉　好哇！你可悄悄地把他带进来，不要叫母亲知道。

黛　云　是。

梁红玉　快去，快去！

〔【小锣五击】黛云出门，“上场门”下。

梁红玉　（站起）我想他素日不务正业，今日前来寻我，怎么卖起宝剑来了？（归“大边桌”上首椅，坐下看书）

〔黛云内白：“梁壮士随我来！”

〔梁士诚内白：“有劳带路。”

〔【大锣五击】黛云领梁士诚“上场门”上，至“小边”台口。

梁士诚　（念）少年不务正，落魄羞煞人。

〔【冲头】黛云领梁士诚“挖门”进。梁士诚归“小边”，黛云至“大边”梁红玉身旁。

黛　云　姐姐，梁壮士来啦。

梁士诚　啊，姐姐。（施礼）

〔梁红玉没有抬头，继续看书；黛云暗下。

梁红玉　啊，兄弟，我们几载未见了，不知兄弟你的光景过得可好哇？（抬头看梁士诚，一惊，【大锣一击】）啊？（站起指点着问）你、你可是我堂弟梁士诚？

梁士诚　（羞愧）正是小弟。

梁红玉　哎呀呀，你怎么落魄至此呀？

梁士诚　哎呀，姐姐呀！【大锣五击】也是小弟一时胡涂，交了些无业的游民，将一份家产耗尽，才落得这般，唉，（哭）光景……【小锣一击】

梁红玉　哼，我看你也是一个七尺之躯。你要知道，如今，那金兵猖狂，天下大乱，正是男儿出头之日。你怎么不前去投军报国，你还飘流在外做什么？

梁士诚　小弟也欲前去投军，怎奈无有盘费，指望卖了这把宝剑，集凑盘费，怎奈无人过问。只好拜竭姐姐，赠我银两，也好前去投军。

梁红玉 好，你把宝剑拿出来我看。

〔梁红玉将书放在“大边”桌上。梁士诚取出宝剑交给梁红玉。

梁红玉 浏阳梁记。啊？【小锣一击】这不是你爹爹的宝剑么？

梁士诚 （羞愧）惭愧。

梁红玉 将宝剑暂存为姐的这里。

梁士诚 多谢姐姐。

梁红玉 （回身将宝剑放在“大边桌”上并取出银子）来来来，我这里有十两银子，你拿了吧！

梁士诚 小弟今日拿了姐姐的银两，我是决心立志投军，倘有寸进，再与姐姐相见。

梁红玉 但凭于你。

梁士诚 小弟拜别了。

〔【冲头】梁士诚出门“上场门”下。【脆头】（大大 八台 大大 八台）梁红玉出门至“小边”，感慨地看着梁士诚离去。

梁红玉 （边说边往回走）哎呀，我看他如何是好哇！【小锣一击】

〔【小锣一击】欲进门，看到桌上的宝剑，情绪好了起来，进门跑到“大边”拿起宝剑，端详着宝剑，缓步归正场。

梁红玉 宝剑哪宝剑，你不幸落在我们梁家不肖的子孙之手。不能用你冲锋打仗，又不能用你在阵前（要剑穗）杀敌。（拔剑出鞘）哎呀呀，（推宝剑入鞘，掂掂剑）你成了无用的东西了！

〔梁红玉转身欲将剑放回桌上，爱不释手，又转身将剑挂在自己腰间；此时黛云“下场门”暗上，偷看梁红玉的神情。梁红玉如醉如痴，学着男子整冠，捋髯，抓右袖，按剑，跨步往前走；黛云在其身后学着她的身段。

黛　云 姐姐！【小锣一击】

梁红玉 哎哟！

黛　云 您佩上这把宝剑，真有巾帼英雄的气魄呀！

梁红玉 慢来，我不愿做巾帼英雄。

黛　云 哟，您不愿做巾帼英雄，您愿意做什么哪？

梁红玉 我愿意做阵前杀敌的战士。

黛　云 哟——阵前杀敌，哪有咱们女子啊？

梁红玉 哟，妹子，你不要小看我们女子呀！想我爹爹在世的时节，也曾传授过我全身的武艺呢！

黛　云 怎么着，您还会武艺哪？

梁红玉 嗯，为姐的还会扎枪！【小锣一击】

黛　云 噢，扎枪也会。

梁红玉 （拔剑出鞘，抡剑穗）这，抡剑。【小锣一击】

黛　云 噢，抡剑您也会。

梁红玉 比你呀，会的多呢！

黛　云 哟，姐姐，您明儿也教给我。

〔梁母内白：“啊哈！”

〔【小锣五击】梁母“上场门”上。梁红玉急将佩剑解下，交黛云放回“大边”桌上。

梁　母　（念）母女开妓院，为的是吃和穿。（扎）

「梁红玉、黛云出门迎接。

梁红玉　母亲！

梁　母　哟，宝贝耶！

黛　云　妈！

梁　母　哎，姑娘，姑娘！

「众人进门。梁母入“大座”。梁红玉归“大边”、黛云归“小边”，施礼。

梁红玉　参见母亲。

黛　云　母亲万福。

梁　母　罢了，罢了。嘿，我说孩子！

梁红玉　母亲。

梁　母　今儿个范大人和魏大人，午间设宴请客，传了官差啦。各娼妓都要前去陪酒。人家呀，都打扮好啦，唉，你怎么还不走哇？

梁红玉　啊，母亲。

梁　母　哎。

梁红玉　孩儿我今日身体有些个不爽啊！我不去也罢。要不妹妹她替我前去如何哇？

梁　母　你不去，那块咱们可惹不起人家呀！再一说，你不去，妈妈的银子打哪儿来呀？好姑娘，好姑娘，听妈的话，你呀，你、你走上一趟得啦，啊？

梁红玉　唉，谨遵母亲之命。

梁　母　好，好，好！黛云哪！

黛　云　啊。

梁　母　你呀，陪上你姐姐走上一趟，啊！

黛　云　是啦。

梁　母　天儿有点儿凉，你们带上衣裳。

黛　云　是啦！（转身向“上场门”走）

梁　母　（对黛云）拿衣裳去，拿衣裳去！（站起）

黛　云　是啦！（“上场门”下）

梁　母　（对梁红玉）想着，到了那块儿，少喝酒。

梁红玉　是。

梁　母　你们回来，妈妈我给你们做好吃的。

梁红玉　孩儿多谢母亲。您到后面休息去吧！

「黛云取衣裳“上场门”上。

梁　母　早点儿回来啊！

黛　云　是啦！

「梁母“下场门”暗下。

梁红玉　黛云，

黛　云　有。

梁红玉　前面带路。

黛　云　是啦。

〔西皮摇板〕

梁红玉 【小锣凤点头】（过门同前） 5 i̇ i̇ 3 3. 5 －（5 5 6 5 3 6

整容装去把那

（折左袖，两抖袖，提袖，上步）

5 5）6 5 6 3. 5 3（6） 5 － 6 7. 2̇ 6 6 －

官府而 往，

（示意黛云带路）

〔【小锣抽头】黛云出门“下场门”下。梁红玉出门至“大边”台口，折右袖，抖右袖，右转身面向前，提袖。

（过门同前）i̇ － － 3 6 5 5 6 6 －（6 5 3 5 6 －）

打 点 起假心情

i̇ － － 5 － － 3. 5 3 5 6. 7 6 5 0 6 － －

无 限 的悲 凉。

i̇ － 6 i̇ 6 － 5 5 4 5 5 4 5 5 4 － 0 5 －

6 － － i̇ － 6 i̇ － 6 0 5 4 0 5 6 － 6. 5 5 －‖

〔【小锣打下】梁红玉“下场门”下。闭二幕。

第三场

〔【冲头】台上空场。

〔魏良臣内白：“打道！”

〔唢呐吹奏曲牌<六幺令>前半段，四人役抬二个食笼从“小边”侧幕上，站门。紧接魏良臣举鞭上，打马行至台中，斜鞭勒缰。曲牌停。

魏良臣 老夫，【大锣一击】枢密使魏良臣。【大锣住头】（垂鞭）今有范宗伊游击将军在府中设宴，是老夫做了些山珍海味，叫他们大家尝试尝试。人役们！

众 有。

魏良臣 京口府衙去者！

〔唢呐吹奏曲牌<六幺令·合头>四人役、“大边”侧幕领下，魏良臣下。

第 四 场

〔【冲头】开二幕。

〔众歌姬内唱：

<赞寿歌>

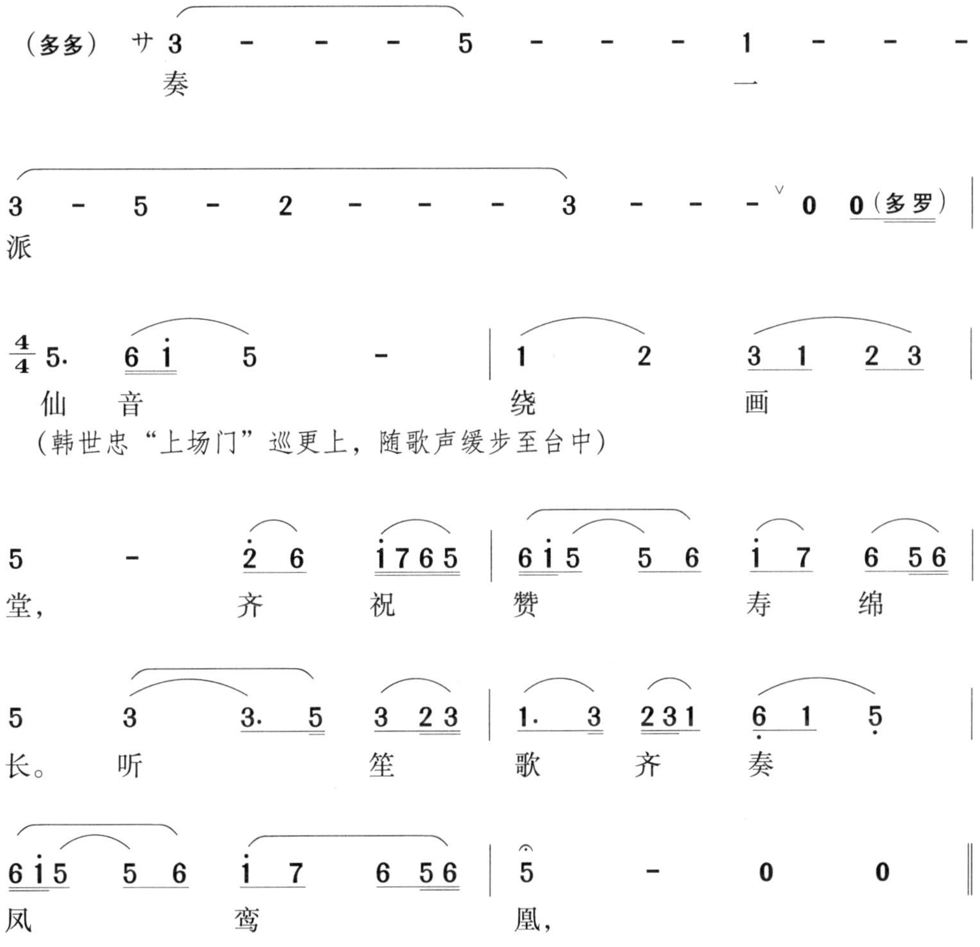

〔范宗伊内白：“唱得好哇！”

〔众官员内白：“哈哈哈哈……”

韩世忠 唉！【小锣一击】这三更夜半，他们还在此花天酒地。想那金兵入寇，山河破碎，他们不思报国，在此饮酒取乐，这些人真不知他们是什么心肠。唉！【小锣一击】（念）商女不知亡国恨，隔江犹唱后庭花。

〔众歌姬内接唱。

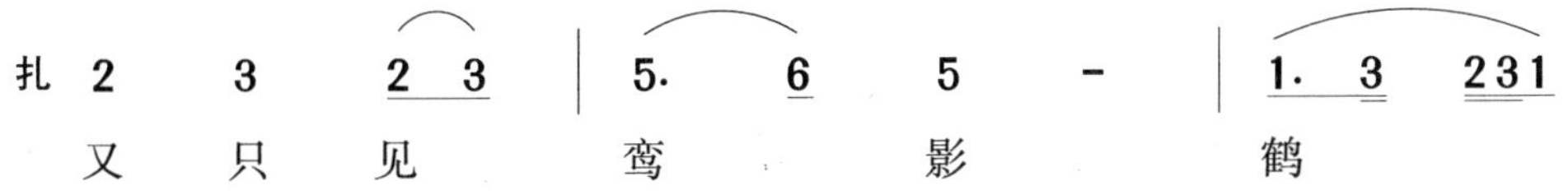

6̣ 1 5̣	6 1̇ 5 6	1̇ 7 656	5 - 0 0 ‖
舞	凤	鸾	凰。

〔众官员内白："唱得好哇！哈哈哈哈……"

〔梁红玉内白："众位姐妹，酒已够了我们大家散了吧！"

〔众歌姬内白："散了吧！"

〔梁红玉内白："黛云，搀我来！"

〔黛云内白："是。"

〔梁红玉内白："喔噜……"

〔韩世忠圆场，巡更。黛云搀梁红玉"下场门"上。

黛　云　姐姐，吃醉了吧？

梁红玉　哪个醉了，为姐的乃是装醉。

黛　云　噢！

〔赵大锣"上场门"上，与韩世忠相遇，梁红玉在"大边"后场听二人谈话。

赵大锣　唉，我说伙计，天到这么晚儿啦，你怎么还不交班呀？这是范大人的后花园，你上这儿干什么来了？

韩世忠　我在此愤恨他们。

赵大锣　你恨他们什么呀？

韩世忠　这深更夜半，他们还在此花天酒地，想那金兵入寇，山河变色，他们不思报国，在此饮酒取乐，怎不叫人愤恨。

〔梁红玉向黛云表示赞赏。

赵大锣　哎哟，我的老爷子，你怎么骂大街呀？叫这伙子人听见，你还活得了吗？

韩世忠　呵呵呵……【小锣一击】纵然被他们听见，我一死何惧？

梁红玉　（对黛云）讲得好哇，讲得好！

赵大锣　（同时）你不怕死，得，我没听见，我躲开你，躲开你！

〔赵大锣"上场门"下。韩世忠往"上场门"走。

梁红玉　唉！（唤韩世忠）这位壮士，你刚才说的话，我们俱已听得明白。你是个血性的男子，令人可敬，哎呀呀，令人可敬！（福拜）

韩世忠　哎呀呀，你们当妓女的，也晓得爱国么？

梁红玉　啊？【小锣一击】这是怎么话，当妓女的就无爱国的么？（嗔怪）你怎么说话，一概而论起来了，岂有此理！【小锣一击】

韩世忠　啊，姑娘，我把话说错了，把话说错了，姑娘多多地原谅，（赔礼）多多地原谅！

梁红玉　哪个来怪你呀！啊壮士，你可知道，国家安危，匹夫有责。如今那金兵猖狂，天下大乱，正是男儿出头之日。你怎么不前去投军报国，反而与人家巡起更来了？

韩世忠　唉！是俺父母双亡，家业凋零，虽然习就文韬武略，只是一贫如洗，意欲前去投军，怎奈……唉，惭愧！【小锣一击】

梁红玉　壮士之言，奴家我倒明白了。我与你虽然是素昧平生，唉，但是你的志愿，令人可敬！（对黛云低声）啊，黛云。

黛　云　姐姐。

梁红玉　我们刚才领来的那个银子呢？

黛　云　在这儿哪！

梁红玉　好哇，来来来，你取出来。

黛　云　哟，这不是给咱妈的吗？

梁红玉　你不要叫母亲知道。来来来，快快拿出来，快快拿出来。

黛　云　哎。

梁红玉　拿出来。黛云，回院内不要叫母亲知道。

黛　云　是啦。

梁红玉　（对韩世忠）啊，壮士，我这里有些个银两，你拿了去吧！**【冷锤】**

　　　　〔梁红玉将银子放在地上。

韩世忠　姑娘，你赠我的银两，叫我怎样用它？

梁红玉　这个银子么，我叫你投军杀敌之用！

韩世忠　哎呀呀，你可算得知我者，为了报国，赠我的银两，我绝不言谢。（拾起银子）

梁红玉　好的。

韩世忠　我去了。（转身欲走）

梁红玉　且慢！**【大锣一击】**但是奴家，未曾请教你的名字呢！

韩世忠　姑娘，俺名叫韩世忠。**【大锣一击】**

梁红玉　（赞美式）哦，韩世忠。

韩世忠　后会有期！

　　　　〔（**八大仓**）韩世忠抱拳，**【冲头】**转身向"上场门"下。（**大大　大大乙　台　大　大　台　大　台**）梁红玉上步望着韩世忠离去。

梁红玉　（转身，赞美状）果是一个血性的男子！

〔西皮流水〕

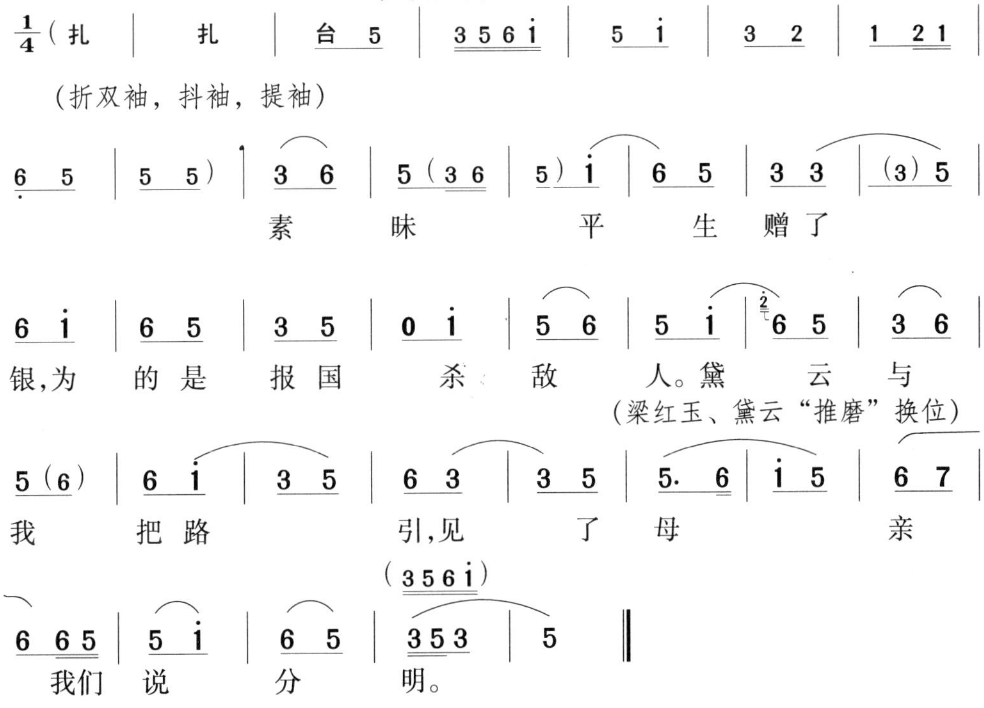

（梁红玉、黛云拱手，随节奏左右摆动）

「【小锣打下】梁红玉左转身，黛云右转身，二人碎步“上场门”跑下。闭二幕。

第 五 场

「【小锣五击】赵大锣、焦二“小边”侧幕上，至正场台口。

赵大锣 （念）为人别当差，

焦　二 （念）当差不自在。

赵大锣 我，本街的更户赵大锣。

焦　二 我，焦二。

赵大锣 哎，我说伙计。

焦　二 怎么着，伙计？

赵大锣 前些个日子，开店的王老好给咱们介绍个打更的，名叫韩世忠。刚一来的时候，倒是不错，又殷勤，又老实，这些日子也不知道怎么了，他不交班啦，人也不见了，把咱们打更的梆子、衣裳全都给拐带走啦！这可不成。

焦　二 这个呀，咱们找王老好去！

赵大锣 找开店的王老好去？

焦　二 对了。

赵大锣 走，走，走，找开店的王老好去！

「【小锣抽头】赵大锣、焦二圆场；开二幕；二人至“小边”台口。赵大锣抬头见已到王老好之店。

赵大锣 哎，到啦！

焦　二 瞧瞧去。

赵大锣 （朝“下场门”喊）王老好！

「王老好内白：“哎！”

赵大锣 王老好！

「【小锣五击】王老好“下场门”上。

王老好 啊，来了，来了！（出门，拱手）啊，二位，叫我何事呀？

赵大锣 哼！（对焦二）伙计，进去说！

焦　二 对。

王老好 好，好。进去讲话。

「【小锣五击】赵大锣、焦二进门，站“小边”，王老好随进，站“大边”。

王老好 二位到此为了何事呀？

赵大锣 我说，王老好，前些日子，你给我们介绍那个打更的，名叫韩世忠。

王老好 啊，不错。

赵大锣 刚一来的时候倒是不错，又殷勤，又老实。

王老好 哎哎。

赵大锣 这两天不知道是怎么了，由打前儿个起，他也不交班啦，人也不见面啦。

王老好 是的，是的。

赵大锣 连我们打更的梆子、衣裳全都拐带走啦，这可不成！

王老好 哎哎。
赵大锣 你是他的荐举人，你得赔偿我们的东西。
王老好 二位，二位！不要生气。
赵大锣 怎么着？
王老好 我有下情回禀。那韩世忠呐，
赵大锣 啊，
焦　二 怎么着？
王老好 他不打更了。
赵大锣 他不打更，他干什么去啦？
王老好 他投军去了。
赵大锣 啊，投军去了？
王老好 哎，投军去了。临行之时，将衣帽、梆儿，放在老汉这里，叫我把衣物送去。只因我这买卖兴隆得很呐，累得二位在此等候，在此等候。我与你们取来。（“下场门”下）
焦　二 哎，投军去嘞，怎么？
赵大锣 不管他干什么去，没有东西，让他赔。
焦　二 对。
赵大锣 看有咱们东西没有，等着吧！
焦　二 对，等着！
［**【小锣三击】**王老好捧衣物“下场门”上。
焦　二 拿来了，拿来了。
王老好 啊，二位，这是衣帽、梆儿。
赵大锣 拿来，拿来。
王老好 烦劳二位带了回去。
赵大锣 哎，伙计。（招呼焦二欲走）
王老好 慢着走，慢着走！
赵大锣 怎么着？
王老好 还有一件小事情。
赵大锣 什么事儿呀？
王老好 一件小事情。二位在此等候，在此等候。（边说边往“下场门”下）
赵大锣 （把衣物交给焦二）你先拿着，咱们在屋里等着。
焦　二 光这衣裳帽子，还有什么没有？
赵大锣 就这些，没什么啦。咱们等他一会儿。
［**【小锣一锣闷击】**王老好抱酒坛“下场门”上，至正场台口放在地上。闭二幕。
王老好 来，来，来！
赵大锣 怎么着？（台）
王老好 你们看，韩世忠走后，买了一坛子酒，请你们二位吃酒的呀？
赵大锣 怎么着，这是给我们哥俩儿买的吗？
王老好 请你们吃酒的。
赵大锣 好啦。好啦。伙计！（抱起酒坛）

焦　二　哎。

赵大锣　走啦，走啦！咱们喝酒去。（对王老好）回见啊！

王老好　（拱手）

焦　二　喝酒去！

赵大锣　回见，回见！

〔**【冲头】**赵大锣、焦二出门“小边”侧幕下；王老好“大边”侧幕下。

第　六　场

〔**【小锣五击】**开二幕。场上置“正场桌”大座；两边置“斜场桌”、“里座”。紫色桌围椅披。范宗伊坐“正场桌”大座、魏良臣坐“大边斜桌里座”、卢永新坐“小边斜桌里座”。梁红玉侍立正场桌左侧；家院侍立正场桌右侧。

〔众歌姬内唱。

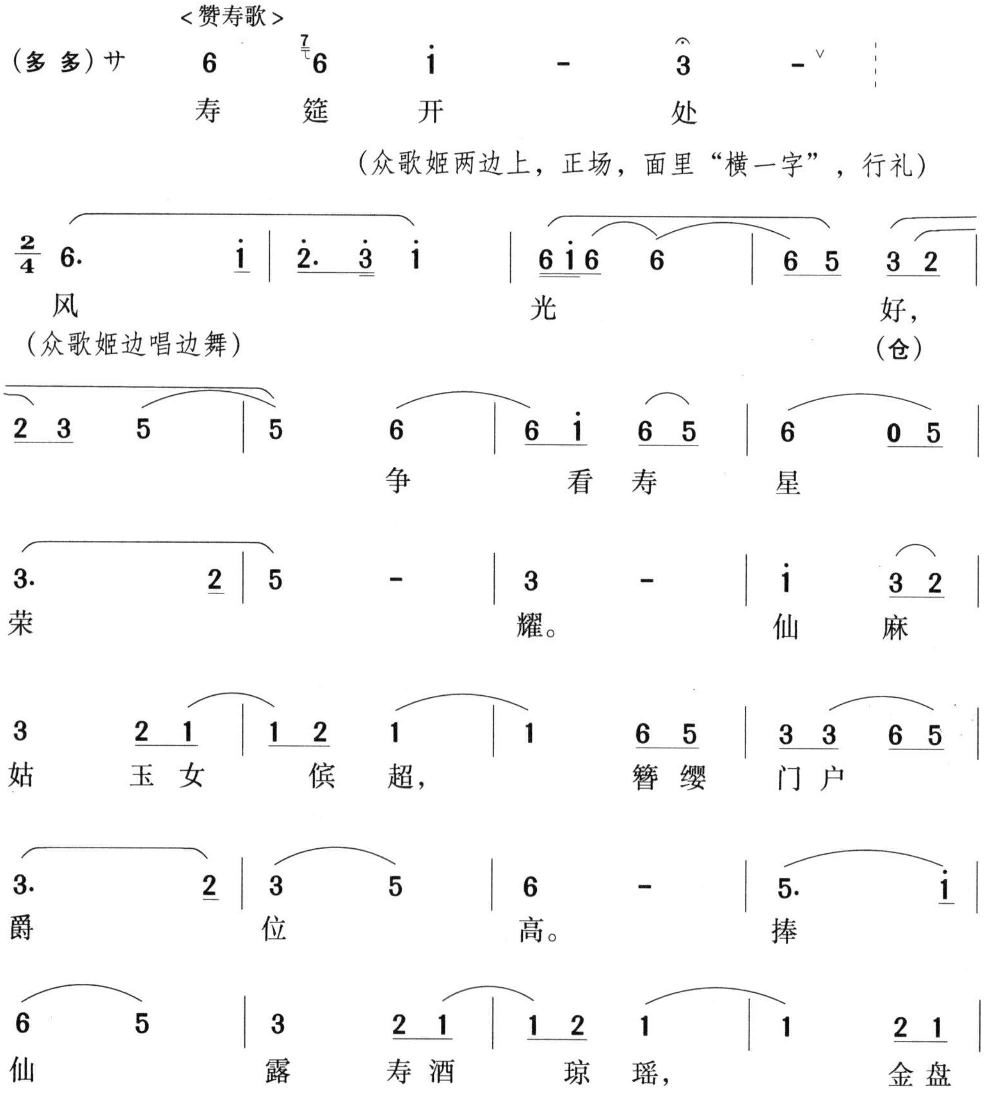

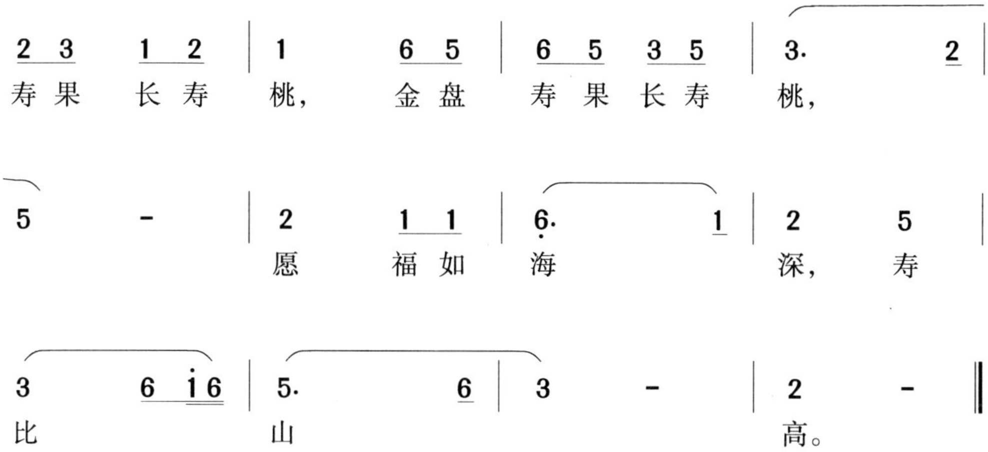

（面向里站成“横一字”，行礼）

范宗伊 今日多谢二位大人到此开怀畅饮，又有众歌姬们陪伴，真乃天下无比，真真的快乐呀，哈哈哈……

卢永新 真真的快乐呀，哈哈哈……

魏良臣 有酒有美人，天下万事足。

范宗伊
卢永新 着，有酒有美人，天下万事足。

范宗伊
魏良臣 啊哈哈哈…… **【小锣一击】**
卢永新

范宗伊 歌姬们！

众歌姬 有。

范宗伊 你们歌舞上来，歌舞上来！

众歌姬 遵命。（随乐曲舞蹈）

（乐队奏<舞曲>）

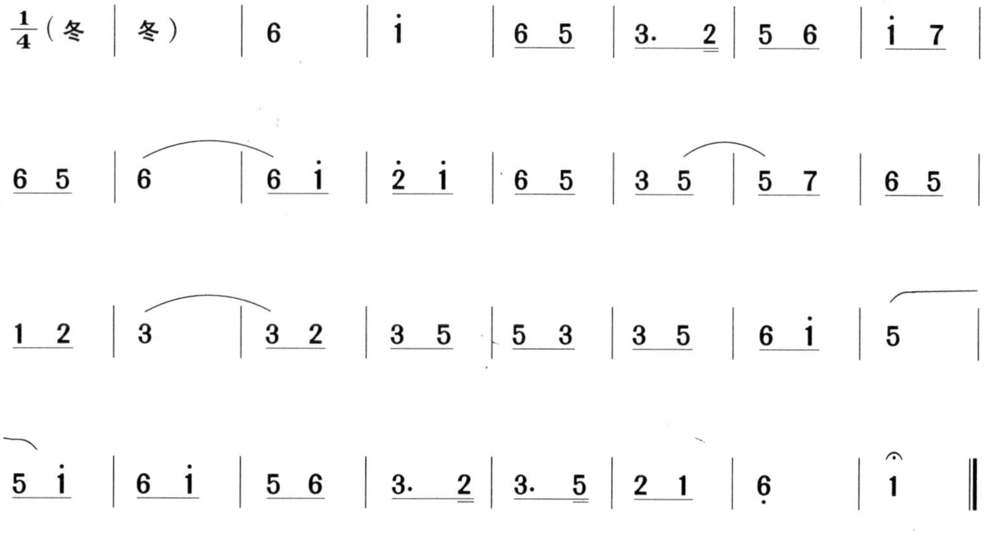

〔【传点锣三击】家院出门，向“上场门”。

家　院　何人传点？

〔中军内白：“中军传点，有紧急事报。”

家　院　候着。

〔中军内白：“是。”

〔家院转身进门，站“大边”。禀报。

家　院　启禀大人：中军传点，有紧急事报。

范宗伊　叫他进内回话。

家　院　是。（出门）中军进内回话。（进门，站正场桌下首）

〔中军内白：“来也！”

〔【大锣五击】中军“上场门”上，站“小边”台口。

中　军　（念）忙将投军事，报与大人知。

〔【冲头】中军进门，站“小边”，施礼。

中　军　启禀大人：外面来了几个投军之人，见过朝廷招募揭示，投军报国，要见大人试考。

魏良臣　咦唉！【大锣一击】这是什么时候，我们大家在此处饮酒取乐，他们这些个人还投的什么军，报的什么国！

范宗伊　这都是李纲、宗泽两个老儿招募新兵弄成这个麻烦。中军。

中　军　在。

范宗伊　轰了出去，赶了出去！

中　军　得令！（出门，“上场门”下）

范宗伊　歌姬们！

众歌姬　有。

范宗伊　歌舞上来！

魏良臣
卢永新　歌舞上来，歌舞上来！

范宗伊　哎，红玉，斟酒上来！

〔梁红玉给范宗伊、魏良臣斟酒。众歌姬歌舞。

众歌姬

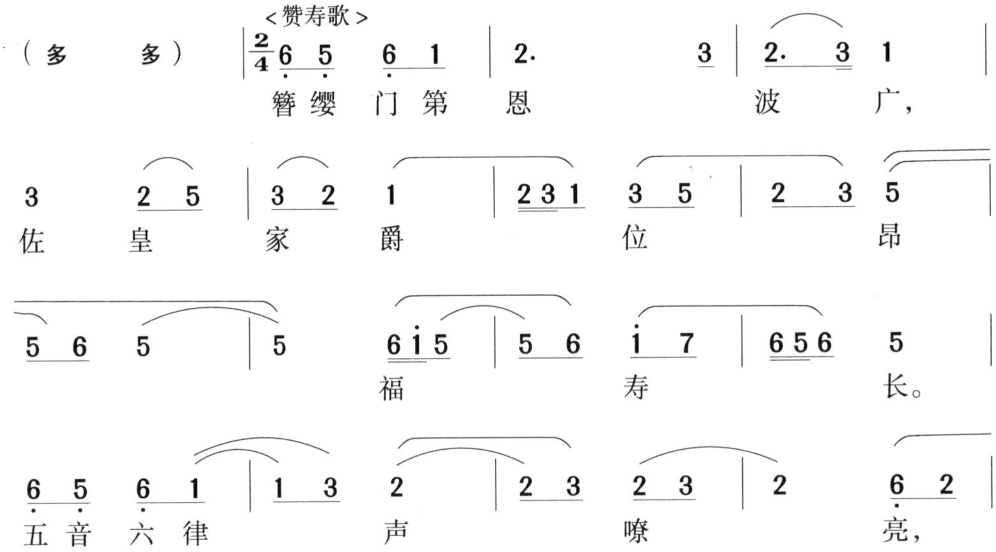

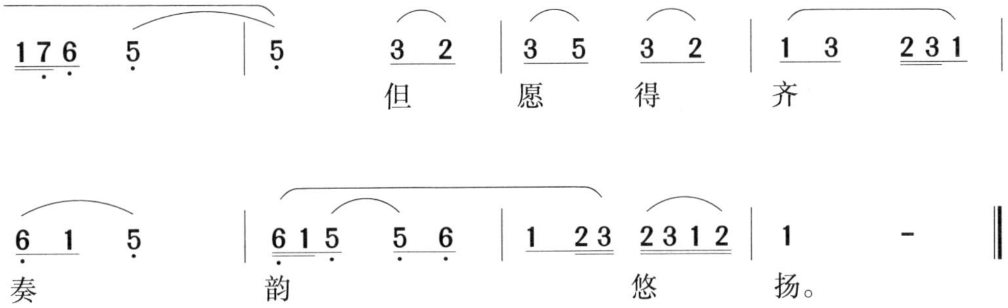

〔中军“上场门”报上，进门，打断歌舞。众歌姬分站“八字桌”两侧。

中　军　报——（仓）（站“小边”）

范宗伊　禀报什么？

中　军　哪些投军之人言道：大人再不能接见，他们就要闯进来了！

范宗伊　嘿！（仓）真真地麻烦。中军。

中　军　在。

范宗伊　轰了出去！（八大仓）

魏良臣
卢永新　轰了出去！

〔【冲头】中军出门，向“上场门”走，遇韩世忠、施全、谢元“上场门”上，闯进厅堂。施全、中军站“大边”；韩世忠、谢元站“小边”。

中　军　他们闯进来了！

韩世忠
施　全
谢　元　小人等参见大人。

范宗伊　呀嘟——！（仓）你们这些人是做什么的？

韩世忠
施　全
谢　元　小人等乃是投军的。

韩世忠　我们三番两次要见大人，这个中军，他不与我们通报。故而，小人等恳请面见列位大人，前来投军（八大仓）报国！（嘟~~~~八 大 仓）

〔引起梁红玉注意。

范宗伊　呜呼呼呀！【大锣五击】（离座）你们是投军报国的？

韩世忠
施　全
谢　元　正是。

范宗伊　令人可敬，令人可佩！啊，二位大人！

魏良臣
卢永新　大人！

范宗伊　他们是投军报国的。

魏良臣
卢永新　哦！

范宗伊 （对魏良臣）令人可敬！

魏良臣 令人可敬！

范宗伊 （对卢永新）令人可佩！

卢永新 令人可佩！

范宗伊 嗯，待老夫成全你们。中军！

中　军 在。

范宗伊 领他们下面演习弓马。

中　军 得令！随我来！

〔**【冲头】**中军领韩世忠、施全、谢元出门，“上场门”下。范宗伊归座。**【三通鼓】**幕内连喊三声：“好箭！”同时范宗伊、魏良臣、卢永新随喊声折袖，做观望状。

〔中军内白：“随我来！”

〔**【长尖】**中军领韩世忠　施全、谢元“上场门”上，“挖门”，归原位。

中　军 启禀大人：投军之人，一马三箭，三马九箭，箭射红环。内有韩世忠，箭发同心。请大人定夺。

范宗伊 你等各自报名上来！

韩世忠 小人韩世忠。

施　全 小人施全。

谢　元 小人谢元。

范宗伊 （对韩世忠）你叫韩世忠？

韩世忠 正是。

范宗伊 你的箭法很好。不知你马上武艺如何？

韩世忠 小人幼习弓马，马上三十六路，四十二进招，样样精通。

魏良臣 啊大人！

范宗伊 大人！

魏良臣 倒不如叫韩世忠在酒席筵前，比武斗剑，我等也好换换口味呀！

范宗伊 哎，是呀！韩世忠。

韩世忠 大人！

范宗伊 你等在酒席筵前，比武斗剑，我等也好换换口味呀！

韩世忠 这个……

〔**【崩登仓】**韩世忠、施全、谢全摊双掌。韩世忠归正场，与施全、谢元成“横一字”。面向范宗伊。

韩世忠
施　全 **【叫头】**大人！（三人转身面向前）
谢　元

韩世忠 我等前来投军为的是抗击金兵，（仓）收复失地，（仓）叫我们冲锋打仗，杀灭金人，纵然战死沙场，（仓）也是甘心情愿。若要我等在营前比武，你等坐在上面饮酒，

韩世忠
施　元 我等是不能从命！（仓）
谢　元

范宗伊　呀呀呸！（仓）胆大韩世忠，竟敢在本大人台前，这样胡说八道哇！
魏良臣　呀呀呸！（仓）我把你们这些胡来的东西！

范宗伊
魏良臣　真真地不知好歹呀！（八大仓）
卢永新

韩世忠
施　全　【大锣叫头】住口！
谢　元

韩世忠　自古国家兴亡匹夫有责，值此金兵猖狂，天下大乱。你们这一伙贪恋酒色的官员，不知为国为民，每日花天酒地，醉生梦死。我等前来投军，一来报国，二来收复失地，归还国土。你反说，我等不知好歹。我看你们这群祸国殃民之辈，

韩世忠
施　全　是全无心肝！（八 0 仓）
谢　元

魏良臣　呀呀嘟！（仓）大胆韩世忠，竟敢辱骂国家大臣。来！
中　军　有。

范宗伊
魏良臣　推出斩！
卢永新

梁红玉　且慢！（嘟……）且慢！（仓）列位大人，我看他分明是一个癫狂之人。那日在街上，我等看他与老百姓讲话就是这样疯疯癫癫的。今日众位大人高高兴兴地在此饮酒，乃是一个乐场。若是将他们杀了，岂不是刑场了！望求列位大人，看在我们姐妹的份儿上，（招手请众歌姬一起求情）
众歌姬　（成“横一字”面里跪）将他们赦免了！

范宗伊
魏良臣　起来，起来！（众人归原位）
卢永新

范宗伊　别人讲情，我是不准的。红玉姑娘讲情——魏大人！
魏良臣　大人。
范宗伊　（谄媚地）我看准下了吧！
魏良臣　那就看在红玉的份儿上啊！
梁红玉　多谢大人！

范宗伊
魏良臣　那就乱棍棒打，与我轰了出去！
卢永新

中　军　走！
〔【急急风】中军赶韩世忠、施全、谢元“上场门”下。
范宗伊　嘿！（仓）今日的热闹被他们给搅了！

卢永新 给搅了哇！吩咐重新歌舞，我们来一个通宵的快乐呀！
魏良臣 通宵的快乐！
范宗伊 通宵的快乐？
魏良臣 通宵的快乐！
范宗伊 歌姬们！
众歌姬 有。
范宗伊 你们重新歌舞上来！
「中军内白：“报！”
「（**嘟 崩 登 仓**）中军“上场门”急上，进门，止住众歌姬，正场跪报。
范宗伊 又报什么？
中　军 禀报大人：王渊、王老元帅，从京城带兵而来，请众位大人速速前去议论军情。（**仓**）
范宗伊 （离座）歌姬们！
梁红玉
众歌姬 有。
范宗伊 你等暂且回去，明日还在此歌舞。回去吧，回去吧！
「**【冲头】**众歌姬、梁红玉“下场门”下。魏良臣、卢永新离座。
范宗伊 二位大人！
魏良臣
卢永新 大人！
范宗伊 王渊老儿来了，实实地呀，哎呀，糟了，糟了！
魏良臣 一定是皇上又听了李纲的言语，要这老儿带兵杀敌，且自由他。
范宗伊 且自由他。
卢永新 哎呀呀，不好哇，不好！
范宗伊 怎么？
卢永新 这个老儿古怪得很，还是前去应付应付吧！
范宗伊 应付应付。
卢永新 应付应付。
范宗伊 （对魏）只好如此。
魏良臣 只好如此。
范宗伊
魏良臣 来，带马！
卢永新
家　院 带马！（“上场门”暗下）
「**【一锤锣】**四蓝龙套分上，带马。闭二幕。范宗伊、魏良臣、卢永新上马。四蓝龙套“插门”，“大边”侧幕领下。

第　七　场

「**【冲头】【撤锣】**开二幕。**【小锣单点】**三歌姬、黛云、梁红玉“上场门”上，互相道别，韩世忠随上，站“大边”。三歌姬“下场门”下。黛云、梁红玉往“下场门”走。

韩世忠 姑娘请转。【小锣一击】

梁红玉 哎呀！韩壮士呀，你方才受惊了吧？

韩世忠 唉！蒙你赠银，前来投军，不想投在这祸国殃民之辈。适才不是姑娘搭救，我命休矣！有此救命之恩，故而在此等候相谢。（拱手）

梁红玉 （福拜还礼）哎呀呀，不敢当啊，不敢当！

韩世忠 那日赠银未曾领教二位姑娘家世。我韩世忠日后若得寸进，必当厚报。

梁红玉 韩壮士，你也特谦了哇！奴名梁红玉。自从先父去世，我母亲在此开了一座妓院。我虽然做这卖笑的生涯，但是，我守身如玉，是一个清白的女子。敢问韩壮士的家世？

韩世忠 小可韩世忠，乃陕西延安府人氏。不幸父母双亡，一贫如洗。我韩氏门中，只剩小可一人了！【小锣一击】

梁红玉 怎么？只剩你一人？

韩世忠 正是。

黛　云 （前来拉梁红玉回家）姐姐，天儿不早啦，咱们该回去了，走吧！

梁红玉 妹妹，我在这里谈话，你不要打搅哇！（黛云不情愿等候）你不要打搅哇，去！

〔黛云无奈地在“大边”等候。

梁红玉 （背供）哎呀且住！我看他虽然落魄，将来决非池中之物，想我红玉的终身么……嗯，我自有道理。（台）（转向韩世忠）啊韩壮士，你今年贵庚几何了？

韩世忠 小可今年二十五岁。（台）

梁红玉 你二十五岁？

韩世忠 二十五岁了！

梁红玉 嗯，你二十五岁……你可曾……（欲言又止，小声地）嗯，二十五岁，你可曾……（鼓足勇气）你可曾订婚否？（抬右袖遮面）

〔黛云将梁红玉拉过来，羞她。

韩世忠 落魄风尘之人，一事无成，不曾订婚。（台）

梁红玉 哦，怎么？你不曾订婚？

韩世忠 不曾订婚。

梁红玉 哎哟，二十五岁，不曾订婚……（转身对黛云）啊妹妹。

黛　云 姐姐。

梁红玉 原来他，他还未曾订婚呢！（羞）

黛　云 （故意地）您问人家这个干什么呀！

梁红玉 哎呀，死丫头！（用手戳黛云的头）你哪里知道！

〔黛云指点着梁红玉，善意地表示，你真不害羞。二人相视一笑。梁红玉转身向韩世忠。

梁红玉 啊，韩壮士！奴家有几句言语，只是么……我不好意思言讲噢！（抬右手遮面，羞）

韩世忠 姑娘有话请讲！

梁红玉 想我梁红玉今年二十三岁了。

韩世忠 姑娘今年二十三岁了？

梁红玉 二十三岁了。（背供，给自己鼓劲）哎，赶紧说！（转向韩世忠）奴家我的婚姻之事么……是由我自己做主的！（韩世忠点头）不是英雄不嫁。我看韩壮士是一派英雄气概，抱负不凡，奴家有意将我的……

韩世忠 啊，将你的什么？

梁红玉 （难以出口）这……这……

［黛云拉住梁红玉怂恿她大胆表白。

梁红玉 （吞吞吐吐地）奴家有意……将我的终身……许配于你。

［梁红玉羞得急忙转过身去，右手遮面。黛云使劲地腂她。梁红玉推开黛云。

韩世忠 哎，这，这，这……俺韩世忠幸蒙小姐怜爱，只是如此落魄风尘之人，有误小姐终身。

梁红玉 想我们，同是天涯沦落人，相逢各有爱慕心。

韩世忠 承蒙小姐怜爱，是我风尘知己！

［韩世忠躬身作揖，深情相拜；梁红玉含情脉脉相扶。

梁红玉 快快回去，拜见家母。

韩世忠 是。

梁红玉 黛云。

黛　云 有。

梁红玉 前面带路。

黛　云 是啦！

梁红玉 前面带路。

黛　云 是啦——

梁红玉 前面带——路——

［（扎扎台）梁红玉面向韩世忠左手抓袖，右手“山膀”；韩世忠左手抄大带，右手“山膀”；黛云两手抓袖，左手插腰，右手抱腹；三人同时亮相。

〔西皮流水〕

梁红玉 1/4（1̇ | 6 | 0 65 | 31̇65 | 3560 | 0 65 | 3 06 | 5 1̇ |

（按节奏，梁红玉、黛云原地碎步踏步；韩世忠原地跨抬双脚，右手反复拉“山

3. 2 | 1321 | 6123 | 1 0） | 3 | 1̇ | 3 | 0 1̇ |

好 姻 缘 本

膀”；梁红玉向韩世忠招手，转身，二人随黛云圆场）

6 5 | 3 3 | 3 5 | 6 5 | 6 6 | 6 6 | 6 6 | 0 1̇ |

是那 前生 定，那 月老 一线 一线 早

5 6 | 5 | 0 1̇ | 1̇05 | 1̇ | 5. 5 | 3. 5 | 3 5 |

穿 成。奴 家 终 身我 有 了

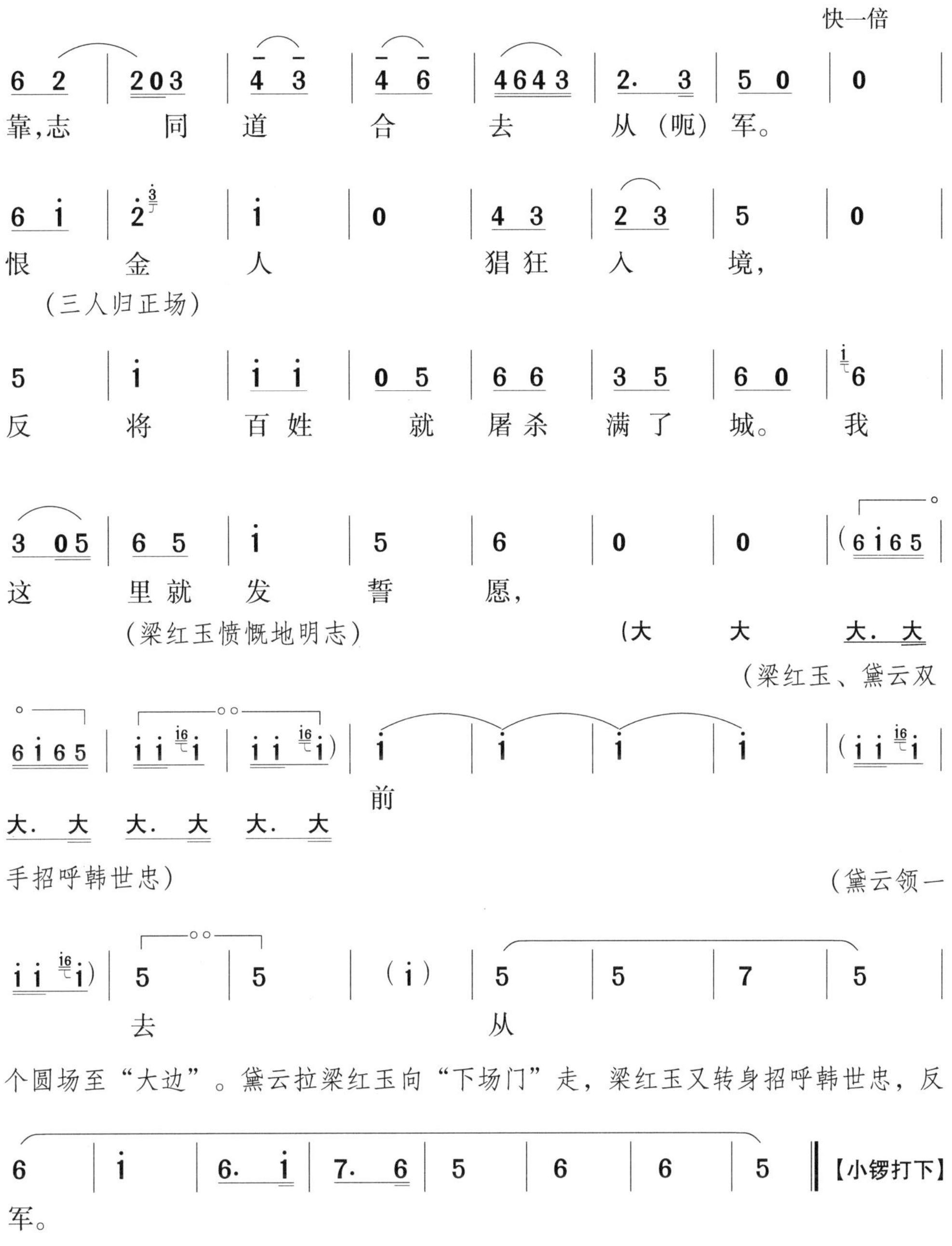

复三次。黛云“下场门”急下）（梁红玉又转身招呼韩世忠,二人“下场门”急下）

〔【冲头】闭二幕。

第 八 场

〔唢呐吹奏曲牌＜小傍妆台＞。开二幕。场上置正场桌，“大座”。红色绣金团花桌围椅披。桌上放文房四宝、惊堂木。

〔四红龙套（持荷包枪）、中军“上场门”上，进门，归“正场里八字”；魏良臣、卢永新、范宗伊“上场门”上，进门，范宗伊、魏良臣站“大边”，卢永新站“小边”。

〔王渊“上场门”上，进门，右转身，面向前，两抖袖，提袖，右转身，归“大座”，曲牌止，范宗伊、魏良臣、卢永新面里“横一字”。

范宗伊 京口御史范宗伊，

魏良臣 枢密史魏良臣，

卢永新 京口府尹卢永新，

范宗伊
魏良臣 叩见大人。
卢永新

王　渊 免。

范宗伊
魏良臣 谢大人。【归位】
卢永新

王　渊 列位大人！

范宗伊
魏良臣 大人！
卢永新

王　渊 老夫今奉圣命，领兵出京，行至此处，也曾请列位大人议论军情，你等半日未到。老夫一路而来，闻听你等，每日花天酒地，不理民情。国家多难，不思报国。【住头】范宗伊！

范宗伊 在。

王　渊 此地招募了多少兵马？取花名册前来。

范宗伊 哎，这……（仓）启禀大人，此地的百姓甚是刁滑，这数日以来只招了些年老的和年小的娃娃。

王　渊 嘟！

〔【大锣五击】范宗伊、魏良臣、卢永新面里“横一字”跪。

王　渊 大胆的范宗伊，你为身朝廷命官，不思报国，尔该当何罪？（拍惊堂木）讲！

范宗伊 卑职该死，卑职该死！（八大仓）

王　渊 （嘟……）（冷笑）呵，呵，呵呵呵呵……（八大．仓）暂不治罪，且观后效。

范宗伊
魏良臣 谢大人。
卢永新

〔【大锣五击】范宗伊、魏良臣、卢永新起来，转身出门。

王　渊 回来！（仓）

〔范宗伊、魏良臣、卢永新转身面里又跪下。

王　渊 尔等赶快办理军务，到时老夫还要商议军情大事。（拍惊堂木）掩门！（仓）

〔【冲头】四红龙套分下，中军引王渊“下场门”下。范宗伊、魏良臣、卢永新站起，出门，挥汗。

范宗伊
魏良臣 哎呀，天哪！

卢永新 二位大人！

范宗伊
魏良臣 哎！

卢永新 你我还到梁红玉那里饮酒去吧？

范宗伊
魏良臣 （拂袖）嘿！

〔【冲头】范宗伊、魏良臣、卢永新“下场门”下。闭二幕。

第 九 场

〔【冲头】切住。

〔韩世忠内白：“走！”【快长锤】韩世忠“小边”侧幕上，左手按剑，右手“山膀”，亮住。至“小边”台口。

〔西皮摇板〕

韩世忠 （过门同前）3 3 2 1 2 2 - 3 3 1 2 -

杀 敌 若 能 遂 民 情，

〔【闪锤】韩世忠走至正场台口。

韩世忠 （过门同前）6 2 1 2 3 2 3 2 3 2 1 - ‖【住头】

只 望 功 成 心 急 人。

韩世忠。【大锣一击】多蒙娘子母女不弃，招我为婿。我想大丈夫岂能贪恋闺阃。多蒙娘子赠我宝剑，岳母赠俺银两，使我立志二次投军。闻听王渊老元帅招募兵士，前去报效便了！

〔西皮摇板〕

【闪锤】（过门同前）3 2 2 1 1 2 - 2 1 3 1 2 -

此 行 若 能 把 军 投，

〔【快长锤】走向“大边”侧幕，至“大边”台口右转身，上步。

韩世忠 （过门同前）1 2 1 ^{3}2 - 3 2 3 2 1 - ‖ （仓）

寒 剑 也 好 杀 贼 寇。

〔【一锤锣】韩世忠左转身，“大边”侧幕下。

第 十 场

〔【冲头】开二幕。场面上置正场桌，“大座”。明黄绣龙桌围椅披。

〔唢呐吹奏曲牌<水龙吟>。四番兵、四番将“上场门”上，站门。曲牌止。

〔**【四击头】【大锣原场】**金兀术“上场门”上，至“九龙口”整冠、抖袖、提袖、端带，至正场台口**【归位】**抖左袖，右手拉左袖口，左水袖上翻折起，遮面。唢呐吹奏<点绛唇>。**【冲头】**唢呐吹奏曲牌<水龙吟·合头>双手掏翎子，**【撕边一击】**一望，**【撕边一击】**两望，**【崩登仓】**放翎子，抓左袖，右转身，亮背相。**【大锣连击】**归“大座”。四番兵、四番将归“里八字”。曲牌止。**【归位】**

金兀术　（诗）雄心吞四海，
岁岁犯中原。（台．大　台）
领兵亲自战，
灭宋坐金銮。**【归位】**

孤，（仓）大金邦四太子、昌平王、御讳完颜宗弼、皇号兀术。**【住头】**自孤兴兵以来，攻无不取，战无不胜。唯有岳飞，十分厉害。孤与他牛头山一战，杀得孤家损兵折将。回国整顿人马，准备大军南下。这黄河两岸，均被孤家执掌。闻得王渊老儿，带兵前来，征剿我军，也不知何人为将?也曾命小番们前去打探，未见回报。

〔探子内白：“报！”**【冲头】**探子持“报”字旗骑马“上场门”上。一望，“小边”下马。

探　子　报！（仓）探子告进！**【冲头】**（挖门）狼主在上，探子叩头！

〔（八大　大　仓）探子在正场台口向里“崩子”跪。

金兀术　打探哪路军情?起来与孤讲！

探　子　狼主容禀哪！

〔唢呐吹奏曲牌<急三枪>，探子做说明情况的身段。曲牌止。

金兀术　那韩世忠他是何人？王渊老儿如何启用?

探　子　狼主听了！

〔唢呐吹奏曲牌<急三枪>，探子做说明情况的身段。曲牌止。

金兀术　赏你羊羔美酒，后帐吃饮。去吧！

探　子　是。

〔（八大　大　仓）探子亮相。**【冲头】**探子“下场门”下。

金兀术　嘿！（仓）无名之辈，何足道哉？小番们！

众　有！

金兀术　吩咐校场听点。

众　啊！

〔唢呐吹奏曲牌<急三枪>，金兀术离座，发令，曲牌止。**【大锣原场】**四番兵、四番将扯下场门台口“斜胡同”。金兀术左转身，倒脱靴“下场门”下。闭二幕。

第十一场

〔**【冲头】【撤锣】**开二幕。场上置正场桌，“小座”。素色团花桌围椅披。

〔**【小锣抽头】**梁红玉扶袖“上场门”上，至“九龙口”折右袖，抖右袖，提袖。

梁 红 玉

梁红玉 〔西皮摇板〕（过门同前）

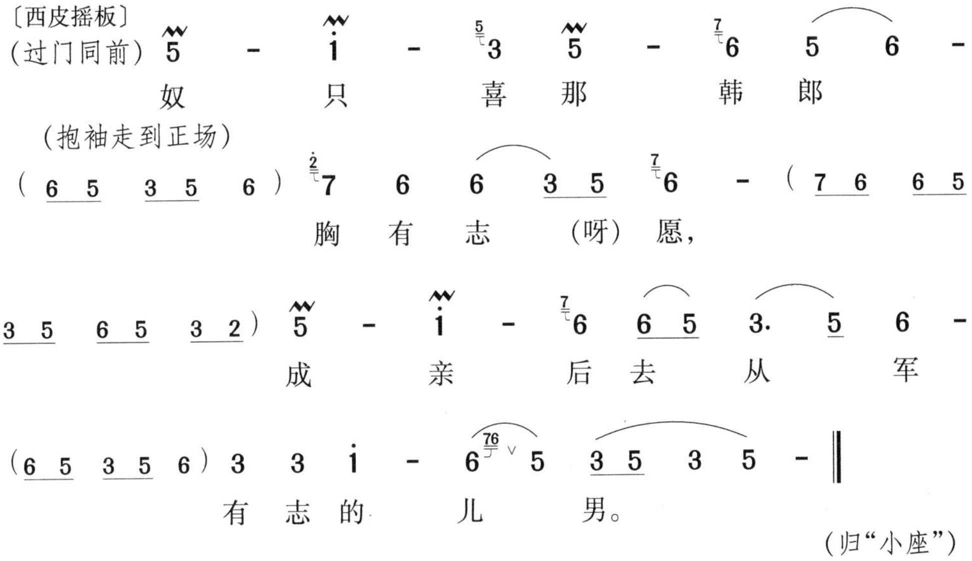

〔黛云内白：“不好喽！不好喽！”【小锣打上】黛云“上场门”急上，进门，至“小边”。

黛　云　不好喽！姐姐，可不好喽，可不好喽！

梁红玉　啊？妹妹，何事这样大惊小怪的？

黛　云　今有范宗伊打发一个师爷来，说他们大人也升官了，也发财啦，要拿二千两银子娶您做妾哪！（台）

梁红玉　啊，有这等事?母亲对他们讲些什么？

黛　云　妈可就跟他说啦，说您乃是有夫之妇，不能够给人家做妾啦。

梁红玉　可也是呀！

黛　云　这小子是蛮横不说理，把桌子就这么一拍，可就跟妈吵起来啦。

梁红玉　怎么，有这等事？（黛云点头）待为姐的亲自见他去。

〔梁母与师爷边吵边从“上场门”上。

梁　母　（内）大爷，我女儿已经有了人家儿啦，不能再给人家做妾啦！

师　爷　（边吵边上）什么有了人家，不管她有了人家，无有人家，赶快出来与大人做妾还则罢了，如若不然，你们的活命难保！

梁　母　什么活命难保，不让我活，我和你拚了！

〔梁红玉将梁母劝进房内，黛云、梁红玉搀扶梁母坐下。

师　爷　（跟着进门）好了，好了！我不跟你讲话，我跟你姑娘讲话，岂有此理！（气呼呼地站在“大边”）

梁红玉　母亲，是怎等样事？

梁　母　姑娘，你不知道，范宗伊呐，派了这位师爷来，说他们大人升官发财啦，要拿二千两银子娶你给他做妾。这不活活气死人吗，我的姑娘！

梁红玉　母亲，不要生气，女儿我自有道理。

梁　母　你可不能答应他们啊！

梁红玉　我晓得。

梁　母　唉！

「黛云为梁母抚胸。梁红玉走至“小边”。

梁红玉 啊，这位师爷，想我梁红玉，今日是一个有夫之妇了。（梁母站起听）况且，我们妓院的买卖已然不做了，就请你回去告诉范大人，叫他另娶别家的姐妹吧！（黛云点头）

梁　母 对啦，我们是安善良民啦！

师　爷 （跳着说）呀呸！

梁　母 怎么了你！

师　爷 （气急败坏地）你这个老鸨子乃是开妓院的，养着这两个姑娘，也配说是良家妇女？

「梁红玉欲与师爷争论，黛云将她拉住，梁母也在梁红玉身旁保护。

师　爷 眼下给大人做妾，乃是你们的福分造化。如若不然，你们大祸临身。

梁　母 什么，大祸临身？我把你们这群子可恶的官僚，老太太的主意定啦，不答应，你把老太太怎么样吧！我跟你拚了，我。（梁红玉拉着梁母劝慰）

师　爷 好啦，好啦，你不怕？哎来人，把他们与我带了！

梁红玉 带到哪里去?这位师爷，你不要仗势欺人！你请了过来。

师　爷 嗯！

梁红玉 就请你回去，告知那个范大人，容我们三天，我母女商量商量。我一定进府与他做妾，也就是了！

梁　母 啊，姑娘，那可使不得。

师　爷 哈哈哈……姑娘，你说这话，总算是个识时务的。我们算上一算。

梁红玉 好，好，算上一算。

师　爷 今日?

梁红玉 算一天。

师　爷 明朝?

梁红玉 二日。

师　爷 后天呢?

梁红玉 你们拿花轿来搭我。

「梁母、黛云不解，焦急。

师　爷 姑娘，说话要言而有信哪！

梁红玉 （不屑一顾）哼！岂肯失信于你们。

师　爷 嘿，好了，好了！我要告辞了！哈哈哈……

「梁红玉至“小边”与黛云一起，梁母移至台中。

师　爷 （与梁母搭讪）啊哈哈哈……老妈妈，不要生气，后天我们再见。

梁　母 你给我滚吧！（踹师爷一脚）

师　爷 啊哈哈哈……

「(台)师爷“下场门”下。梁母归“小座”。梁红玉出门见师爷已走，复又进门。

梁红玉 啊母亲，他去了！

梁　母 嘿，你怎么答应他们三天过来抬人哪?这事情可办不到哇！

梁红玉 啊，母亲。

梁　母 哎。

梁红玉 你老人家上了几岁年纪了，敢莫是糊涂了么?

梁　母　哟！妈妈我怎么会糊涂哇！

梁红玉　想那范宗伊，势力浩大，我们是惹他不起呀！

梁　母　是呀！

梁红玉　因而我将他支走，乃是一个稳中之计。

梁　母　哟，什么是稳中之计呀，你说说，妈妈我听听。

梁红玉　等到今晚三更时分，你我母女三人，把这房中的细软之物，收拾收拾，我们准备连夜逃出了城去，去往他乡避祸。那韩郎若有消息，我们再去寻他。母亲，这就叫稳中之计。

梁　母　嘿，这主意还真好。这会儿没人，咱们赶快收拾收拾吧！

〔梁红玉、黛云搀扶梁母坐下。歌姬甲、歌姬乙“上场门”边走边说上。

二歌姬　快走，快走！（进门）梁家姐姐，您大喜啦，您大喜啦！

梁　母　哎，我说二位姑娘，你姐姐没答应给范宗伊做妾，你们姐儿俩不用道喜，不用道喜。

梁红玉　是呀，二位妹妹，为姐的宁可一死，决不能嫁那个姓范的。

梁　母　对啦，你姐姐宁可一死，也不能嫁那个姓范的。（顿足，崴脚）哎哟！

〔梁红玉忙扶住梁母。

歌姬甲　哎，她们说的这是什么呀?乱七八糟的。

歌姬乙　我也不知道哇！

歌姬甲　红玉姐姐，您说的这是什么话呀，我们俩人怎么不明白呀?

梁　母　哟，你们俩人给你姐姐道的是什么喜呀?

梁红玉　是呀，你们给我道的是什么喜呀?

歌姬甲　唉！您不知道，您到这儿来，我告诉您说呀！

梁红玉　什么?

歌姬甲　只因我们院里头老周从两狼关回来，他说有位韩将军托他带来一封信。我问他，是哪个韩将军?

梁红玉　是呀，是哪一个?

〔梁母、黛云也参差着问。

歌姬甲　他说是韩世忠给我红玉姐姐的一封信。

梁红玉　啊，怎么?（喜形于色）那韩郎他，他……有书信前来了?

歌姬甲　是呀！

〔梁红玉迫不及待地要从歌姬甲身上掏出书信，歌姬甲连忙后退不给。

梁红玉　快拿来，快拿下来，快，快，快……

歌姬甲　哟哟哟哟……您倒是慢着点儿呀，瞧瞧，把我们的衣裳都给撕啦！

梁红玉　（安慰）妹妹，我与你撕了，明日为姐的给你做一件新的。（拍着歌姬甲肩）快快拿出来，快快拿出来！

歌姬甲　哎，哎，（取出书信交给梁红玉）红玉姐，您瞧这封信。

梁红玉　（接信）哎。（对梁母）母亲，韩郎有书信前来了。

梁　母　哎。有信来啦，打开看看，打开看看啊！

梁红玉　（拆信，恭让梁母阅）母亲请看。

梁　母　啊，妈妈我不认识字呀！还是你看吧！你看，你看！

〔梁红玉看信。众人围在她周围观注，露出喜色。

梁红玉 （拍手）哎呀，好了，好了！妈妈，原来那韩郎杀敌立了功了！

梁　母 噢。

梁红玉 在那两狼关做了先锋官了。

梁　母 噢，这就好了。

「众人也都高兴地附和着。

黛　云
二歌姬 姐姐，我们给你道喜了，道喜了！

梁红玉 明日请你们大家吃喜酒哇。

二歌姬 我们一定要吃的。

歌姬甲 我们院里头还有点儿事情呐，回头咱们再说话儿吧！（招呼歌姬乙）咱们回去吧！

梁　母 受累，受累啦！

「梁母、梁红玉、黛云出门目送二歌姬“上场门”下。

梁红玉 （碎步，拍手跑进门）哎，好了哇，好了！

梁　母 （与黛云进门）可好喽！

梁红玉 母亲，女儿要到两狼关，寻找韩郎去！

梁　母 怎么着，你要去到两狼关，找那个韩世忠吗？

梁红玉 正是。

梁　母 哟，你一个人儿去，妈妈我可有点儿不放心啊！

梁红玉 这……

梁　母 哎，哎，干脆，叫你妹妹陪着你一块去，你瞧好不好哇？

梁红玉 哎，如此甚好。只是母亲你呢？

梁　母 噢，妈妈我么——（想）嘿，有啦。咱们娘儿仨一块混出城去，妈妈我到你舅舅家去安身，你到了两狼关再派人到你舅舅家去接我，你瞧好不好哇？

梁红玉 谨尊母亲之命。

梁　母 哎，哎。嘿，我说，姑娘。

梁红玉 母亲。

梁　母 妈妈我有一件事情，我是最不放心呐！

梁红玉 母亲，何事不放心呢？

梁　母 就拿黛云说吧，虽然不是我亲生之女，可是比我亲生的女儿还要关心呐！

梁红玉 母亲说得是。

梁　母 哎，你此番到了两狼关哪，好好地给她选一个好女婿，啊？

「黛云双手遮面，羞。

梁红玉 此事，担在女儿我的身上。

梁　母 好好……（见黛云羞状）哟，干吗呀！你呀，你还害臊哪，你！哈哈哈……哎，我说黛云哪，

黛　云 嗯。

梁　母 呆会儿妈妈我收拾收拾，把我所攒的金银，分给你多一半儿，有了小姑爷，你们哪，好过日子！

「黛云娇羞。

梁红玉 还不谢过母亲。

黛　云　（福拜）多谢妈妈。

梁　母　甭谢，起来吧。

梁红玉　母亲，天不早了。

梁　母　咱们该走啦。

梁红玉
梁　母　正是：**【大锣住头】**（念）鳌鱼脱去金钩钓，摇头摆尾再不归！（仓）
黛　云

〔梁红玉、梁母、黛云随着念“再不归”三摆袖，梁红玉、黛云左转身右手撑袖，亮背相；梁母左转身，顿足，亮背相。**【冲头】**三人“下场门”下。闭二幕。

第十二场

〔**【冲头】**开二幕。场上置正场桌，“小座”。明黄绣花桌围椅披。

〔**【大锣原场】**梁士诚着金人服饰按剑“上场门”上至“小边”台口。**【归位】**

梁士诚　（念）投在北国金邦下，以图富贵与荣华。

俺，**【仓】**梁士诚。**【住头】**是我投在金邦四太子金兀术的营中。多蒙四狼主十分重用。前者，宋军攻打两狼关，被韩世忠将我军杀得大败，四太子令人回国急调十万火炮军。且喜火炮军俱已到齐，回营报与四狼主知道。**【住头】**（“挖门”，站“大边”面向“上场门”）有请四狼主。

〔**【大锣原场】**四金兵托举门枪，四金将举双刀“上场门”上，“站门”。**【回头】**金兀术硬靠斜蟒，右手提袍，左手端带，“上场门”上，“九龙口”一亮，至正场台口。**【归位】**

金兀术　（念）但愿中原一齐扫，江山一统归吾朝。

〔**【大锣原场】**抖左袖，提袖，抓袖，左转身归“小座”。四金兵、四金将归“里八字”。

金兀术　何事？

梁士诚　启禀四狼主，十万火炮军俱已到齐。

金兀术　起过。

梁士诚　是。

金兀术　（离座）**【叫头】**且住哇！孤今调来十万火炮军，打量两狼关攻击必破。巴图鲁！

众　有（仓）

金兀术　大队人马二次攻打两狼关去者！

众　啊！

〔**【急急风加堂鼓】**金兀术、梁士诚、四金将成“横一字”，二金兵带马，众上马。四金兵、四金将“插门”领圆场，“下场门”台口成“斜胡同”。金兀术、四金兵、四金将“倒脱靴”“下场门”下。闭二幕。

第十三场

〔【冲头】开二幕。正场斜放一石凳。（锣鼓打住）

〔梁江玉内："走哇！"【纽丝】黛云搀扶梁红玉"上场门"上，至"九龙口"，【软脆头】做头晕状，病态。轻抖左袖，提双袖。

梁红玉

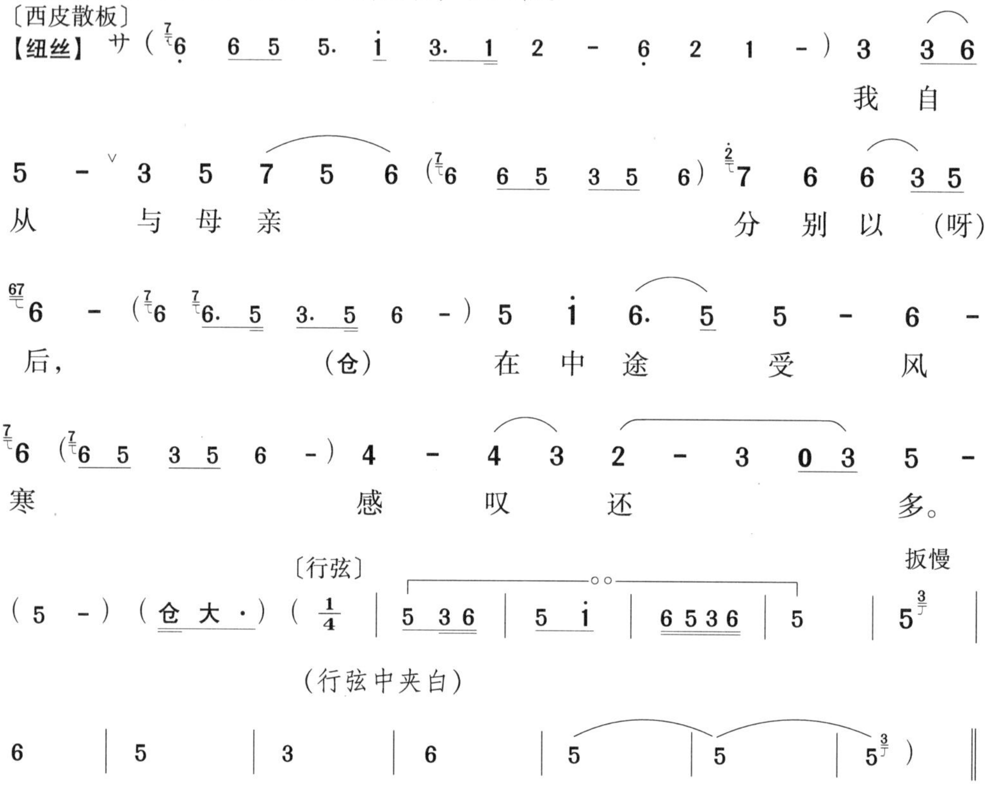

黛　云　（夹白）姐姐咱们姐儿俩自从与母亲分别以后，妈妈投奔舅舅家中去，咱们姐儿俩在路上也走了好几天了，不想行至中途，您又病啦。（台）唉，咱们头里有个灯亮，待我哪，扶着姐姐去到那边咱们歇会儿再走，您说好不好哇？

梁红玉　（夹白）妹妹带路。

黛　云　（夹白）是啦！（〔行弦〕止）

梁红玉

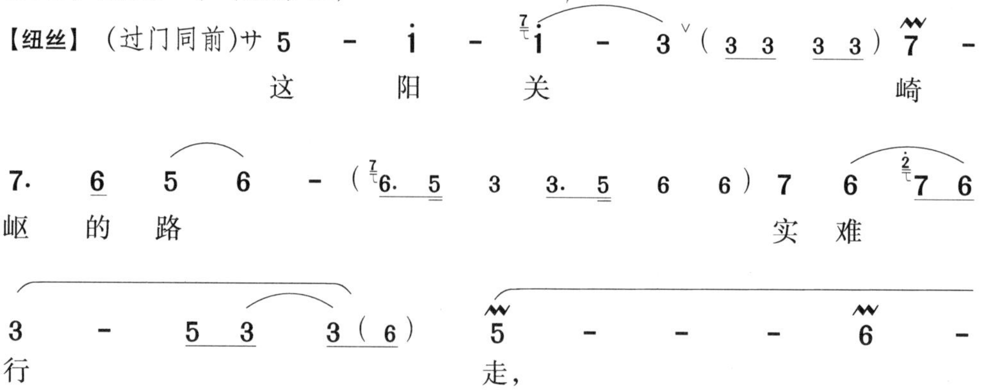

7 - 5 - - 0 6 7 7 6 -

黛 云 再险的路也得走！您慢着点儿走。

〖【纽丝】黛云搀扶梁红玉走圆场，至驿站门前，（锣鼓切住）二人抬头看。

〔亮弦〕

（7 6 5 7 6 -）

黛 云 姐姐，这乃是驿站呐！

梁红玉 【纽丝】（过门同前）5 - 3 i 6 5 5 3 5 6

见 驿 站 姐 妹 们

3 5 i 6 5 3. 5 3 5 - ‖【住头】

正 好 停 留。

妹妹。

黛 云 姐姐。

梁红玉 来此已是驿站，你我姐妹歇息歇息再走吧！

黛 云 对啦，歇会儿咱们再走吧！

〖（大 大 大．大 大 衣 台 大．大 衣 台）黛云、梁红玉走半个圆场，寻人。

梁红玉 你看此处连一个人也无有哇！

黛 云 可不是嘛！要有人咱们好打听打听啊。

梁红玉 是呀！（指石凳）我们且在这里坐了。

黛 云 对啦，咱们坐这儿歇会儿吧！

〖黛云扶梁红玉坐，并给她捶捶肩。

黛 云 姐姐，此番到了两狼关，见到我姐丈，倘若他不认咱们可怎么好哇？

梁红玉 妹妹，你不要多疑，我料那韩郎绝不是负心之人呐！

黛 云 我不过就是这么说说呀！您想的也对。您哪，绝对不能够负心的。

梁红玉 着哇。

〖驿官“下场门”上，边走边说。

驿 官 什么人在此喧哗？什么人在此喧哗？（台）

梁红玉 （站起）老人家，是我们。

驿 官 这是驿站地方，不许闲人乱出乱入，快快地，走去！（台）

梁红玉 这位老人家，我们是姐妹二人，从京口而来，要往两狼关投亲去。我在中途，感受了风寒之症，故而在此歇息歇息。老人家，你——要与我们一个方便呐！（福拜）

黛 云 对啦，您方便方便吧！（福拜）

驿 官 哎呀呀呀！不是喏，不是喏！想如今金兵做乱，这驿站乃是咽喉要路。我们哪，不得不小心防守哇！

梁红玉 老人家说的是。我们歇息歇息就走。

黛 云 对啦，我们歇会儿就走！

驿 官 哦，可以，可以。好，好。你们歇息歇息。

梁红玉
黛　云　谢谢老人家。

驿　官　歇息，歇息。

〔黛云扶梁红玉坐。

梁红玉
黛　云　多谢，多谢。

驿　官　歇息，歇息！（观察梁红玉，招呼黛云）啊，这位小姑娘！（招手）

黛　云　老大爷，什么事呀？

驿　官　我来问你们，你们从哪道而来？

黛　云　我们从京口而来。

驿　官　噢，从京口而来？

黛　云　对啦。

驿　官　哎，要往何方而去呢？

黛　云　要往两狼关投亲去。

驿　官　噢，要往两狼关投亲去？

黛　云　对啦。

驿　官　（看看梁红玉，又问）你们姓什么哇？

黛　云　哎，老大爷，您这儿来！

驿　官　做什么？

黛　云　我们姐儿俩是行路的，不想行至中途，我姐姐她病啦，坐这儿歇会儿，我们就走，又不是到您这儿打官司来啦。我们又不是奸细，您干什么这样盘问我们呢？

驿　官　啊，啊……嗨，嗨……

〔梁红玉忙站起劝阻黛云。

梁红玉　你要知道，金兵猖狂，天下大乱。这老人家，奉命在此防守，谨防的是奸细。

驿　官　着哇！这位姑娘说话就是明鉴，真真明鉴！

梁红玉　老人家，她是一个小孩子，不会说话呀！

黛　云　老大爷，我把话说错了，（施礼赔情）您原谅原谅我吧。

驿　官　小姑娘，小姑娘，你也不要生气了哇！

黛　云　哟，我生什么气呀！

驿　官　呵呵呵呵……

黛　云　哟，老大爷！

驿　官　小姑娘！

黛　云　您瞧，我姐姐她病着哪，外头挺大的风，能不能让我们到屋里头去歇会儿去呀？

驿　官　可以，可以呀！好，你们到里面去歇息歇息。

梁红玉　使得？

驿　官　使得的，使得的！

梁红玉　黛云呐，这位老人家可是个好人哪！

黛　云　可不是个好人嘛！

驿　官　（礼让）你们里边歇息歇息。

黛　云　多谢老人家。

驿　官　里边歇息歇息，慢着些，慢着些……

〔（**大 大 台**）黛云搀扶梁红玉“下场门”下。

驿　官　哎呀呀，看这个女子甚是可怜！嘿，有了！待我取杯水来与她喝吧！（欲下）

〔驿卒内：“报！”**【冲头】**驿卒“上场门”上，跑至驿站门前。驿官转身听报。

驿　卒　启爷：今有大将军亲自查看，来到驿站，前来找你。

驿　官　快快说我迎接。

驿　卒　是。（“下场门”下）

〔**【冲头】**驿官出迎。四宋兵“上场门”上，“小边一条鞭”；韩世忠、邹将军打马“上场门”上，至“小边”台口，勒缰。**【回头】**驿官在“大边”施礼迎接。韩世忠、邹将军转身下马，四宋兵接马，转身“上场门”下。韩世忠归正场邹将军站“小边”。

驿　官　小人参见大将军。

韩世忠　罢了！

驿　官　多谢大将军。

韩世忠　老军。

驿　官　大将军。

韩世忠　我来问你，这驿站地方可有闲杂人等乱出乱进？

驿　官　这……一概无有，一概无有。

韩世忠　想此处乃是咽喉要路，倘有奸细混进，你吃罪不起。

驿　官　哦，是，是，是。小官我记下了，小官我记下了。

〔韩世忠查看周围环境。

韩世忠　啊，邹将军。

邹将军　元帅。

韩世忠　你看此处，倒也紧要。

邹将军　是呀，倒也紧要。

〔继续查看。

韩世忠　啊，邹将军。

邹将军　元帅。

韩世忠　我们在此埋伏一哨人马，谨防金人入寇。

邹将军　待末将回得营去，调来一哨人马，在此埋伏就是。

韩世忠　将军言得极是。

〔梁红玉内吟唱：

<悲歌>小三弦伴奏

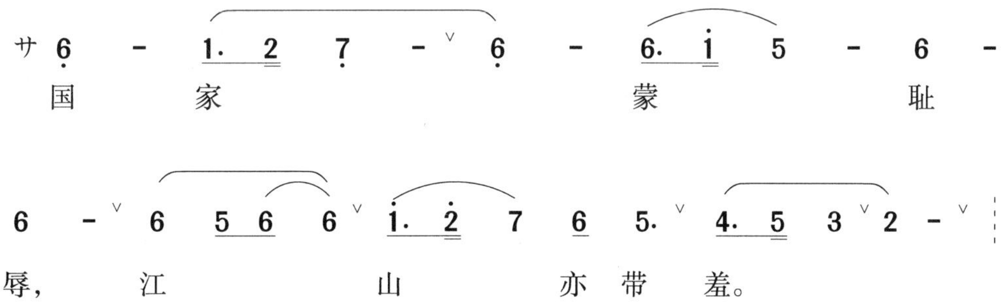

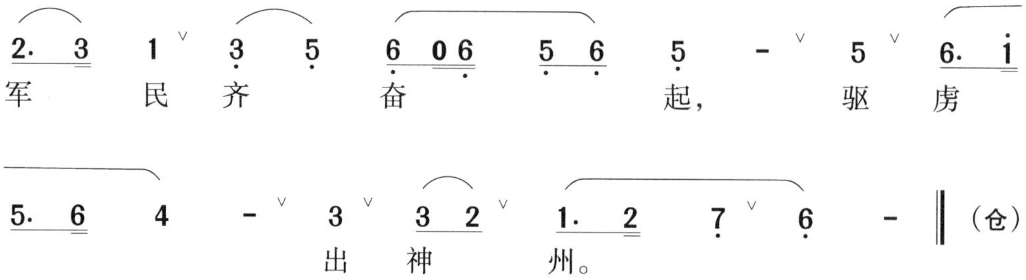

〔韩世忠、宋将巡视着侧耳细听，驿官在“大边”听见歌声作难。

韩世忠 （感叹）啊，邹将军。

邹将军 元帅。

韩世忠 听这作歌的，倒是个爱国之人。

邹将军 是啊，倒是个爱国之人。

韩世忠 老军。

驿　官 哎，大将军。

韩世忠 我来问你，这驿站地方，何人在此作歌，还是个女子的声音？

驿　官 呃，呃……啊，大将军，这是行路之人，他们那里作歌呀！

韩世忠 嗯！（嘟～～八 仓）分明有人在此作歌，怎说是行路之人？快快讲来！

邹将军 快快讲来！（仓）

驿　官 哦，是，是，是……啊，大将军息怒，待小官我实言相告！

韩世忠 讲！

邹将军 讲！

驿　官 哦，是，是，是……适才，黄昏时候来了二个女子。她们言道，从京口而来，要往两狼关投亲。行至此地，有一个女子感受风寒，小官我叫她们在此休息。她们在那里作歌，乃是小官之过，望大将军宽恕。

韩世忠 哦，乃是两个女子在此作歌？

驿　官 正是。

韩世忠 将她们带来，待我问上一问。

驿　官 哦，是，是，是……（转身挥汗）哎呀呀呀……（向“下场门”挥手招呼梁红玉）哎，哎，两个女子快来，两个女子快来。

〔梁红玉、黛云“下场门”上。

梁红玉 老人家，唤我们何事？

驿　官 好啊，我好心好意叫你们在此休息，你们在此作歌，被大将军听见。大将军唤你们，你们要仔细了啊！

黛　云 您瞧，我说什么来着，不让您作歌，让人家听见了，这不麻烦了，这不？

梁红玉 这算什么，歌是我作的，我亲自见他去！

驿　官 好，来来来，见过大将军。（在“大边”领小圆场，引见）见过大将军。

梁红玉 （边走边说）歌是我作的。（与韩世忠照面）啊？（仓）

韩世忠 （同时）啊？

梁红玉 你，你不是韩郎吗？

韩世忠 （拱手）你是红玉贤妻么！

梁红玉 是我哇！原来你杀敌立了功了么？

韩世忠 为丈夫虽然杀敌立功，当初若无娘子指引于我，俺韩世忠焉有今日？贤德的娘子，你好哇？

梁红玉 你好哇？

韩世忠
梁红玉 你……你好哇？

〔【吊钹大锣原场】二人相拥。闭二幕。

第十四场

〔【大锣水底鱼】梁士诚骑马“小边”侧幕上。至正场。

梁士诚 梁士诚。【住头】是我在狼主面前夸下海口，去至宋营盗取军情，也好邀功。就此马上加鞭。（【撕边一击】打马勒缰）

〔西皮摇板〕

【闪锤】(过门同前) 2 2 6 2 | 1 2 3 2 6 2 | 1 - 6 1 2 - ⁞
但 愿 此 去 军 情 得 到，

（至“小边”侧幕）

【闪锤】(过门同前) 6 2 1 1 2 1 3 3 2 2 3 2 3· 2 1 6 1 - ‖
狼 主 面 前 立 功 劳。

（右转身，上步）

〔【大锣抽头】梁士诚左转身“大边”侧幕下。

第十五场

〔【冲头】开二幕。【快长锤】四宋兵持刀“上场门”上，站门。郦飞云“上场门”上，至“九龙口”。

〔西皮摇板〕

郦飞云 (过门同前) i i· 6 3 6 5 - (5 5 3 6 5) 5 6 3 5 5 6 6 - ⁞
金 兵 入 寇 甚 猖 狂，

【闪锤】(过门同前) 3 6 5 6 6 - (6 6) 5 6 5 5· 3 5 - ‖【住头】
（至正场台口）奉 命 操 演 卫 边 防。

俺，（仓）军中司郦飞云。【归位】只因金兵入寇，甚是猖狂。我家夫人练就一队娘子军，命我督领，适才校场操演，队伍齐整，纪律森严，不免回营报与夫人知道。小军们！

众 有！（仓）

郦飞云 回营交令者。（仓）

众 啊！

〔西皮摇板〕

郦飞云 【闪锤】（过门同前）3 6 5 7 7. 2̇ 5 6 －（6 5

队 伍 齐 整

3 5 6）5 6 3 － 5 － － 6 6 －

纪 律 严，

〔【快长锤】四宋兵“插门”下，郦飞云反圆场至“下场门”，右转身，上步。

（过门同前）3 6 5 6 6（6 5 3 5 6）5 － 6 5 5 3 5 －‖

何 愁 金 兵 犯 中 原。

〔【大锣圆场】郦飞云左转身“下场门”下。闭二幕。

第十六场

〔【撤锣】【小锣原场】四更夫内：“啊哈！”

〔【小锣单点】四更夫“上场门”上，至正场。

更夫甲 （念）铜锣惊醒南柯梦，

三更夫 （念）木梆敲开满天星。

更夫甲 哎，我说伙计。

三更夫 怎么着，伙计？

更夫甲 你看这金兵够多么猖狂哪！

更夫乙 你说什么，那金兵猖狂不是吗？

更夫甲 对了。

更夫乙 猖狂是猖狂啊，可是，咱们大宋朝有了这二位大元帅，哪怕那金兵他不灭哪！

更夫甲 哪二位大元帅呀？你说说，我听听。

更夫乙 你听着。

更夫甲 你说说。

更夫乙 北有岳飞，岳大元帅，镇守牛头山，杀得金兀术是望而逃。南有韩世忠，韩大元帅。哎，就是咱们那位元帅呀！

更夫甲 噢，你说的那位韩元帅呀……

更夫乙 啊，韩元帅呀！

更夫甲 他多亏沾了好媳妇儿的光啦。

更夫乙 哎哎哎哎，他怎么会沾了好媳妇儿的光啦？你说说，我听听。

更夫甲 你听我告诉你说。

更夫乙 你说。

更夫甲 想当初，韩元帅不得志的时候，穷的跟咱们一样，也是给人家打更。后来，遇见这位梁夫人，看他是英雄不得志，才将身许配于他，又给他了许多银子，叫他前去投军。在两狼关这一战呐，他可就成了名啦。这岂不是沾了好媳妇儿内助的光了吗？

更夫乙 噢，你这么一说呀，我才明白。

更夫甲 我还告诉你说，

更夫乙 啊，

更夫甲 想咱们这位梁夫人，乃是智勇双全，烟花丛中的奇女，可称得起是女子之中典型之人也！

三更夫 "也"什么呀，"也"？你还转（zhuǎi）呐，你！

更夫甲 哈！你这是什么话呀？鸭子还有三榖，何况人呼？你别瞧不起我，我也喝过墨水儿，我也嚼过砚台，孙武子的十三篇，咱们背通本儿。孔夫子他怎么死的？

三更夫 怎么死的？

更夫甲 他呀，认字儿没我认得多，叫我把他给气死啦！

更夫乙 哈哈哈……学问在这儿呐！

更夫丙 得啦，得啦，咱们少说两句吧！要叫巡营的老爷们听见，咱们在背地里头议论元帅，这个漏子还小得了吗？

更夫甲 不错，不错。咱们这就去打更吧。

三更夫 走着，走着！

〔四更夫打更，"大边"侧幕下。**【冲头】**

第十七场

〔**【冲头】**开二幕。场上置大帐，正场桌，八字椅。红色绣金团花桌围椅披。

〔（**八大仓**）梁士诚与中军吵着从"上场门"上，要闯大帐，中军在"小边"台口拦阻。

梁士诚 我要见元帅！

中　军 这中军帐是不能闯入的！

梁士诚 她是我的姐姐，我见见何妨啊？

中　军 若不通报，是要赶出营的。

〔郦飞云"下场门"暗上。

梁士诚 通报不通报，我是一定要见的。

中　军 你滚了出去！

梁士诚 我一定要见！

〔（**嘟～～～崩登仓**）郦飞云出帐指责。

郦飞云 何人喧哗？

中　军 外面来了一个人，说是夫人的堂弟，闯进辕门，故而喧哗。

郦飞云 候着。（进帐，站"大边"向"下场门"）有请夫人。

〔【大锣五击】四女兵托枪两边分上，站两边；梁红玉“下场门”上，至正场。

梁红玉 （对郦飞云）夜静更深，何事？

郦飞云 中军报。

中　军 （进帐）启禀夫人，外面来了一个人，口称夫人的堂弟，闯进辕门，故而喧哗。

梁红玉 【撕边】哦…… （仓）有这等事，此人今在何处？

中　军 现在帐外。

梁红玉 唤他进帐。

中　军 遵命！

〔【冲头】四女兵归“里八字”；梁红玉归“大边椅”，郦飞云侍立其身旁。中军出帐。

中　军 （对梁士诚）随我进来。

梁士诚 是。

〔【冲头】梁士诚随中军“挖门”进，中军站“大边”，梁士诚在“小边”向梁红玉施礼。

梁士诚 姐姐。

梁红玉 【撕边】啊？（仓）士诚，当年我赠你的银两，其时言道，立志从军。你怎么，还飘流在外呀？

梁士诚 自那日拿了姐姐的银两，不想，苍天困英雄，小弟身染重病，在旅店之中，病了半载。今闻得姐姐，与金人交战，特地前来，报效杀敌。（仓）

梁红玉 （不信）你是一派的谎言。起过一旁。

〔韩世忠内：“回营！”

中　军
郦飞云 元帅回营！

梁红玉 有请！

中　军 有请！

〔乐队齐奏曲牌<西皮小开门>。四宋兵“上场门”上，“小边站一条鞭”，韩世忠随上，“九龙口”一亮，至正场台口，梁红玉出帐迎接。

梁红玉 老爷。

韩世忠 夫人！

〔互让，“挖门”，梁红玉至“小边”，韩世忠至“大边”，二人互相让座，韩世忠归“大边椅”，梁红玉归“小边椅”。四宋兵随之进帐，归“里八字”曲牌止。

韩世忠 夫人，这是何人？

梁红玉 这乃是堂弟梁士诚。（对梁士诚）过来见过元帅。

梁士诚 是。（对韩世忠）原来是姐丈，小弟有礼。（跪拜）

韩世忠 快快起来。

梁士诚 谢姐丈。

韩世忠 到此作甚？

梁士诚 闻得姐丈与金兵交战，特地前来报效杀敌。

韩世忠 啊，夫人。

梁红玉 老爷。

韩世忠 令弟千里而来，投军报国，理应帮助他才是。

梁红玉　**【撕边】**这个……（**仓**）（对梁士诚）你且到下面去歇息，容我思之。

梁士诚　多谢姐姐。

〔**【冲头】**中军出帐，“上场门”下。梁士诚随之出帐，（锣鼓切住）做神气状。**【冲头】**梁士诚“上场门”下。

韩世忠　令弟至此，为何不收留于他？

梁红玉　老爷哪里知道，只因此人，素日不务正业，我们若是用他，将来有恐误我们的军规。

韩世忠　此乃夫人用兵之本，元帅不及也。

梁红玉　元帅夸奖。我夫妻今晚何不去到金山脚下，亲自巡查各方的营寨，提防金兵入寇。

韩世忠　正合我意。

梁红玉　郦飞云。

郦飞云　有。

梁红玉　谨守大营，不得有误。

郦飞云　遵命。（“下场门”暗下）

韩世忠
梁红玉　带马！

众　啊！

〔**【冲头】**四宋兵、四女兵归前场，站门。二宋兵带马，韩世忠、梁红玉上马。四宋兵、四女兵“插门”下。韩世忠、梁红玉打马“下场门”下。

〔韩世忠内白：“中军起鼓听点。”

〔众内白：“啊！”

〔**【起堂鼓】**梁士诚提大带“上场门”暗上，察看周围环境。

〔韩世忠内白：“前营！”

〔众内白：“有！”（**咚匡**）

〔梁红玉内白：“后营！”

〔众内白：“有！”（**咚匡**）

〔韩世忠内白：“左营！”

〔众内白：“有！”（**咚匡**）

〔梁红玉内白：“右营！”

〔众内白：“有！”（**咚匡**）

〔韩世忠内白：“众将！”

〔众内白：“有！”（**咚匡**）

〔韩世忠内白：“你等小心防守，谨防金兵入寇！”

〔众内白：“啊！”

〔**【三更】**梁士诚潜入大帐，察看周围，然后至桌案后。

梁士诚　（轻声）是我奉了狼主之命，前来盗取军情。看四下无人，我不免动起手来。

〔翻阅公文。找到一份军事地图，窃之，放入怀中。郦飞云“下场门”暗上；中军“上场门”暗上。梁士诚正欲逃出。

郦飞云　什么人？（**仓**）

梁士诚　郦将军，你不要高声。

郦飞云　做甚么？

梁士诚 你要救我一救，你要救我一救！

郦飞云 来人！

中　军 啊！（**仓**）

〔中军进帐，将梁士诚上绑，郦飞云搜身，搜出窃取的地图，拿到灯下观看。

郦飞云 啊？（质问）你私入中军帐，盗窃我们军情，你是何方之身？

梁士诚 我是舅爷！

〔郦飞云继续搜身，搜出金邦的委令。

郦飞云 啊？（读委令）“金邦四太子委令梁士诚……”哼！原来你是奸细。（对中军）将他绑好，押在后面，且候元帅回营，听候发落，将他绑了下去！

中　军 走！

〔中军押梁士诚“下场门”下。

〔韩世忠内白：“回营！”

〔**【水底鱼】**四宋兵、四女兵“上场门”上，“小边一条鞭”。韩世忠、梁红玉骑马“上场门”上，至“小边”台口。郦飞云出帐迎接。

郦飞云 元帅！

〔**【大锣原场】**韩世忠、梁红玉转身下马，进帐。韩世忠坐“大边椅”，梁红玉坐“小边椅”。郦飞云随进，站“大边”。四宋兵、四女兵“挖门”，归“里八字”。

郦飞云 报告军情。

梁红玉 有何军情？

郦飞云 启禀夫人，那梁士诚乃是奸细！

梁红玉 啊？（**仓**）何以得见？

郦飞云 他私入中军帐，盗取我们交战地理图，已然被我拿获，在他身上搜出金邦委令，夫人请看。（呈证据）

梁红玉 （站起接过证据）拿来我看！

〔**【大锣五击】**郦飞云举灯，梁红玉读委令。

梁红玉 “金邦四太子委令梁士诚……（吃惊）**【撕边一击】**

〔韩世忠离座。

梁红玉 气煞人也！（将委令交给韩世忠）老爷请看。

韩世忠 待我看来。（**八大仓**）将奸细绑上来！

梁红玉 绑上来！

〔中军内白：“啊！”

〔**【急急风】**韩世忠、梁红玉面里。中军押梁士诚“下场门”上，进帐至“小边”。梁士诚跪。

梁士诚 姐姐！

〔**【崩登仓】**梁红玉转身踹梁士诚。**【撕边】**梁红玉、韩世忠“蹉步”，梁士诚“跪蹉”至“小边”台口。（**八仓**）

梁士诚 哎呀姐姐呀！（**仓**）不能诬赖小弟，你要救我一救！

梁红玉 呸！（**仓**）你不是我的兄弟，你就是我们的敌人！（**仓**）

韩世忠 你讲如何为金邦作奸细，前来刺探我营。说了实话便罢，如若不然，将你碎尸万段。（**仓**）

梁士诚　姐姐、姐丈不必动怒，我说。

韩世忠
梁红玉　讲!

梁士诚　只因那金邦四太子金兀术准备攻打京口，（仓）夺取金山，（仓）命我混进宋营以为内应，（仓）不想机密泄漏。还望姐姐、姐丈饶我性命呐!

〔（嘟 崩登仓）梁红玉左手拔剑，气愤已极。

梁红玉　想梁家子弟中，无有卖国作奸细的。中军官!

中　军　在。

梁红玉　拉出去!（仓）与我斩——!

〔【冲头】中军推梁士诚出帐，与二宋兵“下场门”押下。【催命鼓】

韩世忠　夫人大义灭亲，令人可敬。

梁红玉　此人不要惜护!

〔【监斩鼓】【冲头】中军“下场门”上，进帐，站“小边”。

中　军　斩首已毕。

梁红玉　将他的人头与我号令在辕门。

中　军　啊!

韩世忠　中军听令。（仓）

中　军　在。

韩世忠　吩咐大小三军，全身披挂，

梁红玉　且上战船之上，

韩世忠
梁红玉　去至金山脚下集中!

〔（崩登仓）韩世忠、梁红玉左转身，面向“下场门”右手“山膀”亮背相。【急急风】二宋兵、四女兵分下。梁红玉、韩世忠、中军“下场门”下。

第 十 八 场

〔【三通鼓】【冲头】【大锣归位】唢呐吹奏曲牌<出队子>金船夫、四番兵托枪、四番将举双刀乘船“上场门”上，站门。

〔【大锣原场】金兀术右手举枪、左手提下甲、金大纛“上场门”上，“九龙口”一亮，至正场。【归位】

金兀术　俺，【大锣一击】大金邦四太子，昌平王，御讳完彦宗弼，王号兀术。【归位】孤与韩世忠发下战书，约定今日开兵会敌。巴图鲁!

众　呜!

金兀术　（崩登仓）催舟!

众　啊!

〔唢呐吹奏曲牌<出队子·合头>金船夫、四番兵、四番将“推磨”，“大边斜胡同”，【急急风加堂鼓】四番将、金兀术、金大纛、四番兵、金船夫“倒脱靴”“下场门”下。

第十九场

〔【走马锣鼓】龙虎帅、韩彦直水战：龙虎帅右手提枪、左手提下甲领四番兵持枪、金船夫；韩彦直右手提枪、左手提下甲领四宋兵持刀、宋船夫“二龙出水”上。至后场台中龙虎帅、韩彦直右手举枪、左手提下甲，进至正场台口，龙虎帅左手单撕扎斜垂枪亮住；韩彦直左手提下甲斜垂枪亮住。二人举枪，龙虎帅领“小边反圆场”；韩彦直领“大边圆场”，至正场二人拱手式会阵。二人各持枪退步拉开“山膀”，再上步一磕，龙虎帅至“小边”台口右手掏翎子，左手横提枪亮住；韩彦直至“大边里首”右手背枪，跨抬左腿，左手握拳亮住。二人端枪在本边领“小圆场”“大推磨”，龙虎帅、四番兵、金船夫至“大边”；韩彦直、四宋兵、宋船夫至“小边”。二人一搭，里绕，韩彦直一刺，二刺，龙虎帅一刺，二人磕镩，韩彦直至“小边里首”左手“山膀”，右手横枪亮住；龙虎帅左手搂髯，右手斜垂枪亮住。二人在本边领“小圆场”。“过合”，龙虎帅、四番兵、金船夫至“小边”；韩彦直、四宋兵、宋船夫至“大边”。二人兜、搭，外绕，龙虎帅打腰封，二人斜提枪亮住。韩彦直左手摸头，做惊吓状，领四宋兵、宋船夫“小圆场”“下场门”败下。龙虎帅领四番兵、金船夫“下场门”追下。【冲头】闭二幕。

第二十场

〔【冲头】开二幕。后场正中设高台，高台上置鼓，座椅。

〔【急急风】八女兵托枪“上场门”上，“站门”。【四击头】梁红玉“起霸”，双手提下甲“上场门”圆场上，“九龙口”亮相。女大纛随上至后场正中，八女兵左手叉腰，戳枪。【长尖】八女兵归后场女大纛两侧，成“横一字”。梁红玉双手提下甲，踏步，亮住，跨抬左脚上一步，趋步，跨抬右脚上一步，趋步，左脚落地时一掂，左脚蹚步，双手放下甲，起“云手”，按右掌，左手“山膀”，左丁步亮相。【冲头】腕花云手，随云手上左步，再上右步，按右掌，左手“山膀”。别腿退步三步，小碎步退至“九龙口”，右手拉开“山膀”亮相。左手握拳绕臂，右手划弧指向“小边”台口，右脚斜跨步，连续右转身二周，右“顺风旗”亮住。（嘟 崩 登 仓）左转身半周，右“顺风旗”亮相。【撕边】反圆场，“云手”，（崩登仓）右脚右跨步，别左腿斜身半蹲右“顺风旗”亮相。【四击头】鹞子翻身，“云手”，右拧身，趋步，左拧身，接左转身一周，按右撑，左手“山膀”背向“大边”台口亮相。【冲头】小碎步由缓渐快退至“大边”台口，右手拉开“山膀”，亮背相。（嘟 仓）反腕花“云手”，左转身半周，面向前，左“顺风旗”亮相。（嘟 仓）“云手”，右转身一周，右“顺风旗”亮相。（八 大大 仓）左转身半周，再跳起左转半周，双手向左侧斜下指，亮住。【四击头】高抬左臂，左脚左跨步，顺势跨抬右腿，存左腿，托举右掌，左手齐腹托掌，身略前倾，目俯视；接“鹞子翻身”，再右拧身，面向前，连续右转身三周，按右掌，左手山膀，亮相。【长尖】小碎步退至“九龙口”，右手拉开“山膀”，亮住。【吊钹撕边一击】“云手”，右腿左跨，向左横蹉步，整袖。【吊钹撕边一击】反“云手”，左腿右跨，向右横蹉步，晃靠旗，整袖。【四击头】整盔、撩靠绸、紧甲，斜身亮相。【冲头】双臂弹回靠绸，托举右掌，左手提下甲，上左步，跨右腿左转身一周，右手“山膀”，左手提下甲亮住。【长尖】转身右手提起下甲再转回，成双手提下甲，圆场至“小边”台口，左转身，反圆场回至正场台口，提甲亮相。【冲头】放下甲，一个小圆场，“云手”拉开。【大锣归位】上步，托举右掌，按左掌，左腿戳步亮住。

<粉蝶儿>唢呐伴奏

梁红玉　サ 5 7 6 7 543 2 3 2 －（台 台）6 7 6
桴 鼓 亲 操， 满 江 岸
（左手提靠肚，右手按掌）（拉右山膀）（双手左右撒开）

5 5 7 653 2 3 2（台 另 台）7· 2 6 7 2 3
桴 鼓 亲 操， 列 艨
（右转身向“小边”双臂自左逆时针划三周，再右转身向“大边”涮腰，右转身向前托举双掌）（拉右“山膀”）（左手提靠肚，向“小边”台口上三步，右手指出）

2 － 2 2 3 1 2 7 2 3 2 6 7 6 5 －
艟 铁 链 环 绕。
（圆场，“云手”，至正场，面向前，右手指“小边”）（向“小边”横蹉步，同时双臂自右顺时针划二周，双臂先后向怀内绕动，同时向“小边”移动三步，盘卧，双手相对剑指）

（马嘶）【冲头】2 7 6 － 5 5 7 6 7 543
听 军 中 喊 杀
（起身右转身一周，圆场，“云手”，至正场面里拉开“云手”）（面里两望）（双臂向后划动，右转身，双臂自上往两侧下划，翻掌，上托，成右“顺风旗”）

2 3 2 －（台 台）7· 2 6 7 2 3 2 －
声 高， 抖 威 风
（拉右山膀）（双手提下甲，左右摆动三次，亮住）

3 6 3. 5 3 5 - （台另台）6 7 6 - 3 5 -
女 罗 刹 保 定 了 大
（右手提下甲，左手赞美式） （拱手）

2 3 1 2 7 - 2 3 2 6 7 6 5 -
宋 国 号。
（“云手”，右转身，面里，左手“山膀”，右手指出）

［【大锣归位】右转身，面向前，拉右“山膀”，搭手。

梁红玉 梁红玉。【住头】夫妻抗击金兵，为此俺亲身在金山擂鼓助战。嗬，众兵丁！（嘟八大）（左手提靠肚，右手“山膀”）

众 有。（仓）

梁红玉 （右手提靠肚，左手“山膀”）金山去者！

［【大锣归位】梁红玉“云手”，右转身，左手提靠肚，面里上步，再左转身向“大边台口”，右手山膀。

梁红玉 2 - 727 6 - 5 6 7 2 6 7 543 2 3 2 -（台 台）
非 是 俺 用 尽 计 巧，
（右手在身前逆时针划一周成右手掂掌）（左手握拳与右掌一起推出，上步，收回双手，右手握拳与左掌一起推出，上步。左手提靠肚右手按掌，圆场。女兵移至“大边一条鞭”。四宋兵“上场门”上，“小边一条鞭”。韩世忠左手提下甲“上场门”上，至正场右首；梁红玉归正场左首。二人拉开右“山膀”）

梁红玉
韩世忠 请！

6 7 6 - 6 2 1 2 7 - 2 3 2 6 7 6 5 - ‖【住头】
俺 可 也 一 战 全 扫。
（韩世忠左手捋髯，右手托掌，梁红玉右手提靠肚左手托掌）（二人上步，韩世忠右手指出；梁红玉左手指出）（二人“合扇”左右手向两侧撒出，成双手按掌）

梁红玉 老爷！

韩世忠 夫人！

梁红玉 就请老爷速速登舟迎敌者！

韩世忠 夫人金山擂鼓助战者！

梁 红 玉

梁红玉
韩世忠 请!

〔【急急风】“推磨”：梁红玉至“小边”，八女兵“小边一条鞭”；韩世忠至“大边”四宋兵“下场门”下，韩世忠、梁红玉互拱手，韩世忠右转身“下场门”下。梁红玉挥手，八女兵领圆场成“里八字”，梁红玉圆场，上高台，女大纛归后场正中。

〔梁红玉击〔三通鼓〕。

〔唢呐吹奏曲牌<将军令>。梁红玉随曲牌击鼓。

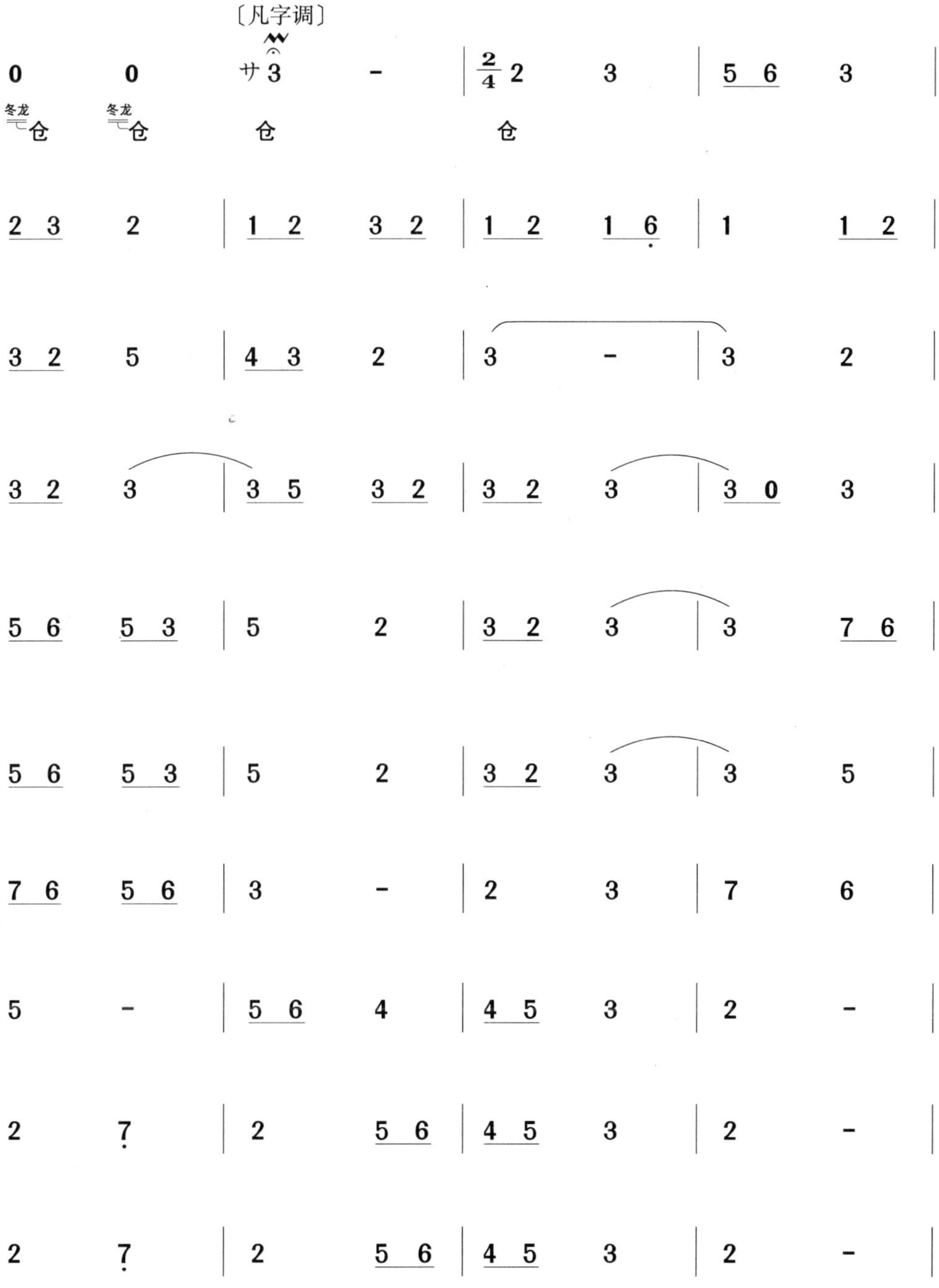

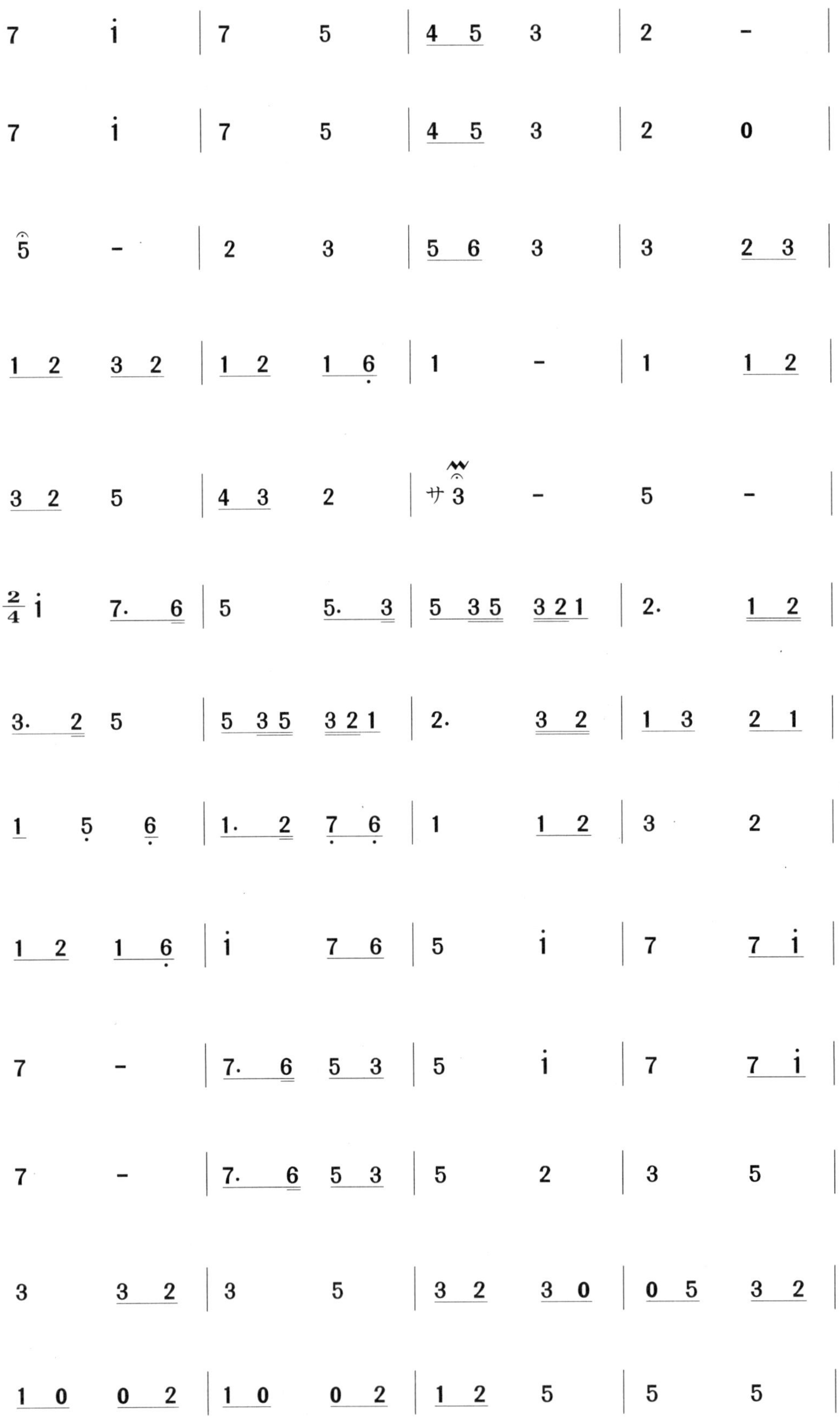

梁红玉

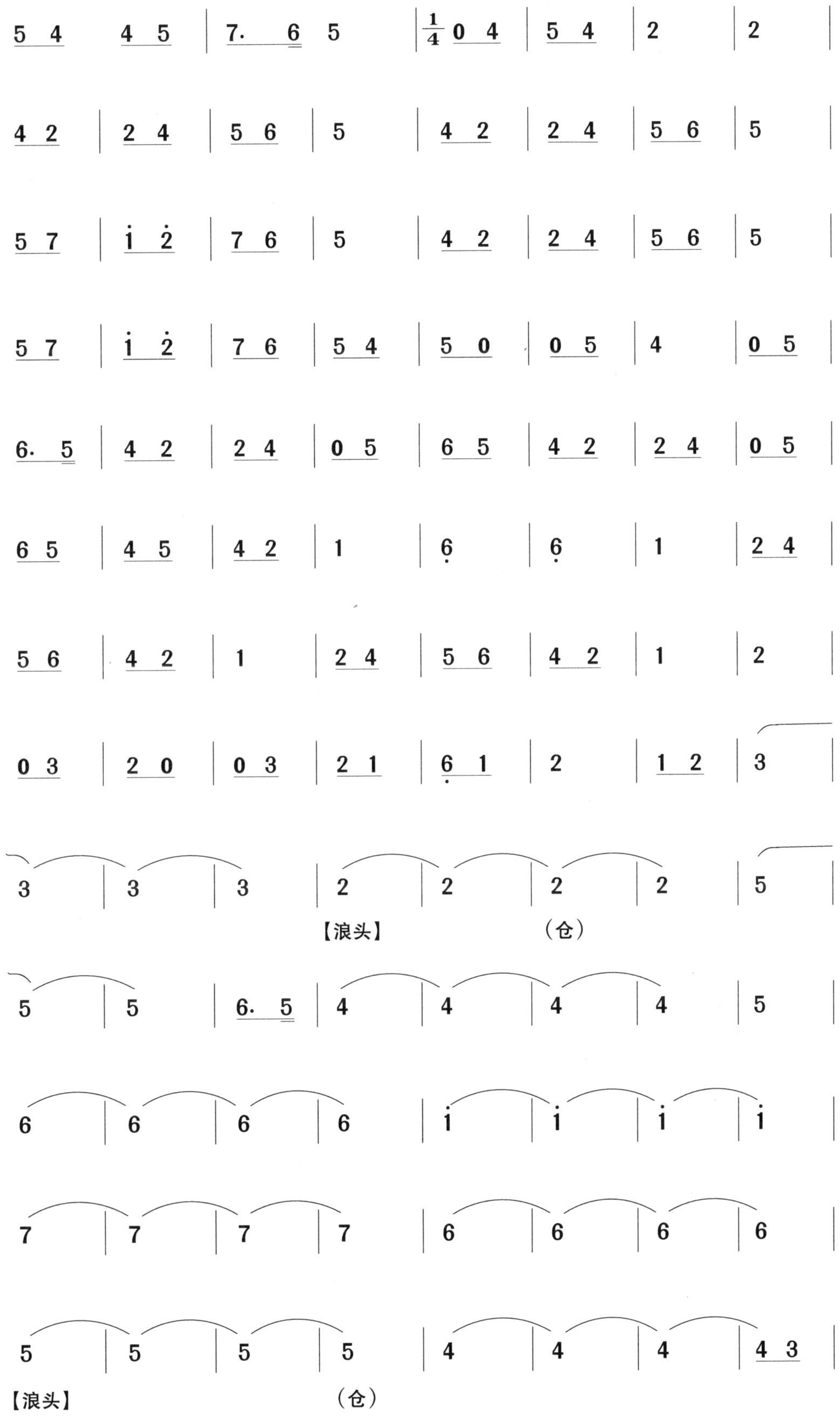

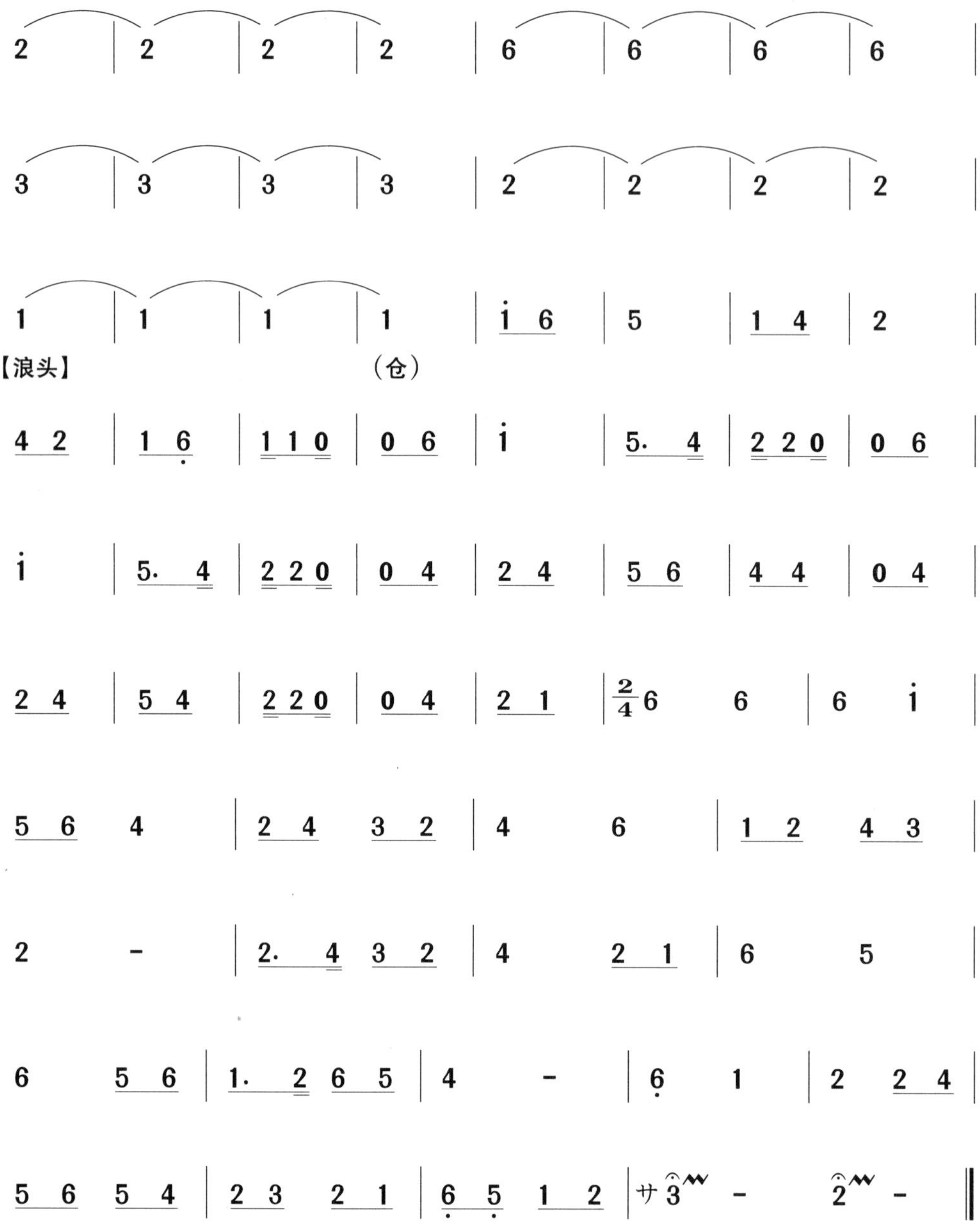

〔【走马锣鼓】梁红玉随乐队击鼓。韩世忠、金兀术水战：金死术左手提下甲、右手举枪领金大纛、四番将举双刀、金船夫。韩世忠左手提下甲，右手举枪领宋大纛、四宋将举枪、宋船夫。“二龙出水”上。双方至后场台中金兀术、韩世忠成左手提下甲，右手斜垂枪做船身晃动状，金兀术举枪提下甲在“小边”领反圆场、韩世忠举枪提下甲在“大边”领圆场，至正场会阵。二人拱手，拉“山膀”，一搭，一兜，二搭，二兜，磕镨，韩世忠左脚向右跨一步，右脚跟上一步，至“大边里首”右手背枪，左手叩拳，左脚横足反丁字步，亮住；金兀术左脚向右跨一步，右脚跟上一步，至“小边台口”斜提枪，蹲裆式亮住。【九锤半】金兀术、韩世忠做船身晃动状。【串子】韩世忠顺枪，推枪，左脚向左上步，右脚向右跨步，要枪花至“大边”台口左手旁背枪，右手挑髯，按掌，弓箭步，亮住；金兀术收枪，推枪，左脚向左上步，右脚向右跨步，耍枪花至“小边里首”右手端枪，左手“山膀”，右脚横足反丁步，亮住。**【走马锣鼓】**金兀术、韩世忠做船身晃动状。二人各在本边领半个小圆场，金兀术领至“小边”，韩世忠领至“大边里首”“大推磨”，韩世忠、宋大纛、四宋将、宋船夫归“小边”；金兀术、金大纛、四番将、金船夫归“大边”。韩世忠、金兀术拉开“云手”，涮枪，打“幺二三”，韩世忠磕镩，盖金兀术“封头”，再打金兀术上下，反搭，正搭，韩世忠压住金兀术枪外绕，里绕，再一绕，金兀术抽枪，二人磕镩，韩世忠不敌，蹚左步，髯口涮至左臂，右手斜垂枪蹲裆式亮住；金兀术左脚上步，拧枪，右丁步亮住。二人做船身晃动状。**【急急风】**韩世忠掸髯，左手搂髯，右手举枪领宋大纛、四宋将、宋船夫圆场，“下场门”败下；金兀术向里上步，左手提下甲，右手举枪领金大纛、四番将、金船夫圆场“下场门”追下。

梁红玉 呀！

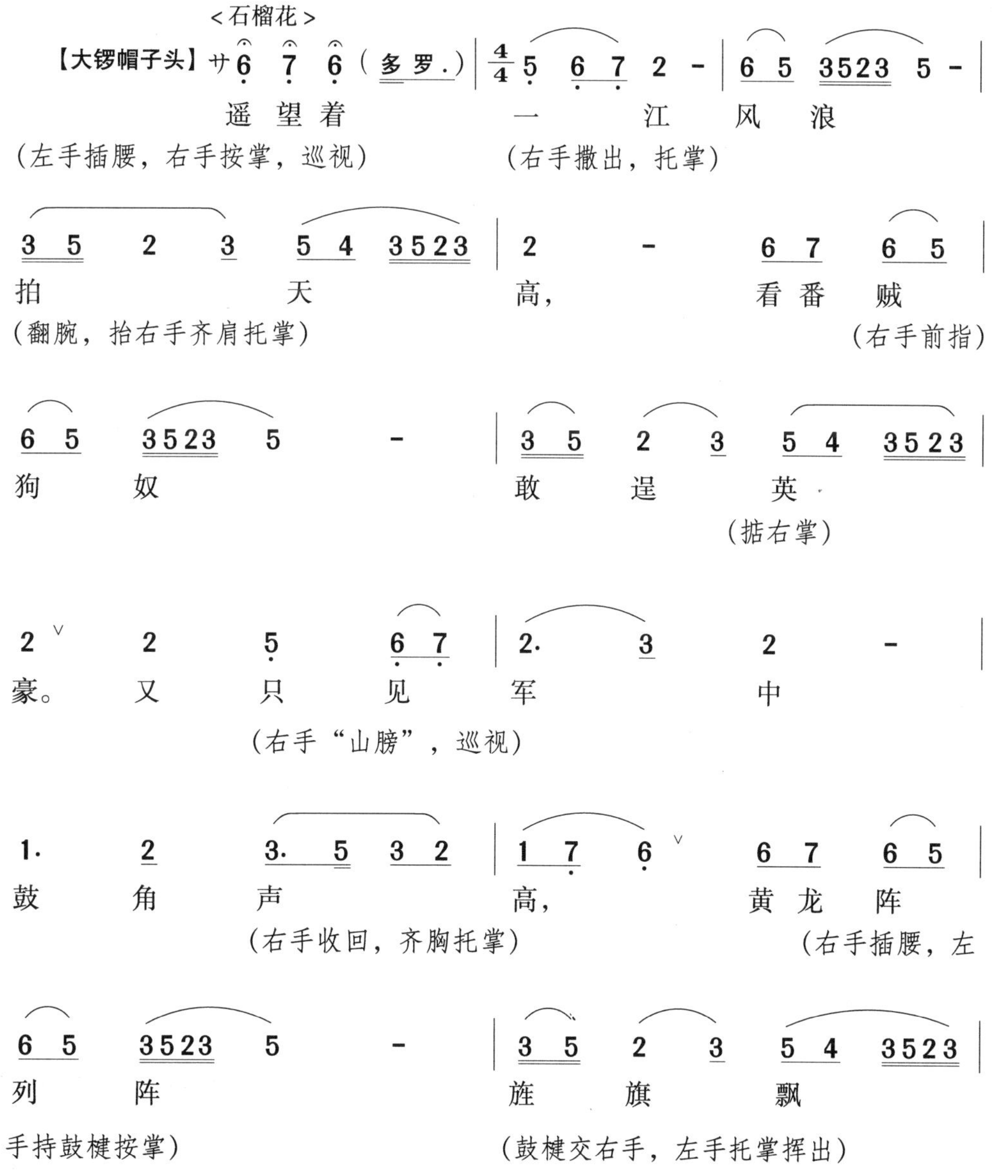

2/4 2 6 7 6 | 5 67 2 2 | 0 6 7 6 | 5 5 7 |
摇。猛 听 得 马 嘶 声 高、 猛 听 得 马 嘶
(仓) (台
(鼓槌交左手，右手“山膀”，转身向左) (鼓槌交右手，左手“山

6 7 5 | 2 2 1 2 | 3 5 3 2 | 127 6 ‖
声 高， 腾 空 杀 气 入 云 霄。
顷 仓 乙 台 乙 台 仓 台 才 台 乙 台 仓)
膀”，转身向右) (鼓槌交回左手，搭在鼓上，抬右手，齐肩托掌，亮住)

梁红玉 【大锣叫头】且住！看，兀术是十分地骁勇，岂能容他猖狂。众女兵！

众 有！(仓)

梁红玉 速速操枪上来，转登战船者！

〔【冲头】梁红玉下高台。至正场双手提下甲亮相。【大锣帽子头】放下甲，右转身，右趋步，左趋步，上步，左转身，左手提靠肚，右手“山膀”。左丁字步亮相。

<小上楼>

梁红玉 2/4 2 7 6 | 5 67 2 2 | 1. 2 3 2 | 1 7 6 |
非 是 俺 自 逞 英 豪 哪 得 尽 扫，
(“云手”，出左脚，塌腰，扬身；“云手”，出左脚，塌腰，扬身) (跳起转身，左转一周，跨右步，别左腿，双手右推，右视)

0 6 7 6 | 5 67 2 2 | 0 6 7 6 | 5 5 7 |
绾 绣 甲 跨 马 提 刀， 绾 绣 甲 跨 马
(左脚左跨，向“下场门”五步，右转身向“小边”台口右脚跨一大步，出右手，收左手，左脚跨一大步，出左手，收右手至“小边”台口。

6 7 5 | 2 2 1 2 | 3. 5 3 2 | 1 7 6 |
提 刀。 女 天 魔 下 九 霄，
左手提靠肚左转身，面向前，左腿左跨一大步，横趋步至正场) (出左脚，躬身，扬身，腕花，右丁字步“顺风旗”)

0 6 7 6 | 2 2 | 5 6 | 0 0 |
只 看 俺 威 风 凛 凛
(台 台 台大 乙台 仓儿 另才

(“飞天十响”，双手提靠肚连续二个左转身一周接“鹞子翻身”，击掌，左高右低

0 0 | 2 6 | 7 6 | 6 6 6 | 5 - ‖

战 这 遭。

乙台 仓）

双手托掌，右 （左手插腰，右手剑指上指）
丁字步亮住）

〔【急急风】梁红玉右转身面里。八女兵“插门”“下场门”下。其中一名女兵提枪带马。梁红玉转身面向前，上步，抚马推鞍，上马，面里。右手端枪反圆场“下场门”下。女大纛随下。闭二幕。

第二十一场

〔【急急风】开二幕。宋船夫持桨“下场门”上，在“大边”搭扶手。四女兵托举双头枪“上场门”上，圆场，上船。梁红玉举枪、女大纛“上场门”上，圆场，上船。【水声】梁红玉、宋船夫做船身晃动状。【串子】梁红玉、四女兵转身面向“小边”台口，女大纛至梁红玉身后，宋船夫至船尾。梁红玉一望，举枪，在“大边”领圆场走“太极图”；金兀术举枪、金大纛、四番将、金船夫“上场门”上，与梁红玉会阵。梁红玉打“腰封”，斜垂式亮相；金兀术接“腰封”，端枪亮相。【九锤半】梁红玉、金兀术做船身晃动状。【串子】梁红玉在“大边”，金兀术在“小边”分别向左推枪，顺枪，举枪，领小圆场。梁红玉至“下场门”台口，金兀术至“小边”台口，二人护腰式端枪，交锋，三个“轴肘”，金兀术刺，梁红玉打“腰封”，梁红玉在“下场门”台口左手“山膀”，拉枪式亮相；金兀术在“小边”台口右手横提枪，蹲裆式亮相。【九锤半】梁红玉、金兀术做船身晃动状。【串子】梁红玉举枪在本边领一个小圆场，至“下场门”台口；金兀术在本边举枪领一个小圆场，至“小边”台口。二人拧身在本边领“太极图”，归到原位后，“推磨”，梁红玉、女大纛、四女兵、宋船夫到“小边”；金兀术、金大纛、四番将、金船夫到“大边”。交战。二人一磕，梁红玉打“鼻子”，接打“上下左右”，一刺，打“腰封”。梁红玉斜垂式在“大边”亮住；金兀术护腰式在“大边”蹲裆亮住。【急急风】金兀术左转身领金大纛、四番将、金船夫圆场“下场门”败下。梁红玉领女大纛、四女兵、宋船夫圆场至“九龙口”举枪亮住，接领反圆场至正场。（切住）涮枪（嘟仓七仓）推枪，拉开“山膀”，横举枪亮相。【急急风】梁红玉端枪领女大纛、四女兵、宋船夫“下场门”追下。

第二十二场

〔【急急风加堂鼓】金船夫、四番兵、四番将“上场门”败上，斜门，引金兀术、金大纛上。金船夫、四番兵、四番将、金大纛“倒插门”至“大边”下船，“上场门”下。金兀术随众下船后，握枪拉马，**【四击头】**上马，亮背相。**【急急风】**金兀术“上场门”下。

〔**【急急风加堂鼓】**四女兵持双头枪“上场门”上，过场，“下场门”下。梁红玉举枪、女大纛“上场门”上。女大纛归正场。梁红玉举枪“九龙口”亮住，举枪在“小边”反圆场回至“九龙口”。（切住）将枪交左手反握枪镩竖枪亮背相。**【急急风加堂鼓】**反圆场，至正场变成左手背枪，“下场门”下。女大纛随下。

〔**【急急风加堂鼓】**宋船夫、四宋兵、四宋将“下场门”上，斜门，引韩世忠提下甲、举枪上，宋大纛随上。韩世忠挥手，四宋兵、四宋将下船，至“上场门”成“斜一字”，韩世忠、宋大纛下船，至“九龙口”，韩世忠，握枪拉马，上马。四番兵、四番将、金兀术“下场门”上，宋、金将士“二龙出水”下，韩世忠、金兀术“一扯、两扯，一合、两合，幺二三”，兜镩，右转身，“轴肘”，左转身，搭，兜，韩世忠刺腿三枪至“小边”，金兀术撩三枪至“大边”，里绕，韩世忠左转身，金兀术右转身，打“封头”，（**嘟崩登仓**）韩世忠马失蹄，勒缰，拧身，用枪镩压住金兀术刺过来的枪头。（**八大仓**）一压，（**八大仓**）两压。梁红玉同时“下场门”暗上至后场正中，（**嘟 崩登仓**）向前挑开二人的枪，打金兀术“腰封”，梁红玉斜垂式亮相，金兀术“小边”提枪摸头亮相，韩世忠“大边”右转身“下场门”下。**【急急风加堂鼓】**梁红玉涮枪，“过合”，涮枪，左转身一周，打上下，搭镩外绕，金兀术枪镩压住梁红玉枪头，番将甲持枪“下场门”暗上，挑开二人的枪，（**嘟崩登仓**）打梁红玉“腰封”，**【急急风加堂鼓】**“过合”，二人右转身打“大快枪”，抽番将“抢背”，**【四击头】**梁红玉“小边”台口斜拧式，番将左手旁背枪，亮相。**【急急风加堂鼓】**番将甲“下场门”下，番将乙举双刀“上场门”续上，梁红玉打“倒叉虎”，番将丙举双刀“上场门”续上，（**八大仓**）（**八大仓**）（**八大仓**）（**八大仓**）（**八大仓**）（**八大仓**）梁红玉抽二番将“四门抢背”。**【急急风加堂鼓】**番将甲、丁举双刀、金兀术举枪“下场门”续上，“过合”，（切住）金兀术提下甲举枪、四番将举双刀“小边”亮住，梁红玉至“下场门”台口左转身，涮枪，斜垂式“大边”亮住。**【急急风加堂鼓】**梁红玉两望，相持，梁红玉、金兀术同往台里走，转身，再回至台口，举枪，梁红玉领圆场，至“小边”回身，漫四番将头，“倒脱靴”“下场门”下，金兀术接“一刺腰封”，转身“下场门”下；龙虎帅“下场门”续上。梁红玉打龙虎帅“上下左右”，漫头，一刺，龙虎帅左转身一周，漫头，再刺，龙虎帅右转身一周，漫头，三刺，龙虎帅左转身一周，一搭，龙虎帅再左转身一周，外绕，龙虎帅压住梁红玉的枪，（**嘟崩登仓**）梁红玉撒枪抽龙虎帅“拨浪鼓”，梁红玉拧枪式亮相。龙虎帅“下场门”败下。**【急急风加堂鼓】**梁红玉提下甲提枪圆场，至“九龙口”左转身举枪，提靠肚，反圆场，涮枪，至“小边台口”（切住）左拧身，拧枪式别左腿亮住。（**嘟崩登仓**）持枪快步向“下场门”走，至“大边”右脚走“探海”，推枪，横举枪，左手提靠肚，右脚戳步亮相。“大边”反圆场至正场，右转身，面向前，推枪，提枪花，右转身一周，继续要提枪花，右转身半周，面里，随着枪花涮枪，枪头戳地，**【四击头】**往身后涮枪，拧身，面向前，右手扔枪接枪头，“鹞子翻身”，枪交至左手，枪头朝下，斜托枪，右手腕花，勒缰，亮相。**【急急**

风加堂鼓】反圆场“下场门”下。

第二十三场

〔**【乱锤】**四番兵、四番将“上场门”败上，“挖门”，分站两边，金兀术持鞭托枪随上至正场。

金兀术 收兵！

〔**【急急风加堂鼓】**四番兵、四番将“插门”，圆场，“下场门”下。金兀术至“九龙口”勒鞭托枪反圆场至“小边”台口，(切住）打马，左拧身，抬左腿亮住。(**嘟崩登仓**）左转身一周，“探海”、“跺泥”。**【急急风加堂鼓】**小反圆场，（切住）托枪，弓箭步亮住。（**八大仓**）（**八大仓**）（**八大仓**）甩三鞭。**【四击头】**收左腿，原地右拧身跨右腿，左转身一周，右手抱鞭，左手横提枪蹲裆式亮相。**【急急风加堂鼓】**收左腿，跨抬右腿，拧身，小反圆场，至正场，左手托枪，甩鞭，左转身，面向“下场门”，右手举鞭，左手掖枪“下场门”下。

第二十四场

〔**【急急风加堂鼓】**四宋兵举单刀、八女兵托双头枪、四宋将举枪、“上场门”“挖门”上，八女兵归后场“横一字”，四宋兵在后、四宋将在前，分站两边，韩世忠举枪、梁红玉举枪随上，韩世忠归“大边”，梁红玉归“小边”，二人斜垂枪相对点头示意胜利转身下马。

〔奏唢呐曲牌<尾声>四宋将归到正场成一字，韩世忠、梁红玉搭双臂“推磨”，韩世忠右臂搭梁红玉左臂，外绕一周，韩世忠拉住梁红玉左手，左手赞美，梁红玉谦虚。二人搭臂面向前亮住。**【急急风】**落大幕。

—— 剧 终

孙荣蕙 教传　　贾元声 整理 记录

乾坤福寿镜

尚小云演出本

颍州知府梅俊之妻胡氏怀胎十四月未临盆，侧室徐氏诡称将产妖魔。梅俊听信其谗言欲害死胡氏，可巧被丫环寿春听见，遂携同主母出逃避难。胡氏于途中分娩一子，遂将随身携带的传家之宝福寿镜戴其项上。值寿春为婴儿买食未归之际，巴山强盗金眼豹将胡氏掳上山寨，摔抛婴儿于野外。胡氏被掳进山寨后，幸得山婆的同情，并赠其银两释放下山。胡氏逃下山，寻见寿春，胡氏因失掉婴儿而惊吓焦急以致疯癫。赖寿春照应，赴京投梅俊胞姐郑梅氏，始得安身。弃婴为宁武关总镇林鹤所得，抱回府中抚养。十七年后，婴儿长成，林鹤对其说明身世。此子科试得中状元，夸官游街时路遇疯妇，经寿春说明情由，母子得以相认。郑梅氏见胡氏母子团圆，胡氏疯病又已痊愈，遂送其还家。梅俊查明前情，向胡氏母子认错赔罪，阖家团聚。

此剧系南府秘本，王瑶卿演出时共八本，经尚小云改编成现在的舞台本。

杨小楼提倡“武戏文唱”，尚小云提倡“文戏武唱”，二人殊途同归，目的均是为刻画人物，突出主题。尚小云在《乾坤福寿镜·失子惊疯》一折的表演便是“文戏武唱”的典范。对于演员来说，武功本无处不在，一站一动，一个山膀，一个转身，都能看出演员的武功根底。尚小云幼年以武生开蒙，后改旦角，以“铁嗓钢喉”誉世，更将武生功夫化到旦行的身上，一些较瘟的戏一经他注入“武”的血液，便充满了新的活力，成为唱做并重、受听耐看的好戏。尚小云在《乾坤福寿镜》中运用了多姿多彩的水袖功夫，表达胡氏在不同情境中的不同心态，丰富了艺术形象，具有很强的艺术感染力。譬如胡氏在寿春协助下逃出梅府，途中因即将分娩而腹疼不止，主仆来到一座破窑前，欲进内安身的情节。尚小云演出时，一个进窑身段就非常见功力：他左手撩水袖，捂肚子走圆场，唱罢前三句〔摇板〕，再走圆场与寿春“合扇”进窑，于【大锣凤点头】中半蹲抬右手，左手转水袖；右手单云手，水袖托塔，然后转身双水袖外甩，再接唱末句。又如胡氏被金眼豹抢上山寨后被山婆搭救，对其感激之情与拜别出门逃离时的身段也十分精彩。在锣鼓（八大仓）里撩袖拜别，起身后左转向前打右水袖，再向前打左水袖，【扫头】中出门盖右水袖向右转，进而左右各反打水袖，重复数次，终了采用右水袖大步盖亮相，于【冲头】中急速跑下。整组身段一气呵成。

以上两个例子是尚先生把生活细节艺术化了的结果。尚先生常把细节放大，经提炼注入技艺，这既是以艺术程式又再现生活的瞬间，又让观众有戏有艺可观，正是大师表演的魅力所在。至于胡氏因失子而惊疯的表演就更能体现“文戏武唱”的宗旨了。惊疯后身段繁多，特别是变化多姿的水袖组合，配以各种步法圆场和“童子拜观音”等身段，把胡氏癫狂之态发挥得淋漓尽致。

这出戏的唱腔同样很吃功夫，胡氏逃府途中安排了〔西皮导板〕〔慢板〕〔原板〕〔二六〕〔散板〕等成套唱腔，恰到好处地揭示出胡氏的心悸，特别是惊疯时的几段〔摇板〕，更加准确地唱出了人物的心态。

该戏后半出主角是丫环寿春。尚小云历来是一赶二，他演的寿春俏而不俗，“团圆”一场演来轻松幽默，堪称响亮的“豹尾”。

尚门弟子杨荣环、孙荣蕙及尚小云次子长麟都善演此剧。孙荣蕙又将此剧授给李莉。“文革”前，芙蓉草在中国戏校教“失子惊疯”一折，不少学生得其真传。

刘淑兰

人物行当

徐金定	花旦	琴　音	丑
梅　俊	老生	林　鹤	老生
梅　心	丑	林必显	小生
四家丁	杂	红龙套	杂
寿　春	旦	军　士	杂
胡　氏	旦	车　夫	杂
喽　兵	杂	青　袍	杂
金眼豹	武净	中　军	净
山　婆	彩旦	郑梅氏	老旦
丫　环	旦	家　院	末

服装扮相

徐金定　钻石头面，裙袄，白袜、彩鞋，手帕。

梅　俊　高方巾、黑三，宝蓝褶子、丝绦，厚底靴；后改忠纱、黪三，紫官衣；最后改紫帔。

梅　心　青罗帽，青褶子、大带、青彩裤，大袜、方口皂鞋。

四家丁　青罗帽，青褶子，青彩裤，薄底。

寿　春　抓髻、钻石头面，裙袄、小坎肩、手帕，白袜、彩鞋；后改绸条，蓝布小褂、素腰包、白绸子；最后改钻石头面，粉裤袄、月白大坎肩、绣花腰巾、绣花裙袄、小坎肩，手帕。

胡　氏　点翠、钻石两样头面，绣花褶子、绣花帔，绣花马面裙子；后改头包绸子，绣花边褶子、蓝边素腰包；又改青褶子、富贵衣绣边灰褶子；最后改点翠、钻石头面，绣花帔，绣花马面裙子，白袜、彩鞋。

喽　兵　青包头布，青侉衣、青彩裤、青腰箍，黑薄底。

金眼豹　鬃帽、大额子、雉尾、绿碎脸、红扎，绿抱衣抱裤、大带、绿开氅，靴。

山　婆　黪网子、彩旦髻，彩旦褂子、红裙，袜子、彩鞋，大手帕。

丫　环　抓髻、钻石头面，裤袄、大坎肩、腰巾子，白袜、彩鞋。

琴　音　孩儿发，茶衣、彩裤、白腰巾，大袜、方口皂鞋；后改青罗帽，青褶子、大带。

林　鹤　蓝员外巾、蓝绸条、黪三，蓝帔，彩裤，靴；后改忠纱、白三，香色帔；最后改帅盔、红蟒。

林必显　珠子头、项挂福寿镜，绣花褶子、淡青彩裤，靴；后改玻璃肚子，珠子头插雉尾翎子，挂宝剑；最后插金花纱帽，大红官衣。

红龙套　红大板巾，红龙套服，门刀，红彩裤，薄底。

军　士	小板巾，勇士服，彩裤、腰箍，薄底。
车　夫	蓝毡帽，青彩裤，蓝大领褂子，薄底。
青　袍	秦椒帽，青道袍，青彩裤，薄底。
中　军	元宝脸，中军盔，绿开氅，红彩裤，靴。
郑梅氏	黪网子、紫绸条，紫帔，绿裙子，白袜、福字履。
家　院	青罗帽、白三，青素褶子、大带，青彩裤，靴。

道具

茶盘	一个	**宝剑**	一口
茶碗	一个	**棒槌**	一个
红包袱	一个	**银两**	一份
彩娃子	一个	**车旗**	四根
福寿镜	一个	**马鞭**	四个
项圈	一个	**画轴**	一幅
招贴	一张	**桌子**	二张
糕干包	一个	**椅子**	四把
小帐子	一份		

第 一 场

［场正中设桌子、“小座”、跨椅。

［【撤锣】【小锣打上】

徐金定 （念）只为宝镜事，

昼夜心不安。

［【小锣一击】转身坐“小座”。

唉！只因我家老爷年过四旬无子，说好我和胡氏谁先有孕，便授以传家之宝福寿镜，接续香烟。如今胡氏身怀有孕，好教我心中烦闷！【小锣一击】是我暗中给了赵半仙一些银子，让老爷前去算卦…… （扎扎扎扎）胡氏啊，胡氏！我要不害你呀，可就没有我立足之地了！正是：

（扎）为得今生享安乐，

无可奈何动杀心！（转身收拾桌椅）

［梅俊内白：“哎呀！”

［【快纽丝】梅俊上。

〔西皮摇板〕

梅 俊

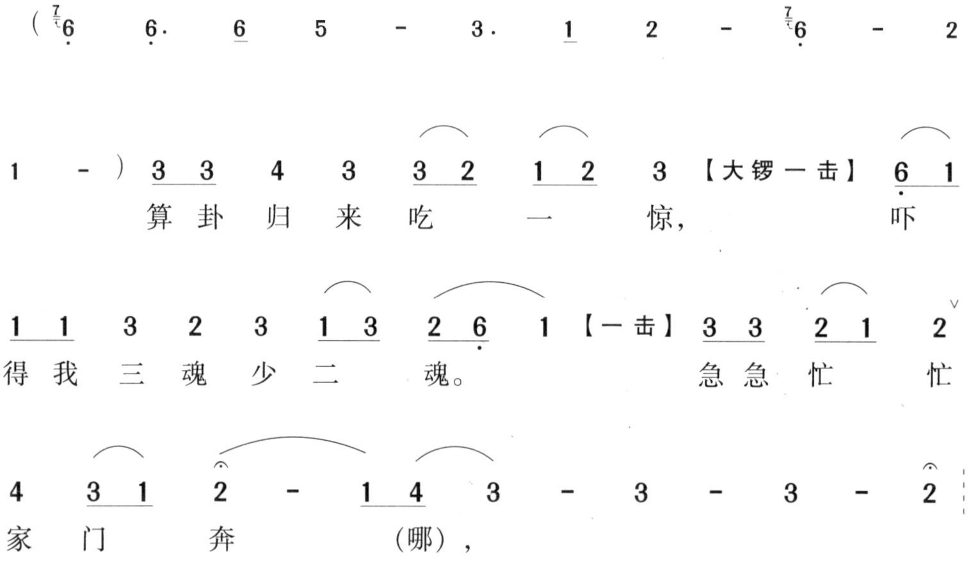

［【纽丝】圆场，进门，徐金定迎出。

徐金定 老爷回来了？

梅 俊 （过门同前）

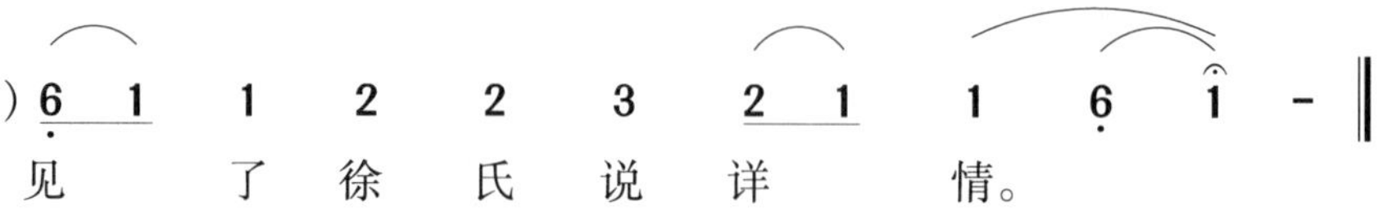

［【住头】梅、徐归“八字”座。

梅 俊 唉！【一击】

徐金定 老爷今儿回来，为什么闷闷不乐呀？

梅 俊 哎吓！夫人哪！（【大锣五击】站起走到台中、徐亦随即走到台中）适才去至衙前赵半仙那里与胡氏推算，看看是生男生女。哎吓吓！他讲的好怕吓！【丝鞭一击】

徐金定 哎哟！干吗那么怕呀？

梅 俊 那赵半仙言道，既非生男亦非生女，又因怀胎十四月有余，定然产生妖魔鬼怪，哎吓吓！我好怕吓！【一击】

徐金定 哎吓老爷，倘若胡氏当真产生妖魔鬼怪，要是传扬出去，您的脸面何存哪！

梅 俊 哎吓！这……【乱锤】

徐金定 老爷！【住头】妾身倒有一个万全之计。

梅 俊 什么万全之计？

徐金定 有道是：家丑不可外扬。事到如今只有将胡氏害……【一击】

「寿春托茶盘上，走到“小边”台口，突然听见徐氏念到“害”字，吃惊，急由“上场门”退下。

梅 俊 噤声！

「徐用手掩口，【撕边】二人出门左右望，【小锣一击】二人进门。寿春急暗上，偷听。

梅 俊 害什么？

徐金定 今晚备酒一席，请胡夫人花厅赏月，三更时分，用酒将她劝醉，推下鱼池，活活淹死！（【冷锤一击】寿春急下）就说她酒醉失足，落水而亡。人不知鬼不觉的，外人也不能谈论什么，也免得老爷出丑，您看如何呢？

梅 俊 唉！事到如今，也只好如此。

徐金定 我说老爷，不是咱们拟意要害她，谁让她要产生妖魔鬼怪哪！

梅 俊 哎吓！好怕吓。

徐金定 老爷，您别怕，先上屋里歇会儿去。

梅 俊 唉！随我来。

徐金定 啊，来了，来了。

「徐金定搀梅俊下。【小锣打下】

第 二 场

「【小锣夺头】胡氏上。

〔西皮慢板〕

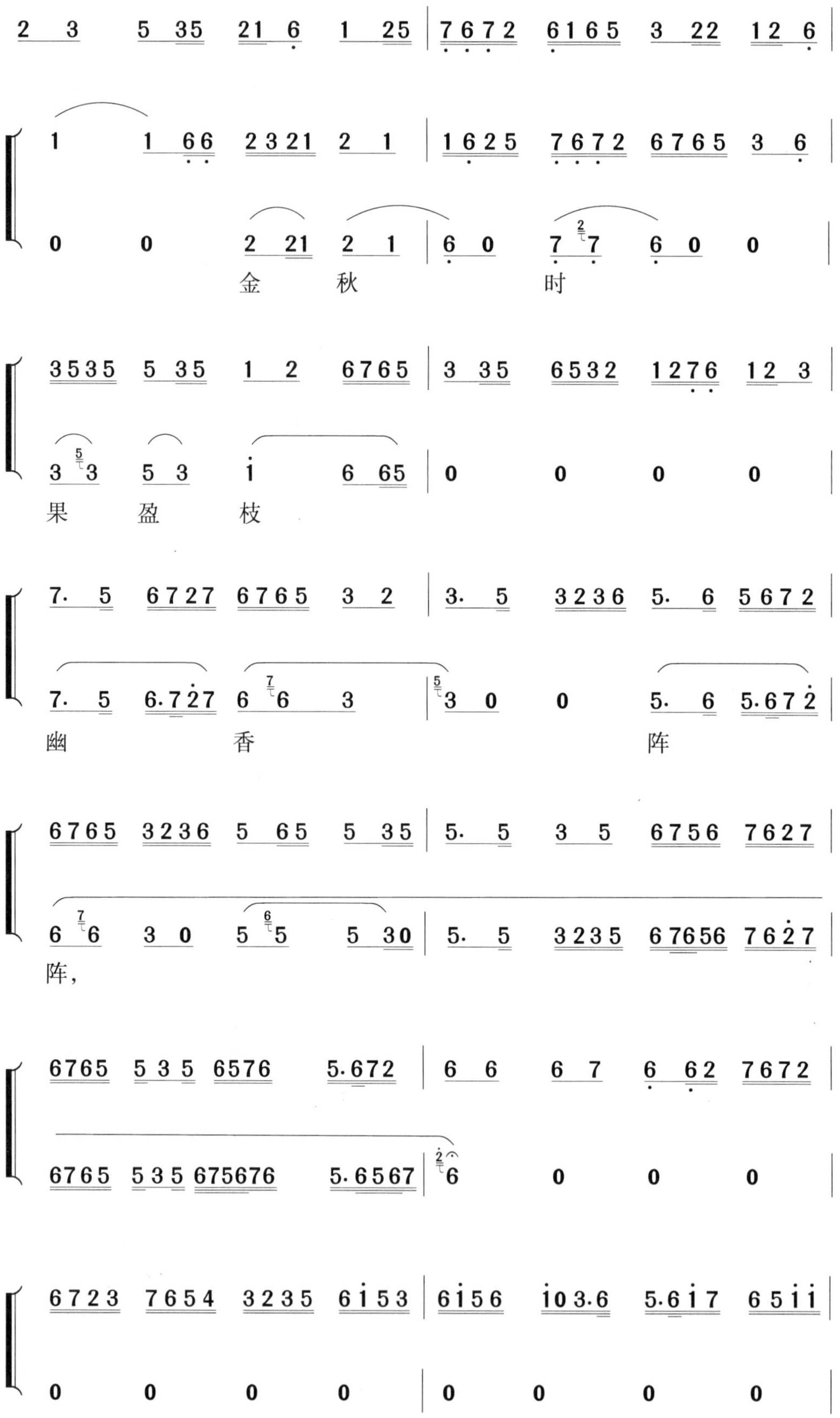

金 秋 时
果 盈 枝
幽 香 阵
阵，

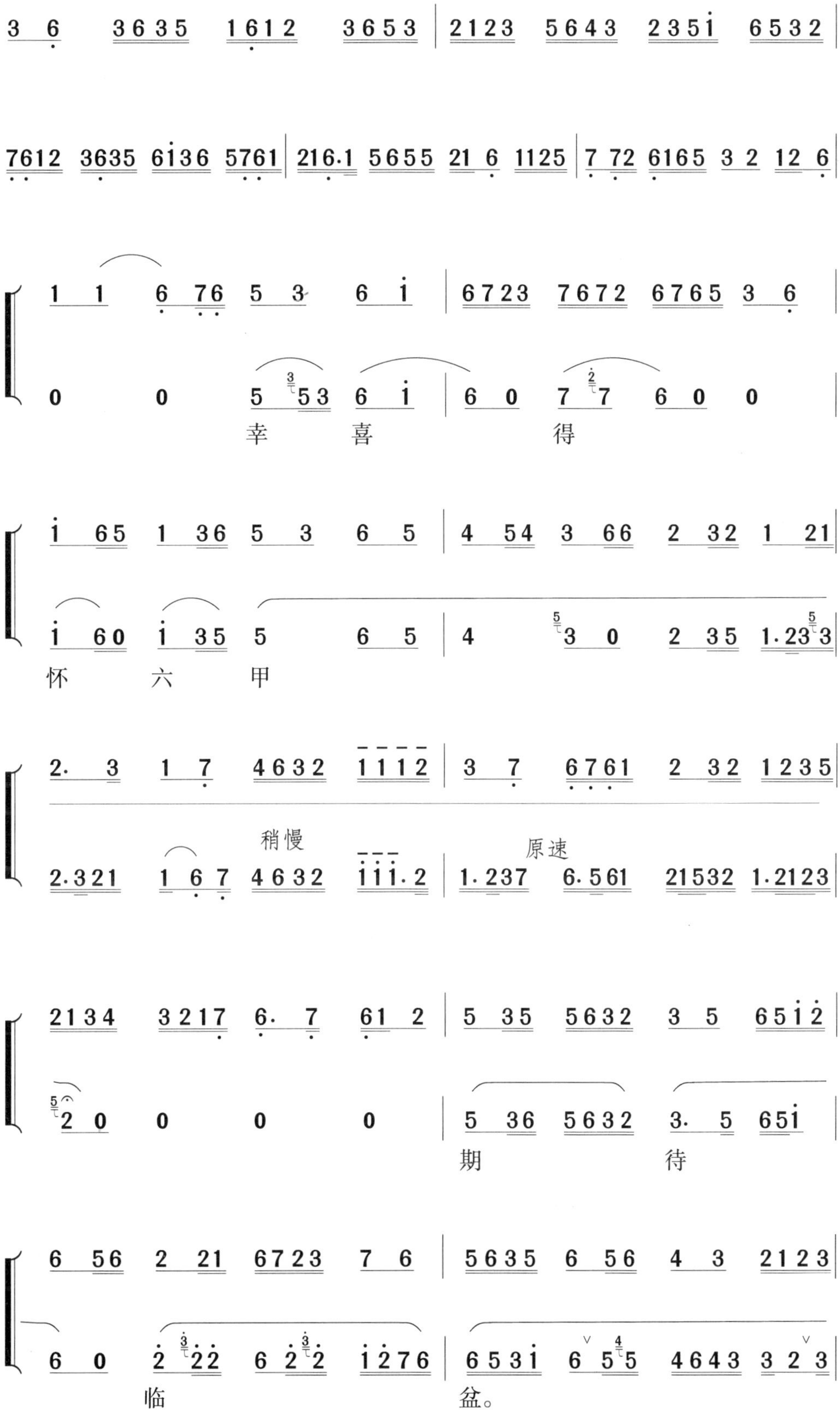
幸 喜 得
怀 六 甲
稍慢
原速
期 待
临 盆。

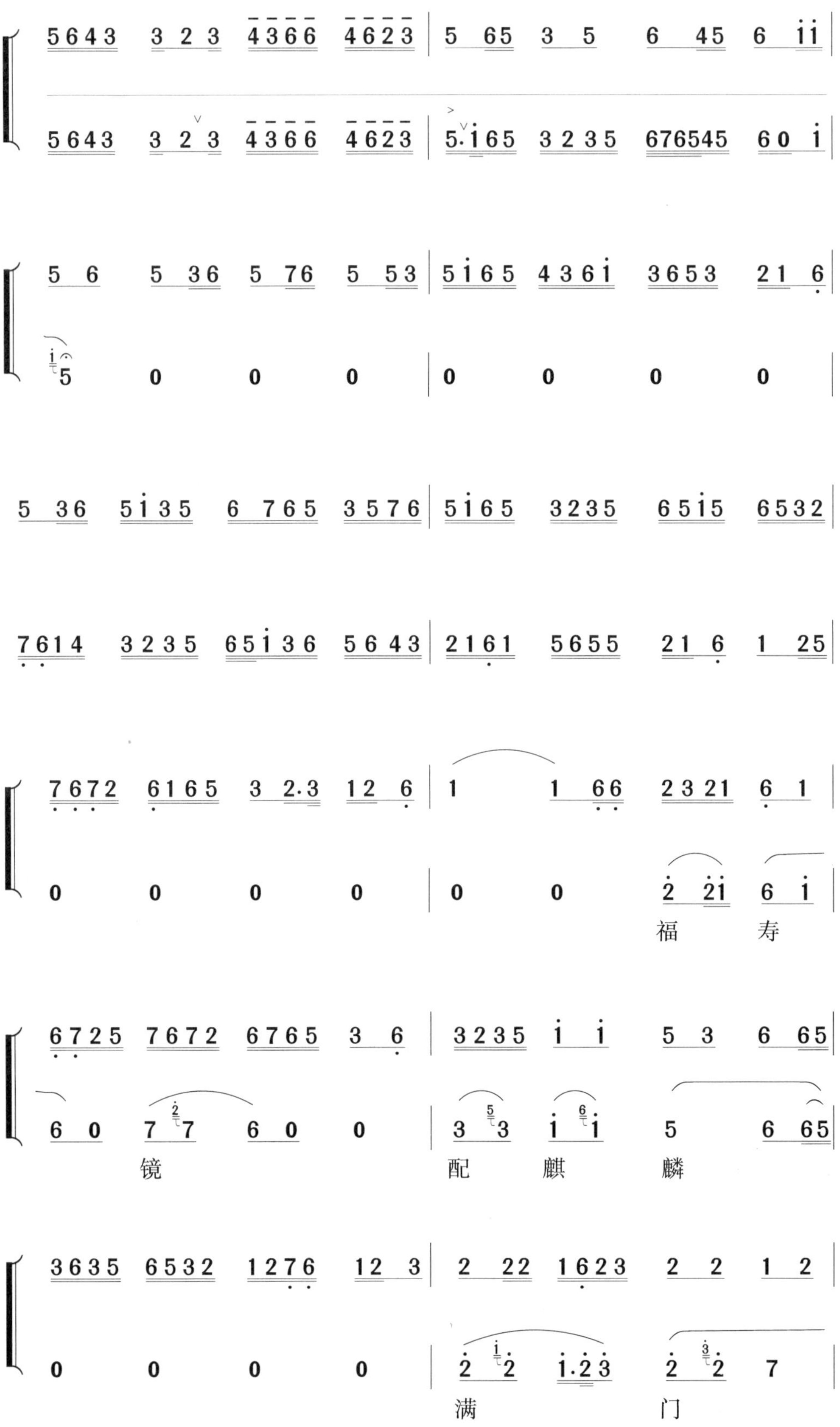
福
寿
镜
配
麒
麟
满
门

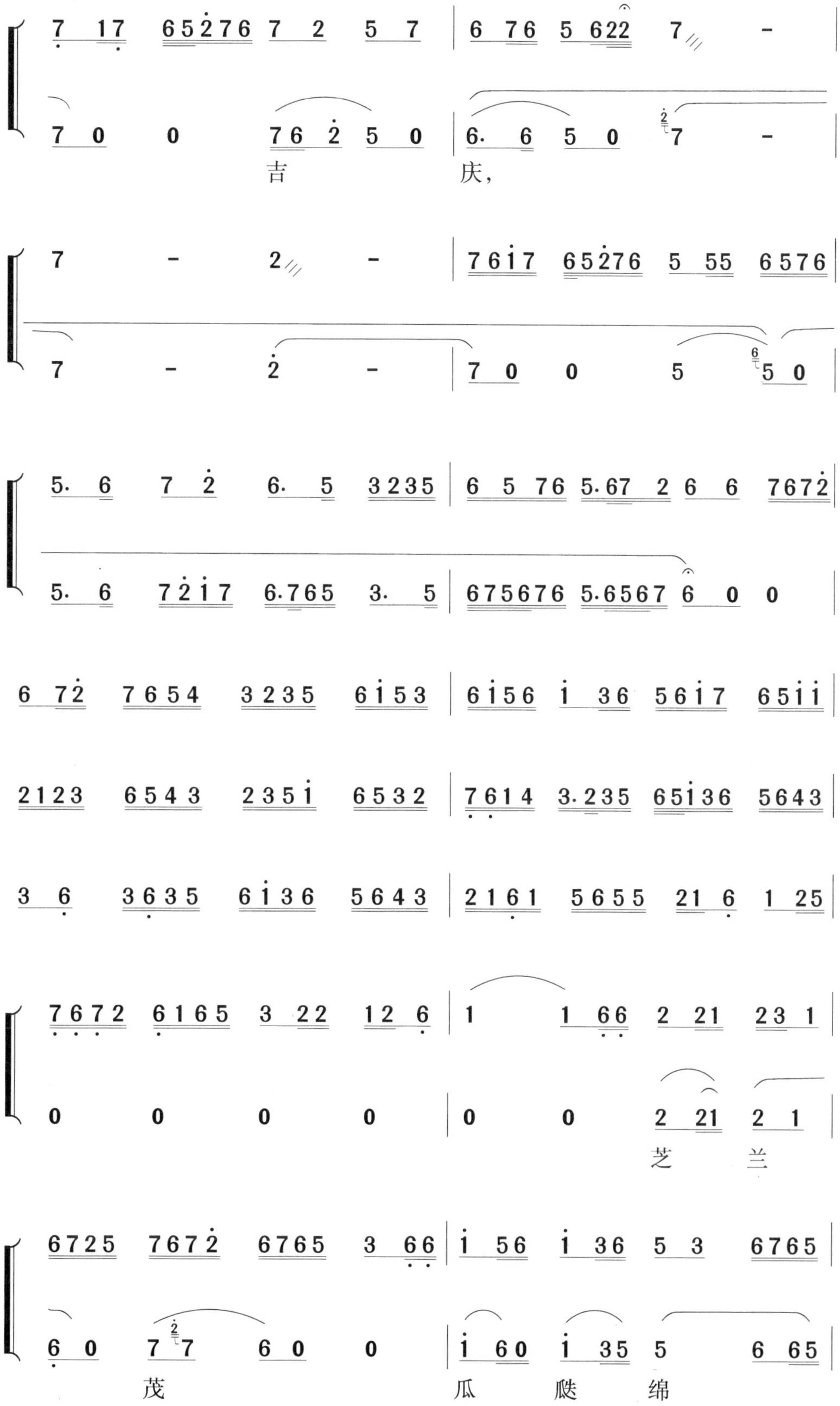
吉
庆，
芝
兰
茂
瓜
瓞
绵

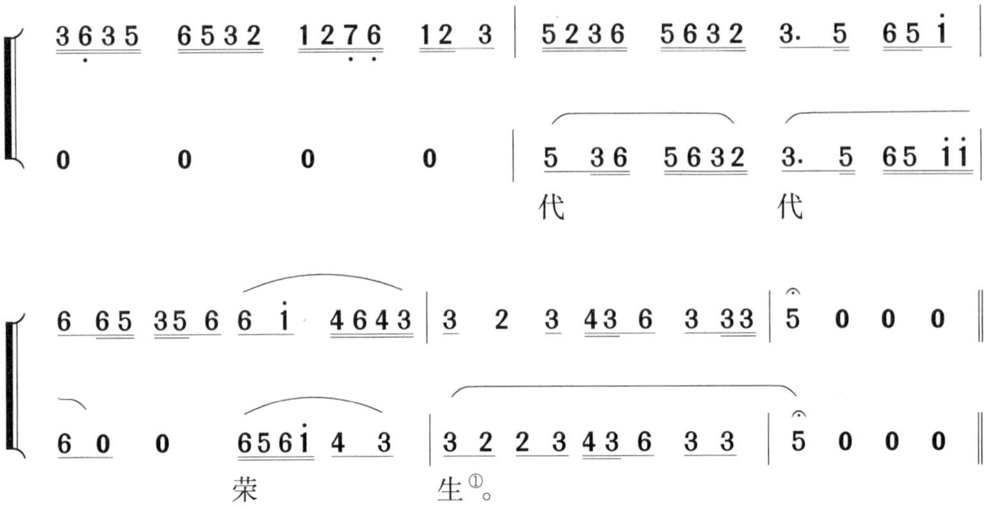

〔【冲头】寿春急上，进门。

寿　春　哎呀！夫人大事不好！【大锣一击】

胡　氏　何事惊慌？

寿　春　今日老爷与夫人算命，言说夫人怀胎并非六甲之子，定产妖魔鬼怪败坏门庭。徐夫人与老爷定下一计。今晚在花厅备酒一席，请夫人前去赏月，用酒将夫人劝醉，推下鱼池活活淹死！【冷锤一击】

胡　氏　此话当真？（急抓寿春右手腕）

寿　春　奴婢焉敢谎言！

胡　氏　哎吓！

〔（八大仓）胡氏昏、“气椅”。

寿　春　夫人醒来。【冲头】

〔西皮导板〕

胡　氏　【导板头】サ（

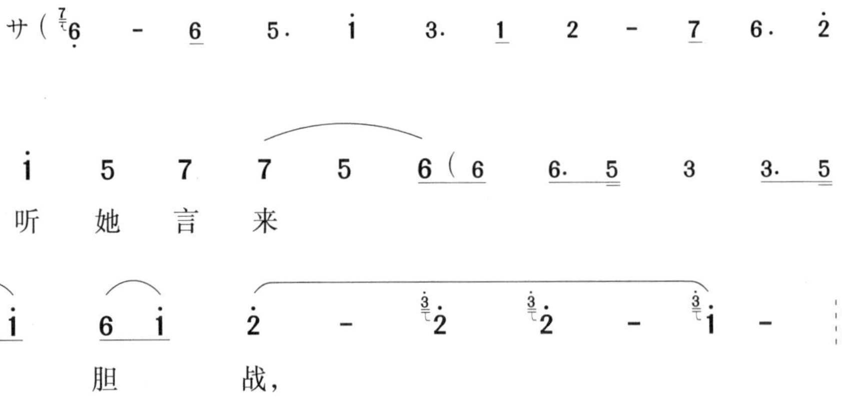

---

①　芝兰茂瓜瓞绵代代荣生：瓞（音迭 dié），小瓜，见《诗经·大雅·绵》：“绵绵瓜瓞”。古人称瓜之有两种，大者叫“瓜”，小者称“瓞”。瓜蔓上近本之瓜必小于远离根部的大瓜，称为“瓞”，“瓜瓞绵”即连绵。芝兰，古指优秀子弟。全句说后代优秀人才很多。

〔西皮散板〕

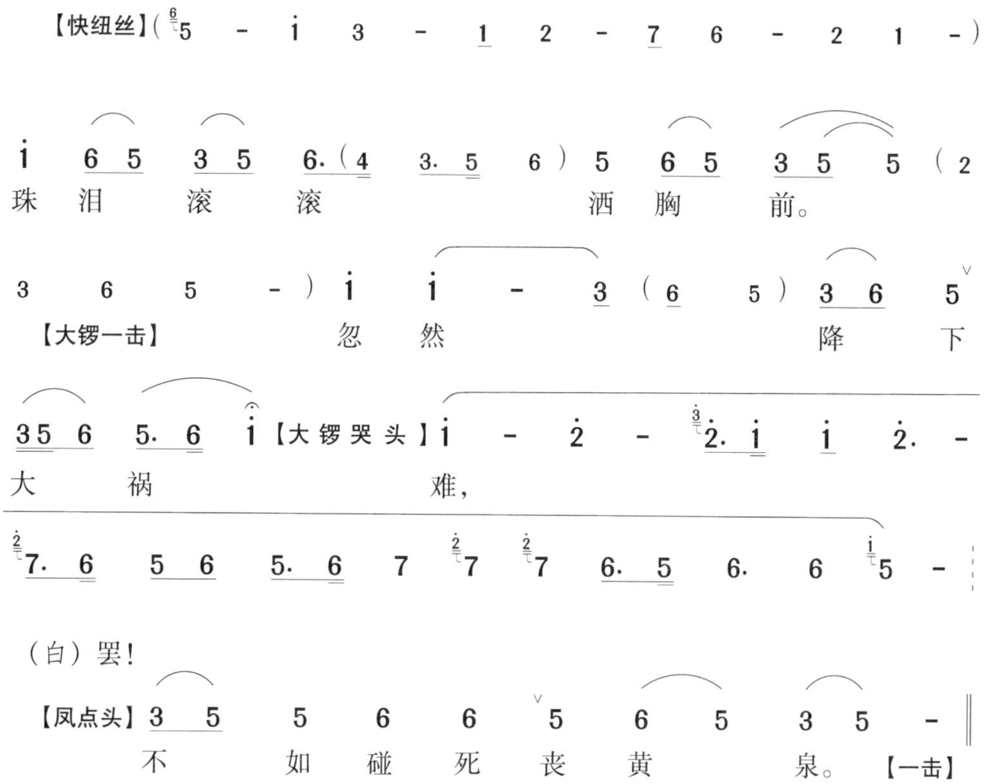

（撩右水袖，面向右，用右额角欲碰死）

寿　春　（左手忙拦阻）夫人不必如此，三十六计走为上策，你你你快快逃命去吧！

胡　氏　哎吓，寿春哪！**【大锣五锤】**你看这黑夜之间，我一个女流之辈，往哪里逃走？

寿　春　夫人哪！**【大锣住头】**就是上天入地，我寿春情愿跟随夫人一同逃走！**【一击】**

胡　氏　怎么，（双手抓寿春腕）你你你你愿跟随我逃走吗？

寿　春　情愿跟随。

胡　氏　真乃义仆也。请上受我一拜。**【一击】**

「急〔亮弦〕（5　5 5　2 1　7　2　1　－）**【大锣五锤】**胡氏跪，寿春双手搀扶。胡氏拉着寿春手腕。

胡　氏　将传家之宝福寿镜带在身旁，你快到后面收拾收拾，我们即刻逃走！

寿　春　遵命。**【一击】**

〔亮弦〕　渐慢

（4　3.　6　5　－　）**【大锣凤点头】**

〔西皮快板〕

胡　氏

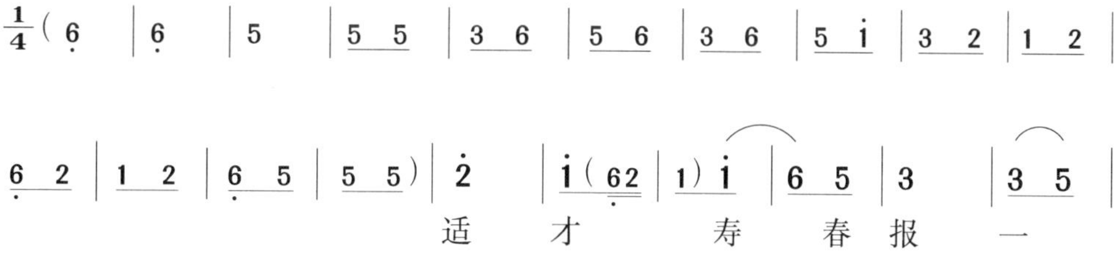

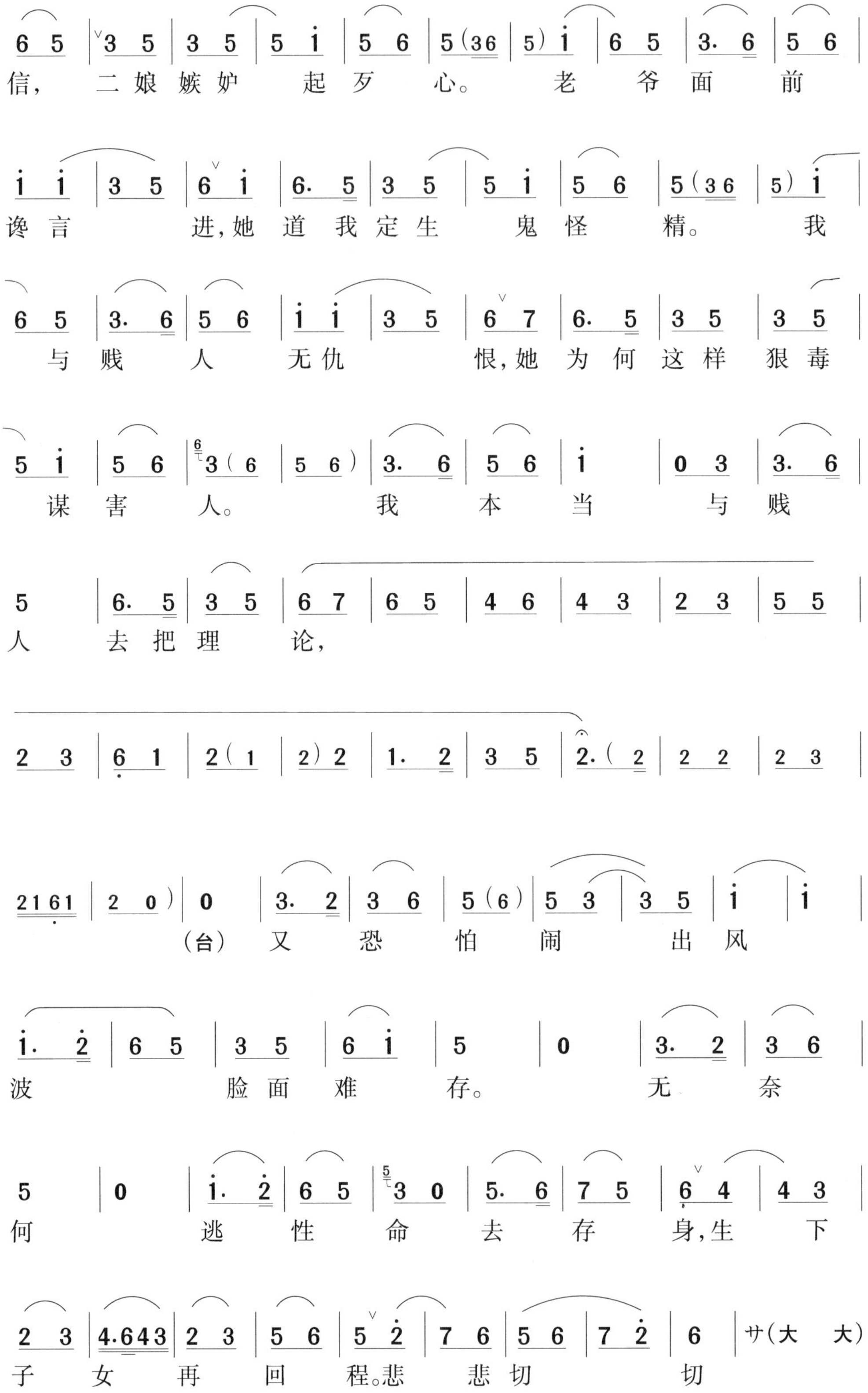

（寿春头包绸子，背包袱暗上，白：“收拾完了！”）

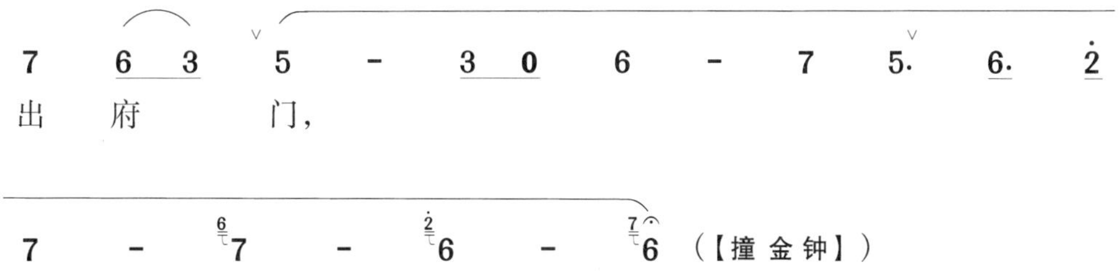

(寿春欲出门,胡氏拦。二人向左右望,相对示意无人,二人出门)

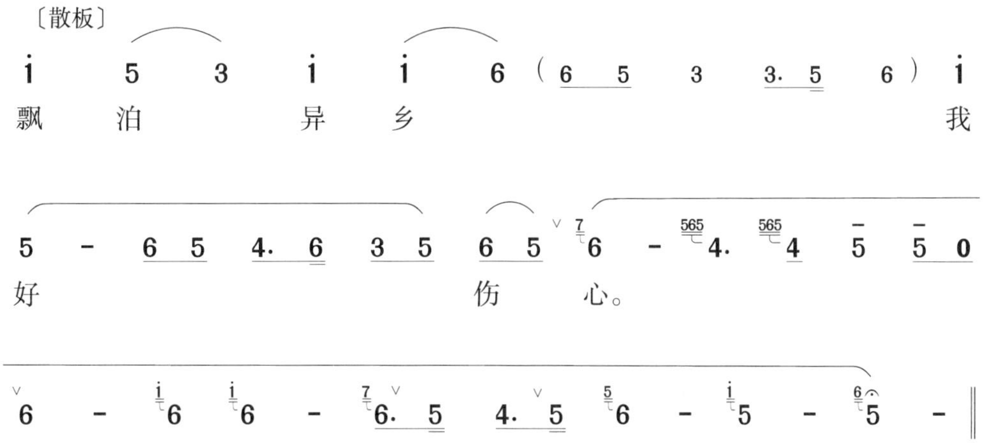

〔胡氏唱毕,二人至台中。【软四击头】【大锣原场】二人返回望家门,难舍难离,后退,胡氏撩右水袖,【冷锤】胡氏搂寿春肩,【冲头】下场。闭二幕。

〔二幕外。【快纽丝】梅俊上。

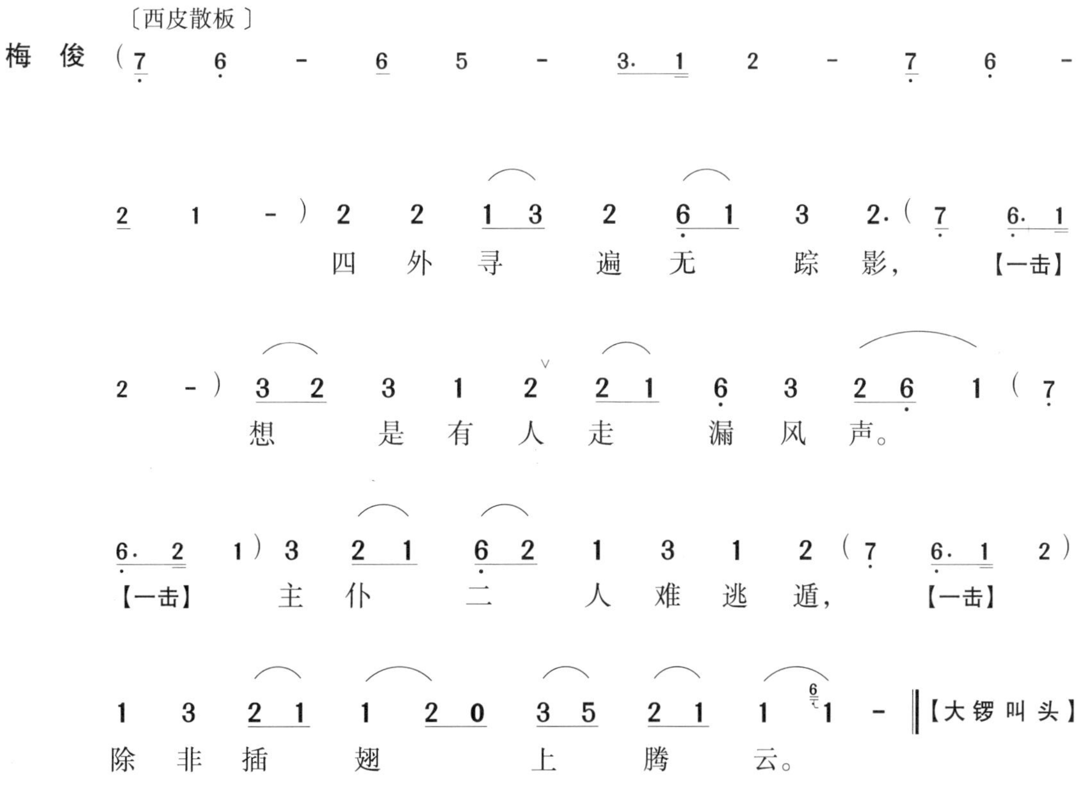

哎呀且住！【大锣五锤】不知何人走漏风声，胡氏与寿春一同逃走。必须连夜将她们追回！梅心！吩咐家丁们走上！

梅　心　家丁们走上啊！

〔【冲头】众家丁两边上。

梅　俊　带马快快追赶！

〔梅俊上马，【扫头】众人同下场。

第　三　场

〔【纽丝】胡氏头包绸子，花边褶子，与寿春同上。

〔西皮摇板〕

胡　氏　（过门略）3 6　5　7　7　5　6 0　7　6 35　^{7}6（4
主　仆　悄　悄　出　官　衙，

3. 5　6）i　6 5　5 35　^{7}6　6 5　5 3　^{6}5 ‖
【一击】凄　凄　惨　惨人　吓　煞。【大锣住头】

啊，寿春，你我逃出门来，这黑夜之间，又不晓得路径，往哪里逃走？

寿　春　夫人不必着急。待我搀扶夫人去到京城，投奔姑母家中，说明此事，再做计较。

胡　氏　唉！事到如今，也只好如此。（欲走，忽然腹痛、用手抚腹部）哎哟！【小锣一击】哎哟！【小锣一击】

寿　春　夫人，怎么样了？

胡　氏　我腹内忽然疼痛起来，想是要分娩了，快快看看此处可有人家无有？

寿　春　待我看来。【小锣一击】看前面有一破瓦寒窑，待我搀扶夫人，挨到那里，暂且安身如何？

胡　氏　如此，寿春，你你你快快搀扶了。哎哟，痛煞我也！

〔【大锣纽丝】左手撩水袖捂肚子，圆场，唱三句到“大边”，寿春走到“小边”。

〔散板〕

（过门略）i　5　7　6　5 6　3 5　^{7}6（4　3. 5　6）
霎　时　一　阵　腹　内　痛，【一击】

3 5　5 3　i　6 5　5　6 5　3　5　-（2　3
想　是　娇　儿　要　临　盆。

6　5　-）3 5　5　7　7 5　6 0　7　6 5
【一击】寿　春　搀　我　寒　窑

5 3 5 - 6 7 5 6 7 - 7. 6 -

来　进，

〔【纽丝】圆场，二人“合扇”进窑。胡氏半蹲、抬右手，左手转水袖。右单云手，水袖“托塔”，右转身，双水袖外甩。

〔散板〕

【大锣凤点头】(过门略)3 5 5 5 3 5 6 6 5 5 - 3 5353 5

是　男　是　女　早　降　生。

〔闭二幕。【乱锤】众家丁、梅心、梅俊骑马，过场。

〔二幕开。胡氏从寿春手中接过孩子坐正倒椅【婴儿架子】【小锣导板头】

〔西皮导板〕

胡　氏　(过门略)サ i 5 7 7 5 6 0 7 6 3 0 5 - 6 6 6 【婴儿架子】

昏　昏　沉　沉　如　梦　醒，

〔散板〕

【小锣凤点头】i 6 5 5 3 5 6 6 5 5 353 5 【小锣一击】

身　旁　又　听　婴　儿　声。

【婴儿架子】

寿　春　恭喜夫人，贺喜夫人，且喜分娩了。

胡　氏　啊，寿春。快快看看，是男是女？（婴儿递给寿春）

寿　春　（看婴儿）哎呀呀，是一位小相公啊！恭喜夫人，生下了一位小相公啊！

胡　氏　哦，【小锣一击】产生一子么？且喜梅门有后，待我谢天谢地！【小锣一击】

寿　春　当谢天地。

胡　氏　寿春，将传家之宝福寿镜与小相公佩戴项上。

寿　春　是！（边戴边念）小相公啊，小相公！你快些的长啊，长大成人好与你的亲娘报仇哇。（胡氏从寿春手中接过孩子）

胡　氏　你我暂宿一宵，明日早行。（二人背坐，起【四更】）

〔【冲头】众家丁上，“小边”站“一条鞭”。梅心、梅俊【水底鱼】同上。【大锣叫头】

梅　俊　哎呀且住！【大锣五锤】她主仆在前面走，我在后面赶，赶至此地，因何不见？

〔雨声。

梅　心　哎呀，下雨了。老爷，咱们快点找个避雨的地方，避避雨再追也不迟呀。

梅　俊　黑夜之间到哪里去避雨，看看前面，可有人家无有。

梅　心　（望）【小锣一击】老爷，前面没有人家，只有一座破瓦寒窑。咱们就上那儿避雨吧！

梅　俊　好！打道破窑！

〔【大锣水底鱼】众人小圆场至“小边”，下马，欲进窑。

梅　俊　哎呀，里面肮脏得很哪！

梅　心　老爷，您就凑合着点吧！雨住了，咱们就走。

〔梅俊又欲进窑。

梅　俊　哎吓，腥臭难闻！

梅　心　我看她们女流之辈，不会跑得太远，咱们先回府，等天明雨住了，再追不迟。

梅　俊　好，带马回衙！

〔**【冲头】**众人由“上场门”下。起**【五更】**

胡　氏　寿春，寿春。喂，寿春！

寿　春　夫人何事？

胡　氏　看看天明了无有。

寿　春　（望天色）**【小锣一击】**天已明了。

胡　氏　我们快快赶路吧！**【大锣纽丝】**

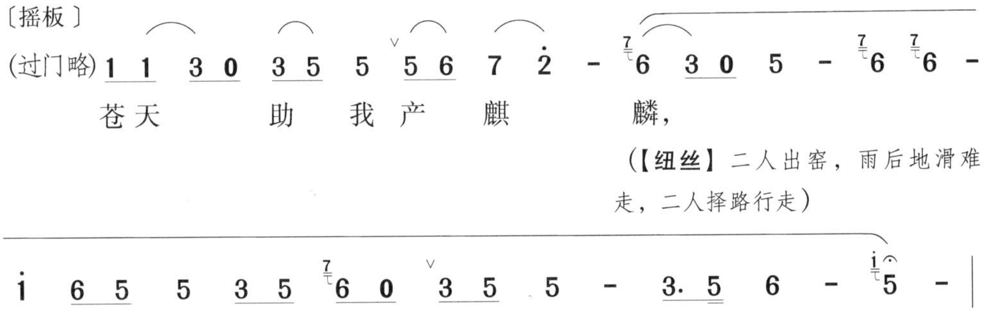

〔下句略唱紧接**【大锣滚头子】**二人同下。

第　四　场

〔**【急急风】**八喽兵“站门”。金眼豹上场。唢呐牌子<点绛唇>。**【回头】【冲头】**上“高台”。**【归位】**

金眼豹　（诗）貌煞体似彪，
　　二目放光毫，
　　人称金眼豹，
　　呼哨鬼神逃。

【住头】某，**【一击】**金眼豹。（**仓大**）只因在家打伤人命，逃出门来，在这巴山之上，自立为王。这几日未曾下山，手中缺少银两。看今日天气晴和，不免下山做些买卖。喽罗们！**【一击】**有请夫人。（下“高台”，改“八字”椅）

众喽兵　有请夫人。

〔山婆内白：“啊哈！”**【小锣五击】**丫环随上。

山　婆　随夫隐居在巴山，丈夫见我心胆寒。

金眼豹　啊，夫人，请坐。

山　婆　坐着，坐着。我说大王爷，把我请出来，有什么事呀？

金眼豹　啊，夫人。这几日未曾下山，今日天气晴和，我有意下山掳抢，不知夫人心意如何？

山　婆　可是这么着，你下山不准胡作非为、抢男霸女，你要是掐花捏朵的，我可饶不了你！

金眼豹　老太太，您就放心吧！

山　婆　丫头，搀着我到后头去喝点人参汤去。

〔【小五锤】山婆下，金眼豹送。

金眼豹　喽罗们！（众应介。【大锣一击】）

带马下山！（摘去额子雉尾）

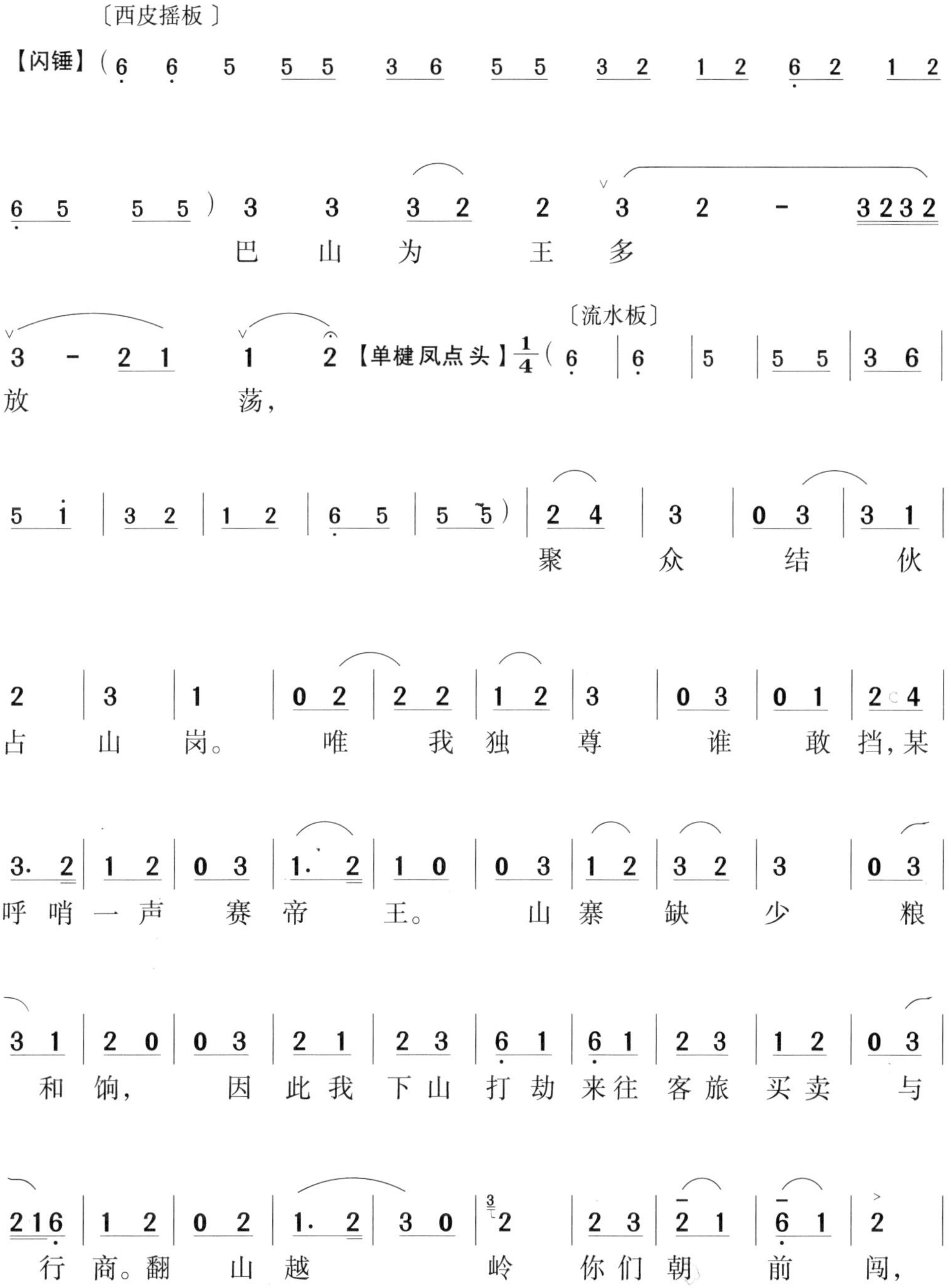

众喽兵　啊！（【快长锤】带马，众“领下”）

〔散板〕

金眼豹 (过门略)サ 2 3 3 2 1 1 2 1 6 2 1. 2 3 3 5 216 1

财帛金 银 要掠 满 囊。

〔【四击头】打马亮相。【急急风】下。

第五场

〔【纽丝】寿春、胡氏抱婴儿同上。

〔西皮散板〕

胡 氏 (过门略) i i 3 5 5 7 5 6 5 6 6 3 5

幸 喜 得 在 寒 窑 麒 麟 子

6 7 5 6 7 - 7. 6 【婴儿架子】【凤点头】(0 0)サ 5 i i

降， 儿 啼 哭

6 5 5 35 6 6 0 3 5 i 6 5 353 5 - 【大锣住头】

娘 心 焦 无 限 凄 凉。

啊，寿春，你看小相公这样啼哭，想是乳食不足，这便如何是好？

寿 春 待我去到前村，买些糕干来，与小相公充饥可好哇？

胡 氏 如此，快去快回，我么……（指“大边”，“龙口”“倒椅”）就在这土台之上等你。

寿 春 正是。

(扎）在家千日好，

出外时时难。

〔【小五锣】“上场门”下。

胡 氏 （目送寿春，【婴儿架子】）儿呀，不要啼哭，寿春与你买糕干去了，少时就要回来的呀。（坐在土台上）儿呀，你快些地长啊，长大成人好与为娘报仇哇……

〔【快长锤】八喽兵上，站“一条鞭”。金眼豹上；至“小边”台口。

〔散板〕

金眼豹 (过门略)サ 3 3 3 2 2 3 3 4 3 -

勒 住 丝 缰 用 目 望，

唢呐奏【婴儿哭声】咦！【凤点头】

(过门略) 2 3 2 1 1 2 0 5 3 1 1 2 2·6 1 【住头】

土 台 坐 定 美 姣 娘。

金眼豹 那旁有一绝色女子，待我下马看来。

〔【大锣五锤】下马，挥左袖，“喂！”挥右袖，“喂！”双袖向前挥扬，“喂！”胡氏转面，发现来人，猛地一惊，忙用水袖遮面。

金眼豹 这一妇人在此作甚？

胡　氏 你问的是我吗？（低头回答）

金眼豹 嗯。

胡　氏 我在此等人的。（用袖遮脸低头回答）

金眼豹 哦，在此等人，等的是哪一个？

胡　氏 等我那使女寿春。

金眼豹 她做什么去了？

胡　氏 她往前村，与我儿子买糕干去了。（甩袖，不耐烦地）

金眼豹 哦，她往前村去了。

胡　氏 （望金一眼，上前一步，“背供”）我看此人，定不是好人。

金眼豹 看这妇人，生得十分美貌，我不免将她带回山去，做个压寨夫人。哽，我就是这个主意。待我哄她一哄，喂！那一女子，你那使女寿春她回不来了。

胡　氏 怎见得？

金眼豹 适才路过前村，见一女子倒卧尘埃，言说她心疼之症复发，疼痛难忍，顷刻之间，一命身亡了。

胡　氏 怎么？我那使女寿春她她她，得心痛之症而亡么？

金眼豹 正是。

胡　氏 （向台口上一步，急念）哎呀，寿春哪寿春！你为我受尽千辛万若，不想行至中途，忽得心痛之症而亡……啊（思索）【小锣一击】那寿春素无此症，不要被他蒙哄于我。嗯，我自有道理。【小锣一击】你方才言道，我那使女寿春，得了心疼之症而亡，我却不信，我要盘你一盘。

金眼豹 （京白）怎么着，你还要盘我，那你就请盘吧。

胡　氏 我那使女寿春，今年多大年纪了？

金眼豹 啊，这！大约十五六岁，不不不，二十啷当岁。

胡　氏 她……身穿什么衣服呢？

金眼豹 红裤子绿袄。

胡　氏 我再来问你，她是缠足哇还是天足？

金眼豹 这个，我看得最清楚，她是三寸的小金莲。

胡　氏 哎呀，这就不对了。【大锣五锤】我那使女寿春，今年一十八岁，身穿一件蓝布衫儿，况且她是天足。你呀，休来瞒我，休来哄我。（右手“单云手”下指）

金眼豹 我对你实说了吧！【大锣五锤】俺乃巴山大寨主金眼豹，看你有几分姿色，随某上山，做个压寨夫人，料无推辞的了。

胡　氏 （惊慌、浑身发抖、愤怒）住了！【大锣五锤】光天化日，朗朗乾坤，擅抢民女，难道你你你……就不怕王法么？（右手指金，忽怕吓着婴儿，急退回）

金眼豹 呸！什么王法不王法，哪放在俺的心上。喽罗的！【一击】抢！

〔【乱锤】二人“架住”，众“推磨”，喽兵站“上场门”“一条鞭”，金眼豹接婴儿，推胡氏踉跄。胡氏扬左手，被喽兵缚住，又举右手也被喽兵抓住，焦急地瞪着婴儿，高叫："儿啊——"

〔众喽兵反绑胡氏，"上场门"下。【婴儿架子】

金眼豹 要你何用，去你的吧！

〔将婴儿扔在台中央。【冲头】金"上场门"下场。

〔静场。【婴儿"架子"】

〔林鹤内白："琴音，带路！"

〔【小锣抽头】琴音、林鹤同上。

〔西皮散板〕

林　鹤（过门略）サ 2 2 1 2 32 3 ³2 (0) 6̣1 1

闲来无事观山景，绿水

3 2 21 6̣ 1 (0) 2 2 1 3 20

青山色色新。傍柳随花

(0) 2 2.1 1 2 – 【小锣一击】〔亮弦〕(4 3 1 2̂)

来尽兴，

奏【婴儿"架子"】啊！

【小锣凤点头】15 3 21 1 20 3 21 16̣ 1̂ – ‖

哪里来得婴儿声？

〔琴音寻找，见婴，抱婴。

琴　音 是一个小孩，长得真俊，老爷，这小孩还带着一面镜子呢。

林　鹤 待我看来。（接过婴儿，端详）【小锣一击】呜呼呀！果然生得眉清目秀，项带一镜，上书"福寿"二字。这就奇了，此处哪里来的婴孩？……哦哦是了。【小锣一击】想我林鹤，年将半百，尚未得子，莫非是天赐麟儿，也是有的。不免将他抱回府去，交与夫人抚养，成长之后我二老终身有靠了。哈哈哈！【小锣凤点头】

〔散板〕

（过门略）サ 2 2 1 2 3 21 1 2 (0)

多谢上苍施恻隐，

3 2 21 1 2 21 16̣ 1 – ‖

天赐麟儿接后根。

哈哈哈哈哈！

〔【小锣打下】琴音、林鹤同下。

第六场

〔【乱锤】众喽兵押胡氏上，“挖门”，金眼豹进门，“小座”。

金眼豹 喽罗的！【大锣一击】吩咐厨下，杀猪宰羊，悬灯结彩，你大王爷今晚就要成亲。（丫环随山婆暗上）

山　婆 什么事这么热闹啊？咱们瞧瞧去。（进门）

胡　氏 喂呀……

〔山婆见胡氏一愣，走到金眼豹面前（大　大　大 大　大 大）叉腰，“推磨”。

山　婆 好小子！【大锣一击】临下山的时候我怎么嘱咐你来着？不许你掐花捏朵的，你从哪儿又抢来这么一个女子来了？

金眼豹 夫人有所不知，我带领喽兵下山掠抢，并无行商客旅，见这女子生得美貌，故而将她带回，做个第二压寨夫人。（京白）这么着，您帮我劝劝她，她要是答应了我的亲事，我决忘不了您哪。

山　婆 可是这么着，我要是劝好了她，你可别忘了我呀？

金眼豹 我哪能忘了您哪！

山　婆 好吧！交给我了，你到后面歇着去，听我的喜讯吧！

金眼豹 哎！我说夫人，您可快着点儿。（“上场门”下）

山　婆 瞧这块骨头！

胡　氏 喂呀……（转身示意还被绑着呢）

山　婆 哎呀！怎么还绑着呢？快点松绑！快点松绑！

胡　氏 夫人开恩释放啊……（欲跪）

山　婆 快起来！快起来！我问问你，姓什么，叫什么，怎么会被我们这个缺德的把你抢上山来了？

胡　氏 小女子胡氏，乃行路之人，打从山下经过，就遇见这位大王爷，将我抢上山来，就要强逼成亲。夫人救命啊……（欲跪）

山　婆 起来，起来！就是你一个人吗？还有别人吗？

胡　氏 还有使女寿春。

山　婆 她干什么去了？

胡　氏 只因我行至中途产生一子，我的乳食不足，她往前村买糕干去了？

山　婆 怎么喳，还有个孩子？多大了？

胡　氏 未满一月。

山　婆 怎么，还没满月呢？哎哟，多可怜哪！（指“上场门”）我把你这个缺德的！人家孩子还没满月，你就把人家大人给抢来了，我把你这个没良心的、死不了嘎奔儿的。你这辈子当贼，下辈子还当贼。可他妈的气死我了！哼！你不是会抢吗？老太太我会放。这一女子，我有心把你放下山去，找你那使女寿春和孩子，你看好不好？

胡　氏 若得如此，感恩非浅。（急跪，转身欲走）

山　婆 回来，回来！别害怕。我问问你，可有盘费呀？

胡　氏　无非求乞而已。

山　婆　不要紧的。丫头！把大王爷抢来的银子多拿点来！（丫环在堂桌上取银子）快去找你那使女寿春和孩子去吧！（给银子，胡氏接银子）

胡　氏　夫人请上，我就此拜别了！

「“拜”字右手撩水袖。“别”字蹲。“了”字站起，左转，向前打右水袖。（**八大仓**）向前打左水袖。**【扫头】**出门，右水袖盖，右转身，右反打水袖，左反打水袖，反复数次，最后右水袖大步盖，往后扬亮相。**【冲头】**急跑下场。

「金眼豹暗上，寻找。四喽兵两边暗上。

金眼豹　啊，夫人，我的人儿呢？（京白）

山　婆　瓷儿呀，摔了！

金眼豹　话儿哪？

山　婆　画呀，撕了！

金眼豹　我那个事儿呢？

山　婆　士呀，士让炮打了！

金眼豹　我那个美人儿呢？

山　婆　美人呀，哈哈哈……叫我给放了！

金眼豹　啊，怎么？！你给放了！（韵白）喽啰的！**【一击】**快快下山追赶！

山　婆　回来！（“推磨”）**【撕边一击】**好小子！背着我，你还敢成亲？我也看出来了，你是三天不打，上房揭瓦！我说丫头！给我拿家法来！

金眼豹　夫人，夫人！您别生气呀！

「丫环拿棒槌交给山婆。

山　婆　你给我跪下！你跪不跪！（用棒槌打金）你给我跪下吧！

金眼豹　夫人，您饶了我吧。（金跪台口）

山　婆　我饶了蝎子它妈，也饶不了你！

金眼豹　夫人，夫人！您别生气了。

山　婆　我问问你，下山时我怎么嘱咐你来着？你拿我的话当耳旁风啊？（打金）**【大锣一击】**我跟你生不了这份闲气！我得罚你。闭眼！张嘴！没有我的话不许起来！丫头！把你们大王的铺盖扔到马棚里去！三个月不准进我的房，可真气死我了！丫头，搀我回屋歇着去！（下）

众喽兵　大王！夫人走远了。

金眼豹　别胡说！

众喽兵　真的去远了。（金窥视后，站起）

金眼豹　嘟！**【一击】**嘟！**【一击】**你大王爷挨打的时节，你们为什么不拉一拉？！

众喽兵　我等不敢。

金眼貌　为什么不拦一拦？

众喽兵　我等不敢。

金眼豹　记打！记责！还不与我跪下！

「众跪下。山婆突然从“下场门”跑上，跳过来。

山　婆　哈哈！**【一击】**你跟他们要的什么威风？(提金眼豹耳朵)走！给我捶腿去！(拉金下)

众喽兵　嘿！

〔【大锣回头】众喽兵分下。

第 七 场

〔【望家乡】胡氏上，双眼注视前方，双水袖斜垂，直奔“大边”台角，向左转走半个圆场，双冲水袖，到“小边”台中，左转身，京胡过门开始，在过门中走到“小边”台口。

胡 氏

〔寿春持“寻人招子”上场。

寿 春 主母。**【一击】**（胡氏惊喜）**【凤点头】**

胡 氏

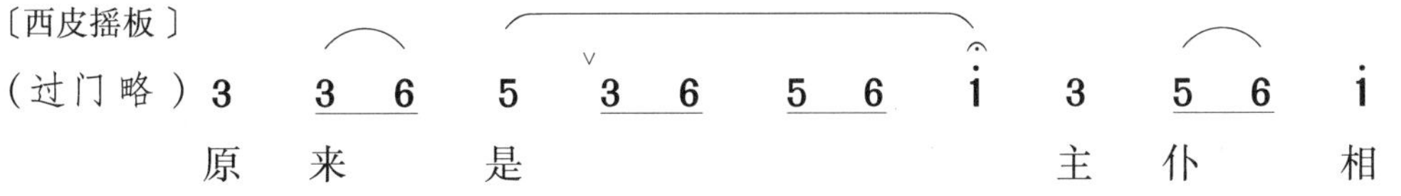

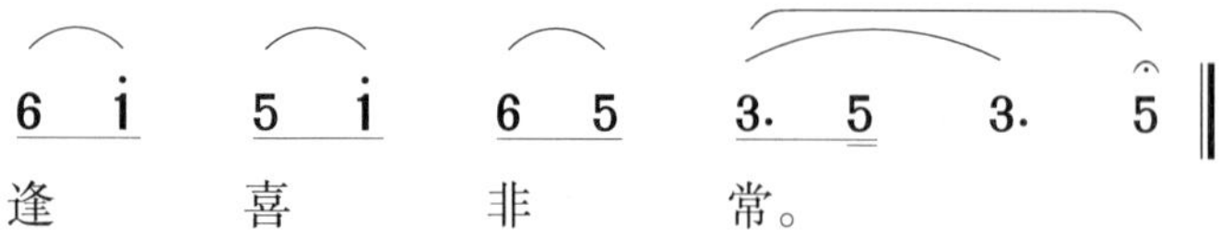

（双抖袖）（双反袖）

〖【冲头】寿春向“上场门”扔“招子”，胡氏与寿春相抱。对视，“推磨”，各伏对方右臂一哭。

寿　春　啊，主母，你往哪里去了。看把我急得这个样儿！

胡　氏　哎呀，寿春呀！你往前村买糕干去了。那巴山下来一伙强人，将我掠上山去，就要勒逼成亲。多亏他的压寨夫人，将我放走，还赠我银两。哎呀呀！真真的好险哪！真真的好险哪！

寿　春　哎呀呀，如此说来，那山婆倒是个好人哪！

胡　氏　可算得是一个好人。

寿　春　待我谢天谢地！（拜揖，看见手中的糕干）

胡　氏　当谢天地，当谢天地。

寿　春　啊，主母，糕干买来了，快快与小相公充饥呀！

胡　氏　（望自己左上臂）啊！【大锣一击】（双手向胸前一拍，发现婴儿不在，一惊，双手撒开，后退一步，抖颤）你家小相公他他他他……他不是在你怀中抱着么？

寿　春　啊，他他他他不在我怀中啊？

胡　氏　他不在你怀中，他他他往哪里去了？（急走至台口，双手张开，二目发愣）

寿　春　我买糕干的时节，你抱着小相公在前村土台上等我。你道是也不是？

胡　氏　（胡氏定睛、思索，双手斜垂。全身微颤抖，一足足尖点地颤抖）嗯，此事有的，你我往前村，寻找，寻找。

〖【大锣水底鱼】二人走圆场。胡右手抓住寿春左腕，走到台中“小边”，双抓袖、背双手，一愣，双袖落下，颤抖后退。【撕边一击】退到“小边”“龙门”，向前掸袖，一愣，【撕边一击】寿春扔去糕干。

寿　春　我买糕干的时节，你抱着小相公，就在这土台上等我，是也不是，你仔细地想上一想。

〖胡望寿春，不耐烦，右手推开寿春。胡回忆。弦乐曲牌开始，胡氏做模拟动作。

（中速）

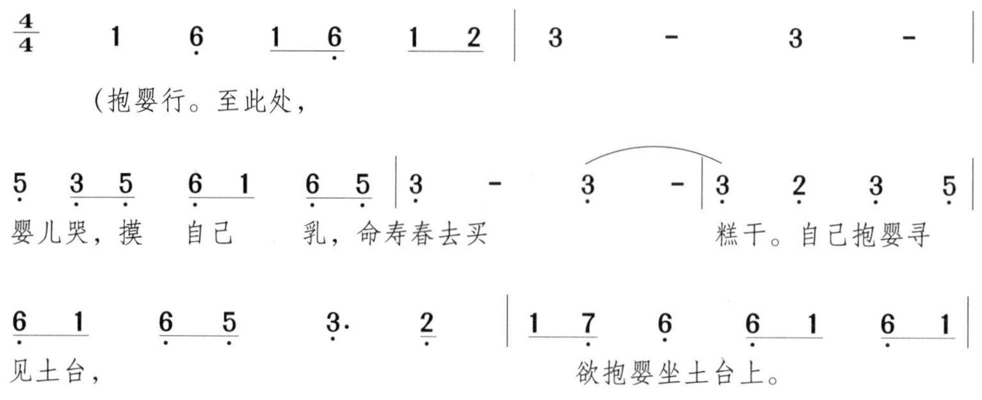

2 2 3 2 3 1 7 | 6 1 6 5 3 5 | 6 - 6 6 |

转身紧行几步，

7 7 2 7 6 5 | 6 - - - | 3 5 3 2 1 7 6 1 |

抱婴坐在土台上，拍婴摇婴。忽见众喽兵一惊，

2 2 3 5 3 2 | 1 2 2 5 6 | 1 6 5· 6 |

来一大胡子强人，惊起，前行几步，用袖遮面，

1 6 5 3 - | 3 5 6 6 1 5 6 | 1 - 0 2 |

双指左上方，横行几步。摇双手，向左横行几步，左手抱婴，右手挡。

渐快

7 7 0 6 | 7 2 7 6 | 5· 6 3 5 |

右手指“上场门”，向右横几步，高举双手被反绑。

6 6 0 5 | 3 5 3 2 | 1 7 6 1 | 2 - ‖

双抓袖，右手抚婴儿。猛右转身，双手摊开向下，大惊，发现孩子掉在地上）

胡　氏　哎呀！

〔双目直瞪，看地面，左倒步，右倒步。两上【软四击头】双手抓袖，猛然扔袖，（撕边八大仓）右转身晕倒，寿春蹲下扶胡氏。

寿　春　主母醒来。【大锣导板头】

〔西皮小导板〕

胡　氏　サ（356 6 i 5 5 3 31 2 21 6 2 1 1 1 1）5 i

一 刹

（面向台里唱）

i 3 0 3 3 6 5 - 7 6 6 6 3.5 3 5 - 6 7

时 只觉 得 天 昏 地 暗，

5 6 0 2 7 7. 2 6 - 6 -

（寿春扶起胡氏，【冲头、叫头】胡氏面带痴笑。）

娇儿！我儿！哎，儿呀……

〔二人由台中里，分走到台口正中。胡氏步履蹒跚，神态痴迷，面带苦笑，双睛呆视，双手分捏双鬓，慢步走。【大锣纽丝】走到台口，右袖拭泪，抖右袖，抖左

袖。寿春慢慢惊视着胡氏，亦走到台口。

〔摇板〕

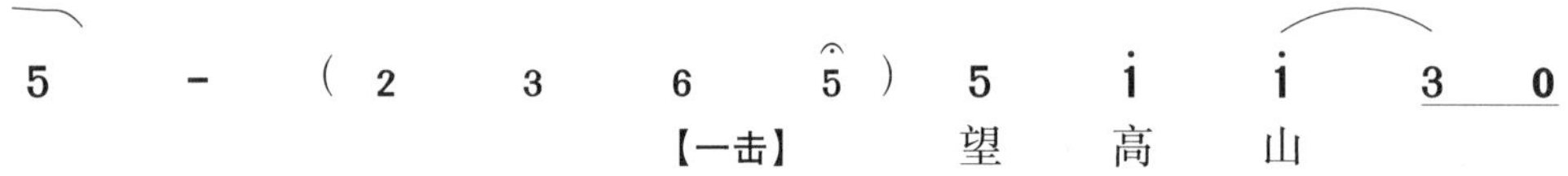

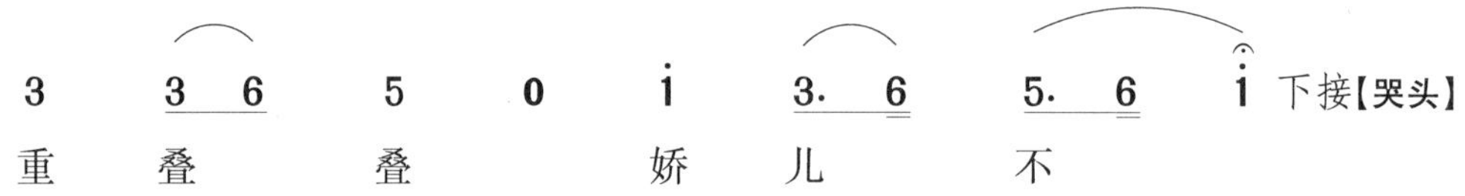

〔（仓）左袖高举后扬，（仓）右袖高举后扬，（仓 仓 台七 台 仓）双手仍高举，水袖自背后滑至胸前。

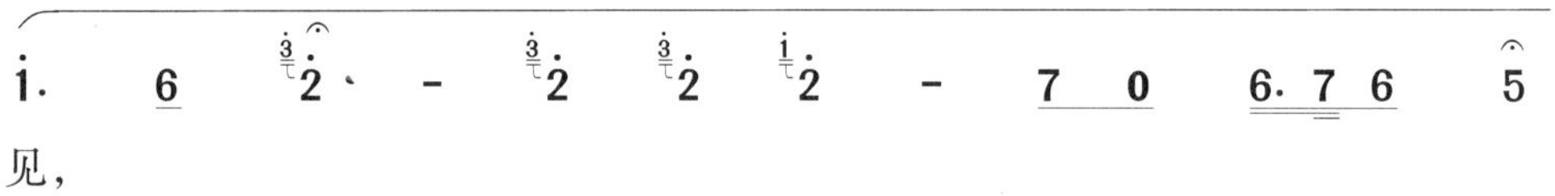

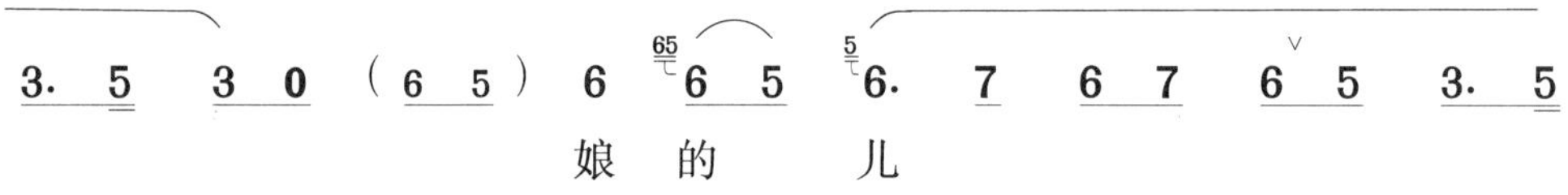

(呆视不动,直到唱完“见”字)

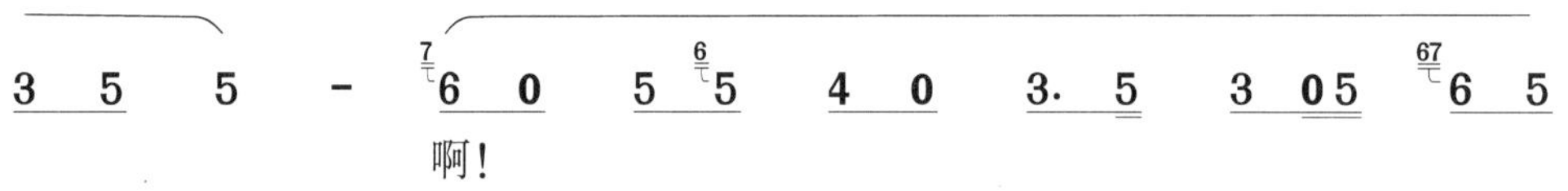

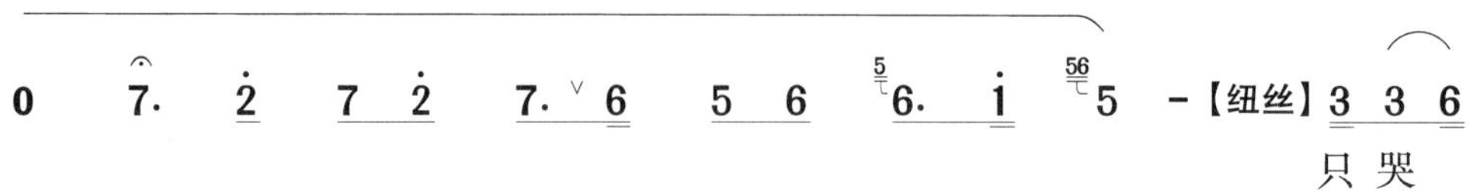

（胡氏右手拭泪。抖右袖、抖左袖，抖起。）

(右手握拳,由松而紧,扼在咽喉)

寿　春　主母，常言道：吉人自有天相。事已至此，咳！慢慢地寻找吧！

〔寿春扶胡氏，胡氏直视“大边”，不睬寿春。

〔【叫头】胡氏猛扬右袖，右转身直视寿春，反左袖、反右袖。

胡　氏　（笑）哈哈！

寿　春　主母！

〔再紧接起【叫头】胡左半转身，面向“大边”角，反左袖，扬右袖。

胡　氏　（笑）哈哈！

寿　春　主母！

胡　氏　啊……

〔（仓　仓　另　仓　-）胡向右看寿春。（仓　仓　另　仓　-）向左看寿春。

胡　氏　嗤！（挤眼鼻，发鼻音）哈哈哈哈【冲头】（高举双手做拍手状，又揪住双鬓，傻笑，走半个圆场至台中里，二人相抱）

寿　春　主母！

胡　氏　儿呀……（看寿春，伏寿春肩哭。【双楗凤点头】抖右袖，右臂平伸，反左袖，长身。寿春矮相，手扶胡右臂，二人后倾仰身望“大边”台角）

〔西皮散板〕

（过门略）5　i　i　3 0　3　3 6　5　-
望　空　中　不　见　儿

7　6 5　5 35　5　3 0　5　-　6
如　刀　刺　胆，

（右手齐眉捻指，踏步横行，双冲水袖，圆场一周，至“大边”台口）

7　-　5　6　-　2　7 7.　7.　6.【撞金钟】

寿　春　主母！

〔胡右袖“托塔”，猛右大转身，扬右袖，背左袖，直视寿春，身扭晃。寿春害怕颤抖，二人面对面，走一个小圆场。【纽丝】走到“大边”里，二人左右“挖”，胡绕右袖扬左袖，右手拉寿春。胡蹉步，寿跪步，斜行直奔“小边”台角。【双楗凤点头】

〔胡右手拉寿从自身后走到自己左侧。胡右手抓袖，置胸口，左手握寿右手，亮“高相”，寿春略蹲身，二人同望天际。

胡　氏　（过门略）i　i 36　5 0　5 3　3 i　5　6　-　63 0
忽　又　见　我　的　儿

（2. 3　5 5　2 1　6.　1　2）5　6 6　2　－　3 3
站　立 在　云
（上一步，两手从上抖指向下。寿春自胡身后走至胡右侧。胡向左踏步横行，目注右上方）

〔行弦〕
5（八大仓）（‖: 2/4 5　3 6 | 5　i | 6 5　356i | 5　0 :‖）
端。

寿春，你来看！（左食指指天）

寿　春　看什么？

胡　氏　你看！（右食指指天）

寿　春　看什么？

胡　氏　你看！**【一击】**你家小相公在南天门与寿星老儿在一处饮酒呢。（左手举杯状，反右袖，搭寿春左臂）

寿　春　主母，不是的，那是日光啊！（寿春右食指自胡氏面前划过一圈后，指向右上方）

胡　氏　啊？（望寿春）

寿　春　日光啊！（寿春又指右上方）**【一击】**

胡　氏　啊……

〔亮弦〕
（6. 5　4　3. 5　6　6　5　－）

寿　春　主母！

〔胡右手拧袖，搭寿春肩。

胡　氏　儿呀……（哭，左袖反袖拭泪）**【双楗凤点头】**（"里盖"，双袖向右打出，至"小边"里。注视"大边"台角）

〔散板〕
（过门略）5　i　3　5　7. 6　5　6 0
狠　心　的　小　娇　儿

5　6 5　2　3 0　5.　6　7　2　6
将　娘 我　抛　闪，

〔**【撞金钟】**握右拳向寿春面前一晃，右转身，左握拳放背后。再伸左拳背右拳，二人对面，走一个小圆场，胡氏双拳下垂，晃扭而行。胡氏注视寿春，忽痴笑，忽茫然，寿春害怕退行圆场，二人到"小边"里。

〔**【双楗凤点头】**胡氏双水袖"漫"寿春头，双手一分，踢左腿，寿春蹲"坐子"。胡氏双手反正"托塔"，"趋步"斜向"大边"台角。寿春坐着后退注视胡氏。胡氏反"漫头"，右袖甩向寿春，左手揪寿春胸，右袖"托塔"高举。胡氏亮"高相"，寿春"矮相"。胡氏注视寿春。

〔散板〕

〔行弦〕

（拉寿春起，退二步，用手一推，寿春退后一步，胡氏左手援鬓，呆视“大边”台角下方，踏步向前，双手张开，向下招手微笑：“来了，来了！”【一击】）

寿 春 什么来了？

胡 氏 寿春，你来看，你家小相公他在前边行走，有四海龙王与他送糕干去了。喂！（左手自下向上反招）

寿 春 主母，那不是的，那是行路之人。

胡 氏 怎么？（侧耳听）

寿 春 行路之人。（左食指在胡氏面前划过，指左前方。〔行弦〕速度渐慢）

胡 氏 行路之人……唉！儿呀…… （望寿春，伏寿春右肩哭泣）

〖**【双犍凤点头】**二人分“挖开”，“二龙出水”，各走一个小圆场，仍回到台口中央。胡氏左转身，寿春右转身，换手。胡氏左手拉寿春右手放在身后，二人反袖做“童子拜观音”状蹲身，胡氏左腿在前，寿春右腿在前，二人注视“大边”角上方。

〔散板〕

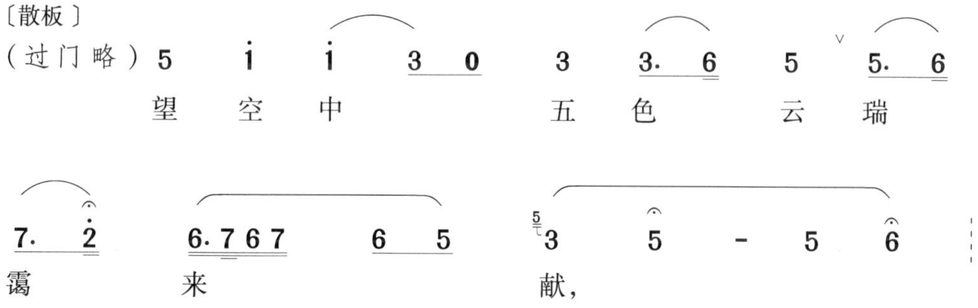

〖寿春扶胡氏站起，胡氏双手捧袖拜佛状，二人同蹲同站起。**【撞金钟】**

〖胡双手一分，握拳欲打，落拳，左手揪寿胸，怒视。

寿 春 主母，主母！

〖胡氏右手绕寿春左手，抓住其左手。胡氏左手绕寿春右手，抓住其右手。**【纽丝】**二人抓住，倒步三次，一个小圆场回到台中央，胡氏往里一“盖”，“二龙出水”，二人各转一圈。胡氏推寿春“屁股坐子”，寿春回头望胡氏。胡氏左、右、左三跨步。双抓袖高举后双丢袖，上右步，伸双臂后垂如雁翅。此动作在**【凤点头】**中。

（过门略）3　3 6　5　5　6　6 0　i 0
我　要　到　南　天　门　亲

5 i　6 5　3 5 3　5 ‖【住头】（双袖抖下）
自　去　游　玩。

胡　氏　走啊！
寿　春　哪里去！
胡　氏　寿春，你家小相公在前面行走，我哇，要赶他回来。（指“下场门”）
寿　春　你不要赶他。（拉胡氏右手）
胡　氏　不用你管，我一定要赶他回来。
寿　春　你不要赶他！（胡氏左手指“下场门”）
胡　氏　不用你管！

〔**【软四击头】**二人绕袖，“里盖”，胡氏双袖右甩。**【软四击头】**外一“盖”、抓袖，双手张开，手心向上。**【撕边】**趋步后退，“云手”水袖，寿春“跪步”随行。（**八**）举右手，（**大**）右水袖“托塔”。（**仓**）胡氏右手搂寿春颈，左手拉寿春左臂抬右腿。寿春跪，看胡氏亮相。**【冲头】**胡氏拉寿春站起，胡氏搂寿春，同下场。

第　八　场

〔**【撤锣】**
〔林鹤内白：“琴音，带路！”
〔**【小锣夺头】**琴音、林鹤上。琴音站“大边”里，林鹤上“扯四门”。

〔西皮原板〕
2/4　0 65　3216 | 1　1　1 | 1 2　3 5 |

6535　2 5 | 3212　6535 | 2165　3212 | 6125　3612 |

1 60　4 35 | 3212　3 6 | 1212　3235 | 2 1　61 2 |

林　鹤　0　4 3 | 3 12　3 0 | 1. 2　3 2 | 2 0　0 |
风和　日　暖

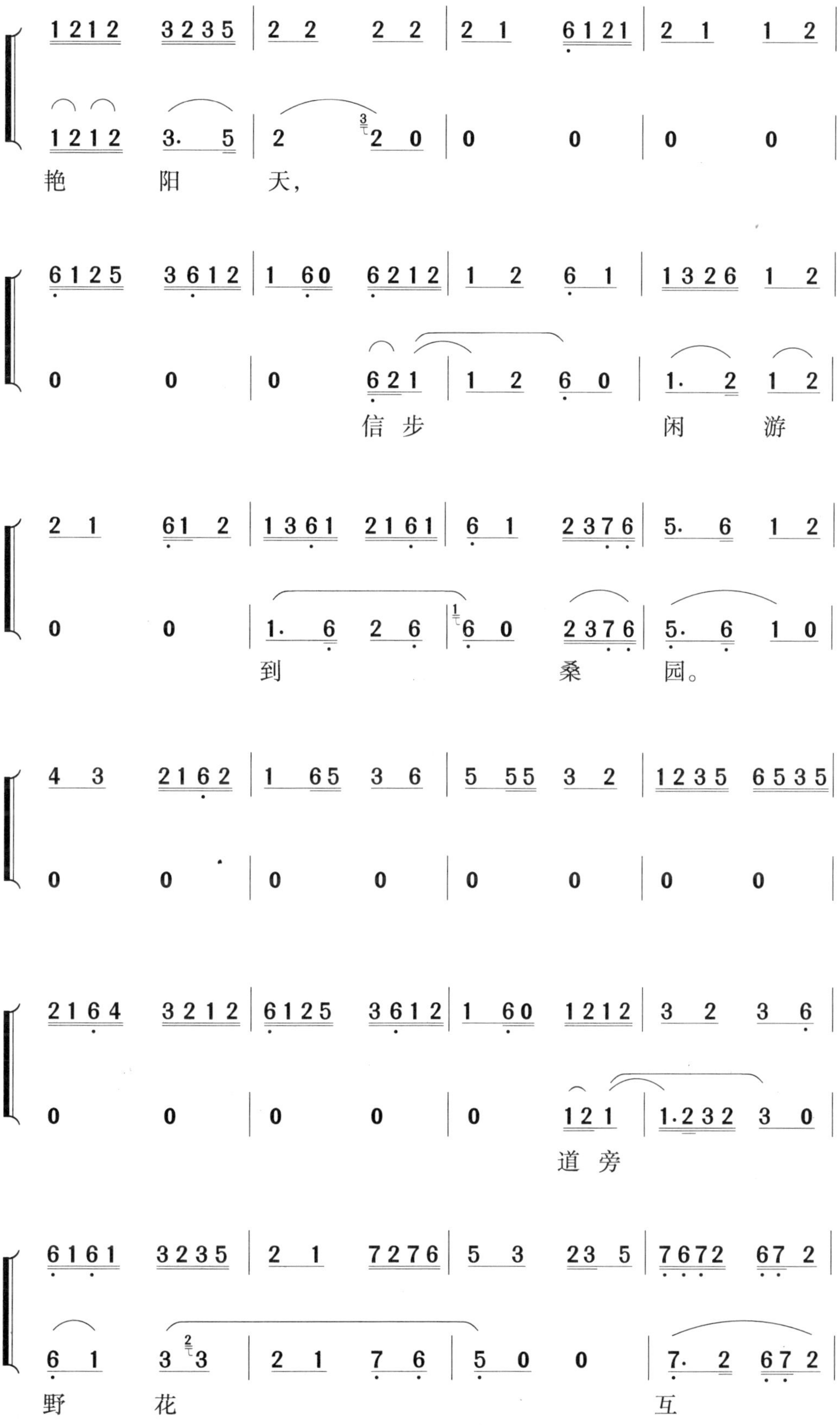
艳 阳 天，
信 步 闲 游
到 桑 园。
道 旁
野 花 互

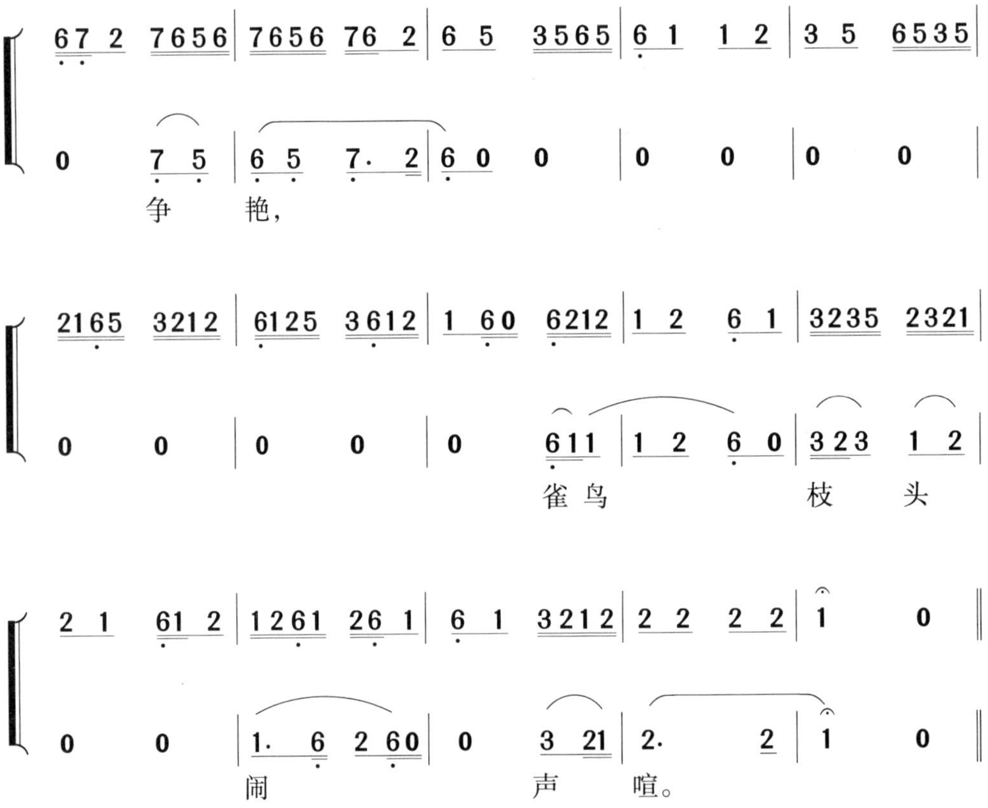

〔二人至“大边”角，远望。（**八大仓**）

〔胡氏内白：“儿啊……”【**慢纽丝**】

〔胡疯癫、跌撞，边喊边走上，右袖挡面，猛向前一扑，目视“大边”角上方，双手张开、痴笑，晃步向前，后退，向右半转身望“上场门”。左半身面向“大边”，原地晃行五步，向后晃退六步（先右后左）。右袖“托塔”，“云手”，小圆场，左袖搭右肩，右袖后扬，亮住，呆视前方。

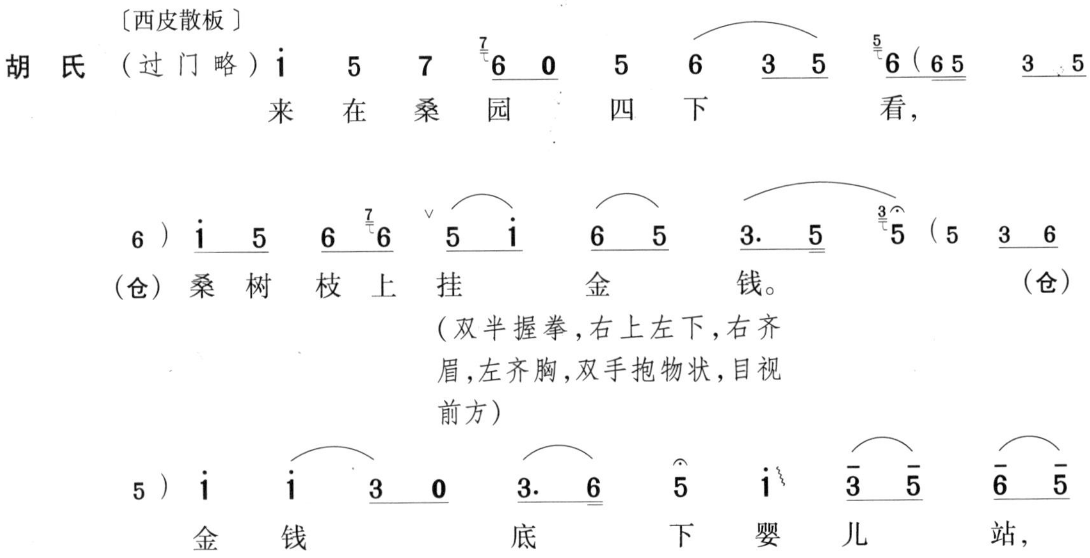

3 0 5 6 1̇ 0 6 1̇ 5 1̇ 6 5 3 53 5 ‖

胜 似 那 仙 子 下 了 凡。

（双手抱琵琶状，自“仙”至“凡”，一字一顿，由“小边”里直奔“大边”外踏步挪行。林鹤主仆走向“小边”外角）**【撕边一击】**

林　鹤　琴音，你看这桑叶十分茂盛。

琴　音　长得真不错呀！

〔**【大锣五锤】**胡氏注视林鹤，误认为是自己的孩子。胡氏左手一指，跨左腿上步，双手一扑，抓拳。右手一点，跨右腿，上步，双手一扑，抓拳。

胡　氏　哎呀，儿呀！（**嘟仓**）

〔跨左腿，向前一扑，左掌拍林鹤背，抓林鹤鬓，林鹤惊，双手护脸。

琴　音　撒手，撒手，不撒手我要打你了！

〔琴音走到林鹤与胡氏中间。拉开，胡氏不理。琴音白：“我要打你了！”握拳假装要打，胡氏握右拳，背在身后。

胡　氏　你打了我了！（怒视琴音，身子往前凑）

琴　音　我还没动手呢！（退后，仍站在林鹤左侧）

胡　氏　他打了我了！（对林鹤白，身略左倾，拍胸数下，侧身倾听林鹤的回答）

林　鹤　他未曾动手啊！

胡　氏　哎！（用力双抖袖，呆视，握右拳，左手指林鹤鼻。琴音退至林鹤左侧身后。**【快纽丝】**胡氏左手指林，身微左倾）

〔散板〕

（过门略）5 1̇. 2 6 5 3. 6 5 7 6 3 5

你 桑 园 有 座 阎 王

6 0 2 2 3 4 3 4 6 4643 2 3 5 0 0

殿，（仓）把 我 的 娇 儿 藏 里 边。（仓）

（右手指地，腕摇动）（食指猛向下一指）

3 36 5 3. 6 5 7 6 3 5 6 5 3 2 3. 6

我 手 中 若 有 刀 和 剑， 管 叫

（右食指与中指并齐、指天）（右左右，食指交替指林鹤）

5 1̇ 1̇ 5 3. 5 3 0 1̇ 1̇ 5 6. 7

你 鲜 （哪） 血 淋 （哪） 淋

（双手捋双鬓、颤动，转面望林鹤）

6. 7 6 0 3. 6 4.643 2 3 3 - 2 -

(2. 1 6 6. 1 2) 5 6 i 4 3 3.43 5 0 ‖
命 丧 黄 泉。
(甩左袖,甩右袖) (抓袖,双打袖)

拼了!

〔【撕边一击】胡打左袖，寿春拉胡氏右臂。

寿　春　主母，主母!

胡　氏　拼了!（【一击】打右袖）

林　鹤　嘟!这一妇人，大闹桑园，岂有此理!(怒气冲冲。寿春自胡氏身后绕至林鹤身边)

寿　春　老爷息怒，我家主母，失落了儿子，想成了疯病，老爷莫怪。(拜揖)

林　鹤　怎么，你家主母失落了儿子?

寿　春　正是。

林　鹤　在哪里失落?

寿　春　巴山脚下。(指“大边”)

林　鹤　什么时候?

寿　春　三月以前。

林　鹤　婴儿多大?(拉寿春前行一步)

寿　春　未满一月。

林　鹤　身穿?

寿　春　红袄绿裤，项带福寿镜一面。

林　鹤　呜呼呀!【小锣一击】(背供)那日拾来的小婴孩，原来就是这疯妇的儿子，待我将婴儿交还与她……【小锣一击】(向前走一步，转面一望胡氏，摇头，退一步)看她这样疯疯癫癫，只恐难以抚养……【小锣一击】有了，待我赠她一些银两，叫她调治病症，病愈之后，再叫她母子重逢团圆。我就是这个主意。啊，这一女子，(对寿春)我有心赠你五十两银子，与你家主母调治病症，你意如何?

寿　春　这……萍水相逢，如何使得。

林　鹤　哎，恻隐之心，人皆有之。

寿　春　多谢老爷，多谢老爷!(拜揖二次)

林　鹤　你主仆二人住在哪里?

寿　春　前村王妈妈店中。

林　鹤　好，少时差人与你们送去，若是银两用尽，只管到府下来取。

寿　春　多谢老爷，多谢老爷!(拜揖二次)

林　鹤　不必谢了，你主仆出桑园去吧。唉，真真的可怜，可惨!

〔林鹤与琴音同下场。【小锣五锤】寿春与林鹤对白时，胡氏向“大边”呆视，双袖下垂，身不动，失神。

寿　春　啊，主母，多蒙这位老爷赠我们五十两银子，请个名医，也好调治病症。（寿春之言，胡氏似未听见，寿春自胡氏左侧，从胡氏背后，碎步转至胡氏右侧，推胡氏）

胡　氏　我要找我的儿子去。（向左横跨一大步，左手高举，指“大边”，前行二步）

寿　春　主母，我们回去吧。（拉胡氏右臂）

胡　氏　你走你的，我走我的！**【一击】【双犍凤点头】**（先抖右袖，抖左袖，推寿春）

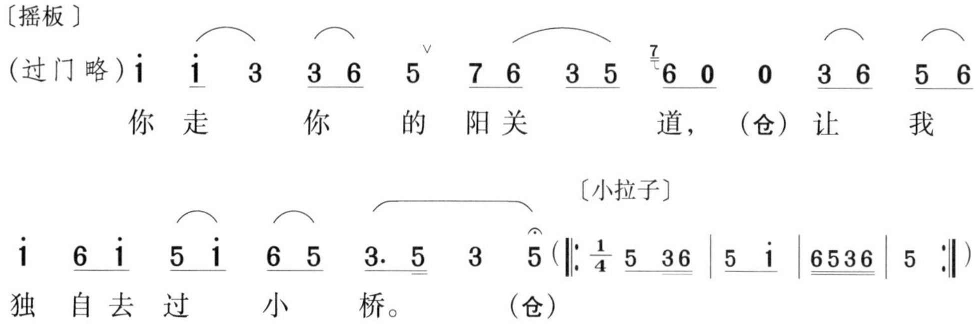

寿　春　主母，不要闹了，回去请个名医与你调治，你的病即可痊愈了。

胡　氏　（慢慢站起来，双抖袖）**【双犍凤点头】**哎！（右袖一打，左手拉寿春右手，拉寿春在身前走到右侧，右袖扬起，斜望寿春，寿春亮矮相，胡氏高相）

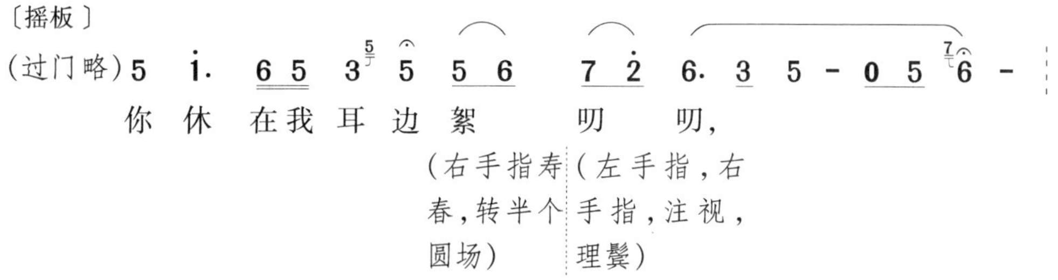

寿　春　主母。**【双犍凤点头】**

〖寿春自胡氏背后走半个圆场到“小边”，在胡氏背后拍其肩。胡氏右转身，“漫”寿春头，双投袖，双手平伸，左手稍高，注视。

胡　氏

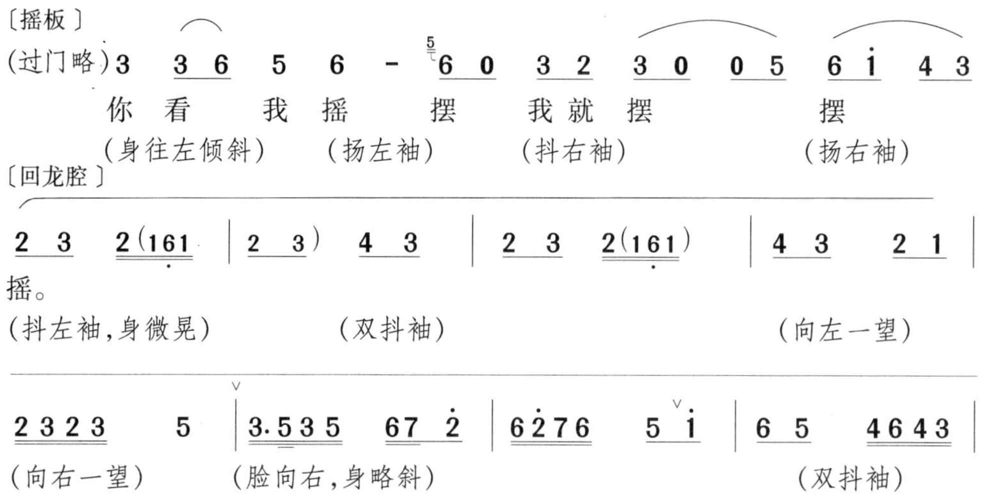

2123 50 ⁶5 ㄓ3 5 6 - | i i | ¹5 - | (仓 -) ‖

(抓袖)　　(左右"托塔"、风搅残云)　　(前行三步)

〔尾音一锣，双绕袖，转身，斜向"下场门"。

(八大 台 | 仓 - | 仓 - | 仓 - |

(向左摆晃前跨一步) (向右摆晃跨一步) (向左摆晃跨一步)

八 大 台 | 仓 大大 台 | 仓 七 | 仓 令 |

(双袖反漫寿春头) (双袖打下)　　(抬左腿、拧身、扭头，急下场)

七 台 | 仓 台 衣 台 | 仓 七 | 仓 令 七 台 | 仓 -) ‖

(寿春痛若地随下)

第九场

〔十七年后。

【冲头、撤锣、小锣打上】

林必显 〔引子〕幼习孔孟，何日里，(**多多**) 1 2 3 232 1 - 6 767 7 6 - ‖
际 会 风 云。

【小锣归位】(坐"小座")

(念) 铁砚磨穿苦辛勤，
满腹经纶读圣文。
嫦娥不负书香客，
喜看蟾宫折桂人。**【小锣住头】**

小生，林必显。(**扎**) 山西太原人氏。我爹爹林鹤，官拜宁武关总镇。是我随父赴任。今当大比之年，我意欲进京求取功名，倘若得中，方不辜负爹爹教养之恩。正是：(**扎**)

少年学勤苦，
文章可立身。

〔**【小锣打上】**琴音暗上。林鹤左手拿画轴。上念。

林　鹤 多年未说真情话，
打破机关扫浮云。("挖进"，入"小座")

林必显 参见爹爹。

林　鹤 罢了，一旁坐下。

林必显 告坐。**【小锣一击】**(坐"跨椅") 启禀爹爹，今当大比之年，孩儿有意进京求取功名，不知爹爹意下如何？

林　鹤　正合我意。儿呀，为父一向有话要对我儿言讲，因你年幼，为父军中忙碌，故而未曾说明。昨晚，在灯光之下，画一图轴，我儿拿去仔细观看，若有不明之处，问过为父，便得明白。

林必显　孩儿遵命。

林　鹤　正（哪）是：（扎）

若要骨肉重相见，

尽在一幅画图中。

（林鹤出门，必显送出门，林鹤转身又回）

儿呀，你看得明白，来见为父。看不明白，也要来见为父。你要记下了。

「**【小锣打下】**林鹤“上场门”下场。必显进门。

林必显　啊，这是什么缘故哇？琴音，将画图挂起。（音乐<小开门>曲牌，挂画，看画。音乐止）看这画图之上，画着一个中年妇人，蓬头垢面，观其形容，好似惊疯模样。一旁有一年轻女子，手拿招贴，好似寻人模样。看这小婴孩，倒在路旁，项带福寿镜一面。呀！看这宝镜与我所戴的福寿镜一般无二。这是什么缘故哇？（扎扎扎）哎呀，爹爹呀，爹爹！**【小锣五击】**若有什么心事，就该明言，这幅画图实实令人难解，唉！**【小锣一击】**

琴　音　少老爷我给您打茶去。（出门，自语）这幅画，不解不要紧，问我呀，我全都知道。（“上场门”下）

林必显　看琴音言语蹊跷，不免唤他问个明白。啊，琴音哪里？

琴　音　**【小锣一击】**（捧茶上）来了！来了！少老爷您喝茶。

林必显　放下。我来问你，你是初到我府还是久在我府呢？

琴　音　少老爷，我也不是初到府中，也不是久在府中，我是一进门捡来了个鸡蛋。

林必显　此话怎讲？

琴　音　是个家生子儿。

林必显　既然如此，府中之事，你可晓得？

琴　音　少老爷若问这府中大大小小的事情，哪一桩，哪一件我都知道。

林必显　我来问你，我这面福寿镜是太老爷与我戴的还是太夫人与我戴的？

琴　音　您这面福寿镜不是太老爷给您戴的，也不是太夫人给您戴的。

林必显　啊！**【小锣一击】**它是哪里来的？

琴　音　他是中途捡来的。

林必显　既是中途捡来的，为何挂在我的项上？

琴　音　为的是做传家之宝。

林必显　既是传家之宝，怎么又说中途捡了来的呢？

琴　音　这个……**【小锣一击】**不但福寿镜是捡来的，就连少……**【小锣一击】**

林必显　啊，少什么？少什么？

琴　音　啊，啊？我没少什么呀！

林必显　呸！今日讲了实话便罢，如若不然，打断尔的狗腿！讲！

琴　音　就连少老爷您，也是捡来的。

林必显　住了！**【小锣一击】**我前堂有父，**【小锣二三锣】**后堂有母，**【小锣二三锣】**怎说是捡了来的？

琴　音　少老爷！【小锣一击】前堂不是您的生身父,【小锣二三锣】后堂也不是您的生身母。

林必显　我那生身父母今在何处?

琴　音　少老爷听了！【小锣住头】

林必显　讲!

琴　音　〔数板〕

小孩没有娘，提起话儿长，
你爹没有子，四旬娶二房。
三载未生育，你母怀麟祥。
二房生嫉妒，欲害你亲娘。
主仆逃性命，途中产儿郎。
巴山遭掠抢，母子各一方。
失子得疯病，飘流到异乡。
【小锣抽头】
太老爷将你抱家来抚养，
十七载养育之恩似海洋。
此事缘由记心上，
少老爷听后莫悲伤莫悲伤。
【小锣一击】

林必显　我那亲娘现在哪里?

琴　音　您顺着我的手儿瞧。【撕边一击】年少的乃是使女寿春，这蓬头垢面的中年妇人，那就是太夫人。

林必显　啊，她为何这等模样?

琴　音　只因少老爷失散不见，您可就得了疯病了!

〔亮弦〕
【快冲头】(i i　i i　i)

林必显　这这这，这当真是我亲娘?

琴　音　真而又真!

林必显　【快冲头】（急摘画）【大锣叫头】母亲，亲娘！哎呀！【大锣一击】（昏倒，“气椅”）

琴　音　少老爷醒来！【大锣导板头】

〔西皮导板〕

林必显　サ(6. 5　3　3. 5　6　-　6　5　-　i　3　-　1

2　-　7　6　2　1　-）i　6 3　5　5　5
听　此　言　不　由

3 i　6　6　6　5 6　7　-　7.　2　6　-　【大锣叫头】
我　泪　如　雨　降,

母亲，亲娘！哎，娘啊……

〔摇板〕

【纽丝】（过门略）i 5 5 3i ⁷6 i 5 3 i

铁 石 人 儿 也 断

6· 3 5 0 3 5 5 5 3 i ⁷6 6 5 6

肠。（仓）琴 音 快 把 图 卷

7 - ⁶7 - ²6 - 【撕边一击】（卷画欲出门）

上，

琴　音　少老爷，您干什么去呀？

林必显　【凤点头】（过门略）3 3 6 5 5 3 i 5 3 5 ⁷6 3 5

拜 罢 了 养 身 父 （哇）母 寻

〔亮弦〕

5 6· i 5· 3 5（4 3 2 3 6 5 -）

找 亲 （哪）娘。

琴　音　少老爷，听说太夫人现在京城，您不是要进京赶考去吗？寻找太夫人的事，全都包在我身上了！

林必显　琴音请上受我一拜。【扫头】（三拜）

琴　音　少老爷您快起来，您快起来！

林必显　【叫头】母亲，亲娘，亲娘啊！【冷锤】【冲头】（急下）

琴　音　这回他可明白了！【回头】（下场）

第　十　场

〔【快冲头】

〔胡氏内白："儿呀！"

〔【纽丝】胡氏上，跑圆场，双手左右"顺风旗"。退圆场，双手左右"顺风旗"。走到台中"双腕花"、双背袖。

〔西皮摇板〕

【双楗凤点头】（过门略）3 1 3 3 1 2 0 7 6

忽 忽 悠 悠 天 昏

6 3 5 ⁷6 0 3 5 5 3 i ⁷6 5 6 5

地 暗，（仓）母 子 相 逢 待 何

3 5 0 i 5 7 6 0 6 6 1 5. 6 i【哭头】
年，（仓）音 讯 全 无 人 不

i - 2 7 6 5 - 3 5 3 5 7 6
见， 喂 呀

6 7 6. 5 5 - 3. 5 6 - 6. 5 -
娘 的 儿 呀！

〔【纽丝】寿春暗上，胡氏右膀搭寿春左肩。

寿　春　夫人！

胡　氏　〔摇板〕【凤点头】（过门略）3 5 5 6 6 6 5 5 3 5 -【住头】
受 尽 折 磨 苦 万 千。

寿　春　啊，夫人，自到京城以来，姑母叫我照看于你。外面风大，我们快快回去吧！

胡　氏　我要我的儿子！

寿　春　哎！我们快快回去吧！不然姑母怪罪下来了。

胡　氏　我要我的儿子！

〔幕内人声呐喊。

寿　春　啊！【一击】那边有人马来了，我们快快躲避躲避。

胡　氏　你看天兵天将送我儿子来了。

寿　春　我们快快走吧！

胡　氏　不用你管！【冲头】（双“望门”，高喊）娇儿！

寿　春　主母。

〔拉胡氏“蹉步”，胡氏“跪步”（八大仓）（八大仓）（八大仓）【快冲头】“下场门”下。

第十一场

〔【快冲头】八军士、琴音、上站“斜一字”。林必显【急急风】“趟马”上。到“九龙口”挥手，众军士领起圆场，面向“下场门”站成“骨牌对儿”。

〔胡氏与寿春“下场门”上，【乱锤】胡氏冲散“骨牌对儿”后走到“上场门”。众军士归“大边”站“一条鞭”。林必显立“大边”台口，掏翎子。

林必显　招回来！

〔【回头】众人大“推磨”。寿春扶胡氏至“大边”台中，右转身，走到台口，胡氏看见林必显胸前挂着的福寿镜，二目圆睁定睛一望，后退几步，昏倒坐地。

林必显　这一女子，冲散俺的队伍，是何道理？【撕边一击】

寿　春　她乃疯癫之人，相公莫怪，相公莫怪。（拜揖）

林必显　我来问你，那一妇人是你的什么人？

寿　春　她这是我家主母。

林必显　她这是怎么样了？

寿　春　她得了疯癫之症了。

林必显　此病因何而得？

寿　春　当年我家主母在中途产生一子，将传家之宝福寿镜挂在项上，不想被巴山强盗冲散，她因失子不见，思念孩儿，便患了疯病了。

林必显　我来问你，我这面镜儿你可认得？

寿　春　哎呀呀！我怎么不认得，当初我家小相公项上戴的就是这面福寿镜！【一击】

林必显　你莫非就是寿春吗？

寿　春　（后退，再急步上前）我是寿春啊！你是哪个？怎么晓得我的名字呀？

林必显　我就是当年你家失落的小相公啊！

寿　春　怎么？你你你就是当年失落的小相公吗？还不快快下马，认认认……（顿足）认你的亲娘！（左转身急走跪到胡氏身旁）

琴　音　少老爷，这就是您要寻找的太夫人。

林必显　哎呀！（扔马鞭，【软四击头】右转身，双手拿下甲，蹉步向“小边”至胡氏面前，跪）【撕边】母亲醒来！

寿　春　夫人醒来。（捶胡氏背）

〔西皮小导板〕

胡　氏　【导板头】（过门略）サ i 5 7 7 5 6 0 7 6 3 5 - 6 -

昏 昏 沉 沉　抬 头　望，

〔【乱锤】胡氏呕吐，寿春、必显为胡氏捶背揉胸。【撕边一击】胡氏苏醒。

林必显　母亲醒来。

〔摇板〕

胡　氏　【凤点头】（过门略）3 5 5 5 3 5 6 0 6 5 5 3 5 ‖

只　见 寿　春 在 面 前。

【乱锤】（呕吐）

林必显　母亲！

寿　春　夫人！（大　0　台）（胡氏望寿春）

胡　氏　啊，你你你……不是寿春么？

寿　春　（惊喜，向前跪）我是寿春，我是寿春！哎吓吓，她明白过来了，她明白过来了！（向外叩头）谢天谢地，谢天谢地！

林必显　啊，母亲！

胡　氏　啊，儿……（双手欲抱，望必显，摇头）不对呀，不对！寿春，你与他买糕干的时节，他还在怀抱之中，怎么，一时就长成人了？

寿　春　哎呀呀，她还记得买糕干的事儿。想当年我买糕干去了，你因孩儿不见，竟自思想成疯病了。

胡　氏　哦！【小锣一击】我因孩儿不见，竟自想成疯病了么？

寿　春　正是。

胡　氏　如今有几载了？

〔寿春看必显，必显示意一十七岁。

寿　春　如今有一十七载了。

胡　氏　怎么？一十七载了？此话当真？

寿　春　当真。

胡　氏　果然？

寿　春　果然。【顷仓】（三人同哭）

〔哭头〕

胡　氏　サ 5　6　5.　6　i（仓 - 仓 - 仓七 台 仓）
啊

（干唱）
5　6 0　2 -　i 2　3 -　2 3　7265
我　的　亲

5　3 0　3. 5　6 5　4 5　3 5　6 0　2 -
儿　（呀！）

7 7　6　5　6 -　6 -　5 -　【大锣凤点头】

〔摇板〕
（过门略）i　5　7　7　5　6 0　5　6　6　3 5
今　朝　云　天　见　红

6 0　0　3 5　5　i　6 0　6 5　5 3　5 -【住头】
日，（仓）喜　得　枯　木　又　逢　春。

〔二人搀胡氏站起。

林必显　母亲请上，受孩儿大礼参拜。

胡　氏　我儿快快起来。

林必显　多谢母亲！【住头】

胡　氏　儿呀，为娘一十七载，多亏寿春照看，儿要谢她一谢。

林必显　寿春，我母亲在外一十七载，多亏你照看，感恩不尽，请上受我一拜。

寿　春　少老爷，说哪里话来，我理当侍奉。

胡　氏　儿呀，哪里来得这身荣耀？

林必显　孩儿得中文武状元了。

胡　氏　哦！【小锣一击】我儿得中文武状元了？只恐我是做梦吧？

林必显　福寿镜在儿项上，不是做梦。

寿　春
胡　氏　这就好了。

胡　氏　儿呀，我们往哪里安身？

林必显　母亲暂住姑母家中，待儿随同恩父上殿面君之后，再迎接母亲，回转颍州。车辆走上！【冲头】（车夫上）请母亲上车。

〔【回头】胡氏上车，转身看见寿春，忙下车，拉寿春同乘车下场。

林必显　带马！【大锣打下】（众人同下场）

〔（连场）

〔【快长锤】四军士推车上“站门”。梅俊上。

〔西皮摇板〕

梅　俊　サ（6 6 5 55 36 5i 32 12 65 55）

2 2 12 1 20 3 21 1 21 2 － ┆【闪锤】
钦 奉 圣 命 解 粮 饷，

（过门略）62 1 3 2 1 610 3 21 1 1 － ‖
一 路 奔 波 受 风 霜。【住头】

下官，【报名一锣】颍州梅俊。【住头】奉命押解粮草，宁武关前交纳。左右！（众人应声）【撕边一击】宁武关去者！

〔【大锣水底鱼】众人圆场，众站“小边”“一条鞭”，梅俊下马。众人接马，“上场门”下。

梅　俊　里面有人么？

〔【大锣五锤】中军“下场门”上，出门。

中　军　做什么的？

梅　俊　颍州梅俊，押解粮草，到此交纳。

中　军　候着！（中军进门）有请元帅。

林　鹤　【大锣五锤】（“下场门”上）何事？

中　军　今有颍州知州梅俊，押解粮草，到此交纳。

林　鹤　颍州知州梅俊，【小锣一击】原来是我儿的生身之父到了。嗯，我必须吓他一吓。中军听令！【大锣一击】

中　军　在！

林　鹤　吩咐升堂！

中　军　升堂！

〔【快冲头】四龙套两边上喊“堂威”。林“下场门”“窝上”，归“大座”。

林　鹤　中军！

中　军　在！【一击】

林　鹤　命梅俊报门而进！【冷锤一击】

中　军　得令！【大锣叫头】梅俊！【大锣五锤】元帅有令，叫你报门而进！你要仔细了哇！【顷仓】你要【四击头】打点了！报门！【冷锤】

梅　俊　报！【一击】颍州知州梅俊告进。

〔（扎 0　扎 0　扎 0　扎 0）众喊堂威。梅俊“挖进”。

梅　俊　颍州知州梅俊，参见元帅。（跪）

林　鹤　下跪可是颍州梅俊？

梅　俊　正是。

林　鹤　嘟！【快五锤】梅俊，你有三行大罪，你可知晓？

梅　俊　小人不知。但不知哪三行大罪？

林　鹤　押粮来迟，贻误军机，其罪一也。听信谗言，陷害结发之妻，其罪二也。灭却宗嗣，愧对祖先，其罪三也。有此三行大罪，怎能在朝为官，待本帅打本进京，奏明圣上，定要参掉你的前程！

梅　俊　元帅开恩，元帅开恩！（急叩头）

林　鹤　哼哼哼！（冷笑）【撕边一击】看在你儿子的份儿上，【一击】饶恕于你，叉出府去！【一击】

中　军　出去！

林　鹤　掩门！

〔【冲头】林鹤“窝下”，众分下。

梅　俊　【大锣叫头】哎呀，天哪！【快五锤】想我梅俊，偌大年纪，并无子嗣。方才林大人言道，看在我儿子的份上，饶恕于我。哎呀天哪！【住头】我哪里来的儿子呀？唉！暂且回府，再问个明白。唉……这是哪里说起！

〔【回头】梅俊“下场门”下。

第 十 二 场

〔【小锣抽头】郑梅氏“上场门”上。

〔西皮散板〕

郑梅氏　（过门略）サ 3　3　2 0　4　3　3 2　2　3　0
日　落　西　山　又　转　东，

6̣ 1　1　2 1　1　2　3 5　2 6　1　1　－ ‖
看　他　怎　样　对　亲　人。

「鼓板〔干收〕郑梅氏归“小座”。

老身，郑梅氏。自从胡氏夫人与寿春到京投奔老身，已有一十七载，经我与她精心调治，且喜痊愈，母子团聚。因此，老身送胡氏回到颍州，也好令他们夫妻团圆。不想兄弟梅俊，押解粮草尚未归来，等他回来，定要好好相劝。正是：

（扎）久别今相会，恩怨两勾销。

「**【小锣抽头】**梅俊上，垂头丧气。

〔西皮摇板〕

梅　俊　（过门略）サ 3 3 4 30 35 1 - 2 ³2

长 途 风 霜 多 劳

3 ⁵3 0 3 2 21 1 20 35 2 6̣ 1 ⁶1 ‖

顿， 心 中 焦 躁 默 无 言。

「〔干收〕进门。

哦，姐姐来了。（郑梅氏站起）

郑梅氏　兄弟回来了？

梅　俊　姐姐快快请坐。（二人归“八字”座，郑梅氏坐“大边”，梅俊坐“小边”）数载未见，姐姐身体可好？

郑梅氏　我好，兄弟你可好哇？

梅　俊　有劳姐姐惦念。

郑梅氏　啊，兄弟，你押解粮草为何此时才得回来？

梅　俊　哎呀姐姐呀！**【小锣一击】**姐姐有所不知，是我押粮误了日期，那林元帅就要将我治罪，是我苦苦哀求。那元帅言道：看在我儿子的份上，饶恕于我。哎呀，姐姐呀！**【小锣住头】**我哪里来的儿子呀？

郑梅氏　是呀！哪里来的儿子啊！如此看来，你受了惊了。待我唤丫环与你打杯茶来吧。（站在台口，向“上场门”高喊）啊，丫环！快快打杯茶来！

「寿春捧茶盘上，台口向内窥视，看见梅俊，“背供”暗笑。悄悄“挖进”“小边”，递梅俊茶。梅俊拿杯，饮完放杯，寿春慢慢矮身仰视，梅俊注视寿春，寿春一笑，急“碎步”跑出门，“上场门”下。梅俊追出门外，望“上场门”，只见寿春背影。梅俊转身进门，急问。

梅　俊　啊，姐姐，这不是寿春吗？

郑梅氏　是呀！不是寿春，难道是春寿不成！

梅　俊　她回来了？

郑梅氏　回来了。

梅　俊　胡夫人可曾回来？

郑梅氏　胡夫人么……

梅　俊　啊，怎么样啊？

郑梅氏　也回来了。

梅　俊　好个也回来了。啊，姐姐，你将她们回来之事，说与我听吧。

郑梅氏　我哪里知道，你去问寿春吧！

梅　俊　唉！待我去问寿春。（出门，面向“上场门”呼叫）寿春！寿春！

〔寿春不慌不忙，慢慢地走到“小边”台口。

寿　春　啊，老爷，你呼唤我么？

梅　俊　寿春，你回来了？

寿　春　回来了。

梅　俊　胡夫人可曾回来？

寿　春　我家夫人么？也回来了。

梅　俊　好个也回来了。啊，寿春，你家夫人在外可曾分娩哪？

寿　春　我家夫人么……（高兴地快念）分娩了，分娩了！

梅　俊　（急白）产生的是男、是女？

寿　春　我家夫人产生的不是男，也不是女，是一个小妖怪！

梅　俊　哎呀呀！人言赵半仙算法如神，今日一见哪，哈哈，果然算得不错呀！

寿　春　啊，老爷，我家夫人产生的这个小妖怪，比你这老妖怪，强得多呀！

〔**【小锣长丝头】**“上场门”跑下。梅俊发愣。

梅　俊　什么小妖怪、老妖怪，此事定有蹊跷！还是去问我姐姐。（进门）啊，姐姐，快把胡夫人之事说与我听。

郑梅氏　我不晓得，你还是去问寿春吧！

梅　俊　啊，姐姐！（欲拉郑梅氏，郑拂右袖）

郑梅氏　哼！**【小锣一击】**（边说边出门）劝君行正道，且勿念头差。（“下场门”下）

梅　俊　哎呀呀，她倒端起来了！我只好去问寿春。（往“小边”边走边喊）寿春，寿春快来！

〔寿春不慌不忙地慢慢走上。

寿　春　啊，老爷！你又呼唤我么？

梅　俊　（殷勤地）啊，寿春这里来，你把夫人在外之事说与我听，老爷重重有赏。

寿　春　赏不赏的倒是小事，你要让我说这一十七载之事，必须依我一件。

梅　俊　哪一件？

寿　春　我哇，要坐在上面讲，老爷你呀，要站在下面听。

梅　俊　呀呸！**【小锣一击】**我乃一主，你乃一仆，你坐在上面讲，我站在下面听，真真岂有此理！

寿　春　怎么？你不依从？

梅　俊　不能依从，真真岂有此理！

寿　春　好好好。夫人唤我，夫人唤我。（欲向“上场门”走）

梅　俊　啊，寿春回来，我们商量商量。

寿　春　无有什么商量的。

梅　俊　好好好，我就依了你，你坐在上面讲。

寿　春　你就站在下面听。

梅　俊　哦，是是是。

〔寿春得意地坐“小座”。

寿　春　唉！想我寿春，受尽这一十七载的苦楚，如今这把朝南的椅子，我也坐上这么一坐。（咳嗽一声）

梅　俊　哎呀呀，她倒端起来了！啊，寿春，你倒是说呀！
寿　春　你倒是听哪！
梅　俊　你倒是讲啊？
寿　春　你听喏！

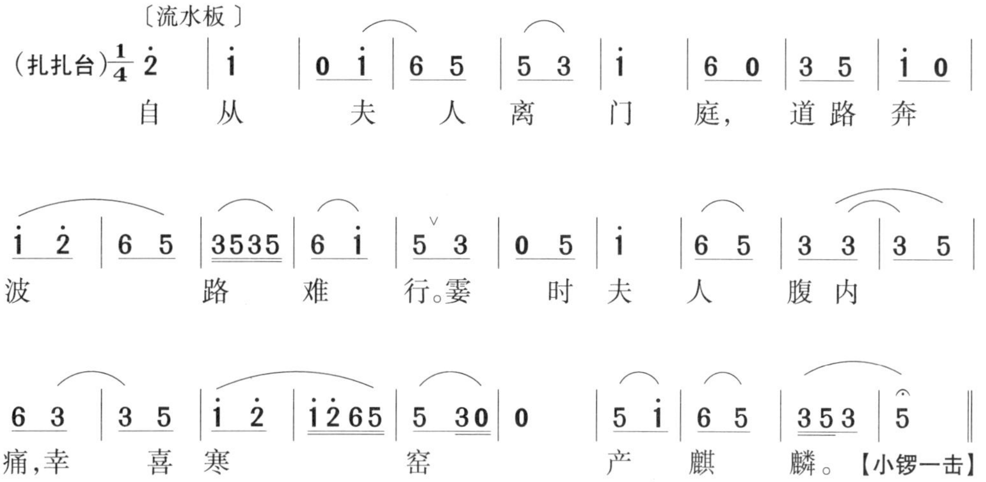

梅　俊　产麒麟，敢莫是产生一子？
寿　春　不错，正是一位小相公啊。
梅　俊　哎呀呀，且喜梅门有后，待我谢天谢地！啊，哈哈哈哈。
寿　春　啊，老爷，如今你梅门有后，就该高声地笑哇！
梅　俊　我当然要高声地笑哇！啊，哈哈哈哈。
寿　春　还要高声些。
梅　俊　哦，还要高声些。啊，哈哈哈……哎呀，岔了气了。
寿　春　老爷，你笑完了无有？
梅　俊　笑完了。
寿　春　我又要你哭了！
梅　俊　哎！我梅门有后，哭的是什么呀？
寿　春　我一说你便要哭。
梅　俊　哼！你说，我也不哭！
寿　春　我与夫人行至巴山之下，不想，小相公失落了。
梅　俊　怎么？你们行至巴山之下，把我那儿子他他他……又丢了吗？
寿　春　失落了！
梅　俊　唉！儿呀……
寿　春　啊，老爷，儿子丢了，你要高声地哭哇！
梅　俊　唉！儿子丢了，我当然要哭哇！唉，儿呀……
寿　春　还要高声地哭！
梅　俊　儿呀……
寿　春　啊，老爷，哭完了无有？
梅　俊　哭完了！
寿　春　我又要叫你笑了。

梅　俊　儿子都丢了，我笑不出来了。

寿　春　我一说，你便笑。

梅　俊　哦，你一说，我便笑？

寿　春　哎！我一说，你便笑。

梅　俊　啊，你快快讲来呦！

寿　春　老爷听了。（扎扎台）

〔流水板〕

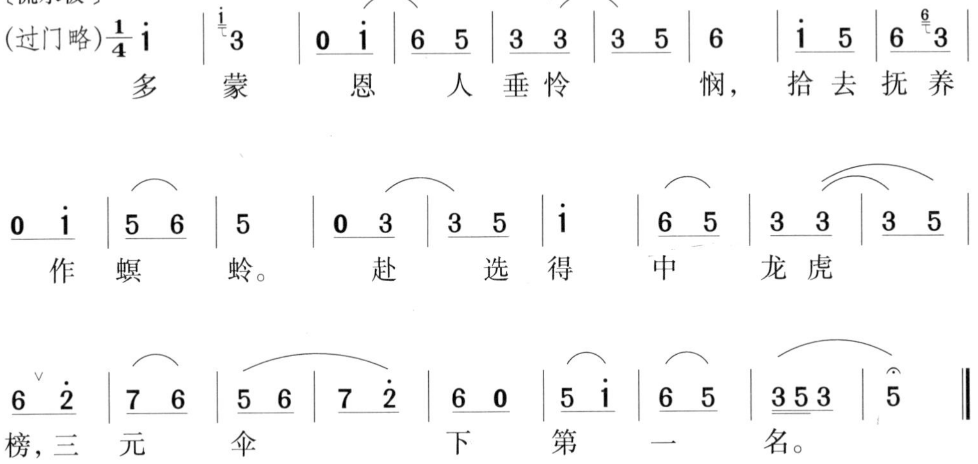

〔梅俊推寿春离开椅子。

梅　俊　你走开吧！真真的胡言乱语，谁人不知，哪个不晓，得中文武状元的乃是林元帅之子，名叫林……

寿　春　可是林必显么？

梅　俊　哦，不错！正是林必显。与我梅门何干？哼！岂有此理！

寿　春　啊，老爷，这里面还有个弯儿转呢。

梅　俊　噢，这里面还有个弯儿转吗？

寿　春　正是。

梅　俊　快快说将出来，我要听听这个弯转。

寿　春　老爷，你要听这个弯儿转么？

梅　俊　是吓！我要听这个弯转哪！

寿　春　老爷还要依我一件。

梅　俊　哪一件？

寿　春　我还是坐在上面讲。

梅　俊　原要你坐在上面讲。

寿　春　老爷你……

梅　俊　我还是站在下面听。

寿　春　嗳！你呀，跪在下面听！

梅　俊　呀呸！方才叫我站着听，我就站着听。如今又叫我跪在下面听。哈哈！真真大胆！放肆！不怕折坏你这丫头！哼！这还了得！

寿　春　你不依从？好好好，夫人唤我，夫人唤我！

梅　俊　啊，寿春，寿春！

寿　春　夫人唤我！（踏步走）

梅　俊　你回来吧！（拉寿春）

寿　春　嗳！不要这样拉拉扯扯的！

梅　俊　唉！（顿足）看在我儿子的份儿上，我就跪在下面听。（欲跪又止，又欲跪）

寿　春　跪呀！跪下！（梅俊跪地。寿春指梅俊）啊，老爷，这就是你耳软心活，听信谗言的下场头哇。（弹梅俊纱帽，由“上场门”跑下）

梅　俊　寿春，你倒是讲啊？说啊！（回头发现寿春走了）啊！这个丫头戏耍于我，待我赶至后堂，我就要……

〔寿春搀胡氏上，郑梅氏随上。胡氏坐“小边”“虎头椅”。

梅　俊　啊！姐姐，与我讲个人情吧！

郑梅氏　哎呀，只怕讲不下来。

〔梅俊作态，求郑梅氏讲情。

郑梅氏　哼！看看你的造化如何。啊！弟妇，如今一家团聚，看在为姐的份儿上，你夫妻就和好了吧！

胡　氏　他乃负义之人，断断不能与他和好！

郑梅氏　（向梅俊）如何？

梅　俊　唉！

〔内喊：“少老爷回府！”

梅　俊　快快有请！

〔<吹打>寿春出门。四青袍上站“一条鞭”。林必显骑马上，四青袍接马下。

寿　春　此番进得府去，要看我的眼色行事。

林必显　哦，是是是。

〔寿春、林必显二人同进门。寿春拉林必显。

寿　春　这位就是……

梅　俊　啊……

寿　春　（指郑梅氏）在京城收留我们的活菩萨，快快与活菩萨叩头。

〔扶郑梅氏坐“小座”。

林必显　姑母请上，受侄儿大礼参拜。

郑梅氏　快快起来。

寿　春　见过你母亲。

林必显　孩儿参拜母亲。

胡　氏　罢了，一旁坐下。

林必显　多谢母亲。

寿　春　这就是耳软心活，听信谗言，陷害你生身之母的父亲，向前拜见。

林必显　爹爹请上，孩儿大礼参拜。

梅　俊　快快起来，快快起来！（搬椅放“大边”台口变成“虎头椅”）快快坐下，快快坐下。（端详林必显，伸右拇指。看郑梅氏、胡氏、林必显都有座位，自己却没有座位，暗示寿春怎么办，寿春叫他向胡氏赔礼）啊，夫人。当初之事都怪下官，听信谗言，害得夫人受了许多风霜之苦。喏喏喏，下官这厢赔礼了。（拜揖，寿春朝胡氏摆手，胡氏投袖，转脸。寿春又叫梅俊到另一侧赔礼）哦，是是是。啊，夫人，千不是万不是，俱是下官的不是，喏喏喏，我这厢又赔礼了。

〔寿春向胡氏摇手，胡转脸不理，寿春又示意梅俊到另一边再赔礼。梅俊走到台中，寿春让梅俊跪下。梅欲跪，看林必显，羞，寿春指地面，催梅俊跪。

梅　俊　唉！（跪"大边"台口）啊，夫人，下官这厢跪下了！夫人哪！【小锣凤点头】

〔西皮散板〕

(过门略)サ3　2 6　1　1 3　2 1　1　1 3　2 1　6 1　2 0　6 1

千 不 是 万 不 是 是 我 做 错，到

1　3　2　2 1　1　2　2 0　6 1　1. 3　2 1　1　1　-　‖【小锣一击】

如 今 无 脸 面 进 退 无 门。 接〔行弦〕

胡　氏　哼！

梅　俊　哎呀，天哪！这真是：天作孽犹可为，自作孽不可活。嗐！我好悔也！

林必显　天下无不是的父母哇！【小锣凤点头】（跪于梅俊外侧）

〔摇板〕

（过门略）i　5　7　6 0　5　6　3 5　6 0　3 6　5

严 尊 知 错 已 认 （哪）错，还 望

5　3 i　6 0　5　-　3 5　6 6　5　-　‖【小锣一击】接〔行弦〕略 ‖

母 （哇）亲 认 天(哪)伦。

郑梅氏　啊，弟妇，你看他父子已然跪在你的面前，就请弟妇，饶恕了吧！（胡氏低头不语。郑梅氏离座）弟妇，再若不允，为姐的也与你跪下了。（归台中里）

胡　氏　姐姐快快请起。（扶起郑梅氏，郑梅氏复归"小座"。又扶林必显）我儿起来。（〔行弦〕止）

梅　俊　我儿起来。（扶林必显，自己亦欲随之而起）

胡　氏　嗯！……（梅俊急跪地）

寿　春　啊，夫人。老爷已然赔礼知错，看在寿春的面上，你……就饶恕了他吧。（寿春在"小边"台口慢慢地跪下）

〔胡氏激动地右转身走到椅后，右手扶椅背，站在台中。

〔二六板〕

胡　氏　2/4（0　仓 | 多罗.　6 2）| 3　3（65）| 3 5　7 6 |

见 寿 春

5（65）3 2 | 3535　6 50 | 65 6　5（636 | 5 65）6123 |

跪 尘 埃 心 悲 泪

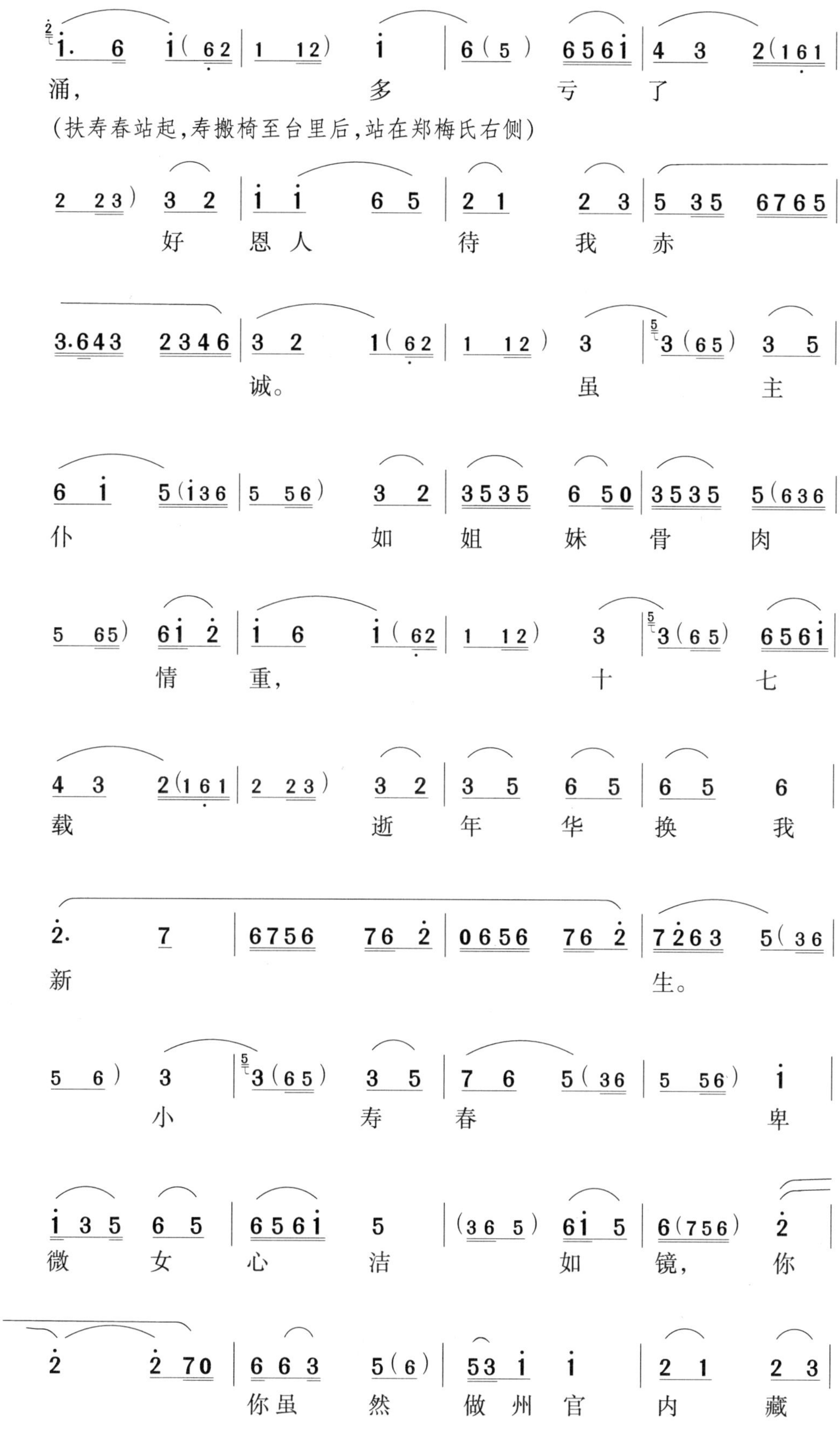
涌，多亏了
(扶寿春站起,寿搬椅至台里后,站在郑梅氏右侧)
好恩人待我赤
诚。虽主
仆如姐妹骨肉
情重，十七
载逝年华换我
新生。
小寿春卑
微女心洁如镜，你
你虽然做州官内藏

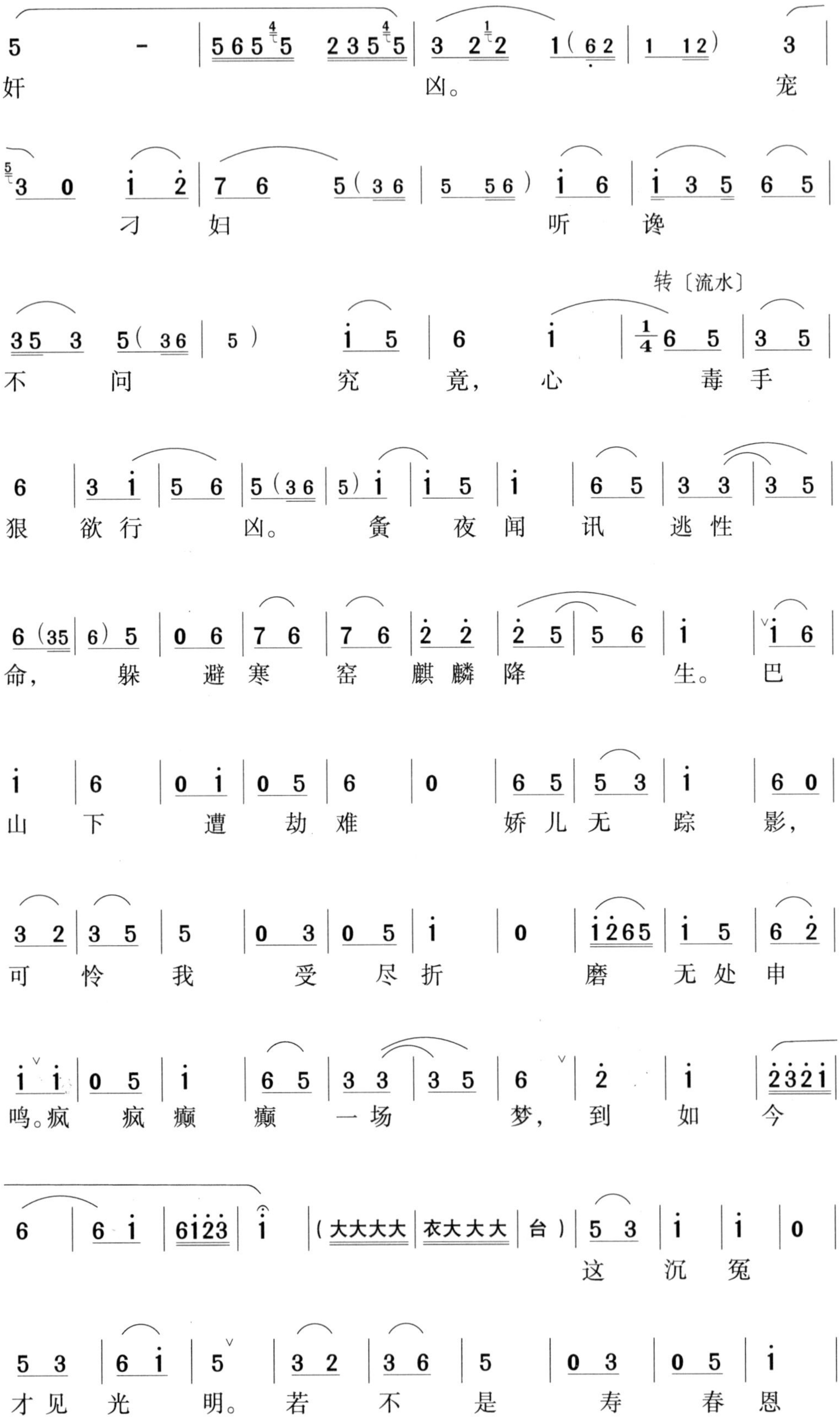
奸 凶。 宠
才 妇 听 谗
转〔流水〕
不 问 究 竟，心 毒 手
狠 欲 行 凶。 夤 夜 闻 讯 逃 性
命，躲 避 寒 窑 麒 麟 降 生。巴
山 下 遭 劫 难 娇 儿 无 踪 影，
可 怜 我 受 尽 折 磨 无 处 申
鸣。疯 疯 癫 癫 一 场 梦，到 如 今
这 沉 冤
才 见 光 明。若 不 是 寿 春 恩

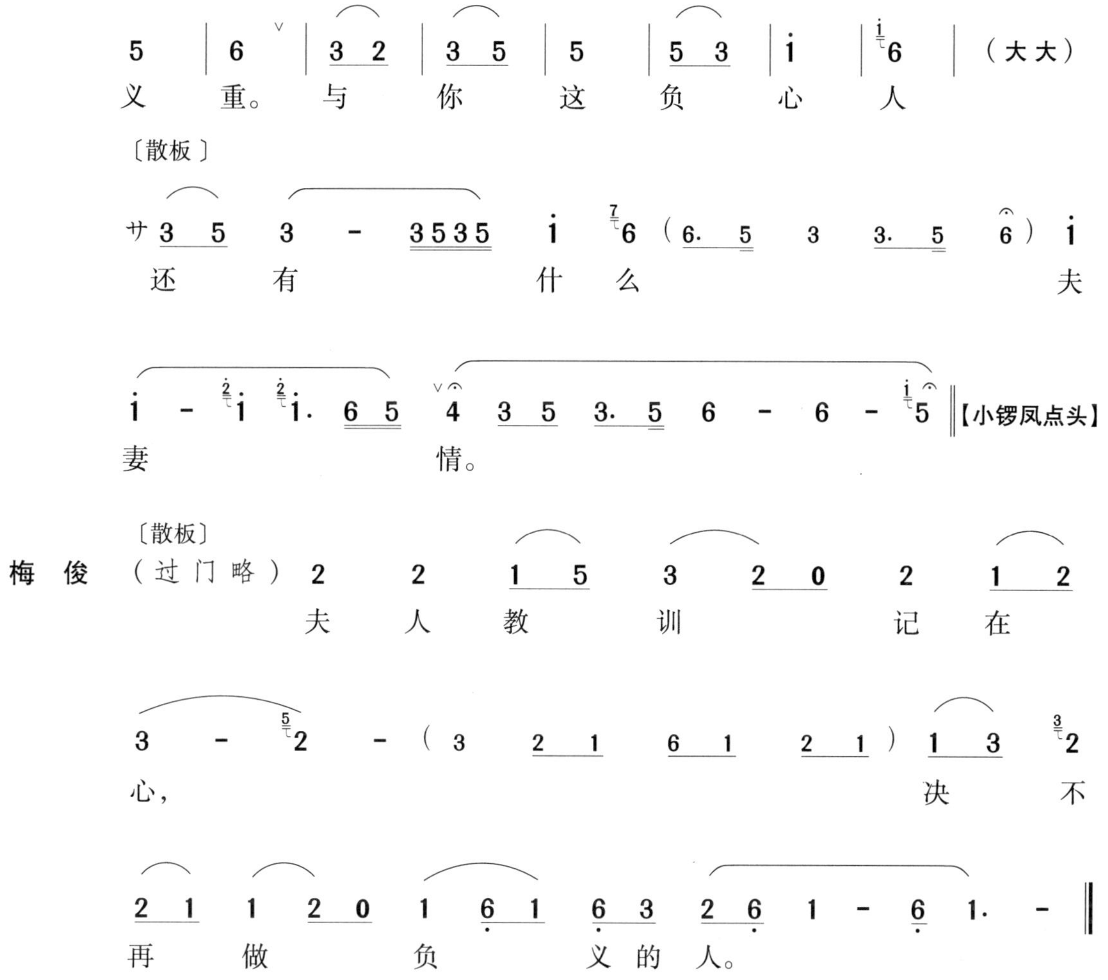

〖【冲头】家院急上。

家　院　启禀老爷，徐夫人坠井而死！

梅　俊　哼！便宜了她。你去至衙前，将赵半仙拿下监牢，听候发落。

家　院　遵命。**【大锣五锤】**（下场）

郑梅氏　啊！兄弟，如今一家团聚，多亏寿春照看，我们全家理应拜她一拜。

众　人　寿春请上受我全家一拜。（众人拜）正是：

梅　俊　幸喜今日庆团圆，

郑梅氏　苦尽甘来合家欢。

林必显　善恶到头终有报，

寿　春
胡　氏　福寿宝镜世代传。

〖唢呐吹奏<尾声>闭幕。

——剧　终

附　录

如仅演“失子惊疯”一折，则由第五场开始，并增加以下唱段：

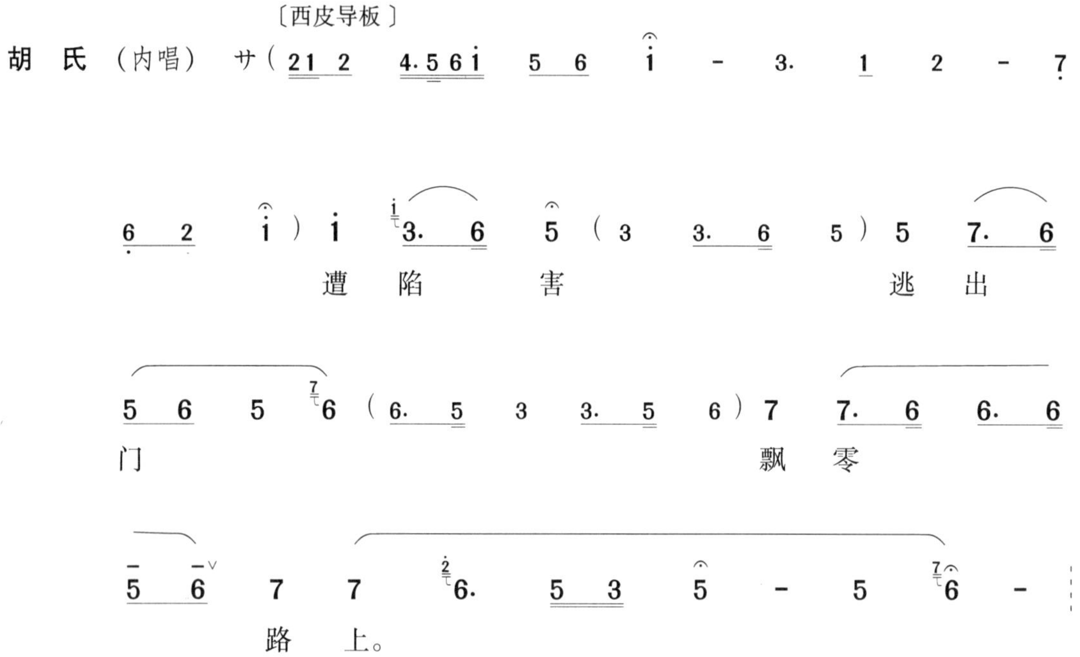

〔寿春、胡氏抱婴儿同上。

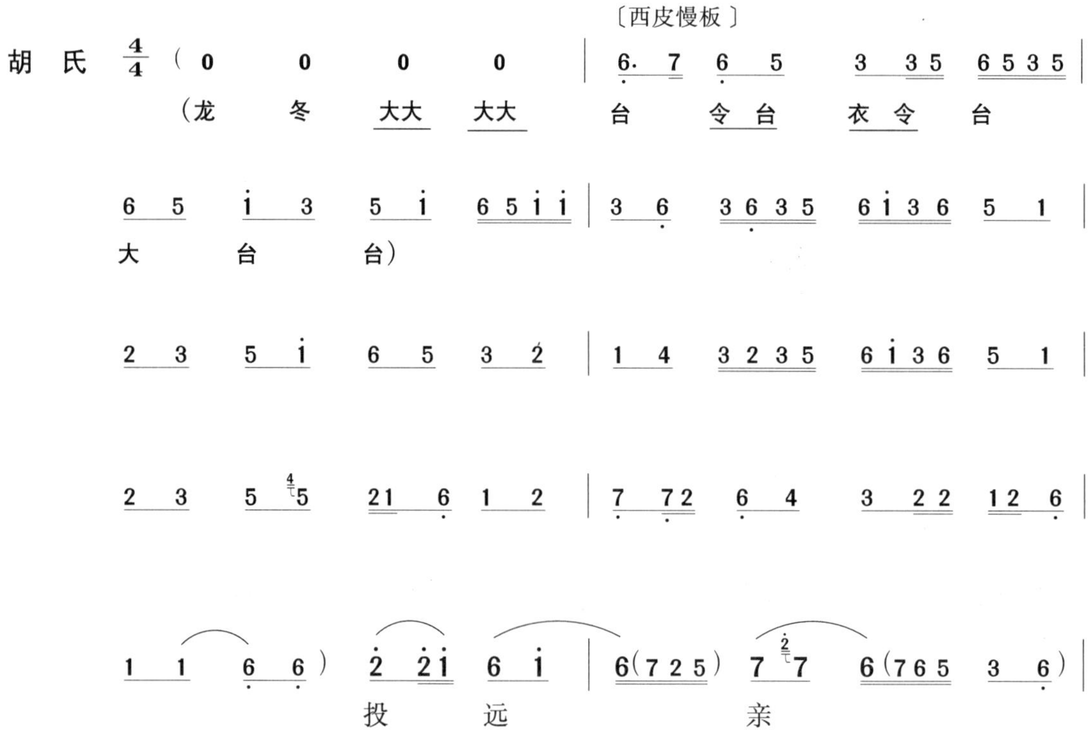

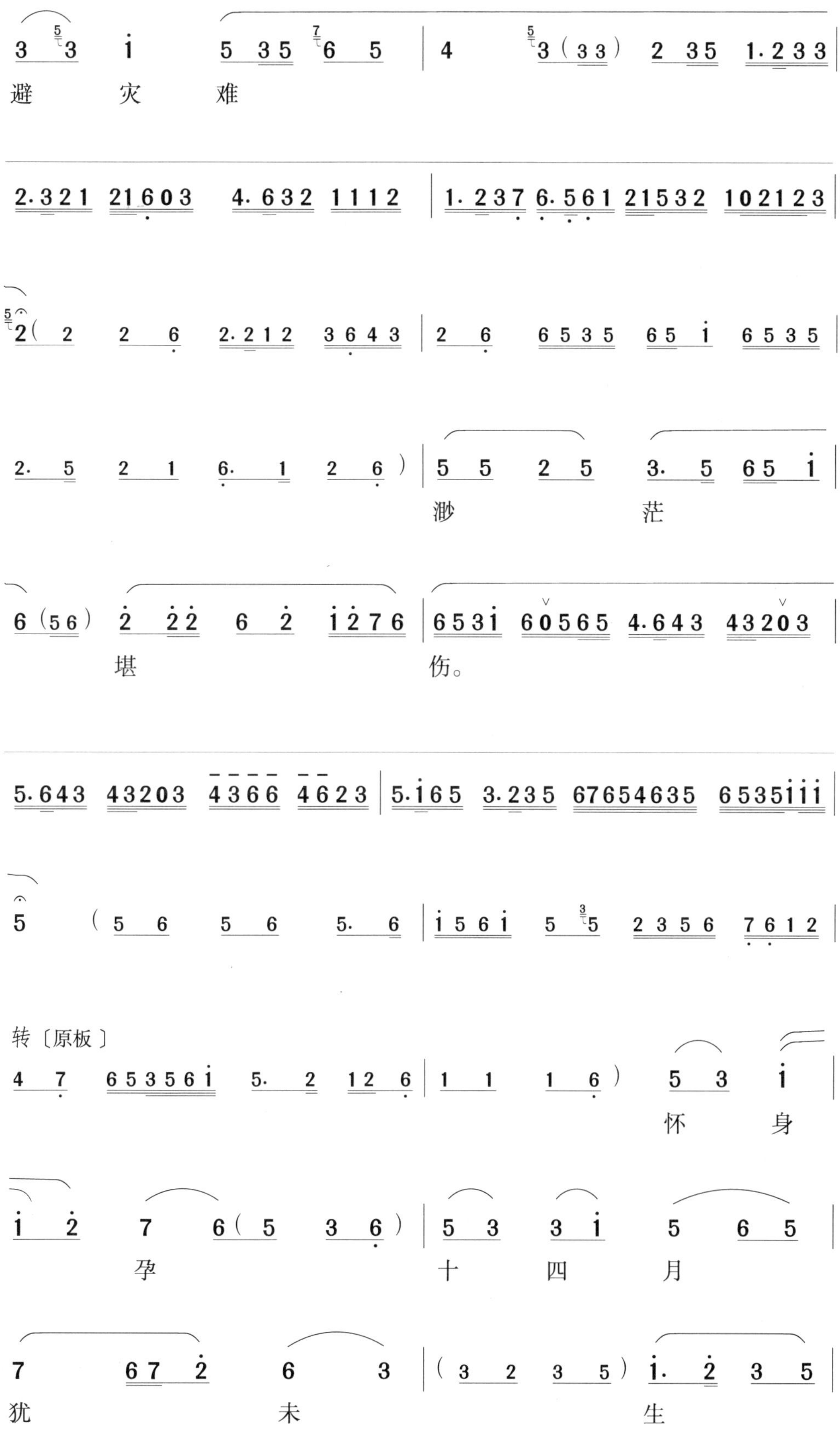
避 灾 难
渺 茫
堪 伤。
转〔原板〕
怀 身
孕 十 四 月
犹 未 生

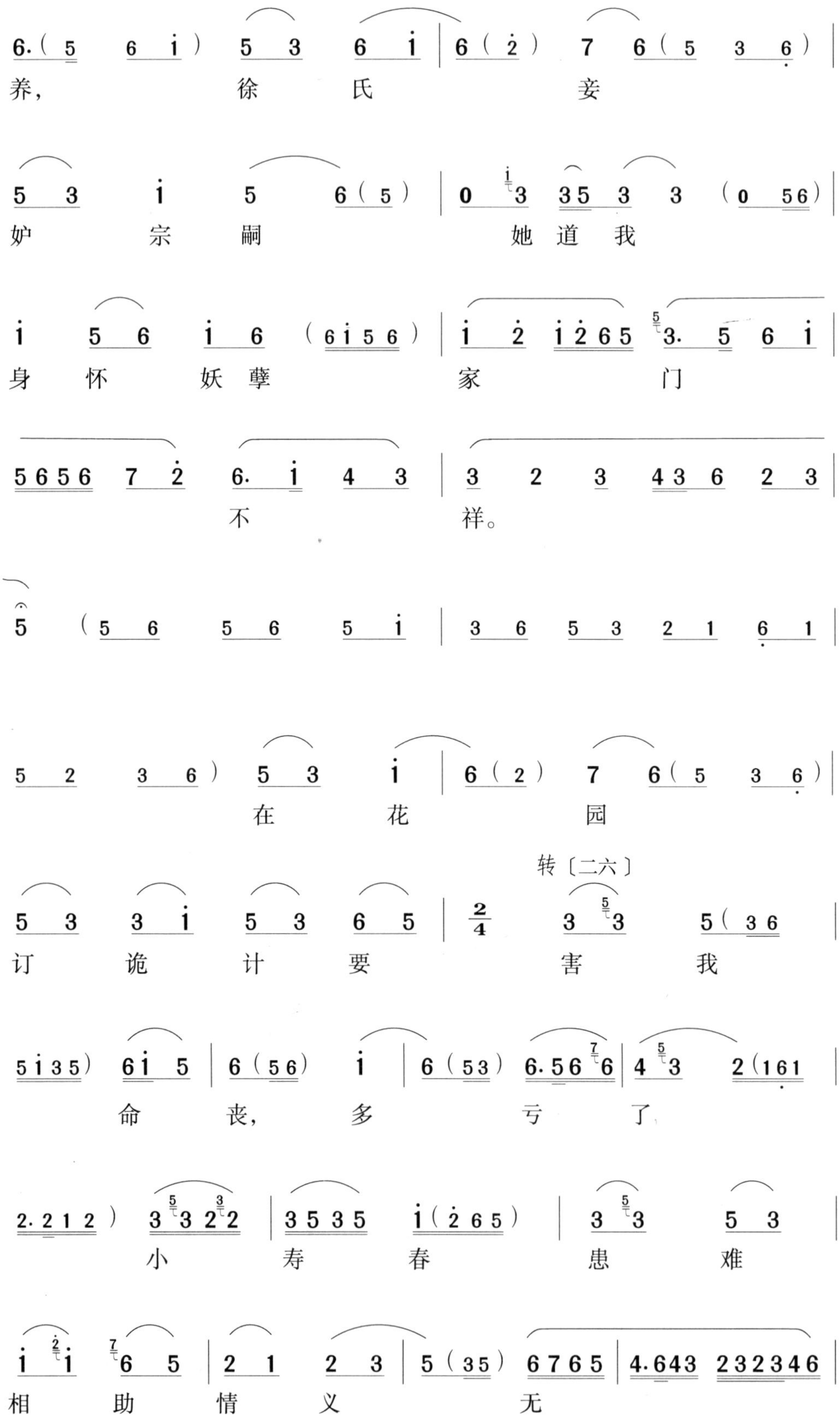
养，徐氏妾
妒宗嗣她道我
身怀妖孽家门
不祥。
在花园
转〔二六〕
订诡计要害我
命丧，多亏了
小寿春患难
相助情义无

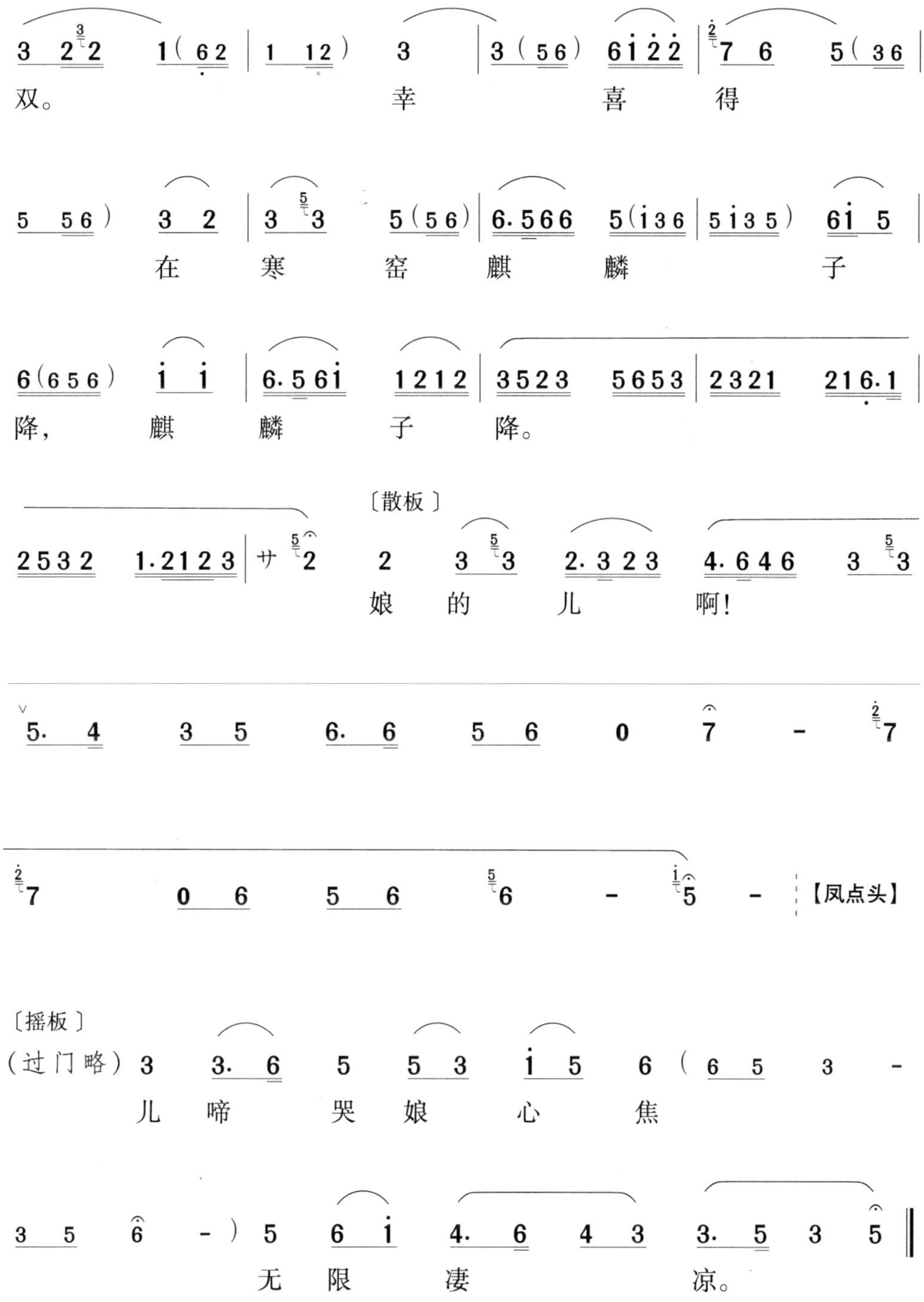
双。幸 喜 得
在 寒 窑 麒 麟 子
降，麒 麟 子 降。
〔散板〕
娘 的 儿 啊！
【凤点头】
〔摇板〕
（过门略）
儿 啼 哭 娘 心 焦
无 限 凄 凉。